述異記匯箋及情節單元分類研究

上

張麗◎著

创于1897
商務印書館
The Commercial Press

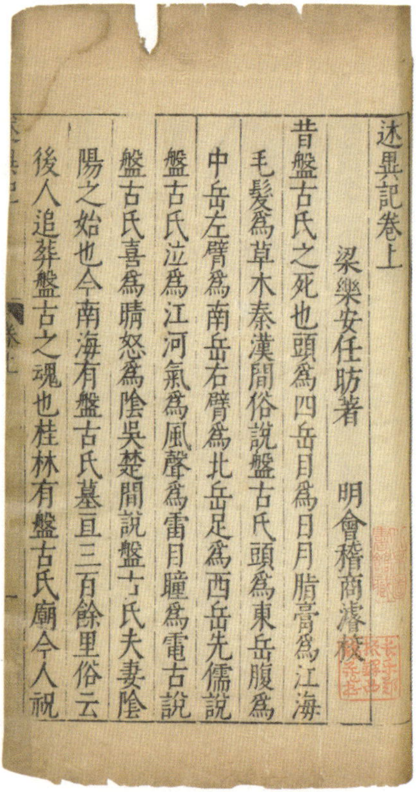
述異記卷上
梁樂安任昉著　明會稽商濬校
昔盤古氏之死也頭爲四岳目爲日月脂膏爲江海毛髮爲草木秦漢間俗說盤古氏頭爲東岳腹爲中岳左臂爲南岳右臂爲北岳足爲西岳先儒說盤古氏泣爲江河氣爲風聲爲雷目瞳爲電古說盤古氏喜爲晴怒爲陰吳楚間說盤古氏夫妻陰陽之始也今南海有盤古氏墓亘三百餘里俗云後人追葬盤古之魂也桂林有盤古氏廟今人祝

國家圖書館藏明商濬《稗海》本

凡例

一　本書校勘以明萬曆年間會稽商濬《稗海》本（簡稱商本）爲底本，參校他本而成。商本傳世有明會稽商氏半野堂刊本、清康熙振鷺堂據商本重編補刊本、清乾隆年間李孝源據振鷺堂版修訂重刊本等。經比較，以商本爲基礎的幾種本子所録入《述異記》内容並無差別。只是李孝源重訂本保存了商濬《序》、振鷺堂藏版封頁及李孝源自述所以『補其闕漏，正其訛舛』之經過。故以此本作爲商本底本，來參校他本。兹依校勘用本前後順序，敘述其餘諸本情況：

（一）清末徐乃昌《隨庵徐氏叢書》本（簡稱徐本）。該本前後刊刻多次，在多個圖書館有藏。前有繆荃孫《序》，云『近又得宋元本十種，覆而墨之，名曰「隨庵叢刻」』。字畫行款一仍其舊，宋元面目開卷即是』等等，彌足珍貴。由於其子篡改之風，徐氏父子在文獻學界聲名受損。但這並不妨礙其保存的《述異記》是一個珍貴的版本。如『堯使鯀治洪水』條，其中有『黄能』、『能白』的記載，其餘諸本均録爲『黄熊』、『熊白』。惟徐本爲『黄能』、『能白』。我們固然不能依此論證徐本所用爲繆荃孫所云『宋元本』底本，但徐本保存了此條記載的另一種説法。東漢許慎《説文解字》注解『能』字：『能，熊屬。足似鹿。』《左傳·昭公七年》也記載『夢黄能入於寢門』之事，至少説明能字有熊字之意。《廣韻》解釋能字：『《爾雅》謂三足鼈也。又獸名。禹父所化也。』這與此條記載是相呼應的：『堯使鯀治洪水，不勝其任，遂誅鯀於羽山，化爲黄能。』從這一點來看，徐本保存了較早的文獻特徵，並且早期文獻就有可能是以『黄能』、『能白』的記載來呈現的。徐本之佳，此不贅言。

（二）明邢參抄本（簡稱邢本）。此本難能可貴的是手抄本的形態，保存了邢參校對痕跡，且包含有錢謙益、蔣培澤等多位藏書家的印章。並附録有邢參介紹，爲我們了解明代文人輯録神怪類文體的嗜好提供了一條例證。

（三）明程榮《漢魏叢書》本（簡稱程本）。在所有版本中，程本影響規模最大。程本之後，明何允中又增刊了《廣漢魏叢書》，清人王謨則進一步增刊爲《增訂漢魏叢書》。何本、王本所輯《述異記》詞條，均保持了程本原貌。

（四）明胡文焕《格致叢書》本（簡稱胡本）。胡本同程本高度雷同，程本大量脱頁的地方，胡本也照脱不誤。

（五）清葉萬校跋本（簡稱葉本）。國家圖書館現藏兩種葉萬校本。一種文末附録了葉萬跋文。另一種除了葉萬跋文，還抄録有沈與文的跋文，該跋文同見於邢本。後者附録的葉萬跋文與前者又略有不同。可以想見的是，葉萬校勘的時候是廣備衆本的，程本、邢本及影宋本都有所涉略。

（六）清傅增湘校本（簡稱傅本）。該本所録前二卷爲以程本爲底本的《述異記》。此後則是傅增湘先生從《太平御覽》《太平廣記》中輯録的相關的《述異記》詞條。其中的輯佚原則，反映了傅先生對任本、祖本差異性認知的理念，即不區分詞條的歸屬，而是本之於文獻的珍貴性，將之羅列於《述異記》的文本之内。這一點對筆者啓發極大，後將論及。

二　現存《述異記》存在三個系統，分别是筆者校勘主要使用的二卷本系統；陶宗儀《説郛》本的一卷本系統，該本形態主要爲二卷本系統的删節本；清東軒主人同題的三卷本《述異記》，該本與二卷本、一卷本内容完全不同，當是一本全新之作。筆者校勘主要是以二卷本的商本、徐本、邢本、程本、胡本、葉本爲主。一卷本主要在論述文獻源流的時候會提及其相關系統，而三卷本由於與本書完全不相關，所以並不涉及。

三　如何處理魯迅《古小説鈎沉》本所録《述異記》及其與筆者所校勘任昉《述異記》的詞條關係問題。筆者經仔細分析，認爲魯迅先生在輯佚《述異記》之時，是有參考後來流行的二卷本系統的。魯迅先生排斥任昉本，其輯佚自然也以祖沖之十卷本爲目標。筆者在耙梳文獻之時，確實也感到精確確定一個詞條究竟是屬於祖本還是任本的難處。因之采取了傅增湘先生的做法，在任昉兩卷本系統之後，也逐一輯校了《太平御覽》《太平廣記》的内容。前者主要采用日安政二年喜多邨學訓堂本；後者則以明刻沈氏野竹齋本爲參照。筆者在以上兩種本子爲底本校勘時，對於相同詞條，主要借鑒了魯迅輯佚本的校勘成果。

四　《述異記》與《新述異記》。從文獻記載來看，《隋書·經籍志》最早記録了《述異記》，記載：『十卷，祖沖之撰。』後世史家、文獻學家爲了區别祖本、任本差異，有將任本命名爲《新述異記》的傾向。如南宋晁公武《郡齋讀書志》所記載：『昉家藏書三萬卷。天監中，采輯前代之事，纂《新述異》，皆時所未聞，將以資後來屬文之用，亦博物之意。』將任本命名爲《新述異》。胡文焕在刊刻時也以《新刻述異記》來命名任昉本。這樣就合理區分了祖本及任本。筆者在整理文獻時，也本着這樣的理念，即認爲祖、任二人都有撰述《述異記》，只是兩者有舊與新之別而已。《四庫全書總目提要》『其書文頗冗雜，大抵剽剟諸小説而成』的説法，有失公允。任昉本有其合理性存在因素。

五　筆者在校勘時，采用了先校後注的方法。每一詞條，先以商本爲底本録入，再校以他本。凡底本之誤字、缺字、衍文、倒文及其他錯誤，有他本可訂正者，則以之爲據。並在校記中言明所以如此取舍之緣由。對難以判斷的，則同時列出商本與其他諸本差異之處。書寫校記時，先列出要校的内容，後再逐一解釋。如『××：徐本、邢本、程本、胡本爲（或作）「××」』等等。注釋文本則采用正文詞條與注釋文本同時標記數字序列符號的方法，詞條爲右上角標記㈠，注釋部分則相應標記〔一〕，其後依次類推。

六　本着『翔實納全』的原則，筆者又從《初學記》《藝文類聚》摘録了其中所引用的《述異記》詞條，在正文部分可以看到這些内容。

七　清人王仁俊輯《玉函山房輯佚書續編三種》，目録中云輯佚《述異記》一卷，經筆者核實，實爲一條。此條出自明董斯張《廣博物志》。經再檢董文，發現出自《述異記》的詞條有十一條，在王仁俊輯佚之後，又將這十一條依次列出。

八 《舊小說》甲本著録《述異記》相關詞條八則，與二卷本的任昉本出入極大，或者説極有可能是後出完善之作，但遠錯於祖、任二人生活之年代。爲保證文獻資料的完整性、參考性，筆者也依次録入，並予以注釋。

九 《述異記》故事情節單元的整理分類方法。故事類型是研究神話傳説等故事分類的重要研究方法，且在全世界通行。故事類型雖然以不同面目的替换詞來出現，其核心卻是以故事分類爲主，並且由更進一步的情節單元或者母題來構成。我們在整理故事情節單元之時發現，即使是情節單元也有主次之分，當我們研究『灰姑娘』故事類型時，只要拎出『試鞋』的母題，讀者基本可以判斷是在講什麼故事類型。國内祁連休先生完整整理了自古以來的故事類型，詳見其《中國古代民間故事類型研究》一書（簡稱祁本）。本次整理故事也借鑒了祁本方法。采用先標記故事類型，再敘述相關《述異記》文本的方式。其後筆者按照『先世界後中國』的原則，主要參考了AT分類法、艾伯華故事分類法、鍾敬文民間故事型式及祁連休故事類型整理規則，以使讀者清晰地看到《述異記》在國内及世界的故事譜系中的地位。最後附録按語，對過往研究中疑問之處予以校正。由於筆者初次進行故事類型及母題整理分類，經驗尤其不足，内中必定存在諸多魯魚亥豕之處，敬請方家指正批評。

目録

《述異記》的文獻流傳及其版本

《述異記》是被目爲稗官小道野史的一類典籍，與其前後的《山海經》《博物志》《搜神記》等説類文獻記載有相互疊合之處。就文體形態而言，『述異』構成了一種獨特的以記述異聞爲主的敘事方式，又因時間空間的差異，『述異』的作者對如何記述異聞形成了不同的文體觀念。依據所查閱的不同文獻的文本，這種敘事方式朝向兩種方向發展，一種是簡約的博物體記事風格，另一種則是委曲動人、結構豐贍的小説類文體風格，這又表現出與其他小説類文體不相同的特點。經文獻閱讀、版本搜集、文本整理比較之後，本書試圖以祖沖之《述異記》爲始，描述其後敘事方式的變化過程，以厘清祖沖之、任昉兩種《述異記》的文獻記載變化，並梳理任昉本《述異記》版本情況，在對版式、字體、文字校勘等對比的過程中，解析現有版本之間的淵源關係。

一　題名祖沖之、任昉《述異記》的文獻記載

《述異記》最早出現於南朝齊梁之際，作者主要有兩説，一説爲祖沖之，主要依據爲《隋書·經籍志》，記載其撰《述異記》十卷。《舊唐書·經籍志》《新唐書·藝文志》等均有類似記載。一説爲任昉，主要依據爲宋《崇文總目》子部小説類，記載其撰述《述異記》二卷。

從後世文獻流傳來看，題名任昉的《述異記》有較完整的版本及文本流傳系統，而祖沖之的《述異記》則不見完整的文本流傳，只在若干書籍中散見個別條目。《四庫全書總目提要》卷一四二論及當時流行的任昉本《述異記》：『其書文頗冗雜，大抵剽剟諸小説而成。』此説似乎代表了一種流行的觀點。但將『冗雜、剽剟』作爲否定任昉撰《述異記》的論據，似乎還缺少足夠的邏輯論證。任昉本呈現的内容雜糅，是當時采集異聞的一種文體特點，帶有采風、徵集的性質，與起承轉合、結構完整的小説文體截然不同。至於所言『剽剟』，即指見於任昉《述異記》的内容，又在别的書目中存有記載，這也並不妨礙任昉本記載的真實性。同一條目的内容雖經不同作者整理采集，但卻面對同樣的時空體，自然這些文本内容有可能被收入不同的文獻中去。此外，文中涉及的『地生毛』條的内容，爲北齊河清年間

事，與任昉生活年代不符，也被人所詬病，但這極有可能是後人在纂輯過程中增删文本，並不能因此否認整本《述異記》存在的合理性。且任昉撰《述異記》在史官、文獻學家的記載中翔實可尋，足證其真實性。問題的疑惑之處在於，雖然祖本、任本《述異記》的文獻記載存在，但祖本的記載在宋以後漸趨模糊，而任本的記載則逐漸增多，至明清時期，書商競相將任本《述異記》放入刊刻的叢書之類予以付梓。與之形成反差的是，祖本幾乎不見刊刻，雖唐以後類書如《初學記》《藝文類聚》《太平廣記》《太平御覽》等有采自祖本《述異記》的內容，但明清之際所刊《述異記》，均不見祖沖之的題名。與之相呼應的是，在宋以後的目録學類的文獻著録中，祖本也趨於消亡的狀態。以下係查閲文獻的記載：

按《述異記》出現的時間來看，最早的是《隋書·經籍志》，撰述人是祖沖之：『《述異記》十卷。』從文體劃分來看，歸入了史部中的雜傳類；《舊唐書·經籍志》記載：『《述異記》十卷，祖沖之撰。』也歸入史部雜傳類；《新唐書·藝文志》記載：『祖沖之《述異記》十卷。』歸入了子部小説家類。另，南宋王應麟《玉海·藝文》記載：『梁《述異記》：任昉，二卷，梁天監二年撰，昉家書三萬卷，多異聞，又采於秘書撰此記。《唐志》小説家：「祖沖之《述異記》十卷。」』《通志·藝文略》記載：『《述異記》十卷，祖沖之撰。』歸入史類傳記冥異類。至南宋晁公武《郡齋讀書志》載：『任昉《述異記》二卷。』歸入子部小説類。

從前所提及的《述異記》流傳版本情況來看，《隋書》《舊唐書》將作者歸爲祖沖之，並收入子部雜傳類，而《新唐書》雖歸爲祖沖之，卻收入子部小説類；之後的《郡齋讀書志》《宋史》則歸爲任昉，同樣收入子部小説類，此後文獻收録基本延續了『任昉撰《述異記》』的説法，雖《四庫全書總目提要》辨析流行的任昉本爲僞作，但直到民國時期，任昉本《述異記》始終是社會流行的再版本。從文獻記載來看，錯出的時間點在兩宋之際。即唐以前流行一種較穩定的祖沖之十卷本的《述異記》，而這一類的『述異』作品被歸入了史部雜傳類，其敘事是以傳記爲文體，結合《隋書》收録雜傳類文獻的特點，疑祖本主要收録以地方類傳説人物爲主的奇聞異事，並首尾相續，有較穩定的開合結構。到北宋之際，《新唐書》將其收入小説類，説明這一時期收録的内容可能發生了變化，或是增入新的敘事母題，或是減少舊有的敘事母題，或是同一母題下文字的删減替换等，故而影響了對其文體風格的認同，從雜傳類進入了子部小説類。此後的文獻中幾乎見不到祖本《述異記》的記載，反而是任昉與《新述異記》建立了關係，其文本固定並被穩定傳承，在兩宋以後逐漸取代了祖本，並出現多個再版本及經典的流傳體系。

二 《述異記》的流傳版本

兩宋以後，任本成爲了經典的《述異記》文本形態。現存《述異記》版本主要是以任昉題名爲主的，祖本不見流傳，僅民國時期編著的《舊小説·甲集·漢魏六朝》收録的《述異記》，在正文部分著録作者爲祖沖之。魯迅先生輯佚的《古小説鈎沉》，從文本的比較來看，是與任昉《述異記》文本相區别的，體現了祖本《述異記》的特點。此外，目前所能查閲的《述異記》均是與任昉相關的，諸藏書家、書商在明代競相傳抄、刊刻任本，形成一個熱潮，至清代、民國時期始終不絕。該流傳體系主要有二卷本與一卷本之分，二卷本有晚清民國徐乃昌《隨庵徐氏叢書》本、明邢參抄本、明商濬《稗海》本、明胡文焕《格致叢書》本、明程榮《漢魏叢書》本、清葉萬校跋本及清王謨《增訂漢魏叢書》本等。一卷本爲二卷本的删減本，主要流傳體系爲清李際期輯録的宛委山堂《説郛》本，南宋曾慥匯編《類説》中的《述異記》，係『删削原文，存其奇麗語』而來，與陶宗儀删述之旨有相似之處。此後的《古今説部叢書》本、《錦囊小史》本，也基於《説郛》本體系刊刻書籍。兹以二卷本爲主，概述各版本情況：

（一）明邢參抄本（簡稱邢本）

現藏國家圖書館。每半頁八行二十字，無格。卷首《序》頁、正文起始頁及卷尾《後序》頁刻有『牧翁、介青』等，包含錢謙益、蔣培澤等多個藏書家印章。此本有《序》及《後序》。《序》文部分與此後流傳諸版本《序》内容、風格極其相似，卻不云其淵源所自的時間空間。《後序》部分與其後版本所存内容相同，署名時間是『皇宋慶曆四祀中秋既望日序』。正文部分分爲上下兩卷，卷上之後未著録校者名氏，直接録入正文。正文之後，有明沈與文跋（見附録）。

沈與文，字辨之，號姑餘山人，江蘇吴縣人。生活於明嘉靖年間，著名的藏書家及刻書家。書室名『野竹齋』，並以此翻刻《西京雜記》等多部古籍。從刻章來看，邢本《述異記》經多個校書家之手，沈與文是較早接觸邢本的藏書家。此書後還附有沈與文録自《蘇州府志》的邢參簡介。

邢參，生活於明弘治年間，有嗜書藏書及著述之樂。其祖父邢量，亦爲校勘家、藏書家。《明史》記載陳祚：『天資嚴毅，雖子弟罕接其言笑，独重里人邢量。量，博學士，隱於卜，敝屋數椽，或竟日不舉火。祚數挾册就質疑，往往至暮。』邢參繼承了與祖父相似的人物品性，以隱爲主，不慕名利，並成爲明代小有名氣的文人，錢謙益將之列入《列朝詩傳》，徐禎卿將其列入《新倩籍》。邢參抄本以校勘精嚴、文字古雅爲特色。

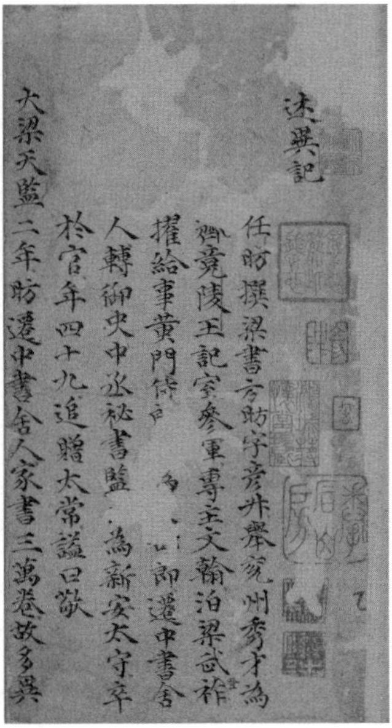

圖一：國家圖書館藏明邢參抄本

（二）明程榮《漢魏叢書》本（簡稱程本）

現藏國家圖書館。每半頁九行二十字，白口，單魚尾，左右雙行，版心刻有序、後序、卷上、卷下等字。正文前有《序》，未署刊刻時地，正文後有《後序》，署『皇宋慶曆四禩中秋既望日序』。正文部分爲上下兩卷，卷上署名『梁樂安任昉著，明新安程榮校』。程榮首開明代刊刻大型叢書之風，以程本爲底本進行刊刻的

《述異記》在現存版本中是數量最多且流傳最廣的。之後萬曆年間的何允中，清代乾隆時期的金溪王謨均以程本爲基礎，分别刊刻了《廣漢魏叢書》及《增訂漢魏叢書》，且每版均保持了程本原本的風貌，包括與影宋本相較，有明顯脱頁之處。清人傳增湘所校《述異記》的底本也是程本。

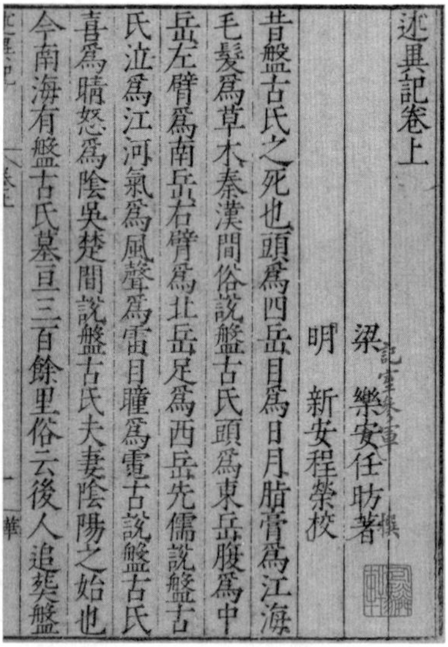
述異記卷上
梁　樂安任昉著
明　新安程榮校
昔盤古氏之死也頭爲四岳目爲日月脂膏爲江海
毛髮爲草木秦漢間俗說盤古氏頭爲東岳腹爲中
岳左臂爲南岳右臂爲北岳足爲西岳先儒說盤古
氏泣爲江河氣爲風聲爲雷目瞳爲電古說盤古氏
喜爲晴怒爲陰吳楚間說盤古氏夫妻陰陽之始也
今南海有盤古氏墓亘三百餘里俗云後人追葬盤

圖二：國家圖書館藏明程榮《漢魏叢書》本

（三）明商濬《稗海》本（簡稱商本）

現藏國家圖書館、天津圖書館。每半頁九行二十字，白口，左右單行，單黑魚尾，版心刻有卷上、卷下、頁碼等。此本無《序》，正文從《述異記》卷上開始，其下標記『梁樂安任昉著，明會稽商濬校』。每一條頂格開始，第二行錯開一字間距行文。《稗海》本叢書之前存有商濬《序》。

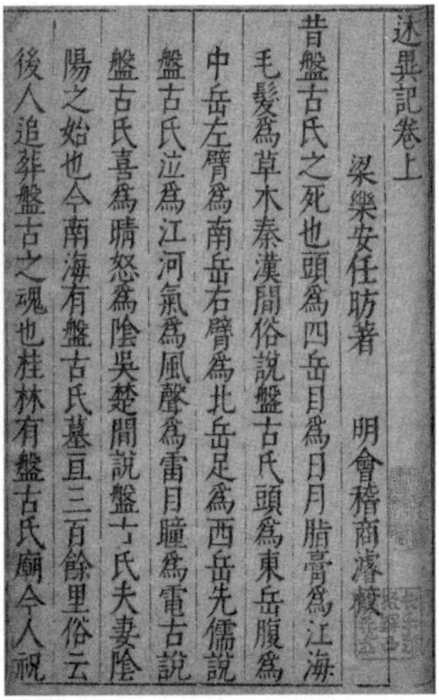

述異記卷上
梁樂安任昉著　明會稽商濬校
昔盤古氏之死也頭爲四岳目爲日月脂膏爲江海
毛髮爲草木秦漢間俗說盤古氏頭爲東岳腹爲
中岳左臂爲南岳右臂爲北岳足爲西岳先儒說
盤古氏泣爲江河氣爲風聲爲雷目瞳爲電古說
盤古氏喜爲晴怒爲陰吳楚間說盤古氏夫妻陰
陽之始也今南海有盤古氏墓亘三百餘里俗云
後人追葬盤古之魂也桂林有盤古氏廟今人祝

圖三：國家圖書館藏明商濬《稗海》本

（四）明胡文煥《格致叢書》本（簡稱胡本）

現藏國家圖書館。每半頁十行二十字，白口，左右單行，單魚尾。該本前《序》命名爲《〈述異記〉序昉事實》，文末附『事實畢』三字。正文後存有《後序》，文末附『皇明萬曆癸巳春季鄣郡葉芳書』字樣。經比對行文内容，與諸本所存《序》《後序》幾乎完全相同。正文部分，首行題録『新刻述異記卷上』，次行記『梁樂安任昉著』，第三行記『明錢唐胡文煥校』。《格致叢書》本保存了與程本相同的脱頁内容，後又多次版刻。

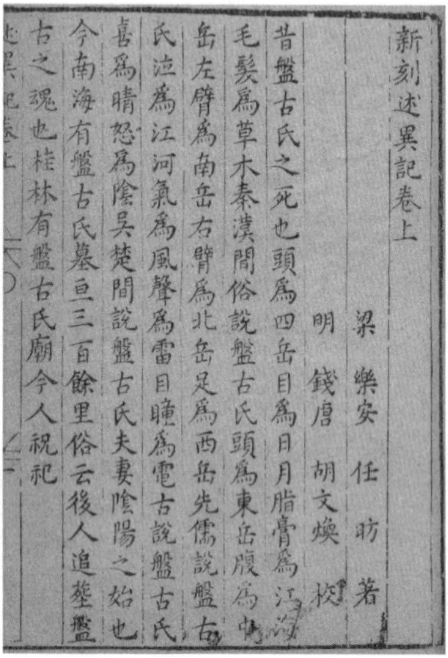
新刻述異記卷上
梁　樂安　任　昉　著
明　錢唐　胡文煥　校
昔盤古氏之死也頭爲四岳目爲日月脂膏爲江海
毛髮爲草木秦漢間俗說盤古氏頭爲東岳腹爲中
岳左臂爲南岳右臂爲北岳足爲西岳先儒說盤古
氏泣爲江河氣爲風聲爲雷目瞳爲電古說盤古氏
喜爲晴怒爲陰吳楚間說盤古氏夫妻陰陽之始也
今南海有盤古氏墓亘三百餘里俗云後人追葬盤
古之魂也桂林有盤古氏廟今人祝祀

圖四：國家圖書館藏胡文煥《格致叢書》本

（五）清葉萬校跋本（簡稱葉本）

葉萬校跋本有兩種，國家圖書館均有藏。一種編號爲06093，每半頁十一行二十字，白口，左右雙邊，單黑魚尾，版心刻有卷上、卷下及頁碼。封面有『葉石君手校本』字樣，内有《序》，文末有『臨安府太廟前經籍鋪尹家刊行』字樣，附有《後序》。後附葉萬跋。

另一種編號爲A01195，版式、《序》及《後序》與06093完全相同。文末抄録沈與文跋，同邢参抄本。之後爲葉萬的跋，與前者略有不同。

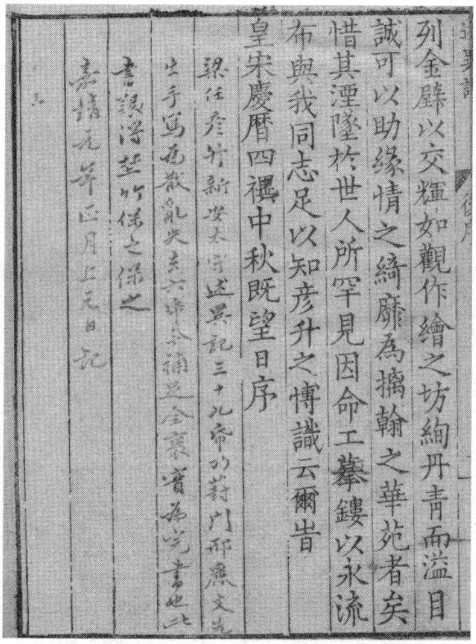
列金壁以交輝如觀作繪之坊絢丹青而溢目
誠可以助緣情之綺靡為擒翰之華苑者矣
惜其湮墜於世人所罕見因命工摹鏤以永流
布與我同志足以知彥升之博識云爾峕
皇宋慶曆四禩中秋既望日序

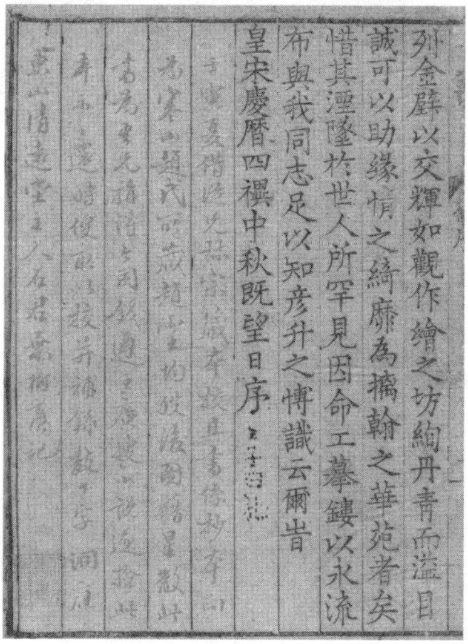
列金壁以交輝如觀作繪之坊絢丹青而溢目
誠可以助緣情之綺靡為擒翰之華苑者矣
惜其湮墜於世人所罕見因命工摹鏤以永流
布與我同志足以知彥升之博識云爾峕
皇宋慶曆四禩中秋既望日序

圖五：國家圖書館藏清葉萬校跋本（06093和A01195號）

（六）晚清徐乃昌《隨庵徐氏叢書》本（簡稱徐本）

現藏國家圖書館。每半頁十一行二十字，白口，左右單邊，單黑魚尾，版心標記卷上、卷下、頁碼等。正文前有《序》，文末有『臨安府太廟前經籍鋪尹家刊行』字樣。正文後有《後序》。正文首行題『述異記』，第二行記『梁記室參軍任昉撰』，第三行頂格行文。該叢書前有《繆荃孫序》。

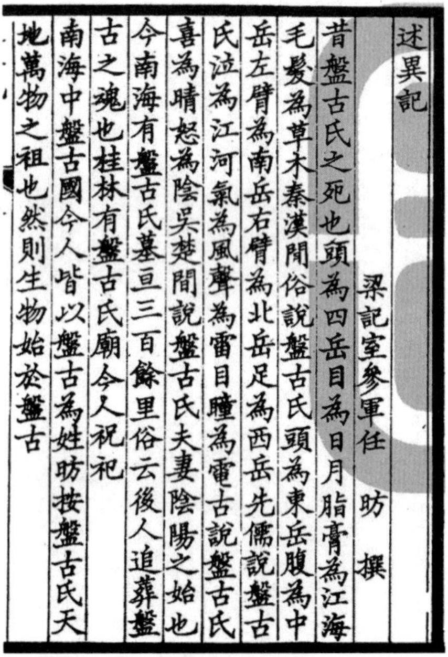
述異記
梁記室參軍任　昉　撰
昔盤古氏之死也頭爲四岳目爲日月脂膏爲江海
毛髮爲草木秦漢閒俗說盤古氏頭爲東岳腹爲中
岳左臂爲南岳右臂爲北岳足爲西岳先儒說盤古
氏泣爲江河氣爲風聲爲雷目瞳爲電古說盤古氏
喜爲晴怒爲陰吳楚閒說盤古氏夫妻陰陽之始也
今南海有盤古氏墓亘三百餘里俗云後人追葬盤
古之魂也桂林有盤古氏廟今人祝祀
南海中盤古國今人皆以盤古爲姓昉按盤古氏天
地萬物之祖也然則生物始於盤古

圖六：國家圖書館藏《隨庵徐氏叢書》本

（七）清李際期宛委山堂《說郛》本（簡稱宛委山堂本）

現藏國家圖書館。每半頁九行二十字，白口，左右雙邊，單魚尾，版心刻有頁碼。無《序》及《後序》。正文首行題《述異記》，第二行記『梁任昉』，第三行記『盤古氏』。與别本不同，《説郛》本提煉出了每一個條目所要敘述的具體對象，如『盤古氏』、『鬼母』、『防風氏』、『響玉』、『蛇市』、『龍紗』等。

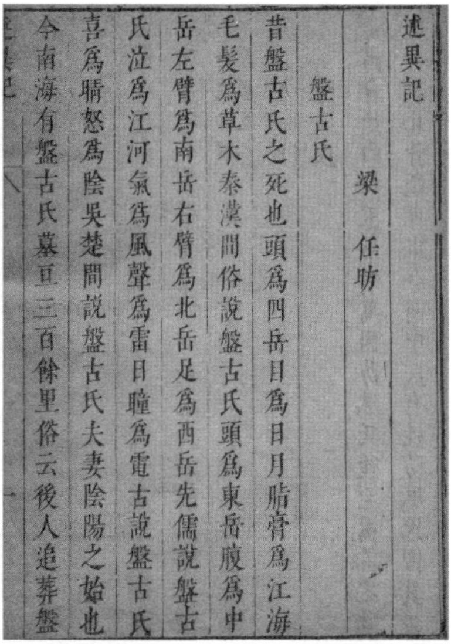
述異記
梁 任昉
盤古氏
昔盤古氏之死也頭爲四岳目爲日月脂膏爲江海
毛髮爲草木秦漢間俗說盤古氏頭爲東岳腹爲中
岳左臂爲南岳右臂爲北岳足爲西岳先儒說盤古
氏泣爲江河氣爲風聲爲雷目瞳爲電古說盤古氏
喜爲晴怒爲陰吳楚間說盤古氏夫妻陰陽之始也
今南海有盤古氏墓亘三百餘里俗云後人追葬盤

圖七：國家圖書館藏宛委山堂《説郛》本

三 《述異記》版本問題及相互關係

經各版所留存《序》、《後序》、前人題跋及版式、字體、内容的比對可知，現存《述異記》所留存的二卷本系統，其版本多出自北宋慶曆四年臨安太廟經籍鋪刊本，這也解釋了文獻記載中所出現的兩宋之際『祖本漸弱，任本漸强』，正是由於北宋以來大量刊刻了任昉二卷本的《述異記》，很大程度上導致了祖本的逐漸消亡。北宋尹家刊行本原本雖不得見，但後世流行的諸本均與其有密切的淵源關係。經分析，諸本大致分爲四個系統，其一是明商濬《稗海》本系統；其二是明程榮《漢魏叢書》本系統；其三是明胡文焕《格致叢書》本系統；其四是晚清徐乃昌《隨庵徐氏叢書》本系統。一卷本系統，主要以明陶宗儀《説郛》本爲主。以下約略説明各版本及相互關係：

（一）諸本之中，明商濬《稗海》本底本最優，校勘也極精審。故暫以其爲基準，與其餘各本相校。外此，以明邢參抄本時間最早，文中保留了珍貴的校勘痕跡。如卷上『揚州有蛟市』條，徐本云：『揚州有蛟市，蛟人鬻珠玉而雜貨蛟布，蛟人即泉先也。』邢參在其後補注：『又名泉客。』按：蛟人，唐前又名『淵客』。一説爲神話中的人魚，左思《三都賦》：『泉室潛織而卷綃，淵客慷慨而泣珠。』一説指漁夫，張協《七命》：『淵客唱「淮南」之曲，榜人奏「采菱」之歌。』唐時爲避高祖李淵的諱，改爲『泉客』，唐以後詩中均用『泉客』。唐李群玉《病起别主人》：『恨無泉客淚，盡泣感恩珠。』唐施肩吾《貧客吟》：『今朝欲泣泉客珠，及到盤中卻成血。』唐中宗《石淙》：『水炫珠光遇泉客，岩懸石鏡厭山精。』杜甫《客從》：『客從南溟來，遺我泉客珠。』李商隱《自桂林奉使江陵途中感懷寄獻尚書》：『江生魂黯黯，泉客淚涔涔。』劉禹錫：『湘靈悲鼓瑟，泉客泣酬恩。』等等。『泉客』在唐人詩作中頻繁出現。邢參抄本對以後的《述異記》刊刻影響較大，明商本、程本在此處均補綴『又名泉客』。又卷下徐本『耆舊説』條：『耆舊説：「周秦間河南雨酸棗，遂生野棗。」今酸棗縣是也。』邢參於後補注：『酸棗之甚小者，爲野酸棗。』按：《太平廣記》卷四一一《草木六》，引《述異記》：『耆舊説：「周秦時，河南雨酸棗，遂生野酸棗。」今酸棗縣是也。酸棗之甚小者，爲野酸棗。』邢參應是據《太平廣記》此條補入，其餘均未補注。又，『夜郎縣者』條，徐本記載：『漢武帝元鼎六年，征西南夷，改爲牂柯郡，夜郎侯迎降，天子賜以玉印綬。』玉與王字的形態雖然接近，但古義並不相通，王字的古義是斧鉞的象徵。邢參校爲『王印綬』，據文中之意解釋爲賜以做王的信物印綬，較之『玉』字，有了更豐富的内涵，這也足見邢參本校勘的價值。

（二）諸本中，以明程榮《漢魏叢書》本刊刻數量最多，規模最廣。後世明何允中《廣漢魏叢書》，清王謨《增訂漢魏叢書》均以程本爲底本。程本存在底本不精、大量脱誤的情況，如卷上『洞庭湖』條，徐本記載：『洞庭湖中……苦菜……吳王愁是也。』程本此條在『苦菜』後脱近七十字，其後又脱『闔閭墓』條、『今宜都』條、『蒼頡墓』條、『瀨鄉』條、『番禺』條、『越多橘柚園』條、『越中』條、『中山』條。較之邢本、商本，校勘亦不精審。此條脱誤在明胡本中亦存在，胡本與程本所用底本大抵相同。清傅增湘校勘《述異記》，也選用了程本爲底本，又輔之以宋本。傅增湘校本在任昉二卷本的《述異記》後，又從《太平御覽》《太平廣記》中輯録了相關條目。從程榮本序列來看，清王謨增訂本在文末存王謨《序》：

《唐志》以爲祖沖所作，非也。今考隋、唐《志》，並載祖沖之《述異記》十卷，無任昉《記》，而《藝文類聚》《太平御覽》等書所引祖《記》，又往往爲今本任《記》所無。無妨任祖二人當時各自有《記》，而隋、唐《志》或偶失載也。《南史》本傳亦載昉撰《雜傳》二百四十七卷，不及此《記》，豈即在《雜傳》中歟？今《叢書》本較《稗海》本又不全，中多唐時州名，則此書又經唐人改竄，非原本也。

此又説明任昉所撰《述異記》的真實性，及其與《雜傳》二百四十七卷之間的可能的關係。此論述爲學者李劍國所贊同。這是對《四庫全書總目提要》『剽剟』説强有力的反駁。

（三）商濬本底本雖與程本同樣采用了宋尹家刊本，但卻是一種全本。此本與徐本大體相同，也即邢參抄本的底本。較爲突出的是商本完全保存了徐本『洞庭湖』條的内容，且其後有『闔閭墓』條、『今宜都』條、『蒼頡墓』條、『瀨鄉』條、『番禺』條、『越多橘柚園』條、『越中』條、『中山』條等内容，與徐本相似。另，商濬校本多處與邢參抄本高度重合。如『鹿千年化爲蒼』條，徐本云『漢成帝時，山中人得玄鹿』，商濬本同邢本，爲『漢成帝時，中山人得玄鹿』。按：中山，即中山國，位於今太行山東麓。春秋戰國時，與北方的燕、南邊的趙魏頻繁交戰。河北平山戰國中山墓出土文物中有大量鹿的器型。中山在漢代仍被用作郡名，曾爲中山靖王劉勝的封土。此處作『中山』解，文意更妥帖。又『園客』條，徐本云『園客者，濟陰人。貌美色，人多欲妻之』，商濬本同邢本，均爲『園客者，濟陰人。貌美，邑人多欲妻之』。按：《太平廣記》卷四七三《昆蟲一》，引《列仙傳》：『園客者，濟陰人也，姿貌好而良，邑人多願以女妻之，終不娶。』又據《太平廣記》卷五九《女仙四》，引《女仙傳》：『園客妻，神女也。園客者，濟陰人也，美姿貌而良，邑人多欲以女妻之，客終不娶。』可知，邢本參考了《太平廣記》的記載，而商濬則在對校時采用了邢本的記述。

另，如『湘水去岸三十里許』條，徐本云娥皇女英追之不及，『相與協哭』；商本同邢本，作『相與慟哭』；胡本作『相與協泣』。又『淮南有懶婦魚』條，徐本爲『海南』；商本同邢本，爲『淮南』。『晉末荊州』條，徐本作『神木』；商本同邢本，作『神禾』。『紫朮香』條，徐本作『上郡』；商本同邢本，作『二郡』。『南海山』條，徐本作『葉是』；商本同邢本，作『葉似』。『南海中』條，徐本作『蛟人』；商本同邢本，作『鮫人』。等等。茲不一一列舉。究其原因，商濬校書多源自其岳父鈕石溪先生世學樓，其藏書有『積至十萬卷』之説，散佚後部分流入錢謙益之手，而邢參抄本卷首及卷中有『牧翁』圖章，説明邢參抄本極有可能是被世學樓所藏，而被商濬借用，並在其校書時用作對校之本。

（四）邢本、商本與程本、胡本之差異，主要在於兩者所用底本不同，前者爲全本，後者爲脱本。而其來源則都是宋尹家刊本。筆者據清人葉萬校跋本，看到了兩種本子都云出自『宋尹家經籍鋪刊行本』（參前所提及的葉萬校勘本情況），一種是與邢本、商本相同的全本，一種是與程本、胡本相似的脱頁本。據此，可知宋尹家刊行過兩種本子，且被後人分别采用。

徐本雖『覆刻』了宋本的原貌，但仍存在用字釋意方面的問題，商本采用多種本子互校，則較完美地解决了徐本釋意，及程本、胡本底本不佳的問題，又兼之參考了邢本的校勘成果，故而成爲諸本中最佳的本子。其後，商本作爲内府藏本被《四庫全書》所采用。中華書局所編《述異記》也采用了商本。

（五）明陶宗儀《説郛》本是一卷本系統的代表。《説郛》本明顯是節録本，其節録的宗旨與宋曾慥《類説》相似，《四庫全書總目提要》云：『其書（《類説》）體例，略仿馬總《意林》，每一書各删削原文，而取其奇麗之語，仍存原目於條首。但總所取者甚簡，此所取者差寬，爲稍不同耳。』《説郛》本也采用了《類説》的編纂宗旨，取條目之概括標於首，删削原文排列於後。《説郛》本對後世影響亦較大，《古今説部叢書》本、《錦囊小史》本采用了《説郛》本的原本，其後上海商務印書館、國立北平圖書館則在承襲《説郛》體例的基礎上，依從其『删述』之旨分别編印。僅以上海商務印書館來看，其前後編印的《述異記》就有兩種，一種爲七條，另一種爲十七條。

四 結語

自《隋書》記載祖沖之撰『《述異記》十卷』以來，迭經變換，至宋時祖本已漸趨消亡，而任本則漸顯於諸藏書家之手，並以《新述異記》的命名來與祖本相區別。北宋慶曆四年尹家經籍鋪刊行本促成了任本的進一步流通，或者在宋本刊行之時，祖本已是只能見諸記載，卻不得見書籍原本之態。這與任本在宋時流通有相似之處，二卷本流通前後，其删節本也已經出現，並經《説郛》本刊刻後，流行於社會。《述異記》變體最厲的是《舊小説》本，著録故事八則，幾乎完全見不到任本原貌。經比較上述各本《述異記》，今人注釋《述異記》，當以底本校勘最優的商本爲底本，參校徐本、程本、胡本及葉本，同時兼以《初學記》《藝文類聚》《太平御覽》《太平廣記》等類書爲參考，才是一條可行性較强的路徑。

附：任本《述異記》版本源流關係圖

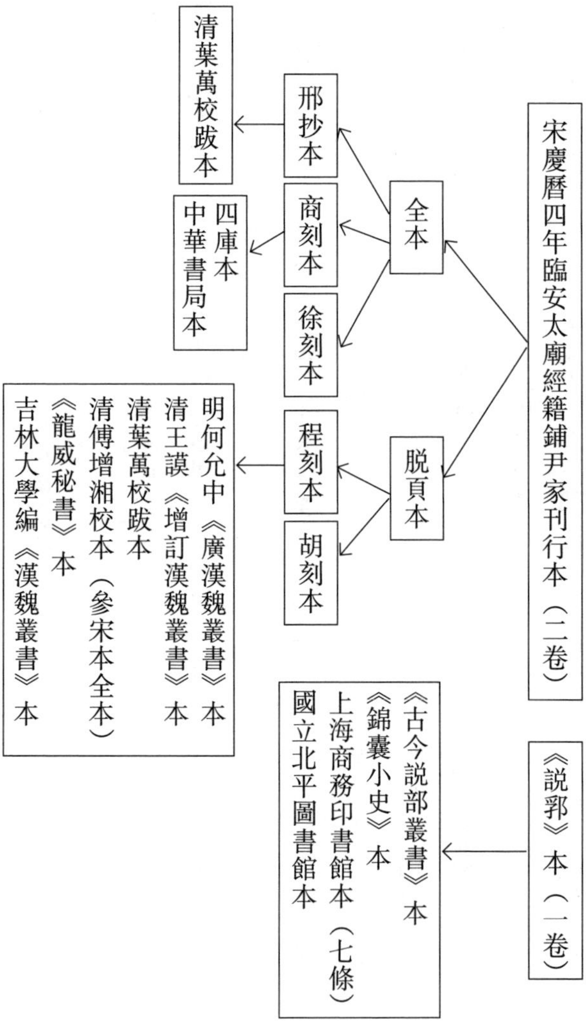
宋慶曆四年臨安太廟經籍鋪尹家刊行本（二卷）
全本
脱頁本
邢抄本
商刻本
徐刻本
程刻本
胡刻本
清葉萬校跋本
四庫本
中華書局本
明何允中《廣漢魏叢書》本
清王謨《增訂漢魏叢書》本
清葉萬校跋本
清傅增湘校本（參宋本全本）
《龍威秘書》本
吉林大學編《漢魏叢書》本
《説郛》本（一卷）
《古今説部叢書》本
《錦囊小史》本
上海商務印書館本（七條）
國立北平圖書館本

祖本傳人、任本記物

——兼談祖沖之、任昉及魯迅輯《述異記》之差異

現存《述異記》文本，按照文獻記載，前後約略分爲三個時代，即祖沖之《述異記》、任昉《述異記》及當下流行的魯迅《古小説鉤沉》本《述異記》（簡稱爲祖本、任本及魯迅輯本）。三者中，祖沖之、任昉生活年代相仿，兩人都著有《述異記》。但在兩宋之際，出現了『祖本轉弱、任本轉强』的趨勢。宋以後，任本一枝獨秀，暢行於明清以來的書籍刊刻中。雖如此，任本卻多遭詬病，典型如《四庫全書》，雖收録任本，卻云其『剽剟』。魯迅《古小説鉤沉》中輯録《述異記》，則力證祖説，並於《中國小説史略》中云：『至於現行之《述異記》二卷，稱梁任昉撰者，則唐宋間人僞作，而襲祖沖之之書名者也，故唐人書中皆未嘗引。』對此，清人王謨已論及此種孱入唐時人事的現象，今人李劍國、郭世榮、徐盛南也力證其誤，此不再贅述。今據未被關注的傳增湘校跋本《述異記》，論傳本輯佚的價值，並在此基礎上略談祖本、任本流行之際的雜傳、小説等文體觀念，及魯迅輯本所遵循的輯佚理念。

一　清末傅增湘校本《述異記》

現藏國家圖書館，半頁八行，每行二十字，白口，左右雙邊，單魚尾，版心刻有卷上、卷下等字及頁碼。正文前有《序》，文後附録《後序》。卷上第一頁首行題寫『述異記卷上』字樣，次行題寫『梁樂安任昉著』，第三行題寫『明新安程榮校』。卷上末頁題寫『己卯九月十一日依景宋本校』字樣。卷下結束頁有『壬午九月二十日校影宋本訖藏園老人』的題記。之後，附録其從《太平御覽》輯録的佚文四十八條，從《太平廣記》輯録的佚文五十二條。

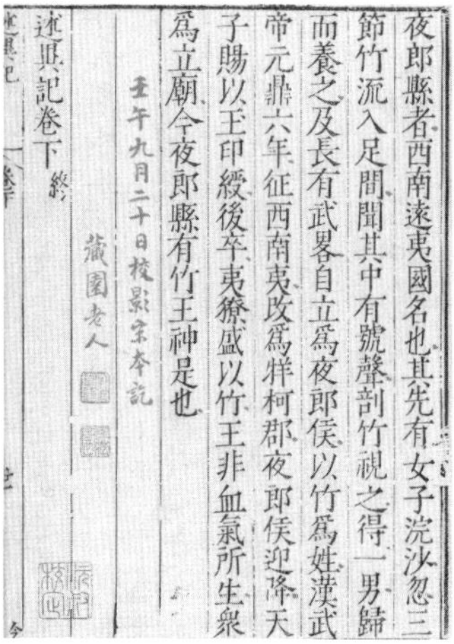
夜郎縣者西南遠夷國名也其先有女子浣沙忽三
節竹流入足間聞其中有號聲剖竹視之得一男歸
而養之及長有武畧自立爲夜郎侯以竹爲姓漢武
帝元鼎六年征西南夷改爲牂柯郡夜郎侯迎降天
子賜以王印綬後卒夷獠盛以竹王非血氣所生衆
爲立廟今夜郎縣有竹王神是也
壬午九月二十日校影宋本記
藏園老人
述異記卷下　終

圖八：國家圖書館藏傅增湘校本

傅增湘所輯的一百條内容，均未提及祖沖之，可見是將所輯内容混同於任本内容的。而魯迅輯本則幾乎將《太平御覽》《太平廣記》條目内容完全歸入祖本。今據傅增湘輯佚條目，參考今人所輯内容，另補兩條：

（一）宋羅璵妻費氏者，寧蜀人，父悦爲寧州刺史。費少而敬信，誦《法華經》數年，勤至不倦，後得病，忽苦心痛，闔門惶懼，屬纊待時，費心念：我誦經勤苦，宜有善祐，庶不遂致死也。既而睡臥，食頃而寤，乃夢見佛於窗中援手，以摩其心，應時都愈，一堂男女婢僕，悉睹金光，亦聞香氣，璵從妹於時省疾床前，亦具聞見，於是大興信悟，虔戒至終，每以此端化子姪焉。《太平廣記》卷一百零九。

按：此條亦見唐釋道世《法苑珠林》卷九五，文字略有出入。南朝梁王琰《冥祥記》有載，並云出自《法苑珠林》卷九五，《太平廣記》卷一百零九，文字略有出入。從宣傳佛教應驗事跡的題裁來辨别，與《法苑珠林》收入佛教故事吻合，故多半是從《法苑珠林》而來的佚文。

（二）劉德願兄子太宰從事中郎道存，景和元年五月，忽有白蚓數十，登其齋前砌上，通身白色，人所未嘗見也。蚓並張口吐舌，大赤色。其年八月，與德願並誅。《太平廣記》卷四七三。

按：此條見《太平廣記》卷四七三『白蚓』條，亦見《太平御覽》卷九四七『蚯蚓』。内容以記述奇異之物爲主，符合博物的主旨，應歸入任本《述異記》。

傅增湘輯佚並不區分祖本、任本，文獻記載中凡提及《述異記》的，則納入其中。説明其意識中祖沖之與《述異記》的關係並不緊密。傅校本是以明程榮《漢魏叢書》本爲底本的，據其跋文，又可知其參校了影宋本，並據影宋本補足了所缺的六個半頁。據筆者所檢資料，清徐乃昌自云其《隨庵徐氏叢書》所收録的包括《述異記》在内的十部書籍，係『覆宋本』而來，今與傅增湘校本對照，發現仍有不同之處。如『堯使鯀治洪水』條，徐本所云『黄能』處，傅校本多作『黄熊』等，這爲進一步校勘宋本原貌提供了文獻基礎。

二　南朝文體的重要分野：『雜傳』與『地記』

與傅校本不同，魯迅先生則極力區分了祖本、任本，簡言之，即『貶任揚祖』，並依據一定原則，主要是見諸任本《述異記》的則不采録，重新輯佚了祖本《述異記》，這在一定程度上呈現了祖本的面貌。《隋書·經籍志》將祖本《述異記》歸類爲『史部雜傳類』，那麽魯迅輯佚的祖本應該是體現『雜傳』風貌的。筆者翻檢了魯迅輯本，明確標記出自祖本的僅有四條，分别是『陳琬』條、『符健』條、『漆澄』條、『陳留周氏婢』條。『符健』條標記爲出自『《初學記》十九、《御覽》三百七十七引祖沖之』：

符健皇始四年，有長人見，身長五丈，語人張靖曰：『今當太平。』新平令以聞，健以妖妄，召靖繫之。是月霖雨河渭，泛溢滿（《御覽》引作蒲）坂，津監寇登於河中流得大屐一隻，長七尺三寸，足跡稱屐，指長尺餘，文深七寸。

筆者以爲此一條即祖本《述異記》的標準形態。從特點來看，標記故事發生的時間——皇始四年；故事發生的地點——蒲坂津河中流；故事的主人公——符健、張靖；故事的神異性——長人、大屐。這四個特點中，任本收録的標準則唯一固定在故事的神異性，故事發生的時間、人物並不是必須具有的要素。從所輯祖本九十條來看，敘事的主人公集中於三類人：一是帝王將相；一是地方士林；一是民間隱逸、道人及異人。敘事的神奇性大多是以具體的人爲載體的。祖本九十條内，没有牽涉具體人物、只論神鬼的僅有兩條，其餘均粘連到了人物。其中有三十餘條涉及帝王敘事，三十餘條歸類爲地方士林的敘事，有二十餘條關涉隱逸、道人、異人的敘事。『漆澄』條則爲地方士林的敘事，同樣符合時間、地點、人物及神異性的敘事特點。如以《隋書》傳記類文體爲參照，這些人物敘事似乎可以補史書材料不足，而祖本也正是被收録於《隋書·經籍志》史部雜傳類的。

任本《述異記》在《郡齋讀書志》和《宋史·藝文志》中均被歸類爲『子部小説家』類，這基本穩定了任本『述異』的敘事範疇。任本在前後敘事中也基本維持了相對穩定的風格，即以簡語俗語爲主的敘事體調。如『千年木精化爲青牛』、『鵠壽三千歲』、『虎魚老者爲蛟』、『周穆王之犬日走千里食虎豹』、『南中生子母竹，今之慈竹也』、『漢武帝廣陽縣雨麥』等條目，簡則不足十字，即可構成一則故事的敘事。同時大量保留了民間讖語、俗語，敘事的特點以簡練爲主，情節並没有鋪展，而表現出豐美婉約之態。與祖本相較，任本突出了物的神奇性，因此並不强調敘事的主人，多數條目都是不見主人公的。結合祖本、任本行文的特點，約略可辨『祖本傳人、任本記物』的基本理路。

『傳人』與『記物』，不僅聚焦了祖、任二人的敘事範疇，也體現了南朝社會文人間流行的文章寫作傾向。《梁書·任昉傳》載：

昉撰《雜傳》二四七卷，《地記》二五二卷，文章三三卷。

任昉所撰的二百多卷的《雜傳》及《地記》，即當時社會流行的兩種重要文體。所謂『雜傳』同樣要求符合人物的寫作體式，核心在於『傳人』；而『地記』體現的則是早期地方志的體式，以地方爲主的寫作方式必然會窮地方之勝，從而朝向博物的方向發展。綜合來看，兩者都脱離不開地方社會、民間文化及民間著述的影響，前者重在輯録人物歷史事跡，後者則匯集了多個地方的地理形態、風俗、名物。以《隋書·經籍志》著録書籍來看，這兩類文體又是相互交融的，述地方人物，又與地方地理風俗相關，或又輔之以山川地理圖册。從文體類型來看，則是先賢傳、先賢贊、耆舊傳、風土記、圖經等，貴族階層的文人與民間社會都有創作輯録。雜傳類如《徐州先賢傳贊》九卷，劉義慶撰；又不著題名的《先賢集》三卷，《兖州先賢傳》一卷，《徐州先賢傳》一卷等。地理類如《洛陽記》一卷，陸機撰；《鄴中記》二卷，晋國子助教陸翽撰；《衡山記》一卷，宋居士撰；有不録撰人的《廟記》一卷、《巴蜀記》一卷、《甌閩傳》一卷等。由此看來，『雜傳』與『地記』不僅是任昉匯編書籍的兩種重要文體，也是當時社會文體繁榮的新中心。這些文體的形成，是伴隨着地方社會或文人社會對地方敘事的關注而形成的，『地方性』成爲人文社會聚焦所在。對地方的關注，使得文人敘事的中心朝向底層社會、民間社會，民間的神靈信仰得以進入敘事的主題，並生成具體的敘事母題。

『雜傳』與『地記』兩種文體既統一於『地方性』的敘事，又構成了『地方性』敘事的兩個重要文體支撑。祖本是以『雜傳』爲文體風格的，故而人物敘事，或以人物敘事爲核心而牽連神靈敘事的文本是祖本輯録的特點。祖本傳人的特點也非其獨有，魏晋以來社會中不同階層的出現，不同地域文化的顯現，尤其是方志的盛行，使得撰寫地方人物故事成爲一種社會潮流。祖本也脱離不開方志的影響，十卷的内容也建立在對地方文獻整理匯編基礎之上。任本敘事不以人物敘事爲核心，而將神奇性作爲敘事的主題。也正因此，任本的敘事顯示出了博物之長的特點。

三　小説『瑣屑語』的母體及魯迅輯本取向

劉勰《文心雕龍》總論文體，不僅包含了貴族文士階層的文體創作，也提及了民間社會創作的文體，其《書記》篇云：

夫書記廣大，衣被事體；筆劄雜名，古今多品。是以總領黎庶，則有譜、籍、簿、録；醫曆星筮，則有方、術、占、式；申憲述兵，則有律、令、法、制；朝市徵信，則有符、契、券、疏；百官詢事，則有關、刺、解、牒；萬民達志，則有狀、列、辭、諺：並述理於心，著言於翰；雖藝文之末品，而政事之先務也。

這裏的『百官』與『萬民』構成了兩種敘事主體，結合任本敘事突出口語、俗語、諺語的特點，引文中的『辭』與『諺』即是任本敘事的依托。任本被歸類爲小説，其大量采集民間俗語體的特質，與《漢書·藝文志》中所規定的小説文體特質差别並不大：『小説家者流，蓋出於稗官。街談巷語、道聽途説之所造也。……閭里小知者之所及，亦使綴而不忘。如或一言可采，此亦芻蕘狂夫之議也。』芻蕘、狂夫是民間社會力量的代表，其塑造文化的方式是口耳相傳，諺語、俗語夾雜了韻律、格式，及特定社會背景下的訴説寓意，以通俗易曉的方式流行。《漢書·藝文志》所論及的小説概念代表的是早期的小説形態，即以志怪、博物爲主方向的小説理念，任本『述異』的内容放之於此，正是對早期小説雜言體特質的進一步論證。祖本以雜傳體爲主，與《漢書·藝文志》所描述的『街巷』語特點已不相同，而是朝向了成熟形態的小説體式發展。魯迅輯本顯然也是以成熟形態的小説體爲論的，在見諸祖本、任本的條目中，魯迅自然將敘事豐婉的條目歸類爲祖本，如『吴太皇』條的編撰，可見任本、祖本差異：

吴太皇時，朱休之家犬歌曰：『言我不能歌，聽我歌梅花。今年故復可，明年當奈何。』休遂殺其犬，明年休家人並死。

此條魯迅輯本亦有收録，文字詳略大有差異：

嘉興縣睪陶邨朱休之，有弟朱元，元嘉二十五年十月清旦，兄弟對坐家中，有一犬來，向休蹲，遍視二人而笑，遂摇頭歌曰：『言我不能歌，聽我歌梅花。今年故復可，奈汝明年何！其家驚懼，斬犬，牓首路側。至歲末梅花時，兄弟相鬭，弟奮戟傷兄。官收治，並被囚繫，經歲得免。至夏，舉家時疾，母及兄弟皆卒。

此條後魯迅有按語：『今本任昉《述異記》亦載之，文較略。』任本收録以歌謡爲主，敘事簡略。魯迅輯本仍保持了以歌謡爲主的結構，敘事以豐贍爲準。此條在《太平廣記》《藝文類聚》中亦有收録，三者均未提及祖、任之名，但魯迅輯本則選擇了最爲詳盡的《太平御覽》。還有更爲典型的『南康雩都縣』條，任本收録僅八十七字，而魯迅輯本則多達二百餘字。魯迅自釋：『亦見今本任昉《述異記》，然甚簡略，不如此文詳盡。』『簡』與『詳』成爲魯迅區别祖本、任本的重要標準。正如其《中國小説史略》所言：『瑣屑之言，非道術所在，與後來所謂小説者固不同。』這成爲魯迅輯本的重要選文理念。

四　《文章流别》所推尊的筆記體典範《蜀記》

祖、任二人生活年代相近，祖比任年長三十一歲。『祖本傳人、任本記物』區分了祖本、任本差異，『雜傳』與『地記』也是當時社會文章寫作的重要文體。兩者雖然有人與物的差異，卻都統一在『記述異聞』的主旨下。祖本將『述異』作爲人物敘事的主題，故而即使是牽扯到帝王的敘事，也將主題固定在人與異類事物相接的層面上；任本的敘事則進一步打破了人物的藩籬，神奇事物的選擇擴展到了具體的物質：山魈、黑蠶、鬼母、蛟綃紗、龍珠、孤竹、空桑、懶婦魚、水虺、梟獍、姑蘇臺、越王臺、文種墓、范蠡魚、梧桐宫、蒼頡墓、橘園、酸柿、楸户、銅駞鄉等，具備神奇性成爲敘事的有效性條件。

祖本、任本搜録的敘事標準或有不同，但都强調了『述異』的主題。『祖本傳人』與『任本記物』的分歧在『述異』的主題下又和諧地統一起來，成爲當時社會的流行敘事。那麽這一類『記』的文體是否會成爲文人文學所認可的文體，並標舉於當時社會呢？劉勰《文心雕龍》論及當時社會流行的二十種文體，其中題名與『記』有關的『書記』被歸爲最後一類文體：

大舜云：『書用識哉！』所以記時事也。蓋聖賢言辭，總爲之書；書之爲體，主言者也。……詳總書體，本在盡言，所以散鬱陶，託風采；故宜條暢以任氣，優柔以懌懷。文明從容，亦心聲之獻酬也。……記之言志，進己志也。

文論標舉的『記』體文學表現出了典型的文人文學特點，即文章的敘事是從作者衍生出來，以作者（第一人稱）爲中心的事件情感構成了敘事的中心，『進己志』的特點豁然可見。雖將此類文體歸爲『書記』，卻是以『書』爲主，『記』爲輔，『記』爲『書』

之心志與情志。這與『述異』的主題又是截然不同的。

如從『祖本傳人』的角度，以『雜傳』爲文體風格來分析《文心雕龍》的文體論，可與《文心雕龍》論『史傳』文體相比附：

> 爰及太史談，世惟執簡；子長繼志，甄序帝勣。比堯稱典，則位雜中賢；法孔題經，則文非元聖。故取式《呂覽》，通號曰『紀』；紀綱之號，亦宏稱也。故『本紀』以述皇王，『列傳』以總侯伯，『八書』以鋪政體，『十表』以譜年爵：雖殊古式，而得事序焉。

劉勰論及『史傳』類的文體，云『「本紀」以述皇王』，源頭是《呂覽》。查檢《呂覽》，體例是十二紀、八覽、六論，其中的十二紀是以月令時間爲序來記述時令的文本，這與記述帝王事跡的『本紀』文體相距較遠，故劉勰云『取式《呂覽》』，所取的是時間的先後排列順序，《呂覽》用以記四時，以《史記》爲始的紀傳體史傳文則用以記按年號排列的帝王、侯伯事跡。作爲紀傳體典型代表的通史《史記》，其本紀、列傳的體例也被後來的斷代紀傳體史書繼承下來。

『傳人』的祖本《述異記》，也具有傳體文的寫作特點。若將其推原到《史記》，可以看到兩者文體的相近之處。以《史記》爲代表的紀傳體，是以人物傳記爲中心，記事圍繞記人寫作，進入傳體的人物敘事是以帝王爲核心而建立的序列，服從的是政治需求。進入史傳體的敘事則是以歷史人物爲主的，人物的敘事又雜糅了神話的色彩。從對神話色彩的分析來看，多表現爲人物自身的神靈化敘事，典型如降生、逃生等奇跡敘事。而『述異』的文體則較多體現民間話語的力量，多以神異、荒誕之事來行文。

從《文心雕龍》來看，當時社會形成了兩類主流的『記』的文體：一是書記；一是史傳。兩類文體的特點是輔助政教之功，暗合了文人主流的生活軌跡、情感意識及由此而來的敘事傾向。此外，則是任昉《文章緣起》提及的『記』體文：

記，揚雄作《蜀記》。

任昉《文章緣起》論及了各體文章之源，以爲『記』的文體典範之作爲『揚雄《蜀記》』，《隋書·經籍志》著録此書爲《蜀王本記》，查檢此書文本，敘事荒誕不經，不避神鬼，又與『述異』的主題相互依存。明陳懋仁注解此處的『記』，認爲『記者，所以敘事識物，以備不忘，非專尚議論者也』。以此來看，《文心雕龍》與《文章緣起》標舉了不同的『記』的文體，前者是典型的文人文學——『書記』體，以第一人稱的敘事爲主，故凡『筆劄雜名』皆可入之；『史傳』的記體文，推崇的是本紀、列傳類的帝王、侯伯敘事。《蜀記》則巧妙融合了『傳人』與『記物』兩種文體敘事特長，如其文首：

蜀王之先名蠶叢、柏濩、魚鳧、蒲澤、開明，是時人萌椎髻左言，不曉文字，未有禮樂，從開明上到蠶叢，積三萬四千歲。蜀之先稱王者有蠶叢，後代名曰『柏濩』，又名『魚鳧』，此三代各數百歲，皆神化不死，其民亦頗隨王化，魚鳧獵於湔山，便仙去。今廟祀之於湔，時蜀民稀少。後有一男子，名曰『杜宇』，從天墮止，有朱提氏女子，名曰『利』，從江源他井中出，爲杜宇妻。宇自立爲王，號曰『望帝』。

《蜀記》在講述蜀地蜀王事跡的同時，采用了『記述異聞』的敘述方式。任本第一條記述『盤古氏』故事，采用了神話的形式；《蜀記》也云自天而降的蜀王杜宇，從井中出的杜宇妻，兼具神話色彩。《蜀記》雖也以『記』爲類，卻不同於司馬遷爲帝王將相列傳的記體文寫作，而是兼容了『雜傳』與『記物』、『志人』與『志怪』的文體之長。陳文新論及筆記小説的分類，將之分爲志怪與軼事兩種，搜神、博物、拾遺爲志怪的三種文類；世説、雜記、笑林爲志人的軼事小説的三種文類。按此分類，祖本《述異記》可入軼事類，任本《述異記》則歸屬於博物類。事實上，祖本與任本可能有共同的上源，而所以不同，是由於去取的標準有異。從社會性來看，是與地方社會的被發現密切聯係的；從作品呈現的方式來看，是以文人學士采集地方風俗、歌謡、諺語並創作文人作品敘事而形成的；從作品風格來看，是以文人之筆描摹俗世情態，並將民間社會的神話敘事思維、靈異敘事路徑運諸指尖，巧妙地呈現出來。

《蜀記》雖被任昉標舉爲『記』體文之源，卻並不入《文心雕龍》之眼，劉勰將此類文章歸類爲『筆劄雜名』，並没有給予崇高的文體學地位。究其原因，筆者以爲這與兩人不同的身份、經歷相關，《文心雕龍》旨在以雕刻之筆見文心之龍，是以文人個體的文辭技藝之功呈現文章體式之優劣，龍是心體智慧情感的結晶；而任昉所標舉的《蜀記》卻是以『博以識物』爲特點的，而所以推舉《蜀記》，是由於當時社會已經流行着大量的此類文體，並且任昉本人即進行了大規模的搜集匯編工作，如本傳所言的『《雜傳》二百四十七卷，《地記》二百五十二卷』，《地記》雖已遺失，但不難斷定此爲方志類的記載，且與《蜀記》文體相近。以此來看，《述異記》極有可能是在方志匯編過程中，雜采各地方志之神奇敘事而成的一部書籍。

除去《蜀記》之外，當時社會也流行着大量的方志學著作，以《隋書·經籍志·史部·地理類》來看，所録書籍即多以地方志、地方敘事爲主，且雜有圖經、地理、山墟、異物的記載，名物雖多，卻都可以在方志名類之下加以區分，並形成地方性的人物傳記、地理志、圖經等多種著述。

傅增湘輯佚本保留了珍貴的文獻資料，爲我們進一步校勘宋本原貌提供了基礎。傅本並不區分祖本、任本差異，也爲我們重新思索筆記體小説文體的演進提供了新的視角。總體而言，祖、任兩種《述異記》有不同形態，『祖本傳人、任本記物』的特點與當時社會流行的文人纂輯匯編的風氣是相呼應的。祖、任二人雖爲貴族文士，卻倡導了不以官方主流敘事爲皈依的、民間社會流行的記述異聞類筆記體的寫作。此類文體既可以分流爲『傳人』與『記物』的文類，又可以和諧地統一於地方志的文體創作中。總體而論，『傳人』方向的文類朝向日益成熟的小説文體的方向發展，祖、任二人，即是其後逐漸新興的唐傳奇的先導，這一類文體逐漸突破神話色彩的敘事，將敘事的主題還原到人的視角上，與人相互關聯的才情、死亡、重生、變異等觀念成爲隱藏的敘事主流，且在此基礎上逐漸豐饒發展。小説的這一支是被魯迅先生所認可的。從『述異』的文本創作來看，清東軒主人《看花述異記》就已經完全看不出任本的風貌，完全是成熟的清代小説體制。而同名《述異記》的《舊小説》本所收録的八則人物故事：陸機黄耳、雩都縣人、黄苗、白道猷、區敬之、富陽人、梁清、費慶伯等，或可以窺見某些祖本、任本的痕跡，然已經過大幅改動，幾乎不可辨析其母本『傳人』與『記物』的兩類形態。

引用書目

《毛詩正義》　漢鄭玄注　唐孔穎達疏　十三經注疏本

《詩含神霧》　(日) 安居香山　中村璋八輯　緯書集成本

《尚書正義》　漢孔安國傳　唐孔穎達疏　十三經注疏本

《尚書大傳》　漢伏勝撰　漢鄭玄注　四部叢刊本

《周禮注疏》　漢鄭玄注　唐賈公彦疏　十三經注疏本

《禮記正義》　漢鄭玄注　唐孔穎達疏　十三經注疏本

《春秋元命苞》　(日) 安居香山　中村璋八輯　緯書集成本

《春秋運斗樞》　(日) 安居香山　中村璋八輯　緯書集成本

《春秋左傳正義》　晋杜預注　唐孔穎達疏　上海人民出版社　一九八八年版

《方言》　漢揚雄撰　晋郭璞注　中華書局　二〇一六年版

《説文解字注》　漢許慎撰　清段玉裁注　上海古籍出版社　一九八八年版

《爾雅》 晉郭璞注 中華書局 二〇二〇年版
《廣雅疏證》 清王念孫著 中華書局 二〇〇四年版
《玉篇》 南朝梁顧野王撰 古逸叢書本
《埤雅》 宋陸佃撰 明成化刻嘉靖重修本
《國語集解》 徐元誥集解 中華書局 一九三〇年版
《戰國策》 漢劉向輯 漢高誘注 上海古籍出版社 一九七八年版
《竹書紀年校補記》 清趙紹祖撰 赵氏古墨斋刻本
《越絕書》 漢袁康撰 四部叢刊 景明雙柏堂本
《吴越春秋》 漢趙曄撰 明古今逸史本
《史記》 漢司馬遷撰 清乾隆武英殿刻本
《漢書》 漢班固撰 毛氏汲古閣本 明崇禎十五年
《後漢書》 南朝宋范曄撰 唐李賢等注 中華書局 一九六五年版
《蜀王本紀》 漢揚雄撰 清王謨輯 漢唐地理書鈔本
《東觀漢記校注》 漢劉珍等撰 吴樹平校注 中華書局 二〇〇八年版
《三國志》 晉陳壽撰 清同治六年 金陵書局本

《晋書》　唐房玄齡等撰　中華書局　一九七四年版
《宋書》　南朝梁沈約撰　中華書局　一九七四年版
《南齊書》　南朝梁蕭子顯撰　中華書局　一九九六年版
《梁書》　唐姚思廉撰　中華書局　一九七三年版
《北齊書》　唐李百藥撰　中華書局　一九七二年版
《魏書》　北齊魏收撰　中華書局　二〇一八年版
《南史》　唐李延壽撰　中華書局　一九七五年版
《北史》　唐李延壽撰　中華書局　一九七四年版
《隋書》　唐魏徵　令狐德棻撰　中華書局　一九七三年版
《舊唐書》　五代晋劉昫等撰　中華書局　一九七五年版
《新唐書》　宋歐陽修　宋祁撰　中華書局　一九七五年版
《路史》　宋羅泌撰　清文淵閣四庫全書本
《遼史》　元脱脱等撰　中華書局　一九七四年版
《繹史》　清馬驌撰　王利器整理　中華書局　二〇〇二年版
《漢官儀》　漢應劭撰　叢書集成初編本

《通典》　唐杜佑撰　中華書局　一九八八年版
《山海經箋疏》　清郝懿行箋疏　清嘉慶十四年　琅嬛僊館刻本
《西京雜記校注》　晉葛洪撰　周天遊校注　中華書局　二〇二〇年版
《會稽記》　晉孔曄撰　清李際期宛委山堂《説郛》本
《吴郡志》　宋范成大撰　叢書集成初編本
《太康地記》　晉佚名撰　清李際期宛委山堂《説郛》本
《水經注校證》　北魏酈道元　陳橋驛校證　中華書局　二〇二〇年版
《洛陽伽藍記校釋》　北魏楊衒之撰　周祖謨校釋　中華書局　二〇二二年版
《括地志輯校》　唐李泰撰　賀次君輯校　中華書局　一九八〇年版
《元和郡縣圖志》　唐李吉甫撰　賀次君點校　中華書局　一九八三年版
《方輿勝覽》　宋祝穆撰　宋祝洙增訂　施和金點校　中華書局　二〇〇三年版
《太平寰宇記》　宋樂史撰　王文楚等點校　中華書局　二〇〇七年版
《輿地紀勝》　宋王象之撰　中華書局　一九九二年版
《輿地志》　南朝陳顧野王撰　漢唐地理書鈔本
《潯陽記》　晉張僧鑒撰　清李際期宛委山堂《説郛》本

《鄴中記》　晉陸翽撰　清湯球輯　叢書集成初編本
《十道志》　唐梁載言撰　輯自《吳越春秋》　明古今逸史本
《剡録》　宋高似孫撰　清文淵閣四庫全書本
《歷代宅京記》　清顧炎武撰　于杰點校　中華書局　一九八四年版
《讀史方輿紀要》　清顧祖禹撰　賀次君　施和金點校　中華書局　二〇〇五年版
《大清一統志》　清穆彰阿等纂修　上海古籍出版社　二〇〇八年版
《江西通志》　明林庭棉等纂修　江西人民出版社　二〇一七年版
《廣信府志》　清連柱等纂修　乾隆四十八年
《曲阜縣志》　清潘相纂修　乾隆三十九年
《贛州府志》　清魏瀛修　清同治十二年
《句容縣志》　明王僖等纂　弘治九年
《赤山湖志》　清尚兆山撰　金陵叢書本
《福寧府志》　清李拔纂　清光緒六年本
《松江府志》　明顧清纂　清文淵閣四庫全書本
《論語注疏》　三國魏何晏注　宋邢昺疏　北京大學出版社　一九九九年版

《老子道德經注》　三國魏王弼注　樓宇烈校釋　中華書局　二〇一八年版
《老子》　三國魏王弼注　古逸叢書本
《莊子集釋》　清郭慶藩集釋　中華書局　二〇〇六年版
《莊子集解内篇補正》　清王先謙撰　劉武撰　中華書局　一九八七年版
《淮南子》　清乾隆五十三年　莊逵吉校刊本
《新輯本桓譚新論》　漢桓譚撰　朱謙之校輯　中華書局　二〇〇九年版
《抱朴子内外篇校注》　晋葛洪撰　金毅校注　上海古籍出版社　二〇一八年版
《顔氏家訓集解（增補本）》　北齊顔之推撰　王利器集解　中華書局　一九九三年版
《説苑校證》　漢劉向撰　向宗魯校證　中華書局　一九八七年版
《列仙傳神仙傳》　漢劉向撰　晋葛洪撰　上海古籍出版社　一九九〇年版
《列女傳》　漢劉向撰　清梁端校注　清道光十四年　振綺堂刻本《異苑》
《神異經》　漢東方朔撰　晋張華注　明顧氏文房小説本
《海内十洲記》　漢東方朔撰　增訂漢魏叢書本
《洞冥記》　漢郭憲撰　叢書集成初編本
《列異傳》　三國魏曹丕撰　魯迅輯《古小説鈎沉》本

《博物志》　晉張華撰　汝南周日用等注　明弘治十八年　明馮舒跋本
《拾遺記校注》　晉王嘉撰　梁蕭綺録　齊治平校注　中華書局　一九八一年版
《搜神記》　晉干寶撰　明津逮秘書本
《搜神後記》　晉陶潛撰　李劍國輯校　中華書局　二〇二〇年版
《三齊略記》　晉伏琛撰　清李際期宛委山堂《説郛》本
《神仙傳》　晉葛洪撰　清文淵閣四庫全書本
《幽明録》　南朝宋劉義慶撰　清李際期宛委山堂《説郛》本
《異苑》　南朝宋劉敬叔撰　清文淵閣四庫全書本
《世説新語校箋》　南朝宋劉義慶撰　南朝梁劉孝標注　楊勇校箋　中華書局　二〇一九年版
《齊民要術今釋》　北魏賈思勰撰　石聲漢校釋　中華書局　二〇二二年版
《酉陽雜俎校箋》　唐段成式撰　許逸民校箋　中華書局　二〇一五年版
《古鏡記》　唐王度撰　清李際期宛委山堂《説郛》本
《因話録》　唐趙璘撰　清文淵閣四庫全書本
《嶺表録異》　唐劉恂撰　武英殿聚珍版叢書本
《杜陽雜編》　唐蘇鶚撰　文學古籍刊行社《類説》本　一九五六年版

《朝野僉載　雲溪友議》　唐張鷟　范攄撰　恒鶴　阳羡生校點　上海古籍出版社　二〇一二年版
《大唐新語（外五種）》　唐劉肅等撰　恒鶴等校點　上海古籍出版社　二〇一二年版
《北户録》　唐段公路撰　文學古籍刊行社版《類説》本
《集異記》　唐薛用弱撰　清李際期宛委山堂《説郛》本
《本草衍義》　宋寇宗奭撰　清十萬卷樓叢書本
《軒轅黄帝傳》　清孫星衍校　平津館叢書本
《渚宫舊事》　唐余知古撰　孫星衍補遺　平津館叢書本
《西溪叢語》　宋姚寬撰　孔凡禮點校　中華書局　一九九三年版
《夢粱録》　宋吴自牧撰　楊守敬題款　清學津討原本
《稽神録》　宋徐鉉撰　白化文點校　中華書局　二〇〇六年版
《類説》　宋曾慥編　清文淵閣四庫全書本
《五雜俎》　明謝肇淛撰　中華書局　一九五九年版
《東周列國志》　明馮夢龍撰　清蔡元放改編　凌霄注　崇文書局　二〇一八年版
《珍珠船》　明陳繼儒撰　寶顔堂秘笈本
《聊齋志異》　清蒲松齡撰　于天池等譯　中華書局　二〇一五年版

《堅瓠集》 清褚人獲輯撰 李夢生校點 上海古籍出版社 二〇一二年版
《楚辭集注》 宋朱熹集注 上海古籍出版社 一九七九年版
《古今注》 晉崔豹撰 增訂漢魏叢書本
《文選》 南朝梁蕭統編 唐李善注 中華書局 一九七七年版
《初學記》 唐徐堅等著 中華書局 二〇〇四年版
《藝文類聚》 唐歐陽詢等撰 清文淵閣四庫全書本
《北堂書鈔》 唐虞世南輯録 學苑出版社 二〇一五年版
《太平御覽》 宋李昉等撰 日安政二年喜多邨學訓堂本
《太平廣記》 宋李昉等撰 明刻沈氏野竹齋本
《事林廣記》 宋陳元靚撰 中華書局 二〇一六年版
《香乘》 明周嘉胄 清康熙元年周亮節印本
《松陵集》 唐皮日休 陸龜蒙撰 毛氏汲古閣本
《夜航船》 明張岱纂 鄭凌峰點校 浙江古籍出版社 二〇二〇年版
《全唐詩》 清彭定求等編 中華書局 一九六〇年版
《全宋詩》 傅璇琮等主編 北京大學出版社 一九九八年版

《全清詞鈔》　葉恭綽編　中華書局　二〇一九年版
《欽定日下舊聞考》　清英廉等撰　武英殿本
《御定淵鑒類函》　清張英等撰　清文淵閣四庫全書本
《欽定古今圖書集成》　清陳夢雷等撰　清文淵閣四庫全書本
《重刊增廣分門類林雜説》　張氏愛日精廬　清抄本
《讀四書大全説》　清王夫之撰　中華書局　二〇一一年版
《歷代神仙通鑒》　明徐道編　明劉宇亮等刊　明崇禎刻本
《先秦漢魏晋南北朝詩》　逯欽立輯校　中華書局　一九八三年版
《全上古三代秦漢三國六朝文》　清嚴可均輯　中華書局　一九六五年版
《古小説鈎沉》　魯迅輯　齊魯書社　一九九七年版
《法苑珠林校注》　唐釋道世撰　周叔迦　蘇晋仁校注　中華書局　二〇〇三年版
《高僧傳》　南朝梁釋慧皎撰　湯用彤校注　中華書局　一九九二年版
《雲笈七籤》　宋張君房撰　中華書局　二〇〇三年版

上册　述異記匯箋

清商濬《稗海》本所録詞條

卷上

卷下

《述異記》卷上

梁　樂安任昉著〔一〕

明　會稽商濬校〔二〕

【注釋】

〔一〕任昉：字彦升，樂安（今山東壽光）人。父任遥，曾任齊中散大夫。母爲著姓河東裴氏，夢『五色彩旗蓋四角懸鈴自天而墜』，其一鈴入懷而生昉。昉少年時被聘爲丹陽尹劉秉主簿，又曾任竟陵王記室參軍。天監六年春，出任寧朔將軍、新安太守。天監七年，卒於任上。昉長於筆，時人號爲『沈詩任筆』。

〔二〕商濬：又名維濬，字景哲，浙江會稽人，主要活動於明萬曆年間。徐渭門生，鋭情稽古，廣購窮收，藏書甚富。校刊《稗海叢書》共七十種。

昔盤古氏〔一〕之死也，頭爲四岳，目爲日月，脂膏爲江海，毛髮爲草木。秦漢間俗說：『盤古氏頭爲東岳，腹爲中岳，左臂爲南岳，右臂爲北岳，足爲西岳。』先儒說：『盤古氏泣爲江河，氣爲風，聲爲雷，目瞳爲電。』古說：『盤古氏喜爲晴，怒爲陰。』吴楚間說：『盤古氏夫妻陰陽之始也。』今南海有盤古氏墓，亘三百餘里，俗云：『後人追葬盤古之魂也。』桂林有盤古氏廟，今人祝祀〔三〕。

【注釋】

〔一〕盤古氏是《述異記》的第一個敘事類型。文獻所能查證最早的吴徐整《三五曆紀》是將『鷄子』母題放在盤古氏化生之前的，兹録如下：『天地混沌如鷄子，盤古生其中。萬八千歲，天地開闢，陽清爲天，陰濁爲地，盤古在其中，一日九變，神於天，聖於地。天日高一丈，地日厚一丈，盤古日長一丈，如此萬八千歲。天數極高，地數極深，盤古極長，後乃有三皇。數起於一，立於三，成於五，盛於七，處於九，故天去地九萬里。』而『鷄子』的神話，早在《晋書·天文志》《宋書·天文志》中已有記載。《晋書·天文志》記載研究天象之學的有三家：『蓋天』、『宣夜』、『渾天』。持『宣夜說』者虞聳認爲：『天形穹隆如鷄子，幕其際，周接四海之表，浮於元氣之上。』持『渾天說』者吴中常侍廬江王蕃援引前人舊說，並加以論述：『前儒舊說，天地之體，狀如鳥卵，天包地外，猶殼之裹黄也。周旋無端，其形渾渾然，故曰渾天也。周天三百六十五度五百八十九分度之百四十五，半覆地上，半在地下。其二端謂之南極、北極。北極出地三十六度，南極入地三十六度，兩極相去一百八十二度半强。』可見，鷄子之說是流行於漢晋之際的。且，《晋書》引《春秋文曜鉤》：『唐堯即位，羲和立渾儀。』説明渾天之説可能在上古時期已有，羲和即是守渾天説的天象之官。唐以後這種説法也是流行的，唐宋時期的類書頻繁徵引這一説法。唐歐陽詢《藝文類聚·天部》引《渾天儀》曰：『天如鷄子，天大地小，天表裏有水，地各乘氣而立，載水而浮，天轉如車轂之運。』引《白虎通》：『天者身也，天之爲言鎮也。居高理下，爲人鎮也。男女摠名爲人，天地所以無摠名何？天圓地方，不相類也。天左旋，地右周，猶君臣陰陽相對向也。』引《蜀志》曰：『吴使張温來聘，温問秦密曰：「天有頭乎？」密曰：「有之。」温曰：「在何方？」密曰：「《詩》云：乃眷西顧。以此推之，頭在西方。」温曰：「天有耳乎？」密曰：「天處高而聽卑。《詩》云：鶴鳴九皋，聲聞於天。若其無耳，何以聽之？」温曰：「天有足乎？」密曰：「《詩》云：天步艱難。若其無足，何以步之？」温曰：「天有姓乎？」密曰：「姓劉。」「何以然？」曰：「其子姓劉，以此知之。」』宋李昉等《太平御覽·天部》引《三五曆紀》：『未有天地之時，混沌狀如鷄子，溟涬始牙，濛鴻滋萌，歲在攝提，元氣肇始。』又曰：『清輕者上爲天，濁重者下爲地，沖和氣者爲人。故天地含精，萬物化生。』後又在『天部二』中記載了徐整《三五曆紀》内容，與《藝文類聚》所載完全相同，兹不贅録。

將『鷄子』説與『盤古氏』連接起來的則是吴徐整。清馬驌《繹史》引《五運曆年紀》：『元氣濛鴻，萌芽兹始，遂分天地，肇立乾坤，啓陰感陽，分布元氣，乃孕中和，是爲人也。首生盤古，垂死化身，氣成風雲，聲爲雷霆，左眼爲日，右眼爲月，四肢五體爲四極五岳，血液爲江河，筋脈爲地里，肌肉爲田土，髮髭爲星辰，皮毛爲草木，齒骨爲金石，精髓爲珠玉，汗流爲雨澤，身之諸蟲，因風所感，化爲黎甿。』之後引《真源賦》記載：

『盤古氏後有天皇君一十三人，時遭劫火，乃有地皇君一十一人，各萬八千餘年，乃有人皇君兄弟九人，結繩刻木，四萬五千六百年。』『盤古氏』不見於正史，卻見於吴徐整記述，一種可能是『盤古氏』就是流行於以吴地爲中心的傳説，其流傳地域蔓延於西南巴蜀之國等地。『鷄子』與『盤古』的結合是吴地將中央政權認知與地方信仰相結合的産物。在這樣的理念之下，自然可以形成『天地混沌如鷄子，盤古生其中』的認知理念。

饒宗頤《盤古圖考》一文引《益州學館記》記載有漢獻帝興平元年壁畫，圖像爲上古、盤古、李老等神，及歷代帝王之像。王羲之丹青妙手，亦有摹畫之心。饒宗頤經考證認爲：『由賀氏記所誌，知以盤古作圖，漢末蜀中已流行之，則盤古之神話，最遲必産生於東漢。』並斷言：『如即是徐整之書，則《三五曆紀》原兼有圖一卷，盤古圖必在其列。』

〔三〕祝：禱告、詛咒之意。《禮記·郊特牲》：『詔祝於室。』祀：祭祀之意。《左傳·成公十三年》：『國之大事，在祀與戎。』《戰國策》：『祭祀必祝之。』祝與祀不同，祝强調口頭言語的禱告，祀則主要指祀天神，此處祝祀解釋爲：用向盤古氏禱告的方式來祈福避禍。

南海〔二〕中盤古國〔三〕，今人皆以盤古爲姓。昉按：盤古氏，天地萬物之祖也，然則生物始於盤古。

【注釋】

〔一〕《詩經·大雅·江漢》載：『江漢之滸，王命召虎：式辟四方，徹我疆土。匪疚匪棘，王國來極。于疆于理，至于南海。』清郝懿行箋疏《山海經·海内南經》記載『離耳國』：『在鬱水南。鬱水出湘陵南海。』晉郭璞注：『鎪離其耳，分令下垂以爲飾，即儋耳也，在朱崖海渚中。不食五穀，但噉蚌及藷藇也。』

〔二〕一説爲南海郡。秦始皇南取百越，設南海、桂林、象郡三郡。縣地屬桂林郡。一説爲今天的華南地區。持後者觀點者認爲在華南珠江流域，曾存在一個以盤古信仰爲核心的盤古國。而今天的廣西來賓市一帶，有盤古廟二十八座。當地盛行祭祀盤古誕辰廟會活動，如唱盤古戲、盤古歌等。

南海小虞山中有鬼母，能産天地鬼，一産十鬼。朝産之，暮食之。今蒼梧〔一〕有鬼姑神是也。虎頭、龍足、蟒目、蛟〔二〕眉。蟒虵目圓，蛟眉連生。今吴越間防風廟，土木作其形，龍首牛耳，連眉一目。

【校記】

天地：邢本爲『天下』。

十鬼：邢本爲『千鬼』。

蛟眉：胡本爲『蛟肩』。

【注釋】

〔一〕蒼梧：漢初趙佗並桂林、象郡，稱南越國，並封其宗人趙光爲蒼梧王，治廣信。漢元鼎六年，置廣信縣，縣治廣信城。

〔三〕蛟：傳説中能發洪水，像龍一樣的動物。《説文解字》：『蛟，龍之屬也。池魚，滿三千六百，蛟來爲之長，能率魚飛。置笱水中，即蛟去。』

昔禹會塗山〔一〕，執玉帛者萬國，防風氏〔二〕後至，禹誅之。其長三丈，其骨頭專車。今南中民有姓防風氏，即其後也，皆長大。越俗祭防風神，奏防風古樂，截竹長三尺，吹之如嗥〔三〕。三人披髮而舞。

【注釋】

〔一〕《尚書·益稷》：『娶于塗山，辛壬癸甲，啓呱呱而泣。予弗子。惟荒度土功。』孔傳：『啓，禹子也。禹治水，過門不入。聞啓泣聲，不暇子名之，以大治度水土之功故。』《楚辭·天問》：『禹之力獻功，降省下土四方。焉得彼塗山女，而通之于台桑。』《史記索隱》：『《系本》曰「塗山氏女名『女媧』」，是禹娶塗山氏女，號爲「女媧」也。』《史記正義》引《帝系》：『禹娶塗山氏之子，謂之女媧，是生啓。』後漢趙曄《吴越春秋·越王無余外傳》第六：『《詩》云「信彼南山，惟禹甸之」。遂巡行四瀆。與益、夔共謀，行到名山大澤，召其神而問之山川脈理、金玉所有、鳥獸昆蟲之類，及八方之民俗，殊國異域、土地里數：使益疏而記之，故名之曰「山海經」。禹三十未娶，行到塗山，恐時之暮，失其度制，乃辭云：「吾娶也，必有應矣。」』

〔二〕宋羅泌撰《路史·國名記》卷乙記載：『防風，釐姓。守封禺之間，二山在今湖之武康。』其後引《吴興記》云：『吴興西有風渚山，一曰風山，有風公廟，古防風國也。下有風渚，今在武康東十八里，天寶改曰「防風山」。禺山在其東二百步。』在『汪芒』條下記載：『即汪罔。《説苑》云：「汪芒，釐姓。」《説文》云：「封嵎山在吴楚間，汪芒之國。」歷代故以爲防風也。』

〔三〕嗥：野獸吼叫之意。《左傳·襄公十四年》：『狐狸所居，豺狼所嗥。』

軒轅〔一〕之初立也，有蚩尤氏〔二〕兄弟七十二人。銅頭鐵額，食鐵石。軒轅誅之於涿鹿〔三〕之野，蚩尤能作雲霧。涿鹿今在冀州〔四〕，有蚩尤神。俗云：『人身牛蹄，四目六手。』今冀州人掘地得髑髏如銅鐵者，即蚩尤之骨也。今有蚩尤齒，長二寸，堅不可碎。秦漢間説：『蚩尤氏耳鬢如劍戟，頭有角，與軒轅鬭，以角觝人，人不能向。』今冀州有樂名『蚩尤戲』，其民兩兩三三，頭戴牛角而相觝。漢造角觝戲〔五〕，蓋其遺制也。

【注釋】

〔一〕《史記·五帝本紀》：『黄帝者，少典之子。姓公孫，名曰軒轅。生而神靈，弱而能言，幼而徇齊，長而敦敏，成而聰明。……炎帝欲侵陵諸侯，諸侯咸歸軒轅。軒轅乃修德振兵，治五氣，蓺五種，撫萬民，度四方，教熊羆貔貅貙虎，以與炎帝戰於阪泉之野，三戰然後得其志。蚩尤作亂，不用帝命，於是黃帝乃徵師諸侯，與蚩尤戰於涿鹿之野，遂禽殺蚩尤。而諸侯咸尊軒轅爲天子，代神農氏，是爲黃帝。天下有不順者，黃帝從而征之，平者去之。』《集解》引徐廣注曰：『號有熊。』《史記索隱》曰：『注「號有熊」者，以其本是有熊國君之子。』《左傳》亦號帝鴻氏。《正義》曰：『亦曰帝軒氏。母曰「附寶」，之祁野，見大電繞北斗樞星，感而懷孕，二十四月而生黃帝於壽丘。壽丘在魯東門之北，今在兗州曲阜縣東北六里，生日角龍顔，有景雲之瑞。』《史記索隱》又曰：『案：皇甫謐云「黃帝生於壽丘，長於姬水，因以爲姓。居軒轅之丘，因以爲名，又以爲號」。是本姓公孫，長居姬水，因改姓姬。』《集解》又引張晏曰：『作軒冕之服，故謂之軒轅。』清趙紹祖《校補竹書紀年》『黃帝軒轅氏』：『母曰「附寶」，見大電光繞北斗樞星，照郊野，感而孕，二十五月而生帝於壽邱，弱而能言，龍顔有聖德。』

〔二〕《史記・五帝本紀》：『軒轅之時，神農氏世衰，諸侯相侵伐，暴虐百姓，而神農氏弗能征。於是軒轅乃習用干戈，以征不享，諸侯咸來賓從，而蚩尤最爲暴，莫能伐。』《史記索隱》曰：『此紀云「諸侯相侵伐，蚩尤最爲暴」，則蚩尤非爲天子也。』又《管子》曰：『蚩尤受廬山之金而作五兵，明非庶人，蓋諸侯號也。』《正義》曰：『《龍魚河圖》云：「黃帝攝政，有蚩尤兄弟八十一人，並獸身人語，銅頭鐵額，食沙石子，造立兵仗刀戟大弩，威振天下。……萬民欲令黃帝行天子事，黃帝以仁義不能禁止蚩尤，乃仰天而歎，天遣玄女下授黃帝兵信神符，制伏蚩尤。蚩尤没後天下復擾亂，黃帝遂畫蚩尤形像以威天下……」』引《山海經》云：『黃帝令應龍攻蚩尤，蚩尤請風伯雨師以從大風雨，黃帝乃下天女曰「魃」以止雨，雨止，遂殺蚩尤。』」引孔安國曰：『九黎君號「蚩尤」。』

〔三〕《史記·淮陰侯列傳》：『秦失其鹿，天下共逐之，於是高材疾足者先得焉。』裴駰《史記集解》引張晏曰：『以鹿喻帝位也。』

〔四〕《尚書·禹貢》記載：『禹別九州，隨山濬川，任土作貢。禹敷土，隨山刊木，奠高山大川。冀州：既載壺口，治梁及岐。既修太原，至于岳陽。覃懷厎績，至于衡漳。厥土惟白壤，厥賦惟上上錯，厥田惟中中。恒衛既從，大陸既作。島夷皮服，夾右碣石入于河。』冀州、兗州、青州、徐州、揚州、荆州、豫州、梁州、雍州爲當時九州。

〔五〕觝：同『牴』，用角頂撞。《史記·李斯列傳》：『是時二世在甘泉，方作觳抵優俳之觀，李斯不得見。』《史記集解》引應劭曰：『戰國之時稍增講武之禮，以爲戲樂，用相夸示，而秦更名曰「角抵」。角者，角材也。抵者，相抵觸也。』引文穎曰：『案：秦名此樂爲角抵，兩兩相當，角力，角伎藝射御，故曰「角抵」也。』裴駰按：『觳抵，即角抵也。』《漢書·刑法志》：『春秋之後，滅弱吞小，並爲戰國。稍增講武之禮，以爲戲樂，用相夸視，而秦更名角抵，先王之禮没於淫樂中矣。』唐趙璘《因話録》：『文宗將有事南郊前，祀前本司進相撲人。上曰：「我方清齋，豈合觀此事。」左右曰：「舊例皆有，已在門外祇候。」上曰：「此應是要賞物，可向外撲了，即與賞物令去。」』宋吴自牧《夢粱録》記載『角觝』：『角觝者，相撲之異名也。又謂之争交。且朝廷大朝會聖節御宴，第九盞例用左右軍相撲，非市井之徒，名曰「内等子」。隸御前忠佐軍頭引見司所管，元於殿步諸軍選膂力者充應名額，即虎賁郎將耳。每遇拜郊明堂大禮，四孟車駕親饗，駕前有頂帽鬢髮鬔鬆，握拳左右行者是也。遇聖節御宴大朝會用左右軍相撲，即此内等子承應。但内等子設額一百二十名，内有管押人員十將各二名，上中等各五對，下等八對，劍棒手五對，餘皆額裏額外，準備祇應，三年一次，就本司争揀上名，下次入額，其管押以下至額内等子亦三年一次，當殿呈試相撲，謝恩賞賜銀絹，外出職管押人員本司牒發諸州道郡軍府，充管營軍頭也。前輩朝官曾赴御宴，有詩詠曰：「虎賁三百總威獰，急颭旗催疊鼓聲。疑是嘯風吟雨處，怒龍彪虎角虧盈。」蓋爲渠發也。瓦市相撲者，乃路岐人聚集一等伴侣以圖摽手之貲。先以女颭數對打套子，令人觀覩，然後以膂力者争交，若論護國寺南高峰露臺争交，須擇諸道州郡膂力高强，天下無對者，方可奪其賞。如頭賞者旗帳銀盆綵段錦襖、官會馬疋而已。頃於景定年間賈秋壑秉政時，曾有温州子韓福者勝得頭賞，曾補軍佐之職。杭城有周急快、董急快、王急快、賽關索、赤毛朱超、周忙撞、鄭伯大、鐵稍工、韓通住、楊長脚等，及女占賽關索、囂三娘、黑四姐女衆，俱瓦市諸郡争勝以爲雄偉耳。」

太原村落間祭蚩尤神不用牛頭。今冀州有蚩尤川，即涿鹿之野。漢武時，太原有蚩尤神晝見，龜足虵〔一〕首。首疫其俗，遂爲立祠。

【校記】

首疫其俗：徐本爲『多疫其俗』。邢本校爲『逐疫其俗』。

【注釋】

〔一〕虵：同『蛇』。《玉篇》：『虵，正作蛇。』《周禮·考工記·輈人》：『龜虵四斿，以象營室也。』

堯使鯀治洪水〔二〕，不勝其任，遂誅鯀於羽山，化爲黄熊〔三〕奴來反，入于羽泉。今會稽〔三〕祭禹廟不用熊白。黄能即黄熊也。陸居曰『熊』，水居曰『能』。昉按：今江淮中有鮁，名『熊』。熊，虵之精。至冬化爲雉，至春復爲虵。今吳中不食雉，毒故也。

【校記】

黄熊：徐本爲『黄能』。

熊白：徐本爲『能白』。

有鮁，名『熊』。熊，虵之精：徐本爲『有魚，名「黄熊」，虵之精』。

【注釋】

〔一〕《尚書·舜典》：『流共工于幽州，放驩兜于崇山，竄三苗于三危，殛鯀于羽山。四罪而天下咸服。』『幽州』後孔安國傳：『象恭滔天，足以惑世，故流放之。幽州，北裔。水中可居者曰州。』共工即窮奇也。『崇山』後孔傳：『黨於共工，罪恶同。崇山，南裔。』驩兜即渾敦也。『三危』後孔傳：『三苗，國名。縉雲氏之後，爲諸侯，號饕餮。三危，西裔。』『羽山』後孔傳：『方命圮族，績用不成，殛、竄、放、流，皆誅也。異其文，述作之體。羽山，東裔，在海中。』鯀即檮杌也。晉郭璞注《山海經》：『祝融降處於江水，生共工……共工生后土，后土生噎鳴，噎鳴生歲十有二。洪水滔天，鯀竊帝之息壤以堙洪水，不待帝命。帝令祝融殺鯀於羽郊，鯀復生禹，帝乃命禹卒布土以定九州。』在『歲十有二』後夾注：『生十二子，皆以歲名名之，故云然。』

〔二〕《淮南子》記載：『禹治洪水，通軒轅山，化爲熊。』與此本《述異記》記載鯀化爲黄熊，有相關之處。《淮南子·本經訓》記載了舜帝派遣大禹治水之事：『舜之時，共工振滔洪水，以薄空桑，龍門未開，吕梁未發，江淮通流，四海溟涬。民皆上丘陵，赴樹木。舜乃使禹疏三江五湖，辟伊闕，導廛澗，平通溝陸，流注東海。』

〔三〕《史記·夏本紀》：『或言禹會諸侯江南，計功而崩，因葬焉，命曰「會稽」。會稽者，會計也。』《越絶書·外傳記·地傳》：『禹始也，憂民救水，到大越，上茅山，大會計，爵有德，封有功，更名茅山曰會稽。』《論衡·書虚篇》引吴君高之語：『會稽本山名。夏禹巡守，會計於此山，因以名郡，故曰「會稽」。』

揚州〔一〕有蚳市，市人鬻珠玉而雜貨鮫布。鮫人即泉先也。又名『泉客』。〔二〕

【校記】

蚳市：徐本爲『蛟市』。

市人：徐本爲『蛟人』。

又名『泉客』：邢本、程本均有此四字。胡本、徐本無。

【注釋】

〔一〕《尚書·禹貢》："淮、海惟揚州。彭蠡既豬，陽鳥攸居。三江既入，震澤厎定。篠簜既敷，厥草惟夭，厥木惟喬，厥土惟塗泥。厥田惟下下，厥賦下、上錯。厥貢惟金三品，瑶琨篠簜，齒革羽毛惟木，島夷卉服。厥篚織貝，厥包橘柚錫貢。沿于江海，達于淮泗。"

〔二〕清郝懿行《山海經箋疏》曰："氐人國，在建木西。其爲人，人面而魚身，無足。"郭璞注："盡胷以上人，胷以下魚也。"郝懿行按："《竹書》云：'禹觀于河，有長人，白面魚身，出曰："吾河精也。"'吴氏引徐鉉《稽神録》云：'謝仲玉者，見婦人出没水中，腰以下皆魚。'又引《徂異記》曰：'查道奉使高麗，見海沙中一婦人肘後有紅鬣，問之曰"人魚也。"'形狀俱與此同。"晉張華撰，汝南周日用等注《博物志》卷二："南海外有鮫人，水居如魚，不廢織績，其眠能泣珠。"《太平御覽》卷八百零三《珍寶部》二，引《博物志》曰："鮫人從水出，寓人家，積日賣絹。將去，從主人索一器，泣而成珠，滿盤以與主人。"《搜神記》："南海之外有鮫人，水居如魚，不廢織績，其眼泣則能出珠。""泉先"，即"泉客"，亦指"鮫人"。

南海出鮫綃紗。〔二〕泉先潛織，一名"龍紗"，其價百餘金，以爲服，入水不濡。

【校記】

百餘金：邢本爲"百金"。

【注釋】

〔一〕《山海經·海内南經》記載：『伯慮國、離耳國、雕題國、北朐國，皆在鬱水南。』郭璞注：『鎪離其耳，分令下垂以爲飾，即儋耳也，在朱崖海渚中。』『點涅其面，畫體爲鱗采，即鮫人也。』此處所提『鬱水』，在今廣西右江、鬱江、得江及廣東西江等地。此地民俗風情與南海相近，南海也應以廣東、廣西陸地爲綫，延至今南海諸島周圍，並其以南地區。鮫綃紗：傳説鮫人所織的絲織品。

南海有龍綃宫〔一〕，泉先織綃之處，綃有白如霜者。

【注釋】

〔一〕綃：生絲，引申爲用生絲織的綢緞。龍綃宫：應指龍女編織絲綢的宫殿。

鬱林郡〔一〕有珊瑚市、海先市。珊瑚樹，碧色，生海底，一株數十枝，枝間無葉，大者高五六尺，至小者尺餘。鮫人云：『海上有珊瑚宫。』漢元封二年，鬱林郡獻瑞珊瑚。

【校記】

海先市：徐本爲『珊瑚海』。

一株數十枝：徐本、邢本、程本、胡本均爲『一株十枝』。

【注釋】

〔一〕鬱林郡：漢元鼎六年，漢武帝派伏波將軍平定南越國後，調整郡縣設置，改桂林郡爲鬱林郡。

光武時，南海獻珊瑚婦人，〔一〕帝命植於殿前，謂之女珊瑚。一旦柯葉甚茂，至靈帝時樹死，咸以爲漢室將亡之徵也。

【校記】

以爲：胡本爲『以謂』。

【注釋】

〔一〕《酉陽雜俎·物異·珊瑚》記載：『珊瑚，漢積翠池中珊瑚，高一丈二尺，一本三柯，上有四百六十二條，是南越王趙佗所獻，號爲烽火樹。夜有光影，常似欲燃。』漢代接納了來自南海等地出産的珊瑚，成爲宫廷中常見一景。司馬相如《上林賦》記載：『玫瑰碧琳，珊瑚叢生。』

凡珠有龍珠，龍所吐者；虵珠，虵所吐者。南海俗諺云：『虵珠千枚，不及玫瑰。』言虵珠賤也。玫瑰亦美珠也。越人諺云：『種千畝木奴〔一〕，不如一龍珠。』

【校記】

亦美珠也：邢本、胡本、程本爲『亦是美珠也』。徐本爲『亦是大珠也』。

【注釋】

〔一〕木奴：柑橘的別稱，也泛指一般果樹。《三國志·孫休傳》裴松之注引《襄陽記》：『衡每欲治家，妻輒不聽。後密遣客十人于武陵龍陽汜洲上作宅，種甘橘千株。臨死勑兒曰：「汝母惡我治家，故窮如是。然吾州里有千頭木奴，不責汝衣食。歲上一匹絹，亦可足用耳。」衡亡後二十餘日，兒以白母。母曰：「此當是種甘橘也。汝家失十户客來七八年，必汝父遣爲宅。汝父恒稱太史公言：『江陵千樹橘，當封君家。』吾答曰：『且人患無德義，不患不富，若貴而能貧，方好耳。用此何爲？』」吴末，衡甘橘成，歲得絹數千匹，家道殷足。晉咸康中，其宅址枯樹猶在。』北魏賈思勰於《齊民要術·種梅杏》中亦記載：『木奴千，無凶年。』『木奴』此後經常進入文人詩歌中。唐李商隱《陸發荆南始至商洛》：『青辭木奴橘，紫見地仙芝。』唐元稹《酬樂天東南行》：『綠粳新菱實，金丸小木奴。』宋劉克莊《愚溪》：『草聖木奴安在哉，荒榛無處認池臺。』宋陳師道《和蘇公洞庭春色》：『洞庭千木奴，寸絲不掛手。』

越俗以珠爲上寶。生女謂之『珠娘』，生男謂之『珠兒』。吴越間俗說：『明珠一斛，貴如玉者。』合浦〔一〕有珠市。

【注釋】

〔一〕合浦：秦始皇三十三年，統一嶺南，置南海、桂林、象郡，今合浦縣屬象郡轄地。

昔炎帝女溺死東海中，化爲精衛，其名自呼。每銜西山石木填東海。〔一〕偶海燕而生子，生雌狀如精衛，生雄如海燕。今東海精衛誓水處，曾溺於此川，誓不飲其水。一名鳥誓，一名冤禽，又名志鳥，俗呼『帝女雀』。

【校記】

其名自呼：邢本爲『其鳴自呼』。

曾：邢本爲『存』字。

【注釋】

〔一〕《山海經·北山經》記載：『又北二百里曰「發鳩之山」，其上多柘木，有鳥焉，其狀如烏，文首白喙赤足，名曰「精衛」，其鳴自詨。是炎帝之少女，名曰「女娃」。女娃游于東海，溺而不返，故爲精衛，常銜西山之木石以堙于東海。』郝懿行箋疏：『《列仙傳》載炎帝少女追赤松而得仙，是知東海溺魂，西山銜石，斯乃神靈之變化，非夫仇海之冤禽矣。女尸之爲䔄草，亦猶是也。』《藝文類聚》卷九十二引郭氏《讚》云：『炎帝之女化爲精衛，沉形東海，靈爽西邁，乃銜木石以填攸害。』《博物志》卷三：『有鳥如烏，文首白喙赤足，曰「精衛」，……故精衛常取西山之木石以填東海。』

東海島龍川，穆天子〔二〕養八駿〔三〕處也。島中有草名『龍芻』，馬食之一日千里。古語云：『一秣龍芻，化爲龍駒。』

【注釋】

〔一〕穆天子：周穆王。

〔二〕《拾遺記》記載：『穆王即位三十二年，巡行天下，馭黃金碧玉之車，傍氣乘風起朝陽之岳，自明及晦，窮寓縣之表，有書史十人，記其所行之地，又副以瑤華之輪十乘隨王之後，以載其書也。王馭八龍之駿，一名絕地，足不踐土；二名翻羽，行越飛禽；三名奔霄，夜行萬里；四名超影，逐日而行；五名踰輝，毛色炳耀；六名超光，一形十影；七名騰霧，乘雲而奔；八名挾翼，身有肉翅。遞而駕焉。』

陶唐〔一〕之世，越裳國〔二〕獻千歲神龜，方三尺餘，背上有文，皆科斗書，記開闢已來。帝命録之，謂之『龜曆』。伏滔〔三〕《述帝功德銘》曰：『胡書龜曆之文。』

【校記】

越裳：徐本、邢本、程本、胡本均爲『越常』。

已來：胡本爲『以來』。

命：邢本爲『令』字。

【注釋】

〔一〕《尚書·夏書·五子之歌》其三曰：『惟彼陶唐，有此冀方。今失厥道，亂其紀綱，乃厎滅亡。』孔安國傳：『陶唐帝堯氏，都冀州，統天下四方。』

〔二〕《尚書大傳》卷四《周傳》：『成王之時，有三苗貫桑葉而生，同爲一穗，其大盈車，長幾充箱，民得而上諸成王。……王召周公而問之，公曰：「三苗爲一穗，抑天下共和爲一乎？」果有越裳氏重譯而來。』

〔三〕伏滔：東晋平昌郡安丘縣人，侍中伏系之父。《晋書》卷九十二載：『伏滔，字玄度，平昌安丘人也。有才學，少知名。州舉秀才，辟别駕，皆不就。大司馬桓温引爲參軍，深加禮接，每宴集之所，必命伏滔同游。……太元中，拜著作郎，專掌國史，領本州大中正。』

夏桀宮中有女子化爲龍，不可近。俄而復爲婦人，甚麗而食人。桀命爲蛟妾，告桀吉凶。〔一〕

【注釋】

〔一〕漢劉向《列女傳》卷七《孽嬖傳·夏桀末喜》：『末喜者，夏桀之妃也。美於色，薄於德，亂孽無道，女子行丈夫心，佩劍帶冠。桀既棄禮義，淫於婦人，求美女，積之於後宮，收倡優侏儒狎徒能爲奇偉戲者，聚之於旁，造爛漫之樂，日夜與末喜及宮女飲酒，無有休時。置末喜於膝上，聽用其言，昏亂失道。驕奢自恣，爲酒池可以運舟，一鼓而牛飲者三千人，輢其頭而飲之於酒池，醉而溺死者，末喜笑之以爲樂。』

桀時，泰山〔一〕**山走石泣。先儒説：『桀之將亡，泰山三日泣。』今泰山山石遠**

望之若人泣者，是也。武王謂周公曰：『桀爲不道，走山泣石。』

【校記】

山走：邢本爲『走山』。

若人泣者，是也。武王謂周公曰：『桀爲不道，走山泣石』：邢本、程本、胡本均爲『若人泣，蓋是也。周武謂周公曰：「桀爲不道，走山泣石」』。

【注釋】

〔一〕泰山：指東岳泰山。古有帝王於泰山祭天地禮儀。《尚書·舜典》：『歲二月，東巡守，至于岱宗，柴。望秩于山川。』孔傳：『諸侯爲天子守土，故稱守。巡行之，既班瑞之明月，乃順春東巡。岱宗，泰山，爲四岳所宗，燔柴祭天告至。』

堯〔一〕爲仁君，一日十瑞。〔二〕宮中芻〔三〕化爲禾，鳳凰止於庭，神龍見於宮沼，曆草生階，宮禽五色，鳥化白，神木生蓮，箑蒲生厨，景星〔四〕耀於天，甘露〔五〕降於地，是爲十瑞。〔六〕

【注釋】

〔一〕《尚書·堯典·虞書》：『昔在帝堯，聰明文思，光宅天下。將遜于位，讓于虞舜，作《堯典》。《堯典》：曰若稽古，帝堯，曰放勳，欽明文思安安，允恭克讓，光被四表，格于上下。克明俊德，以親九族。九族既睦，平章百姓。百姓昭明，協和萬邦。』《校補竹書紀年》

『帝堯陶唐氏』：『母曰「慶都」，生於斗維之野，常有黃雲覆護其上，及長，觀于三河，常有龍隨之，一旦龍負圖而至，其文要曰：「亦受天祐。」眉八彩，鬢髮長七尺二寸，面銳，上豐下足，履翼宿。既而陰風四合，赤龍感之，孕十四月而生堯於丹陵。』

〔二〕漢高誘注《淮南子·本經訓》：『逮至堯之時，十日竝出，焦禾稼，殺草木，而民無所食。猰貐、鑿齒、九嬰、大風、封豨、脩蛇皆爲民害。堯乃使羿誅鑿齒於疇華之野，殺九嬰於凶水之上，繳大風於青丘之澤，上射十日而下殺猰貐，斷脩蛇於洞庭，禽封豨於桑林，萬民皆喜，置堯以爲天子，於是天下廣陜險易遠近始有道里。』陜，疑爲狹，形近訛。

〔三〕《説文解字》：『芻，刈艸也。象包束艸之形。』

〔四〕《校補竹書紀年》『黃帝軒轅氏』：『二十年景雲見，以雲紀官。』趙氏校補：『有景雲之瑞，赤方氣與青方氣相連，赤方中有兩星，青方中有一星，凡三星，皆黃色，以天清明時見於攝提，名曰「景星」。』

〔五〕晉王弼注《老子道德經》三十二章：『天地相合以降甘露，民莫之令而自均。』王弼注：『言天地相合，則甘露不求而自降，我守其真性無爲，則民不令而自均也。』

〔六〕《校補竹書紀年》『帝堯陶唐氏』：『七十年春正月，帝使四岳錫虞舜命。』補：『帝在位七十年，景星出翼，鳳凰在庭，朱草生，嘉禾秀，甘露潤，醴泉出，日月如合璧，五星如聯珠。厨中自生肉，其薄如箑，摇動則風生，食物寒而不臭，名曰「箑脯」。又有草莢階而生，月朔始生一莢，月半而生十五莢，十六日以後日落一莢，及晦而盡。月小則一莢焦而不落，名曰「冥莢」，一曰「曆莢」。洪水既平，歸功於舜，將以天下禪之。』

東海畔有孤竹〔一〕焉。斬而復生，中有管。周武王時孤竹之國獻瑞筍一株。

【注釋】

〔一〕孤竹：亦作『觚竹』。古國名。《爾雅·釋地》：『觚竹、北户、西王母、日下，謂之「四荒」。』郭璞注：『觚竹在北，北户在南，西王母在西，日下在東，皆四方昏荒之國，次四極者。』

空桑〔一〕生大野。山中爲琴瑟之最者，空桑也。〔二〕

【注釋】

〔一〕《山海經·北山經》：『又北二百里曰「空桑之山」，無草木，冬夏有雪，空桑之水出焉，東流注於虖沱。』

〔二〕《山海經·東山經》：『東次二經之首曰「空桑之山」，北臨食水，東望沮吴，南望沙陵，西望湣澤。』郭璞注：『此山出琴瑟材，見《周禮》也。』郝懿行按：『此兖地之空桑也。《淮南·本經訓》云：「共工振滔洪水以薄空桑。」高誘注云：「空桑，地名，在魯也。」《思玄賦》舊注云：「少皞金天氏居窮桑，在魯北。」《太平寰宇記》引干寶云：「徵在生孔子於空桑之地，今名孔竇，在魯南山之穴。」郭引《周禮》者，《春官·大司樂》文。』

周成王元年，貝多國人獻舞雀，周公命返之。〔一〕

【注釋】

〔一〕貝多：梵語音譯，樹葉之意。貝多國：指産貝多葉的地方。一説爲古印度。唐段成式《酉陽雜俎·木篇》記載了長貝多葉的樹木：『貝多，出摩伽陁國，長六七丈，經冬不凋。此樹有三種：一者多羅娑叉貝多；二者多梨婆力叉貝多；三者部婆力叉多羅多梨。並書其葉，部闍一色取其皮書之。貝多是梵語，漢翻爲葉，貝多婆力叉者，漢言葉樹也。西域經書，用此三種皮葉，若能保護，亦得五六百年。』後借指佛經。唐張鼎《僧舍小池》：『貝多文字古，宜向此中翻。』唐李商隱《題僧壁》：『若信貝多真實語，三生同聽一樓鐘。』舞雀見《太平御覽》卷九百一十五，引蔡邕《琴操》曰：『周成王時，天下大治，鳳凰來舞於庭，成王乃援琴而歌曰：「鳳凰翔兮於紫庭，余何德兮以感靈。」』

南海中有軒轅丘〔一〕，鸞〔二〕自歌，鳳〔三〕自舞，古云『天帝樂也』。

【注釋】

〔一〕《山海經·海外西經》：『此諸天之野，鸞鳥自歌，鳳鳥自舞。凰卵民食之。』

〔二〕《太平御覽》卷九百一十六《羽族部》三，引《春秋運斗樞》曰：『天樞得則鸞鳥集。』又引《尚書中候》曰：『軒轅提象，鸞鳥來儀。』又曰：『周公歸政於成王，太平制禮，鸞鳥見。』

〔三〕《太平御覽》卷九百一十五，引《説文》：『鳳神，鳥也。天老曰：「鳳像：鱗前，鹿後，蛇頸，魚尾，龍文，龜背，燕頷，鷄喙，五色備舉，出東方君子之國，翱翔四海之外，過昆侖砥砫，濯羽弱水，暮宿丹穴，見則天下安寧。從鳥，凡聲也。飛則群鳥從以萬數，故古鳳作鵬字，鷃鳥也。其雌皇，一曰即鳳凰也。鳳者，羽蟲之長也。』

崆峒山〔一〕中有堯碑禹碣，皆籀文焉。伏滔《述帝功德銘》曰：『堯碑禹碣，歷古不昧。』〔二〕

【注釋】

〔一〕《爾雅·釋地》：『岠齊州以南，戴日爲丹穴，北戴斗極爲空桐。東至日所出爲太平，西至日所入爲太蒙。太平之人仁，丹穴之人智，太蒙之人信，空桐之人武。』崆峒山位於北斗星的下方。

〔二〕《太平御覽》卷九百一十五《羽族部》二，引《尚書》：『堯即政七十年，鳳凰止庭。伯禹拜曰：「黄帝軒轅提象，鳳凰巢阿閣。」』

會稽山有虞舜巡狩臺〔一〕，臺下有望陵祠，帝舜南巡葬於九疑。民思之，立祠曰『望陵祠』。〔二〕

【注釋】

〔一〕《爾雅》曰：『觀四方而高曰臺，有木曰榭。』《釋名》曰：『臺，持也。言築土堅高，能自勝持也。』《太平御覽》引《五經異義》曰：『天子有三臺：靈臺以觀天文，時臺以觀四時施化，囿臺以觀鳥獸魚鱉。諸侯卑，不得觀天文，無靈臺，但有時臺、囿臺。』

〔三〕《太平御覽》卷一百七十八《居處部》六：『會稽山有虞舜巡狩臺，臺下有望陵祠。帝舜南巡，葬於九疑山。民思之，故立祠。中都郭門古宫存焉，宫前有堯臺舜館，銘記皆古。』

帝舜都〔一〕郭門，古宫存焉。宫前有堯臺〔二〕舜館，銘記古文，莫有識者。

【注釋】

〔一〕舜都：較通行的説法爲蒲坂。唐李泰《括地志·蒲州·河東縣》：『河東縣南二里故蒲坂城，舜所都也。城中有舜廟，城外有舜井及二妃壇。』顧炎武《歷代宅京記》：『舜都蒲坂，今山西平陽府蒲州。』一説在今河北涿鹿桑幹河南岸。《括地志》亦記載：『舜都在懷戎縣，縣北三里有舜廟，外城有舜井。』一説在今湖南九疑山附近。如上所引《太平御覽》：『帝舜南巡，葬於九疑山。民思之，故立祠。中都郭門古宫存焉。』云云。

〔二〕堯臺：一説在昆侖山地區。《山海經·海内北經》記載：『帝堯臺、帝嚳臺、帝丹朱臺、帝舜臺，各二臺，臺四方，在昆侖東北。』

湘水去岸三十里許，有相思宫、望帝臺。昔舜南巡〔一〕而葬於蒼梧之野，堯之二女娥皇、女英追之不及，相與慟哭，淚下沾竹，竹文上爲之斑斑然。

【校記】

慟哭：徐本、程本爲『協哭』。胡本爲『協泣』。

【注釋】

〔一〕《史記·五帝本紀》：『踐帝位三十九年，南巡狩，崩於蒼梧之野，葬於江南九疑，是爲零陵。』

昔戰國時，魏國苦秦之難，有民從征戍秦，久不返，妻思而卒。既葬，塚上生木，枝葉皆向夫所在而傾，因名『相思木』。今秦趙間有相思草，狀如石竹而節節相續，一名『斷腸草』，又名『愁婦草』，亦名『霜草』。人呼爲『寡婦莎』。蓋相思之流也。

【校記】

久不返：邢本無『久』字。

因名：徐本、邢本、程本、胡本均爲『謂之』。

人呼爲『寡婦莎』：徐本、邢本、程本、胡本均爲『人呼「寮莎」』。

淮南有懶婦魚〔二〕，俗云：『昔楊氏家婦爲姑所溺而死，化爲魚焉。其脂膏可燃燈燭，以之照鳴琴、博奕，則爛然有光；及照紡績，則不復明焉。』〔三〕

【校記】

淮南：徐本、胡本爲『海南』。程本爲『在南』。

化爲魚焉。其脂膏可燃燈燭：邢本爲『化爲魚，熬其脂膏，可燃燈燭』。

【注釋】

〔一〕清王夫之《讀四書大全説·里仁》：『有目力而以察惡色，有耳力以審惡聲，有可習勞茹苦之力，卻如懶婦魚油燈，只照博弈，不照機杼。』

〔二〕除懶婦魚化形外，淮南還有黄雀化形的傳説。宋李昉《太平廣記》卷四百六十六《水族部三》：『淮水中，黄雀至秋化爲蛤，至春復爲黄雀。雀五百年化爲蜃蛤。』

水虺〔一〕五百年化爲蛟，蛟千年化爲龍，龍五百年爲角龍，千年爲應龍〔二〕。

【注釋】

〔一〕虺：一種毒蛇。《廣韻》：『蛇虺。許偉切。』

〔二〕《山海經·大荒東經》：『大荒東北隅中有山名曰「凶犁土丘」。應龍處南極，殺蚩尤與夸父，不得復上，故下數旱，旱而爲應龍之狀，乃得大雨。』郭璞注：『應龍，龍有翼者也。』《山海經·大荒北經》：『夸父不量力，欲追日景，逮之於禺谷……將走大澤，未至，死于此。應龍已殺蚩尤，又殺夸父，乃去南方處之，故南方多雨。』《竹書紀年》：『應龍攻蚩尤，戰虎豹熊羆四獸之力。以女魃止淫雨。天下既定。』

沮涣〔一〕二水，波文皆若五色，彼人多文章，故一名繢水。灌淝之間離别亭，古送别處，漢汭〔二〕會流處，岸上有石銘云：『下至水府三十一里。』皆傳云李斯刻此石。

【注釋】

〔一〕沮涣：沮水和涣水。沮水，見《漢書·地理志》引顔師古注『沮縣』：『沮水出東狼谷，南至沙羡南入江。』東狼谷，即甘肅武都沮縣東狼谷。涣水，古水名。自今河南開封東分狼湯渠水，東南流經杞縣、睢縣南、柘城北，入皖境，皖境内者稱爲澮水。

〔二〕漢汭：漢水和汭水。汭水，《水經》曰：『汭水出武都沮縣東狼谷中。』酈道元《水經注》曰：『汭水，一名沮水。』

鹿千年化爲蒼，又五百年化爲白，又五百年化爲玄。漢成帝時，中山〔一〕人得玄鹿，烹而視之，骨皆黑色。仙者説：『玄鹿爲脯，食之壽二千歲。』

【校記】

中山：徐本、程本、胡本爲『山中』。校爲『中山』較宜。

黑色：徐本、邢本、程本作『黑化』。

【注釋】

〔一〕中山：漢代曾置中山國，沿戰國時中山國之地。今河北定州一帶。

餘干縣〔一〕有白鹿，土人皆傳千年矣。晉成帝遣人捕得，有銅牌在角後，書云：『漢元鼎二年，臨江〔二〕所獻白鹿。』

【校記】

遣人捕得，有銅牌：徐本、邢本、程本、胡本爲『遣捕，得銅牌』。

【注釋】

〔一〕餘干縣：屬今江西上饒市。《通典》：『餘干：漢餘汗縣。汗音干。越王句踐之西界，所謂干越也。』《舊唐書·地理志》：『古所謂汗越也，汗音干，隋朝去水。』王先謙曰：『汗、干字通。』餘干，似指古越人之一部。

〔二〕臨江：屬今江西樟樹市。

淮水〔一〕中黃雀至秋化爲蛤，春復爲黃雀。雀五百年化爲蜃蛤〔二〕。

【校記】

蜃蛤：徐本爲『蜃』。

【注釋】

〔一〕《爾雅·釋水》：『江、河、淮、濟爲四瀆。』《説文解字》：『淮水出南陽平氏桐柏大复山，東南入海。』

〔二〕《説文解字》：『蜃，雉入海化爲蜃。』《周禮·掌蜃》注：『蜃，大蛤。』

梓樹之精化爲青羊〔一〕，生百年而紅，五百年而黄，又五百年而色蒼，又五百年而色白。

【校記】

徐本、邢本、程本、胡本：『淮水』條與『梓樹之精』條合爲一條。

【注釋】

〔一〕青羊：傳説中的木神。《太平御覽》卷八百八十六，引《玄中記》：『千歲樹精爲青羊，萬歲樹精爲青牛，多出遊人間。』

龜千年生毛，龜壽五千年謂之『神龜』〔一〕，萬年曰『靈龜』〔二〕。

【注釋】

〔一〕《太平御覽》卷九百三十一《龜》，引《洛陽記》曰：『禹時，有神龜於洛水，負文列於背以授禹，文即治水文也。』

〔二〕漢劉向《説苑·辨物》：『靈龜文五色，似玉似金，背陰向陽，上隆象天，下平法地，槃衍象山，四趾轉運應四時，文著象二十八宿。蛇頭龍翅，左精象日，右精象月，千歲之化，下氣上通，能知存亡吉凶之變。』《太平御覽》卷九百三十一《龜》：『任昉《述異記》曰：「陶唐之世，越裳國獻千歲神龜，方三尺餘，背上有文，皆科斗書，記開闢已來。帝命録之。」』又引《古史考》曰：『伏羲時靈龜負河圖。』

海魚千歲爲劒魚，一名『琵琶魚』。形如琵琶而善鳴，因以名焉。〔一〕

【校記】

琵琶魚：程本、胡本爲『琵琶』。

【注釋】

〔一〕《太平廣記》卷四百六十五《水族部》二《劒魚》：『海魚千歲爲劒魚，一名琵琶魚，形似琵琶而善鳴，因以爲名。虎魚老則爲蛟，江中小魚化爲蝗而食五穀者，百歲爲鼠。』

漢中山有虎生角，道家云：『虎千年〔一〕則牙蜕而角生。』

【注釋】

〔一〕《太平御覽》卷八百九十一《獸部》三，引《抱朴子》曰：『虎及鹿兔皆壽千歲，滿五百歲者其首白。』

漢宣城郡守封邵，一旦化爲虎，食郡民，民呼之曰『封使君』。因去不復來，故時人語曰：『無作封使君，生不治民，死食民。』夫人無德而壽則爲虎，虎不食人，人化虎則食人。蓋恥其類而惡之。〔一〕

【校記】

一旦：徐本、程本、胡本爲『亘』字。化爲虎，食郡民，民呼之：徐本、邢本爲『化爲虎食人，郡民呼之』。程本、胡本作『化爲虎食郡民，呼之』。

【注釋】

〔一〕《太平御覽》卷八百九十二《獸部》四，引《述異記》：『漢宣城郡守封邵，一日忽化爲虎食郡民，民呼曰「封使君」。因去不復來，故時人語曰：「無作封使君，生不治民，死食民。」』又引《異苑》曰：『太元末，徐桓以太元中出門仿佯，見一女子，因言曲相調，便要桓入草中。桓説其色，乃隨去。女子忽然變成虎，負桓着背上，徑向深山。其家左右尋覓，唯見虎跡，旬日，虎夜送桓下着門外。』按：《太平御覽》將上條與此條合爲一條。從文意判斷，先述虎，後及虎故事，似應爲一整體。今存諸本多有誤。

獍之爲獸，狀如虎豹而小，始生還食其母，故曰『梟獍』〔一〕。

【注釋】

〔一〕北魏楊衒之《洛陽伽藍記》『永寧寺』：『若兆者蜂目豺聲，行窮梟獍，阻兵安忍，賊害君親。』《漢書》卷二十五《郊祀志》：『祠黄帝用一梟破鏡。』孟康注：『梟，鳥名，食母；破鏡，獸名，食父。』破鏡即是獍。以此比喻狠戾忘恩之人。《魏書·恩倖傳·侯剛》：『曾無犬馬識主之誠，方懷梟獍返噬之志。』

濟〔一〕陽山有麻姑〔二〕登仙處，俗説：『山上千年金雞鳴，玉犬吠。』

【注釋】

〔一〕《尚書·禹貢》記載：『導沇水，東流爲濟，入於河，溢爲滎；東出於陶丘北，又東至於菏，又東北會於汶，又北東入於海。』

〔二〕晋葛洪《神仙傳》卷二《王遠》：『麻姑手爪不如人爪，形皆似鳥爪，蔡經中心私言：「若背大癢時，得此爪以爬背，當佳也。」方平已知經心中所言，即使人牽經鞭之，曰：「麻姑神人也，汝何忽謂其爪可以爬背耶！」但見鞭著經背，亦莫見有人持鞭者。』《太平廣記》卷六十『麻姑』亦載：『漢孝桓帝時，神仙王遠，字方平，降於蔡經家。』清薛大訓輯

《歷代神仙通鑒》卷四十三：『麻姑乃王方平之妹，修道得仙，年可十八許，於頂中作髻，餘髮散垂至腰，其衣有文章，光彩耀日，世所無有也。昔方平降蔡經家，遣使邀麻姑同宴，各進行廚，皆金盤玉杯，餚饍多是諸花而香氣達于内外，擘麟脯如行柏炙，進天酒如飲瓊漿。麻姑曰：「接待以來，見東海三爲桑田，向到蓬萊，水乃淺於往日，會將減半也，將復揚塵也。」麻姑手抓頗似鳥爪，蔡經心言：「背癢時得此爪以爬背，當佳也。」……宣州有麻姑仙壇，建昌軍有麻姑山，靈跡非一處。宋徽宗政和年間，寵褒麻姑爲真寂沖應元君，寧宗嘉泰年間改封虚寂沖應真人。』《古小説鈎沉》輯《列異傳》：『神仙麻姑降東陽蔡經家，手爪長四寸。經意曰：「此女子實好佳手，願得以搔背。」麻姑大怒，忽見經頓地，兩目流血。』

闔閭〔一〕夫人墓中周迴八里，别館洞房迆邐相屬，漆燈照爛，如日月焉。尤異者，金蠶〔二〕玉燕各千餘雙。

【注釋】

〔一〕闔閭：名光，吴王諸樊之子。春秋末期吴國君主。

〔二〕晉陸翽《鄴中記》：『永嘉末，發齊桓公墓，得水銀池金蠶數十箔。』清蔣士銓《一片石·夢樓》：『金蠶玉佩，多是野人鋤，難覓周官墓。』

吴王夫差築姑蘇之臺，〔一〕三年乃成，周旋詰屈，横亘五里，崇飾土木，殫耗人力，宫妓數千人。上别立春宵宫，爲长夜之飲，造千石酒鐘。夫差作天池，池中造青龍舟，舟中盛陳妓樂，日與西施〔二〕爲水嬉。吴王於宫中作海靈館、館娃閣，銅溝玉檻，宫之楹檻，皆珠玉飾之。〔三〕

【校記】

皆珠玉：徐本、程本、胡本無『皆』字。

【注釋】

〔一〕《太平御覽》卷一百七十八《居處部》六，引《越絕書》：『夫差起姑蘇之臺，三年聚材，五年乃成。高見三百里，太史公登之以望五湖。』《吴越春秋·闔閭内傳》第四：『闔閭出入遊臥，秋冬治於城中，春夏治於城外，治姑蘇之臺。』注：『在吴縣西南三十里有姑蘇山，亦名姑胥。』

〔二〕南朝宋孔靈符《會稽記》：『紹興諸暨苧羅山，有西施浣紗石。』南朝陳顧野王《輿地志》：『勾踐索美女以獻吴王，得諸暨苧羅山賣薪女，曰「西施」。山下有西施浣紗石。』

〔三〕《太平御覽·居處部》六引《述異記》：『吴王夫差築姑蘇臺，三年乃成，周環詰屈，横亘五里，崇飾土木，殫耗人力，宫妓數千人。上别立春宵宫，爲长夜飲，造千石酒鍾，又作大池，池中造青龍舟，舟陳妓，日與西施爲水嬉。又於於宫中作靈館、館娃閣，銅溝玉欄，宫之欄檻，皆珠玉飾之。吴既敗越王勾踐於會稽山上，地方千里，勾踐得范蠡之謀，躬教民以耕桑，延四方之士，作臺于外而館賢士。會稽之上有越臺。』

吳既滅越，棲勾踐於會稽之上，地方千里。勾踐得范蠡之謀乃示民以耕桑，延四方之士，作臺于外而館賢士。今會稽山有越王臺。〔二〕今交州麻林一名紵林。勾踐種麻，將以弦弓，交州糠頭山，勾踐貯米於其上，春積糠爲山。今會稽之上有越王鑄劍洲、箭鏃州，往往有得古箭鏃，蓋古制也。

【注釋】

〔二〕《吳越春秋·勾踐歸國外傳》第八：『越王曰：「苟如相國之言，孤之命也。」范蠡曰：「天地卒號，以著其實。」名東武起游臺其上。東南爲司馬門，立增樓，冠其山巔以爲靈臺。起離宮於淮陽，中宿臺在於高平，駕臺在於成丘，立苑於樂野，燕臺在於石室，齋臺在於襟山。勾踐之出遊也，休息食室於冰厨。』在『靈臺』後夾注：『《水經注》怪山者，越起臺於山上，又作三層樓以望雲物。』

廣州東界有大夫文種〔二〕之墓，墓下有石爲華表柱石鶴一隻。種即越王勾踐之謀臣也。

【注釋】

〔一〕文種：也作文仲，字少禽，春秋末期楚國人，後居越，助越王勾踐滅吳，有《伐吳七策》。《國語·越語·勾踐滅吳》：『越王勾踐棲於會稽之上，乃號令於三軍曰：「凡我父兄昆弟及國子姓，有能助寡人謀而退吳者，吾與之共知越國之政。」大夫種進對曰：「臣聞之：賈人夏則資皮，冬則資絺，旱則資舟，水則資車，以待乏也。夫雖無四方之憂，然謀臣與爪牙之士不可不養而擇也。譬如蓑笠，時雨既至，必求之。今君王既棲於會稽之上，然後乃求謀臣，無乃後乎？」勾踐曰：「苟得聞子大夫之言，何後之有。」執其手而與之謀。』

洞庭湖中有釣洲，昔范蠡乘扁舟至此，遇風，止，釣于洲上，刻石記焉。有一陂，陂中有范蠡魚，昔范蠡钓得大魚，烹食之，小者放于陂中，陂邊有范蠡石牀、石硯、鉆鉼〔一〕。范蠡宅在湖中，多桑紵英果，有海杏大如拳，苦菜、甘柚林。石壁上鑿兵书十篇。菰葑〔二〕川，皆范蠡手植之。定陶〔三〕有范蠡千斛魚陂、木桃園、酸棗林。梧桐宮在句容縣〔四〕，傳云：『吳別館有楸梧成林焉，梧子可食。』古樂府云『梧宮秋，吳王愁』是也。

【校記】

植之：徐本、邢本、程本、胡本爲『植』字。

酸棗林：程本、胡本爲『苦年楸』。

【注釋】

〔一〕鈷鉧：温酒的器皿。

〔二〕《晋書音義》引《珠叢》：『菰草叢生，其根盤結，名曰「葑」。』即江南地區的茭白。

〔三〕《史記》卷一百二十九《貨殖列傳》第六十九：『范蠡既雪會稽之恥，乃喟然而歎曰：「計然之策七，越用其五而得意，既已施於國，吾欲用之家。」乃乘扁舟浮于江湖，變名易姓，適齊，爲鴟夷子皮，之陶，爲朱公。朱公以爲陶天下之中，諸侯四通，貨物所交易也。乃治産積居，與時逐而不責於人。故善治生者能擇人而任時。十九年之中，三致千金，再分散與貧交疏昆弟，此所謂富好行其德者也。後年衰老而聽子孫，子孫修業而息之，遂至巨萬，故言富者皆稱陶朱公。』

〔四〕句容：古揚州地域，春秋屬吴，戰國屬越，後屬楚。明弘治《句容縣志》注：『縣内有勾曲山，山形似已，勾曲而有所容，故名勾容，又名句曲。』《赤山湖志》記載：『縣境北、東、南三面環山，呈「勺」形，「勺」上之水注入赤山湖，湖爲「口」，四岸有所容，所以叫句容。』勾曲山即茅山，古代『勾』、『句』二字相通，因此逐漸形成句容。

闔閭墓〔一〕中石銘云：『吴王之夜室也。嗚呼！平吾君王，棄吾之邦，遷于重崗。維崗之陽，吾王之邦。』

【注釋】

〔一〕《史記集解》引《越絶書》：『闔閭塚在吴縣昌門外，名曰「虎丘」。下池廣六十步，水深一丈五尺。銅棺三重，澒池六尺。玉鳧之流、扁諸之劍三千，方員之口三千，槃郢、魚腸之劍在焉。卒十萬餘人治之，取土臨湖葬之。三日白虎居其上，故號曰「虎丘」。』《吴郡志》卷十六，引《吴地記》：『吴王闔閭葬其下，以扁諸、魚腸等劍各三千殉焉，故以劍名池。葬之三日，有白虎踞其上，故山名「虎丘」。唐避諱曰「武丘」。劍池，浙中絶景，兩岸劃開，中涵石泉，深不可測。』

今宜都〔一〕有吴王射亭、木棠苑。木棠果名似梨而甜。宜都七里溪吴王射堂，堂之柱礎皆如伏黿。袁宏《宫賦》曰『海黿之礎』是也。

【注釋】

〔一〕宜都：春秋戰國屬楚地。秦時屬南郡。西漢時名夷道縣。東漢屬臨江郡。三國屬吴荆州。晋屬荆州，轄夷道、佷山、夷陵三縣。南朝宋，析夷道縣置宜昌縣，宜都轄夷道、佷山、夷陵、宜昌四縣。

蒼頡〔一〕墓在北海，呼爲『藏書臺』。周末發冢得方玉石，上刻文八十字，當時莫識，遂藏之書府。至秦時，李斯〔二〕識八字，云：『上天作命，皇辟迭王。』至叔孫通〔三〕識十二字。

【注釋】

〔一〕蒼頡：古造字之史官。《説文解字叙》：『黄帝之史倉頡，見鳥獸蹄迒之跡，知分理之可相别異也，初造書契，百工以乂，萬品以察。』《春秋元命苞》：『倉帝史皇氏，名頡，姓侯剛。龍顔侈哆，四目靈光。實有睿德，生而能書。及受河圖緑字，於是窮天地之變。仰觀奎星圓曲之勢，俯察龜文鳥羽山川，指掌而創文字，天爲雨粟，鬼爲夜哭，龍乃潛藏。治百有一十載，都於陽武，終葬衛之利鄉亭。』

〔二〕《史記》本傳記載：『李斯者，楚上蔡人也。年少時爲郡小吏，見吏舍厠中鼠食不潔，近人犬，數驚恐之。斯入倉，觀倉中鼠，食積粟，居大廡之下，不見人犬之憂。於是李斯乃歎曰：「人之賢不肖譬如鼠矣，在所自處耳！」』李斯曾助秦帝作小篆文字。《説文解字叙》：『秦始皇帝初兼天下，丞相李斯乃奏同之，罷其不與秦文合者。斯作《蒼頡篇》，中車府令趙高作《爰歷篇》，太史令胡毋敬作《博學篇》，皆取史籀大篆，或頗省改，所謂小篆者也。』

〔三〕《史記》本傳記載：『叔孫通者，薛人也。秦時以文學徵待詔博士。』前後侍奉秦、楚、漢，故時人稱其爲『小人儒』。主要成就在於爲劉邦制定禮儀制度。

瀨鄉〔二〕石堂有老子篆書《道德經》五千字，蔡邕〔三〕於其旁以隸書證之。

【校記】

五千：程本爲『五十』。形近而訛。

【注釋】

〔一〕瀨同『瀨』。《史記·老子列傳》：『老子，楚苦縣厲鄉曲仁里人也，姓李氏，名耳，字伯陽，謚曰聃，周守藏室之史也。』《太平御覽》引《瀨鄉記》：『老子祠在瀨鄉曲仁里，譙城西出十里。』《史記》引晉《太康地記》：『城東有賴鄉祠，老子所生地也。』唐《元和郡縣圖志》：『（鹿邑縣）本漢鄲縣地，春秋時鳴鹿邑，屬陳國。《左傳》「晉智武子以諸侯之師侵陳，至於鳴鹿」是也。晉屬陳留郡，隋開皇三年改屬豪州，爲鹿邑縣。渦水，西北自陳州太康縣界流入。鹿邑故城縣西十三里，俗名「牙鄉城」，春秋時鳴鹿邑也。』《大清一統志》注『瀨鄉』：『鹿邑縣東十里，亦名厲鄉。』瀨鄉，在今河南鹿邑縣東十里。

〔二〕《後漢書·蔡邕傳》記載：『蔡邕字伯喈，陳留圉人也……少博學，師事太傅胡廣，好辭章、數術、天文，妙操音律。』

番禺有酸柿甜梅，李尤《果賦》：『生物賦偏，梅甜柿酸。』

【校記】

此段文字，程本著録爲：『番禺有酸柿、甜梅，李尤《果賦》：「生物之賦偏，梅甜柿酸。」』

漢章帝三年，子母筍生白虎殿〔一〕前，時謂爲『孝竹』〔二〕，群臣獻《孝竹頌》。

【注釋】

〔一〕白虎殿：漢代宮殿名。《漢書・王商傳》：『單于來朝，引見白虎殿。』

〔二〕孝竹：子母竹。

越多橘柚〔一〕園。越人歲多橘稅，謂『橙橘户』。《吴書》闞尚表『請除臣之橘籍〔二〕』是也。〔三〕

【注釋】

〔一〕《楚辭・橘頌》：『后皇佳樹，橘徠服兮，受命不遷，生南國兮。』《春秋運斗樞》：『璇星散爲橘，弓人以橘爲幹也。柚似橘而大，其味尤酸。』孔安國云：『小曰橘，大曰柚。』郭璞云：『柚似橘而大於橘。』

〔二〕橘籍：種橘的果農户。

〔三〕《太平御覽》卷九百六十六：『越多橘柚園。越人歲多橘稅，謂之「橙籍」。吴闞澤表云「請除臣之橘籍」是也。越中有王氏橘園、胡氏梅山、賀氏之瓜。』闞澤，字德潤，會稽郡山陰縣人，三國時期吴國大儒。

越中有王氏之橘園，胡氏之梅山，賀氏之瓜丘。吴中有陸家白蓮，顧家班竹，趙有韓氏之酸棗。

【校記】

瓜丘：徐本、程本、胡本爲『竹丘』。

白蓮：邢本爲『白種蓮』。

班：邢本爲『斑』字。

中山有楸户，掌楸木者。楸子爲竹器。《漢書·貨殖志》：『千年楸。』〔一〕

【注釋】

〔一〕《史記·貨殖列傳》：『淮北、常山已南，河濟之間千樹楸。』宋陸佃《埤雅》：『梓爲木王，蓋木莫良於梓，故《書》以梓材名篇，《禮》以梓人名匠也。』又云：『梓即是楸，蓋楸之疏理而白色者爲梓。』

邯鄲有故宮基存焉〔一〕，中有趙王之果園，梅李至冬而花，春得而食。

【注釋】

〔一〕《史記·貨殖列傳》：『然邯鄲亦漳河之間一都會也。北通燕、涿，南有鄭、衛。鄭、衛俗與趙相類，然近梁、魯，微重而矜節。濮上之邑徙野王，野王好氣任俠，衛之風也。』《太平御覽》卷一百七十七《居處部》五：『趙武靈王建藂臺於邯鄲。』

鄴中〔一〕銅駞鄉〔二〕，魏武帝陵下銅駞石犬各二，古詩云：『石犬不可吠，銅駞徒爾爲。』

【注釋】

〔一〕鄴：指三國魏的都城鄴。在今河北臨漳縣西南鄴鎮東。後有晋陸翽《鄴中記》，描述鄴地故事。

〔二〕晋陸翽《鄴中記》：『二銅駝如馬形，長一丈，高一丈，足如牛，尾長三尺，脊如馬鞍，在中陽門外，夾道相向。』南朝陳徐陵《洛陽道》：『東門向金馬，南陌接銅駝。』清顧炎武《洛陽》：『金谷荒煙合，銅駝蔓草縈。』

一説香水在并州，其水香潔，浴之去病。吴故宫亦有香水溪，俗云『西施浴處』，人呼爲『脂粉塘』。吴王宫人濯粧於此溪上源，至今馨香。古詩云：『安得香水泉，濯郎衣上塵。』〔一〕俗説：『魏武帝陵中亦有泉，謂之香水。』

【校記】

安得：邢本爲『要得』。

【注釋】

〔一〕宋范成大《吴郡志·古跡一》：『香水溪，在吴故宫中。俗云「西施浴處」，人呼爲「脂粉塘」。吴王宫人濯粧於此溪，上源至今馨香。古詩云：「安得香水泉，濯郎衣上塵。」』

饒州[一]俗傳軒轅氏鑄鏡[二]於湖邊，今有軒轅磨鏡石，石上常潔，不生蔓草。

【校記】

石上：邢本、程本作『上』字。

【注釋】

[一]饒州：今江西鄱陽縣。

[二]軒轅氏鑄鏡：傳説銅鏡製造起於軒轅黄帝。王度《古鏡記》敘述了汾陰奇士侯生授予王度寶鏡之事，侯生云古鏡來歷：『昔者吾聞黄帝鑄十五鏡，其第一横徑一尺五寸，法滿月之術也。以其相差各校一寸，此第八鏡也。』而寶鏡形態則是摹寫天地自然、陰陽曆法：『鏡横徑八寸，鼻作麒麟蹲伏之象，繞鼻列四方，龜龍鳳虎，依方陳布。四方外又設八卦，卦外置十二辰位，而具畜焉。辰畜之外，又置二十四字，周繞輪廓，文體似隸，點畫無缺，而非字書所有也。』至晚南宋前的《軒轅黄帝傳》記載了黄帝模仿月亮圓缺之狀而鑄鏡之事：『又有異草生於庭，月一日生一葉，至十五日生十五葉；至十六日一葉落，至三十日落盡。若月小，即一莢厭而不落，謂之蓂莢，以明於月也，亦且歷莢。帝因鑄鏡以像之，爲十五面神鏡，寶鏡也。』

桂林東南邊海有裸川[一]。桓譚《新論》[二]云：『呈衣冠於裸川。』海上有裸人鄉。[三]

【注釋】

〔一〕裸川：其地風俗男女共川而浴。

〔二〕《太平御覽》引桓譚《新論》：『余爲「新論」，術辨古今，亦欲興治也，何異《春秋》褒貶邪！今有疑者，所謂蚌異蛤、二五爲非十也。譚見劉向《新序》、陸賈《新語》，乃爲《新論》。』

〔三〕《戰國策·趙策二》：『昔舜舞有苗，而禹袒入裸國。』《後漢書》卷八十五《東夷傳·倭傳》：『自朱儒東南行船一年，至裸國、黑齒國，使驛所傳，極於此矣。』

丹陽〔一〕大姑陵，陵下有石麟二枚，不知年代。傳云：『秦漢間公卿墓，則以石麒麟〔二〕鎮之。』

【校記】

傳云：徐本、程本、胡本爲『傳曰』。

【注釋】

〔一〕《史記·楚世家》：『熊繹當周成王之時，舉文武勤勞之後嗣，而封熊繹於楚蠻，封以子男之田，姓芈氏，居丹陽。』學術界認爲丹陽位於今河南省南陽市的西峽、淅川一帶。又一説認爲屬今江蘇鎮江。

〔二〕《西京雜記》卷三：『觀前有三梧桐樹，樹下有石麒麟二枚，刊其肋爲文字，是秦始皇驪山墓上物也。』《太平廣記》卷四百零六『五柞』：『漢五柞宫有五柞樹，皆連抱，上枝覆蔭數十里。宮西有青梧觀，觀前有三梧桐樹，樹下有石麒麟二枚，刊其肋爲文字。是秦始王驪山墓上物也。頭高一丈三尺，東邊左脚折，折處有赤如血，父老謂有神，皆含血屬筋焉。』

虞氏縣〔一〕有盧君古塚，塚旁柏二株，枝條蔭茂二百餘步，樹文隱起皆如龜甲，根勁如銅石。

【校記】

程本、胡本將「虞氏縣」條並入「丹陽」條後。

【注釋】

〔一〕虞氏縣：河南三門峽市下轄縣。西漢武帝元鼎四年建縣。

盧府君墓在館陶縣〔一〕南二十里，不知何代。銘曰：『盧府君歸真〔二〕之室。』

【注釋】

〔一〕館陶縣：河北邯鄲下轄縣，位於「齊魯燕趙」交界之地。春秋時，館陶是晉國的冠氏邑，趙王因其城西北七里有陶丘，置驛館於其側，故名館陶。西漢初置縣，古代名邑，爲陶山文化的一部分。

〔二〕歸真：道教用語，指回歸其本來狀態。唐劉長卿《故女道士婉儀太原郭氏挽歌詞》：『作範宮闈睦，歸真道藝超。』佛教用語，指死後涅槃。宋蘇軾《寶月大師塔銘》：『瑩然摩尼，歸真於土。』

盧陵郡〔一〕有董氏之宅，前有董家祠。昔有董氏語其鄉人曰：『吾當盡室作神。』及死，家人老幼皆卒。鄉人往往見之，稱：『吾於地下作盧陵侯〔二〕。』鄉人因爲立祠，能致風雨。

【注釋】

〔一〕盧陵郡：秦始皇二十六年設置盧陵縣。建安五年，孫策分豫章郡置盧陵郡，治所西昌縣，轄西昌、石陽、遂興、吉陽、興平、陽豐、南野、贛縣、雩都九縣。今江西省吉安地區，位於江西中西部、贛江中游。

〔二〕盧陵侯：一説爲李熙，隨蜀漢劉備。蜀中政權建立後，官兼盧陵侯。後廢蜀後主自立，復大漢。

安定〔一〕西隴道，其谷中有彈箏之聲，行人過聞之，謂之『彈箏谷』〔二〕。

【校記】

隴道：邢本無『道』字。

【注釋】

〔一〕安定：今甘肅省定西地區。

〔三〕彈箏谷：亦作『彈箏峽』，亦名『都盧峽』，爲關中通往隴右交通孔道。《元和郡縣圖志》：『（涇水）南流經都盧山，山路之中，常如彈箏之聲，故行旅因謂之「彈箏峽」。』《宋書·索虜傳》：『（元嘉五年）昌弟赫連定在隴上，吐伐斤乘勝以騎三萬討定，定設伏於隴山彈箏谷破之，斬吐伐斤，盡坑其衆。』

粉水出房陵〔一〕永清谷。取其水以漬粉即鮮潔，有異於常，謂之『粉水』。〔二〕

【注釋】

〔一〕房陵：今湖北省十堰地區。《竹書紀年》：『帝子丹朱避舜於房陵，舜讓不克，朱遂封於房，爲虞賓，三年，舜即天子之位。』丹朱之子陵，以封地爲姓，故稱『房陵』。

〔二〕《水經·粉水》：『粉水出房陵縣，東流過郢邑南，又東過谷邑南，東入於沔。』酈道元注：『取此水以漬粉，則皓耀鮮潔，有異衆流，故縣水皆取名焉。』

漢水西山有九井，井中常出五色煙，高數丈。傳云：『昔有人縋入，得數斛空青〔一〕。』

【校記】

有人縋入：程本作『人有縋入』。

【注釋】

〔一〕空青：藥名。南朝梁陶弘景《本草經集注》：『空青……生益州山谷及越嶲山有銅處……』注云：『越嶲屬益州，今出銅官者，色最鮮深，出始興者，弗如，益州諸郡無復有，恐久不采之故也。涼州西平郡有空青山，亦甚多。今空青但圓實如鐵珠，無空腹者，皆鑿土石中取之。又以合丹，成則化鉛爲金矣。諸石藥中惟此最貴，醫方乃稀用之。』宋寇宗奭《本草衍義》：『功長於治眼。……其楊梅青，治翳極有功，中亦或有水者，其用與空青同，第有優劣耳。』

西海外有鵠國人〔一〕，長七寸，日行千里，百獸不犯。惟畏海鵠，鵠見必吞之。在鵠腹中不死，鵠一舉亦千里。

【校記】

惟：邢本作『唯』字。

【注釋】

〔一〕漢東方朔《神異經》：『西海之外有鵠國焉，男女皆長七寸，爲人自然有禮，好經綸跪拜。其人皆壽三百歲，行如飛，日行千里，百物不敢犯之，唯畏海鶴。陳章與齊桓公言：「鵠遇而吞之，亦壽三百歲。」此人鵠中不死，而鵠亦一舉千里。陳章與齊桓公言小人也。』

吐綬鳥〔一〕，其身大如鸛〔二〕，五色，出巴東山中，毛色可愛，若天晴景淑，即吐綬，長一尺，須臾還吞之，陰滯即不吐。

【校記】

鸛：邢本作『翟』字。簡化而訛。

長一尺：徐本、邢本作『一尺長』。

【注釋】

〔一〕唐段成式《酉陽雜俎·廣動植一》：『魚復縣南山有鳥，大如鴝鵒，羽色多黑，雜以黃白，頭頰似雉，有時吐物，長數寸，丹彩彪炳，形色類綬，因名爲吐綬鳥。』

〔二〕晋王嘉《拾遺記》：『帝堯在位……羽山之北有善鳴之禽，人面鳥喙，八翼一足，毛色如雉，行不踐地，名曰「青鸐」。聲似鐘磬笙竽也。《世語》曰：「青鸐鳴，時太平。」』

陽泉在天餘山北，清流數十步，所涵草木皆化爲石，精明堅勁。其水所經之處，物皆漬爲石。

却塵犀〔一〕，海獸也。然其角辟塵，置之于座，塵埃不入。

【校記】

置之于座：徐本、邢本、程本、胡本作『致之於座』。

【注釋】

〔一〕唐劉恂《嶺表録異》卷中：『又有駭鷄犀、辟塵犀、辟水犀、光明犀，此數犀，但聞其説，不可得而見也。』『辟塵犀』下注：『爲婦人簪梳，塵不著也。』唐蘇鶚《杜陽雜編》卷下：『刻鏤水精、馬腦、辟塵犀爲龍鳳花。』

羊山上〔一〕有燃石〔二〕，其色黄而文理疎，以水沃之便如煎沸。其上可炊烹，稍冷，即復以水沃之。

【校記】

羊山上：邢本作『羊山山』。

【注釋】

〔一〕《太平御覽》卷四十八《地部》，引南朝齊劉澄之《永初山川記》：『商安縣西有羊山，山有燃石，黄白而理粗，以水灌之便熱若石炭，以鼎置之，烹煮可熟。』

〔二〕南朝宋劉敬叔《異苑》卷二：『豫章有石，黄白色而理疏，以水灌之，便熱。加鼎於上，炊足以熟。冷則灌之。雷焕以問張華，華曰：「此燃石也。」』

猰貐〔一〕，獸中最大者，龍頭、馬尾、虎爪，長四百尺，善走，以人爲食。遇有道君即隱藏，無道君即出食人。猰乙，八反。貐，翼乳反。

【校記】

徐本、程本、胡本無『貏乙，八反。貐，翼乳反』。

【注釋】

〔一〕《山海經·北山經》：『又北二百里曰「少咸之山」，無草木，多青碧，有獸焉，其狀如牛而赤身、人面、馬足，名曰「窫窳」。其音如嬰兒，是食人。敦水出焉，東流注于雁門之水，其中多魳魳之魚，食之殺人。』郭璞注：『《爾雅》云窫窳似貙，虎爪，與此錯。』郝懿行按：『《海内南經》云：「窫窳，龍首，居弱水中。」《海内西經》云：「窫窳，蛇身人面。」又與此及《爾雅》不同。窫窳，《爾雅》作貏貐。』

辟寒香〔一〕，丹丹國〔二〕所出，漢武時入貢，每至大寒，於室焚之，煖氣翕然自外而入，人皆減衣。

【校記】

大：邢本作『太』字。

煖氣：徐本、邢本、程本、胡本作『暖氣』。

【注釋】

〔一〕辟寒香：異香名，相傳焚之可避寒氣。

〔二〕《梁書·南海諸國列傳》：『丹丹國，中大通二年，其王遣使奉表，曰「……謹奉送牙像及塔各二軀，并獻火齊珠、吉貝、雜香藥等。』

迷穀〔一〕出招摇山，亦名鵲山。其樹如穀又如楮，其花四照，名曰『迷穀』。如佩之，令人不迷。

【校記】

如穀：邢本作『如谷』。

【注釋】

〔一〕迷穀：一説爲構樹。落葉喬木，樹形高大，適應性强。《山海經·南山經》：『南山經之首曰「䧿山」，其首曰「招摇之山」，臨于西海之上，多桂，多金玉。有草焉，其狀如韭而青華，其名曰「祝餘」，食之不飢。有木焉，其狀如穀而黑理，其華四照，其名曰「迷穀」，佩之不迷。有獸焉，其狀如禺而白耳，伏行人走，其名曰「狌狌」，食之善走。』

南康樗都縣〔二〕西沿江有石室，名『夢口穴』。嘗有船人遇一人，通身黄衣，擔兩籠黄瓜求寄載，過至崖下，此人唾盤上，徑下崖，直入石穴中。船主初甚忿之，見其人入石，始知異，視盤上唾，悉是金矣。〔三〕

【校記】

擔：程本作『檐』。形近誤。

崖：徐本、程本、胡本作『岸』字。

【注釋】

〔一〕南康：古稱南野，秦漢時名『南埜』，三國吳時爲南安縣。晉太康元年置縣，南朝宋永初元年屬南康國，齊梁陳屬南康郡。樗都：今于都，西漢高祖六年置雩都縣，以北有雩山而得名。《太平御覽》卷一百七十七《居處部五》，引《南康記》曰：『雩都君山上有玉臺，方廣數丈，周迴盡是白石柱，自然石覆，如屋形也。四面多松杉，遥眺峨峨，響像羽人之館。風雨之後，景氣明净。頗聞山上有鼓吹之聲，山都木客爲舞唱之節。』

〔二〕《舊小説》本《述異記》：『南康雩都縣跨江南出，去縣三里，名「夢口」，有穴狀如石室。舊傳嘗有神鷄，色如好金，出此穴中。奮翼迴翔，長鳴響徹，見人輒隱入穴中，因號此石爲鷄石。昔有人耕種此上側，望見鷄出遊戲，有一長人操彈彈之，鷄遥見，便飛入穴。彈丸正著穴上，石徑六尺許，下垂蔽穴，猶有間隙，不復容人。又有人乘船從下流還縣，未至此崖數里，有一人通身黄衣，擔兩籠黄瓜求寄載之，黄衣人乞食，船主與之盤酒。食訖，至崖下，船主乞瓜，此人不與，仍唾盤内，徑上崖，直入石中，船主初甚忿之，見其入石，始知神異，取向食器視之，見盤上唾悉是黄金。』

噲參養母至孝。曾有玄鶴爲戎人所射，窮而歸參。參收養療治，瘡愈放之，後

鶴夜到門外，參秉燭視鶴，雌雄雙至，各銜明月珠以置參家。〔一〕

【注釋】

〔一〕《太平御覽》卷八百零三，引《搜神記》曰：『噲參養母至孝，曾有玄鶴爲戎人所射，窮而歸參。收養療治，瘡愈放之，後鶴夜到門外，參秉燭視之，鶴雌雄雙至，各銜明月珠報參焉。』

炎洲〔二〕在南海中，上有風生獸，似豹，青色，大如狸，網取之，積薪數車，燒之不燃，鐵錘鍛頭數十下，乃死。以口向風，須史便活。以石上菖蒲塞鼻，即真死。取其腦和菊花服之，可壽五百歲。〔三〕

【注釋】

〔二〕炎洲：中國神話中的地名。東方朔《海内十洲記》記載了漢武帝聽西王母所説大海中有十個洲：『祖洲、瀛洲、玄洲、炎洲、長洲、元洲、流洲、生洲、鳳鱗洲、聚窟洲。』

〔三〕《海内十洲記》：『炎洲在南海中，地方兩千里，去北岸九萬里。上有風生獸，似豹，青色，大如狸。張網取之，積薪數車以燒之，薪盡而獸不然，灰中而立，毛亦不焦，斫刺不入，打之如灰囊，以鐵錘鍛其頭，數十下乃死，而張口向風，須臾復活，以石上菖蒲塞其鼻即死。取其腦和菊花服之，盡十斤，得壽五百年。又有火林山，山中有火光獸，大如鼠，毛長三四寸，或赤或白，山可三百里許，晦夜即見。此山林乃是此獸光照，狀如火光相似。

取其獸毛以緝爲布，時人號爲「火浣布」，此是也。國人衣服垢污，以灰汁浣之，終無潔净，唯火燒此衣服，兩盤飯間振擺，其垢自落，潔白如雪。亦多仙家。』

南方有灾火山，四月生火，十二月火滅。火滅之後，草木皆生枝條。至火生，草木葉落如中國寒時也。取此木以爲薪，燃之不燼，以其皮績之，爲火浣布。〔一〕

【注釋】

〔一〕晋陳壽《三國志》卷四《少帝紀》：『二月，西域重譯獻火浣布，詔大將軍太尉臨試以示百寮。』裴松之注：『《異物志》曰：「斯調國有火洲，在南海中，其上有野火，春夏自生，秋冬自死，有木生于其中而不消也，枝皮更活，秋冬火死則皆枯瘁。其俗常冬采其皮以爲布，色小青黑；若塵垢汙之，便投火中，則更鮮明也。」《傅子》曰：「漢桓帝時，大將軍梁冀以火浣布爲單衣，常大會賓客，冀陽争酒，失杯而汙之，僞怒，解衣曰：『燒之。』布得火，煒曄赫然，如燒凡布，垢盡火滅，粲然潔白，若用灰水焉。」《搜神記》曰：「崐崘之墟有炎火之山，山上有鳥獸艸木，皆生於炎火之中，故有火浣布，非此山艸木之皮枲，則其鳥獸之毛也。……」』又東方朔《神異經》曰：『南荒之外有火山，長三十里，廣五十里，其中皆生不燼之木，晝夜火燒，得暴風不猛，猛雨不滅，火中有鼠重百斤，毛長二尺餘，細如絲，可以作布，常居火中，色洞赤，時時出外而色白，以水逐而沃之，即死，績其毛織以爲布。』

蘭陵〔一〕山有井，異鳥巢其中，金翅而身黑。此鳥見即大水，井不可窺，窺者盈歲輒死。

【注釋】

〔一〕蘭陵：今山東臨沂地區。

玉門西南有一國，國中有山石磣子林切千枚，名『霹靂磣』。從春雷而磣減，至秋磣盡，雷收復生。年年如此。〔一〕

【注釋】

〔一〕磣：通『碪』。碪：同『砧』。石磣：即石板。《太平御覽》卷五十二《地部》十七《石下》，引《玄中記》：『玉門之西南有一國，國中有山，山上有廟，國人歲歲出石磣數千枚，名爲「霹靂磣」，從春雷而磣減，至秋磣盡。』

宣城〔一〕蓋山有舒姑泉，俗傳有舒氏女與父析薪，女坐泉處，忽牽挽不動。父遽告家，及再至其地，唯見清泉湛然。其母曰：『女好音樂。』乃作弦歌，泉乃涌流。〔二〕

【注釋】

〔一〕宣城：簡稱宣，古稱宛陵、宣州，今安徽宣城市。

〔二〕《文選》卷四十三《劉孝標重答劉秣陵沼書》，六臣注引《宣城記》曰：『臨城縣南四十里，蓋山高百許丈，有舒姑泉。昔有舒氏女與其父析薪此泉處坐，牽挽不動，乃還告家。比還，唯見青泉湛然。女母曰：「吾女本好音樂。」乃弦歌，泉涌迴流。有朱鯉一雙。今作樂嬉戲，泉故涌出也。』

擣衣山一名靈山，在瑯琊郡。山南絕險，巖有方石，昔有神女於此擣衣，其石明瑩，謂之『玉女擣練碪』。〔一〕

【注釋】

〔一〕清蔣廷錫、陳夢雷等輯《欽定古今圖書集成·方輿匯編·山川典·靈山部匯考》，《道書》第三十三福地之『靈山』：『靈山在今江西廣信府城西北七十里，一名靈鷲山，其山有七十二峰，高七千餘丈，綿亘百餘里，即《道書》所稱第三十三福地。』按《洞天福地記》第三十三福地：『靈山在信州上饒縣。』按《方輿勝覽》：『江東路信州靈山在上饒西北九十餘里，山有七十二峰，亦名靈鷲山，爲州之鎮山，衆峰聳天末，岡勢迤邐，從北來州城枕其趾。』按《江西通志·山川考》：『靈山在廣信府城西北七十里，《道書》列爲第三十三福地，實府之鎮山也。山有七十二峰，高七千餘丈，綿亘百餘里，上有龍池，東北峰挺立孤石，高百餘丈，宛若人形，下有石井石室，西峰絕頂有葛仙壇遺址，溪五派西流入江。唐天寶中嘗投龍於此，遇旱禱之輒應。』按《廣信府志·山川考》：『靈山在府城西北七十里，山有七十二峰，約高七千餘丈，綿亘百餘里，上有龍池，東北峰挺立孤石，高百餘丈，宛若人形，下有石井石室，西峰絕頂有葛仙壇遺址，溪五派西流入江，唐天寶中嘗投金龍於此，遇旱禱之輒應。』

斗鄉西津有玉女岡〔一〕**，天當雨，輒先涌五色氣於石間，俗謂『玉女披衣』。**

【注釋】

〔一〕宋樂史《太平寰宇記》，引《輿地記》：『岡，天將雨，石間即涌出五色雲氣。百姓咸云「玉女披衣」。』玉女岡：又稱玉女峰，一説在今江西省萍鄉市西。一説在華山，相傳上有玉女手執玉槳。

嵰州〔一〕**去玉門三千里，地寒多雪，着木石之上皆融而甘，可以爲菓**〔二〕**。**嵰，丘㒞反。

【校記】

着：邢本作『著』字。

菓：邢本作『果』字。

【注釋】

〔一〕晋王嘉《拾遺記·周穆王》：『又進洞淵紅蘤，嵰州甜雪。』

〔二〕菓：果的分化字。《漢書·叔孫通傳》：『古者有春嘗菓。方今櫻桃熟，可獻。』

八方之荒有石鼓〔一〕，其徑千里，撞之，其音即成雷也。天之申威於此。

【注釋】

〔一〕《漢書・五行志下》：『成帝鴻嘉三年五月乙亥，天水冀南山大石鳴，聲隆隆如雷，有頃止……民俗名曰「石鼓」。石鼓鳴，有兵。』北魏酈道元《水經注・鮑丘水》：『南逕燕山下，懸巖之側有石鼓……耆舊言：「燕山石鼓鳴，則土有兵。」』

秦始皇作石橋〔一〕於海上，欲過海觀日出處有神人驅石，去不速，神人鞭之，皆流血。今石橋其色猶赤。

【注釋】

〔一〕晉伏琛《三齊略記》：『秦始皇於海中作石橋，海神爲之豎柱。始皇求相見，神云：「我形醜，莫圖我形，當與帝相見。」乃入海四十里見海神，左右莫動手。工人潛以脚畫其狀，神怒曰：「帝負約。」速去。始皇轉馬還，前脚猶立，後脚遂崩，僅得登岸，畫者溺死於海，衆山之石皆傾注，今猶岌岌東趨。』

員嶠山名還丘，東有雲石，廣五百里，有蠶長七寸，黑色有鱗角，以雪霜覆之，然後作繭，長一尺，其色五采，織爲文錦，入水不濡。〔一〕

【注釋】

（一）晉王嘉《拾遺記》：『員嶠山，一名環丘。上有方湖，周迴千里。多大鵲，高一丈，銜不周之粟。粟穗高三丈，粒皎如玉。鵲銜粟飛於中國，故世間往往有之。其粟，食之歷月不飢。故《呂氏春秋》云：「粟之美者，有不周之粟焉。」東有雲石，廣五百里，駁駱如錦，扣之片片則蓊然云出。有木名猗桑，煎椹以爲蜜。有冰蠶長七寸，黑色，有角有鱗，以霜雪覆之，然後作繭。長一尺，其色五彩，織爲文錦，入水不濡，以之投火，經宿不燎。唐堯之世，海人獻之，堯以爲黼黻。』《太平廣記》卷四百七十三《昆蟲一》，引《列仙傳》『園客』：『園客者，濟陰人也，姿貌好而良，邑人多願以女妻之，終不娶。常種五色香草，積數十年，服其實。一旦有五色蛾止其旁，客收而薦之。至蠶時，有女夜半至，自稱客妻，道蠶之狀。客與聚蠶，得百二十頭繭，皆如甕。繅一頭，六十日乃盡。訖則俱去，莫知所如。濟陰人設祠祀焉。』《太平廣記》卷五十九《女仙四》，引《女仙傳》『園客妻』：『園客妻，神女也。園客者，濟陰人也，美姿貌而良，邑人多欲以女妻之，客終不娶。常種五色香草，積數十年，服食其實。忽有五色蛾集香草上，客收而薦之以布，生華蠶焉。至蠶出時，有一女自來助客養蠶，亦以香草飼之。蠶壯，得繭百三十枚。繭大如甕，每一繭繅六七日乃盡。繅訖，此女與園客俱去，濟陰今有華蠶祠焉。』

園客者，濟陰人。貌美，邑人多欲妻之，客終不娶。常種五色香草，積十餘年，服食其實。忽有五色蛾集香草上，客薦之以布，生華蠶焉。至蠶時，有一女自

來助養蠶，以香草食之，得繭一百二十枚，繭大如甕，每一繭繅六七日絲方盡。繅訖，此女與客俱神仙去。〔一〕

【校記】

貌美，邑人多欲妻之：徐本爲『貌美色，人多欲妻之』。

【注釋】

〔一〕干寶《搜神記》：『園客者，濟陰人也，貌美，邑人多欲妻之，客終不娶。嘗種五色香草，積數十年，服食其實，忽有五色神蛾止香草之上。客收而薦之以布，生桑蠶焉。至蠶時，有神女夜至，助客養蠶，亦以香草食蠶，得繭百二十頭，大如甕，每一繭繅六七日乃盡。繅訖，女與客俱仙去，莫知所如。』

并州妬女泉，婦人不得艷粧綵服至其地，必興雲雨。一名是介推妹。〔一〕

【注釋】

〔一〕唐張鷟《朝野僉載》卷六：『俗傳妒女者，介之推妹。與兄競，去泉百里，寒食不許舉火，至今猶然。女錦衣紅鮮，裝束盛服，及有人取山丹、百合經過者，必雷風電雹以震之。』

齊桓公北征孤竹，見人長尺，具衣冠，左袪而走於馬前。管仲曰：『此山之神也，名曰「俞兒」。霸王去聲之君興則見也。』〔二〕

【注釋】

〔一〕《事林廣記》：『單耳之水有俞兒者，登山之神也。長尺餘而人形，四體具焉。冠黃衣朱服，好走馬。齊桓公時曾見，管仲曰：「有霸王之君興，則見矣。」』《東周列國志》二十一回《管夷吾智辨俞兒，齊桓公兵定孤竹》：『正在躊躇，忽見山凹裏走出一件東西來。桓公睁眼看之，似人非人，似獸非獸，約長一尺有餘，朱衣玄冠，赤着兩脚，向桓公面前再三拱揖，如相迓之狀。然後以右手摳衣，竟向石壁中間疾馳而去。桓公大驚，問管仲曰：「卿有所見乎?」管仲曰：「臣無所見。」桓公述其形狀。管仲曰：「此正臣所制歌詞中『俞兒』者是也。」管仲曾作《上山歌》：『山嵬嵬兮路盤盤，木濯濯兮頑石如欄。雲薄薄兮日生寒，我驅車兮上巉岏。風伯爲馭兮俞兒操竿，如飛鳥兮生羽翰，跋彼山巔兮不爲難。』』

和州歷陽〔一〕淪爲湖。昔有書生遇一老姥，姥待之厚，生謂姥曰：『此縣門石龜眼血出，此地當陷爲湖。』姥數往視之，門吏問姥，姥具答之。吏以朱點龜眼，姥見，遂走上北山，顧城遂陷焉。今湖中有明府魚、奴魚、婢魚。〔二〕

【注釋】

〔一〕歷陽：今安徽和縣。

〔二〕金王朋壽輯《重刊增廣分門類林雜説》卷十，引《述異記》『老姥』：『和縣歷陽淪爲湖。有書生過一老姥，姥待之厚，生謂姥曰：「此縣門石龜眼血出，此地當陷爲湖。」姥後數往侯之，門吏問姥，姥具以告吏，吏遂以朱點龜眼，姥見，遂走上北山，城遂陷。』漢劉安《淮南子》卷二《淑真訓》：『歷陽之都，一夕反而爲湖。』東漢高誘注：『歷陽，淮南國之縣名，今屬江都。昔有老嫗常行仁義。有二諸生過之，謂曰：「此國當没爲湖。」謂嫗：「視東城門閫有血，便走上北山，勿顧也。」自此，嫗便往視門閫。閽者問之，嫗對曰如是。其暮，門吏故殺鷄血塗門閫。明旦，老嫗早往視門，見血，便上北山，國没爲湖，與門吏言其事，適一宿耳。一夕旦而爲湖也。』《搜神記》卷十三『長水縣』：『由拳縣，秦時長水縣也。始皇時童謡曰：「城門有血，城當陷没爲湖。」有嫗聞之，朝朝往窺。門將欲縛之，嫗言其故，後門將以犬血塗門，嫗見血，便走去。忽有大水欲没縣，主簿令幹入白令，令曰：「何忽作魚?」幹曰：「明府亦作魚。」遂淪爲湖。』唐李冗《独異志》卷上：『歷陽縣有一媪常爲善。忽有少年過門求食，待之甚恭。臨去，謂媪曰：「時往縣，見門閫有血，即可登山避難。」自是，媪日往之門。吏問其狀，媪答以少年所教。吏即戲以鷄血塗門閫。明日，媪見有血，乃攜鷄籠走山上。其夕，縣陷爲湖。今和州歷陽湖是也。』唐李吉甫《元和郡縣圖志》卷二十四《淮南道·和州》：『歷陽湖，在縣西三十里。昔有一書生遇一姥，門吏問姥，姥具以對。吏因以朱點眼，姥見，遂走上西山，顧城已陷。今湖中有明府魚、婢魚、奴魚之名。』宋祝穆《方輿勝覽》卷四十九《和州·山川》記『鷄籠山』：『在歷陽西北四十里，道家第四十福地。《淮南子》云：「麻湖初陷之时，有老母提一鷄籠以登此山，因化爲石。……」刘禹锡詩：「鷄籠爲石顆，鼂眼入泥坑。」

信安郡〔一〕有石室山。晉時王質伐木至，見童子數人棊而歌，質因聽之。童子以一物與質，如棗核，質含之不覺饑。俄頃，童子謂曰：『何不去？』質起視斧柯，爛盡。既歸，無復時人。〔二〕

【校記】

有：徐本、邢本、程本、胡本無『有』字。

【注釋】

〔一〕信安郡：南朝陳永定三年置。隋大業三年廢。今浙江衢州地區。

〔二〕東晋虞喜《志林》已載此事：『信安山有石室，王質入其室，見二童子方對棋，看之，局未終，視其所執伐薪柯已爛朽，遽歸鄉里，已非矣。』敘述母題同《述異記》，爲其早期文本。宋曾慥輯《類說》卷九收録《述異記》『爛柯』：『信安郡石室山，晋時王質伐木至，見數童子棋，與質一物，如棗核，含之不覺飢，視斧柯，爛盡。既歸，無復時人。』

螺亭在南康郡。昔有一女採螺爲業，曾宿此亭。夜聞空中風雨聲，乃見衆螺張

口而至，便亂噉其肉。明日，唯有骨存焉。故號此亭爲『螺亭』。〔一〕

【校記】

一女：邢本、程本、胡本作『正女』。

【注釋】

〔一〕宋曾慥輯《類説》卷九收録《述異記》『螺亭』：『南康有女採螺爲業，夜宿亭上，聞風雨聲，見衆螺張口而至，亂噉其肉，明日惟有骨在焉。故號其亭曰「螺亭」。』

北方有七尺之棗，南方有三尺之梨。凡人不得見，或見而食之，即爲地仙。〔一〕

【注釋】

〔一〕宋曾慥輯《類説》卷九收録《述異記》『七尺棗三尺梨』：『北方有七尺棗，南方有三尺梨，人或見而食之，即爲地仙。』

荀瓌字叔偉，潛棲即粧。嘗東遊，憩江夏〔一〕黄鶴樓上，望西南有物飄然降自霄漢，俄頃已至，乃駕鶴之賓也。鶴止户側，仙者就席，羽衣虹裳，賓主歡對，已而辭去，跨鶴騰空，渺然而滅。〔二〕

【校記】

跨鶴騰空，渺然而滅：徐本爲『跨鶴騰空而滅』。

【注釋】

〔一〕江夏：漢高祖時置。今湖北武漢江夏一帶。

〔二〕宋曾慥輯《類説》卷九收録《述異記》『黄鶴樓』：『荀瓌遊江夏黄鶴樓上，望西南有物飄然而來，乃駕鶴之客也。羽衣虹裳，賓主歡對，已而辭去。跨鶴騰空，渺然而滅。』

晉安郡〔一〕有一書生謝端，爲性介潔，不染聲色。嘗於海岸觀濤，得一大螺，大如一石米斛，割之，中有美女，曰：『予天漢中白水素女，天帝矜卿純正，令爲君作婦。』端以爲妖，呵責遣之，女嘆息升雲而去。〔二〕

【校記】

爲君作婦：徐本、邢本、程本、胡本爲『爲作君婦』。

【注釋】

〔一〕晉安郡：晉武帝太康三年，分建安郡，設晉安郡，治所侯官縣，今福建福州鼓樓區。

〔二〕宋曾慥輯《類説》卷九收録《述異記》『白衣素女』：『晉安書生謝端，海岸得一大螺，大如一石米斛，割之，中有美女，曰：「予天漢中白衣素女，天帝憐君能正，令爲君婦。」端以爲妖，呵之，女歎息升空，駕雲而去。』唐徐堅《初學記》卷八《嶺南道》『素女』，引《發蒙記》曰：『侯官謝端曾於海中得一大螺，中有美女云：「我天漢中白水素女，天矜卿貧，令我爲卿妻。」』《太平廣記》卷四百六十三《禽鳥四》『新喻男子』：『新喻縣男子見田中有六七女，皆衣毛衣，不知是鳥，匍匐往，得其一女所解毛衣，取藏之，即往就諸鳥，諸鳥各飛去，一鳥独不得去，男子取以爲婦，生三女。其母後使女問父，知衣在積稻下，得之，衣而飛去，後復以衣迎三兒，亦得飛去。』

東陽郡永康縣，吳時有人入山，逢大龜，擔之，未至家，遇夜，攬舟於岸。見老桑呼龜曰：『元緒，汝當死矣。』龜呼桑樹曰：『子明無苦也。雖然，盡南山之樵，不能潰我。』對曰：『諸葛恪明敏，禍必及於予。』明日，其人將龜獻吳主，命煑之，三日三夜不死。遂問諸葛恪，恪曰：『此龜有精，須得多年老桑爲薪，煑之立爛。』遂令以老桑斫之爲薪，既燃即爛。

【校記】

逢：徐本、邢本、胡本作『逄』字。『逄』通『逢』。

吳主：邢本爲『吳王』。

此龜：徐本、邢本、程本爲『此神龜』。

漢武帝幸甘泉長平阪道中，有虫赤如肝，頭目口齒悉具，人莫知也。時東方朔曰：『此古秦獄地也，積憂所致。』上使按圖，果秦獄地。朔曰：『夫積憂者，得

酒而解。』乃以缶置酒中，立消。〔一〕

【注釋】

〔一〕宋曾慥輯《類説》卷九收録《述異記》『秦獄地』：『甘泉道中有蟲，頭目口齒悉具，東方朔曰：「此古秦獄地也，積憂所致。」上使按圖，果秦獄地。朔曰：「積憂者，得酒而觧。」取蟲置酒中，立消。』

洞庭山〔一〕有宫五門，東通林屋〔二〕，西達峨眉，南接羅浮，北連岱岳，東有石樓。樓下兩石，扣之清越，所謂『神鉦』〔三〕。昔有青童秉燭，飈飛輪之車至此，其跡存焉。上有天帝壇山，山有金牛穴。吴孫權時，令人掘金，金化爲牛走上山，其跡存焉。故號爲『金牛穴』。

【注釋】

〔一〕洞庭山：今洞庭山有三處。其一，江蘇吴縣西南有東西二山，東山古稱『胥母山』，又名『莫釐山』，今名洞庭山。其二，即君山，又名湘山，在今湖南岳陽市西南。其三，鴻鷺山、玉石山、碧玉山，今甘肅嘉峪關市西嘉峪山。從文中描述文句來看，應爲神話中仙山。

〔二〕林屋：相傳古時有龍居林屋洞內。今江蘇蘇州市林屋洞，爲道教第九洞天。

〔三〕北魏酈道元《水經注·沔水》：『洞庭南口有羅浮山，高三千六百丈，浮山東石樓下有兩石鼓，叩之清越，所謂神鉦者也。』

范文本日南〔一〕奴也，爲奴時牧羊於澗中，得兩鯉魚，欲私食之，郎知，詰之，文詐云：『將礪石還，非魚也。』郎至魚所，果見兩石，文異之。石有鐵，文因入山中就治作兩刀，因舉刀向鄣〔二〕，鄣即蓄中山地名也。呪〔三〕曰：『鯉魚變化治成刀，斫石鄣破者，是有神靈。文當治此國。』遂斫破之，衆遂推爲君。

【校記】

詰之，文：邢本、程本爲『詰文』。

治作：徐本爲『治作』。

【注釋】

〔一〕日南：傳爲古越裳氏國。《漢書》：『日南郡，故秦象郡，武帝元鼎六年開，更名。』今越南中部地區。武帝元鼎六年設郡，轄地包括越南横山以南到平定省以北一帶，順化、峴港等地均歸屬日南郡。《漢書·地理志》顔師古注：『言其在日之南，所謂開北户以向日者。』北魏酈道元《水經注》：『區粟建八尺表，日影度南八寸，自此影以南，在日之南，故以名郡。』

〔二〕鄣：同『障』，指修築用以遮蔽的城堡。

〔三〕呪：亦作『咒』。有詛咒降禍之意，也有念咒祈禱之意。此處當爲念咒祈禱之意。

宋武帝微時，伐荻於新洲，見一大虵，長數丈，遂射之，傷。明日復往觀之，聞杵臼聲，覘見數青衣童子擣藥，問其故，答曰：『我王爲劉寄奴所射，今合藥傅之。』帝曰：『何神也？』童子不答。帝叱之，皆散。收得藥，人因名此草爲『劉寄奴』。〔一〕

【注釋】

〔一〕劉寄奴：菊科植物，活血通經，散瘀止痛，止血消腫，消食化積。南朝宋劉敬叔《異苑》卷四：『宋武帝裕，字德輿，小字寄奴，微時伐荻新洲，見大蛇長數丈，射之，傷。明日，復至洲里，聞有杵臼聲，往視之，見童子數人皆青衣擣藥，問其故，答曰：「我王爲劉寄奴所射，合散傅之。」帝曰：「王神何不殺之。」答曰：「劉寄奴王者不死，不可殺。」帝叱之，皆散，仍收藥而返。』

西域有鼠國，大者如猪，中者如兔，小者如常，鼠頭悉白。商賈有經過其國者，若不祈祀，則囓人衣裳。〔一〕

【注釋】

〔一〕《隋書》卷八十三《西域》：『（于闐國）王錦帽金鼠冠，妻戴金花。』《新唐書》卷一百四十六《西域上》：『（于闐）人喜歌舞，工紡績。西有沙磧，鼠大如蝟，色類金，出入群鼠爲從。』

周成王時，東夷送六角牛。

磅磄山去扶桑五萬里，日所不及。其地甚寒，有桃樹千圍，萬年一實。一説日本國有金桃，其實重一斤。〔一〕

【注釋】

〔一〕晋王嘉《拾遺記·周穆王》：『扶桑東五萬里，有磅磄山。上有桃樹百圍，其花青黑，萬歲一實。』磅磄：周圍廣大貌。

吴王闔閭葬於吴縣，三月有白虎居其上，號曰『虎丘』。〔一〕

【注釋】

〔一〕明張岱《夜航船·地理部·古跡》：『吴王闔閭死，治葬，穿土爲川，積壤爲丘，銅棺三重。以黄金珠玉爲鳧雁，葬三月，金精上騰爲白虎，蹲踞山頂，因名「虎丘」。』《史記集解》：『闔閭塚在吴縣閶門外，……十餘萬人治之，取土臨湖葬之，三日，白虎踞其上，故名「虎丘」。』《吴越春秋》：『闔閭葬虎丘，十萬人治葬，經三日，金精化爲白虎蹲其上，因號「虎丘」。』

晋太康中，會稽縣蟛蜞〔一〕及羊皆化爲鼠，蟛始變者有毛而無肉，大食新稻。〔二〕

【注釋】

〔一〕蟛蜞：甲殼綱，似蟹，體小，螯足無毛，紅色。

〔二〕晋干寶《搜神記》卷七：『晋太康四年，會稽郡蟛蜞及蟹皆化爲鼠，其衆覆野，大食稻爲灾。始成，有毛肉而無骨，其行不能過田塍，數日之後，皆化爲牝。』

周穆王〔一〕時，天下連雨三月。穆王乃吹笛，其雨遂止。

【校記】

其雨遂止：邢本爲『遂則止也』。

【注釋】

〔一〕周穆王：姬姓，名滿，又稱穆天子，周昭王之子，西周第五位君主。

漢武帝時，西方有日支國〔一〕獻活人草三莖，有人死者，將草覆面，即活之矣。

【校記】

獻：徐本、邢本、程本、胡本爲『有獻』。

【注釋】

〔一〕宋高似孫《剡録》引《述異記》曰：『漢武帝時月支國獻活人草。』『日支國』作『月支國』。

封微山中有怒毛獸，若不嗔，毛短三寸；若嗔，毛長三尺。

【校記】

封微山：《欽定古今圖書集成》作『封徼山』。

南金山〔一〕有師子禽，其毛黄赤而光鮮，耳小，若鳴時，地動石裂。

【校記】

禽：程本作『獸』。

石裂：徐本、邢本、程本、胡本爲『石裂也』。

【注釋】

〔一〕南金山：一名大金山。在福建霞浦縣南。明嘉靖《福寧府志》卷二《山川》『霞浦縣』：『（南金山）在王十二都，廣袤二十里。相傳有客從海道來，宿山下人家，翼日早，遺金二大錠而去，主人兄弟知客所亡，追十里許還之。客謝曰：「得金不取，必非常人，異日聲價，當比南金。」後人因稱其山曰「南金」，又曰「大金」。』

崑崙山有玉桃〔一〕，光明洞澈而堅瑩，須以玉井泉洗之，便軟可食。

【注釋】

〔一〕北魏賈思勰《齊民要術》，引《神農經》曰：『玉桃，服之長生不死，若不得早服之，臨死日服之，其尸畢天地不朽。』

北方荒外有石湖，方十里，中有横公魚，夜即化爲人，刺之不入，煑之不死。若以烏梅二七箇煑之即熟，可治邪病。〔一〕

【注釋】

〔一〕《太平御覽》卷九百四《鱗介部》，引《神異經》曰：『北方荒外有石湖，其中有横公魚，長七八尺，形狀如鱧而目赤，晝則在湖中，夜化爲人。刺之不入，煮之不死，以烏梅二七煮之乃熟。食之可以止邪病。』《藝文類聚》卷八十六《果部上》：『横公魚，長七八尺，形狀如鱧而目赤，晝在湖中，夜化爲人，刺之不入，煮之不死，以烏梅二七煮之即熟，食之治邪病。』

東海郡〔一〕尉于臺有杏一株，花雜五色六出，號云『仙人杏』。

【校記】

號云：邢本作『號之』。

云：程本作『六』字。

【注釋】

〔一〕東海郡：又名郯郡。秦代始置，郡治在郯县，今山東郯城县。

晉時，晉陵薛願家，有虹飲釜中水，須臾而竭，願因以酒祝而益之，虹復飲

盡，吐金滿釜而去，願家遂至大富。〔一〕

【校記】

須史：程本作『須史』。須通『須』。

【注釋】

〔一〕宋劉敬叔《異苑》卷一：『晉義熙初，晉陵薛願，有虹飲其釜澳，須臾噏響便竭，願輦酒灌之，隨投隨涸，便吐金滿釜。於是災弊日祛，而豐富歲臻。』

顧渚山〔一〕有報春鳥〔二〕，春至即鳴，秋分亦鳴，似鶗鴂〔三〕之類也。

【注釋】

〔一〕顧渚山：今浙江省湖州市長興縣城西北。

〔二〕《太平廣記》卷四百六十三，引《顧渚山記》：『顧渚山中鳥如鴝鵒而小，蒼黃色，每至正月二月，作聲云「春起」也。至三月四月，作聲云「春去」也。采茶人呼爲報春鳥。』

〔三〕鶗鴂：即子規、杜鵑。《臨海異物志》記載：『鶗鴂，一名杜鵑，至三月鳴，晝夜不止，夏末乃止。』可知，通過鶗鴂啼叫，可以判斷時間。文獻中經常用鶗鴂鳴叫比喻盛時消逝、繁華不再之感。如《離騷》：『恐鶗鴂之先鳴兮，使夫百草爲之不芳。』白居易《東南行一百韻寄通州元九侍御澧州李十一》：『殘芳悲鶗鴂，暮節感茱萸。』

龍肝瓜長一尺，花紅葉素，生於氷谷，所謂氷谷素葉之瓜。〔一〕

【注釋】

〔一〕《洞冥記》：『有龍肝瓜長一尺，花紅葉素，生於冰谷，所謂冰谷素葉之瓜。仙人暇丘采藥得此瓜，食之千歲不渴。瓜上恒如霜雪，刮嘗如蜜滓。及帝封泰山，從者皆賜冰谷素葉之瓜。』

越俗說會稽山夏禹廟中有梅梁，忽一春而生枝葉。〔一〕

【注釋】

〔一〕《太平御覽》卷九十七，引應劭《風俗通義》：『夏禹廟中有梅梁，忽一春生枝葉。』

漢成帝常與趙飛燕游太液池，以沙棠木爲舟，其木出崑崙山，人食其實，入水不溺。詩曰：『安得沙棠木，刳〔一〕以爲舟船。』

【校記】

太：程本作『大』字。

【注釋】

〔一〕刳：剖開後再挖空。

巴東有真香茗〔一〕，其花白色如薔薇，煎服，令人不眠，能誦無忘。

【校記】

薇：邢本爲『微』字。

【注釋】

〔一〕明李時珍《本草綱目》：『蜀之茶則有東川之神泉獸目，硤州之碧澗明月，夔州之真香。』

伺潮鷄〔一〕，潮水上則鳴。孫綽《望海賦》曰『石鷄清響而應潮』是也。〔二〕

【注釋】

〔一〕伺潮鷄：一種潮來即啼的鷄，又名『石鷄』。南朝梁顧野王《輿地志》：『移風縣有鷄，雄鳴長且清如吹角，每潮至則鳴，故呼爲潮鷄。』

〔二〕《本草綱目·禽二·鷄》：『南海一種石鷄，潮至則鳴。』《本草綱目·蟲四·蝦蟆》，引吴瑞曰：『長肱，石鷄也。一名錦襖子，六七月山谷間有之，性味同水鷄。』晉孫綽《望海賦》：『石鷄清響而應潮，慧軀輕近以遠潔。』

聚窟洲有返魂樹，伐其根心於玉釜中，煮取汁，又熬之，令可丸，名曰『驚精香』，或名『震靈丸』，或名『反生香』，或名『却〔一〕死香』。死尸在地，聞氣即活。〔二〕

【校記】

返魂樹：徐本爲『返魂香樹』。

却死香：邢本爲『卻死香』。

【注釋】

〔一〕却：爲『却』之假借。

〔二〕《海内十洲記》：『聚窟洲中申未地上有大樹，與楓木相似，而華葉香聞數百里，名爲返魂樹。於玉釜中煮，取汁如黑粘，名之爲返生香，香氣聞數百里，死尸在地，聞氣乃活。』

岑華山在西海之西，有蔓竹〔一〕，爲蕭管，吹之若群鳳之鳴。〔二〕

【注釋】

〔一〕蔓竹：又叫闊葉文竹、垂蔓竹。

〔二〕此條《太平御覽》引王嘉《拾遺記》亦有記載，全文同此處所載，不録。

魏興，錫義山〔一〕多生微蘅草，有風不偃，無風獨摇。

【注釋】

〔一〕《水經注·沔水》『錫縣』：『有錫義山，方圓百里，形如城，四面有門，上有石壇，長十餘丈，世傳列仙所居。今有道士披髪餌術，恒數十人。山高谷深，多生薇蘅草，其草有風不偃，無風独摇。』

黄金山有楠樹，一年東邊榮西邊枯，後年西邊榮東邊枯，年年如此。張華云『交讓樹』〔一〕也。

【注釋】

〔一〕交讓樹：一作交讓木，山間半榮半枯之樹也。

石勒嘗傭〔一〕於臨水〔二〕，爲遊軍所囚，會有群鹿傍道，軍人競逐之，勒乃獲免。俄而，又見一老父謂勒曰：『向來群鹿者，我也。君應爲列國主，故相救耳。』〔三〕

【注釋】

〔一〕傭：本義指受雇傭，出賣勞動力。

〔二〕臨水：西漢時始置。今山西省吕梁市臨縣一帶。

〔三〕《晋書·石勒傳》：『嘗傭於武安臨水，爲遊軍所囚。會有群鹿旁過，軍人競逐之，勒乃獲免。俄而又見一父老謂勒曰：「向群鹿者，我也，君應爲中州主，故相救爾。」』

大食王國〔一〕在西海中，有一方石，石上多樹，幹赤葉青，枝上總生小兒，長六七寸，見人皆笑，動其手足，頭着樹枝，使摘一枝，小兒便死。

【校記】

着：徐本、邢本、程本、胡本爲『著』字。

【注釋】

〔一〕《新唐書》卷二百二十一《西域傳·大食傳》：『大食，本波斯地。男子鼻高，黑而髯，好白皙，出輒鄣面。』

獬豸者〔一〕，一角之羊也。性知人有罪，皐陶治獄，其罪疑者，令羊觸之。〔二〕

【注釋】

〔一〕《説文解字》釋『廌』：『解廌，獸也，似牛一角。古者決訟，命觸不直者。』《太平御覽》卷八百九《獸部》：『黄帝時有遺帝獬豸者，帝問何食何處，曰：「食薦。」春夏處水澤，秋冬處竹箭松筠。』引《論衡》曰：『獬豸者，一角之羊，性識有罪，皐繇治獄，有罪者令羊觸之。皐繇敬羊，跪坐事之。』

〔二〕《太平御覽》引《神異經》：『東北荒中有獸如牛，一角、毛青、四足，似熊。忠直，見人鬥則觸不直，聞人論則咋不正。名曰「獬豸」，一名「任法獸」。』

取鳥之未生毛者，以丹和牛肉使吞，至長羽毛皆赤，殺之，陰乾杵服，壽五百歲。〔一〕

【注釋】

〔一〕《太平御覽·羽族》卷七，引《抱朴子》曰：『石先生丹法，取烏之未生毛羽者，以真丹和牛肉以吞之，至長，其毛羽皆赤，乃殺，陰乾百日並擣服百日，得壽五百歲。』

鄧通以櫂船〔一〕爲黄頭郎〔二〕，曰：『土勝水，其色黄。』故刺船〔三〕郎皆着黄帽。

【校記】

着：徐本、邢本、程本、胡本爲『著』字。

【注釋】

〔一〕櫂：劃船用的槳。櫂船：裝有槳的船。

〔二〕黄頭郎：漢代掌管船舶行駛的吏員，後泛指船夫。《漢書·佞幸傳·鄧通》，顔師古注：『土勝水，其色黄，故刺船之郎皆著黄帽，因號曰「黄頭郎」也。』

〔三〕刺船：撑船。

漢元和元年大雨，有一青龍墮於宫中，帝命烹之，賜群臣龍羮〔一〕各一杯，故李尤《七命》曰：『味兼龍羮。』七命，文章名也。

【注釋】

〔一〕龍羮：用龍肉所作之羹。

案消山有石樓樹，吴太皇元年，郡吏伍曜於海際得之，枝莖紫色有光，南越謂之『石連理』也。〔一〕

【校記】

案：前疑缺詞條。按語爲説明解釋性文字，前應有石樓樹、石連理等文。

【注釋】

〔一〕唐皮日休、陸龜蒙等《松陵集》卷八，皮日休《臈後送内大德從勖遊天臺》云：『行過石樹凍無煙。』注：『案消山有石樓樹，吴大皇元年郡吏伍曜於海際得之，枝莖紫色有光，南越謂之「石連理」也。』與此本此條完全相同。

南海有明珠，即鯨魚目瞳。鯨死而目皆無精，夜可以鑒，謂之『夜光』。

【校記】

夜可以鑒：邢本、胡本、葉本無『夜』字。

千年木精爲青牛。〔一〕

【注釋】

〔一〕《山海經·海内南經》：『兕在舜葬東，湘水南。其狀如牛，蒼黑，一角。』《太平御覽》引東晋郭璞《玄中記》：『千歲樹精爲青羊，萬歲樹精爲青牛，多出遊人間。』《太平御覽》

卷九百，引《嵩高記》：『山有大松，或千歲，其精變爲青牛。』

猿五百歲化爲玃，玃千歲化爲老人。〔一〕

【校記】

千歲：徐本爲『千年』。

【注釋】

〔一〕《山海經·西山經》：『皋塗之山，……有獸焉，其狀如鹿而白尾，馬足人手而四角，名曰「玃如」。』晋葛洪《抱朴子·對俗篇》：『獼猴壽八百歲變爲猿，猿壽五百歲變爲玃，玃壽千歲，蟾蜍壽三千歲。』

鵠生五百年而紅，五百年而黄，又五百年而蒼，又五百年而白，壽三千歲。〔一〕

【注釋】

〔一〕《古今圖書集成·博物匯編·禽蟲典·鵠部·匯考》，引《太平廣記》云：『鵠壽三千歲。』注：『鵠生百年而紅，五百年而黄，又五百年而蒼，又五百年爲白，壽三千歲矣。』

鸗千年，生胡髯。〔一〕

【校記】

鸞：徐本、邢本、程本、胡本在『鸞』後有『之』字。

【注釋】

〔一〕唐段成式《酉陽雜俎續集·支動》，引《述異記》：『五百歲燕，生鬍髯。』明陳繼儒《珍珠船》：『猿五百歲化爲玃，玃千歲化爲老人，燕千歲生鬍髯。』

虎魚，老者爲蛟。

江中魚化爲蝗而食五穀者，百歲爲鼠。〔一〕

【注釋】

〔一〕晉葛洪《抱朴子》，引《玉策記》：『鼠壽三百歲，滿百歲者，則色白善，憑人而卜，名曰「仲」。能知一年中吉凶及千里外事。』南朝宋劉敬叔《異苑》：『義鼠形如鼠，每行，遞相咬尾。三五爲群，驚之則散，俗云見之者當有吉兆，成都有之。』

蛟羊〔一〕似羊而無角，啖之毒。

【注釋】

〔一〕蛟羊：傳説中一種似羊之獸。

古人説羊一名『胡髯郎』〔一〕，又名『青鳥』〔二〕。

【注釋】

〔一〕晋崔豹《古今注·鳥獸》：『羊，一名髯鬚主簿。』五代馬縞《中華古今注·羊》：『羊，一名髯鬚參軍。』

〔二〕《山海經·西山經》：『又西二百二十里曰「三危之山」，三青鳥居之。』郭璞注：『三青鳥主爲西王母取食者，別自棲息於此山也。』《山海經·大荒西經》：『有玄丹之山，有五色之鳥，人面有髮，爰有青鴍、黄鷔、青鳥、黄鳥，其所集者其國亡。』

周穆王之犬，日走千里，食虎豹。

闔閭搆水精宫〔一〕，尤極珎恠，皆出自水府〔二〕。

【校記】

珎恠：徐本、邢本、程本、胡本爲『珍怪』。

【注釋】

〔一〕水精宫：亦作『水經宫』，以水晶裝飾的宫殿。

〔二〕水府：神話傳説中水神或龍王所住的地方。晋木華《海賦》：『爾其水府之内，極深之庭，則有崇島巨鼇，峌峴孤亭。』《拾遺記》：『師延者，殷之樂人也。設樂以來，世遵此職。……至夏末，抱樂器以奔殷，及紂淫於聲色，乃拘師延於陰宫，欲極刑戮。師延既被囚繫，奏清商、流徵、滌角之音，司獄者以聞於紂，紂猶嫌曰：「此乃淳古遠樂，非余可聽説也。」猶不釋，師延乃奏迷魂淫魄之曲以歡修夜之娱，乃得免炮烙之害。周武王興師，乃越濮流而逝，或云死於水府。』

瀨鄉老子祠有紫石榴、紅縹李，一李二色。[一]

【注釋】

[一]《史記·老子韓非列傳》記載：『老子者，楚苦縣厲鄉曲仁里人也，姓李氏，名耳，字伯陽，謚曰聃，周守藏室之史也。』老子很早就進入了神仙序列，《史記正義》引《朱韜玉札》及《神仙傳》：『老子，……身長八尺八寸，黄色美眉，長耳大目，廣額疏齒，方口厚唇，額有三五達理，日角月懸，鼻有雙柱，耳有三門，足蹈二五，手把十文。周時人，李母八十一年而生。』《玄妙内篇》成書時間各家推斷不一，以東晋爲主，至晚推至南朝末年。《太平御覽》將其歸入《道部》，記載老子生於李樹下之事：『李母懷胎八十一載，逍遥李樹下，迺割左腋而生。』又記載其母感生之事：『玄妙玉女夢流星入口而有娠，七十二年而生老子。』同爲道教經典的《上元經》記載：『李母晝夜見五色珠，大如彈丸，自天下，因吞之，即有娠。』

勾漏縣〔一〕有白橘、青柑、縹杏。

【注釋】

〔一〕勾漏縣：漢置勾漏縣。爲道家所傳第二十二小洞天。當地盛産丹藥，《晋書·葛洪傳》記載：『以年老，欲鍊丹以祈遐壽，聞交趾出丹，求爲勾屚令。』《讀史方輿紀要》卷一百零六『勾漏山』下記載：『《志》云：「勾漏洞天，四面石山圍繞。其中忽開，平野數里。洞在地上，不煩登陟，外微敞豁，中有暗溪穿貫而入。」』今在廣西北流地區。

南中生子母竹，今之慈竹也。〔一〕

【注釋】

〔一〕《太平御覽·竹部一》，引《述異記》：『南中生子母竹，今慈竹是也。漢章帝三年，子母竹筍生白虎殿前，謂之孝竹，群臣作《孝竹頌》。又曰：「東海畔孤竹生焉，斬而復生，中爲管。周武王時，孤竹人獻筍一株。」』

漢章帝元年，上虞縣〔一〕獻二蒂瓜，一實二蒂，及玉色橘。〔二〕

【注釋】

〔一〕上虞縣：古縣名，秦置。今浙江上虞區。上虞得名，傳説與堯舜相關。《水經·漸江水注》引《太康地記》：『舜避丹朱於此，故以名縣……亦云禹與諸侯會，事訖，因相虞樂，故曰上虞。』

〔三〕《古今圖書集成·博物匯編·草木典·橘部》卷二百二十九，引《述異記》：『漢章帝元年，上虞縣獻玉色橘。』漢章帝時，流行讖緯之風，主結合陰陽、祥瑞之符來頌揚帝王功績。曾令諸儒討論五經異同，令班固撰《白虎通義》。此條所載敘『一實二蒂』、『玉色橘』，實則褒揚漢章帝之功。

趙王故城，俗呼爲『麇鹿城』。〔一〕

【注釋】

〔一〕趙王故城：一般指邯鄲。麇鹿城：《輿地紀勝》卷七十八記載『麇城』：『在當陽縣東南五十里。地名八渠，城壁巍然。或云三国时麇芳所築。』

梁孝王〔一〕築平臺〔二〕，臺至今存，有蒹葭洲、鳧藻洲、梳洗潭，中有望秦山，商人望鄉之處。

【注釋】

〔一〕梁孝王：西漢梁國諸侯王劉武，曾平定『七國之亂』，謚號『孝王』。

〔二〕平臺：春秋時宋平公所建。漢景帝時，梁孝王劉武修築梁苑，在原有平臺基礎上踵事增華，集離宮、亭臺、山水、奇花異草、珍禽異獸、陵園爲一體。當時名士鄒陽、嚴忌、枚乘、司馬相如、公孫詭等均雲集於此，詩酒唱和、聯著文章。

貝宮夫人〔一〕廟在太一山〔二〕下，云：『懷元王夫人也。』廟，即其基也。

【校記】

元王：徐本爲『元年』。

【注釋】

〔一〕貝宮夫人：神女，一説爲龍女，一説爲海神。

〔二〕太一山：終南山，又稱『地肺山』、『中南山』、『周南山』，簡稱『南山』，位於秦嶺山脈中段。

當陽南有龍川鳳川，云『漢武帝時八龍五鳳常見於此』。亦呼爲『五鳳州』。

魏文帝甄后〔一〕陵在鄴中臨漳東北，至今有甄后神。

【注釋】

〔一〕甄后：魏文帝曹丕皇后，中山無極人。魏明帝曹叡生母。受寵於曹丕，後山陽公劉協進獻二女，甄氏失寵，因怨言被賜死於鄴城。

《述異記》卷下

周幽王〔一〕時牛化爲虎，羊化爲狼。洛南有避狼城，云：『幽王时群羊爲狼，食人，故築城避之。』今洛中有狼村，是其處也。

【注釋】

〔一〕周幽王：周宣王姬静之子，姬姓，名宫涅。後立爲太子。宣王去世後，姬宫涅繼位，是爲周幽王。周幽王貪婪怠惰，任用奸佞之人虢石父執掌朝政。幽王八年，廢嫡立庶，廢黜王后申后，及太子姬宜臼。《史記·周本紀》記載：『申侯怒，與繒、西夷犬戎攻幽王。幽王舉烽火徵兵，兵莫至。遂殺幽王驪山下，虜褒姒，盡取周賂而去。』

關中有金魚神，云：『周平二年，十旬不雨，遣祭天神，俄而生涌泉，金魚躍出而雨降。』〔二〕

【注釋】

〔一〕清《御定淵鑒類函·鱗介部》卷四百四十二著録此條，引自《增述異記》。

楚莊王〔一〕時，宮人一旦化爲野蛾飛去。

【注釋】

〔一〕楚莊王：熊旅，又稱『荆莊王』，羋姓，楚穆王之子，春秋時楚國國君，春秋五霸之一。

秦始皇帝至東海，海神捧珠獻於帝前，今海畔有秦皇受珠臺。

東海上有蒲臺，秦始皇至此臺下縈蒲繫馬，蒲至今縈紆〔一〕。

【注釋】

〔一〕縈紆：盤旋彎曲、回旋曲折之貌。

始皇二十六年，童謡云：『阿房阿房，亡始皇。』

古説雍州雨魚，長八尺許。

先儒説：『夏禹時天雨金三日。』古詩云：『安得天雨金，使金賤如土。』是也。〔一〕

【注釋】

〔一〕《太平御覽》卷八百一十一《珎寶部·金下》，引《述異記》：『先儒説：「禹時天下雨金三日。」古詩曰：「安得天雨金，使金賤如土。」』

周成王〔一〕時，咸陽雨金，今咸陽有雨金原。〔二〕

【注釋】

〔一〕《尚書》《禮記》《史記》記載了周公旦輔佐年幼成王執政之事。《史記·周本紀》記載：『周公行政七年，成王長，周公反政成王，北面就群臣之位。』

〔二〕《太平御覽》卷八百一十一《珎寶部·金下》，引《述異記》：『周成王時咸陽雨金，今咸陽有雨金原，秦二世元年，宫中雨金，既而化爲石。』

王莽〔一〕時，未央宫中雨五銖錢〔二〕，既而至地，悉爲龜兒。

【注釋】

〔一〕王莽：字巨君，魏郡元城縣人。初始元年自立爲帝，改國號爲『新』，建立新朝。《漢書·王莽傳》記載：『莽独孤貧，因折節爲恭儉。受《禮經》，師事沛郡陳參，勤身博學，被服如儒生。事母及寡嫂，養孤兄子，行甚敕備。又外交英俊，内事諸父，曲有禮意。』

〔二〕五銖錢：銅制貨幣，錢上有五銖篆字。最初鑄於漢武帝元狩五年。

漢世翁仲孺家貧力作，居渭川，一旦，天雨金十斛於其家。〔一〕

【校記】

家貧力作：徐本、邢本、程本、胡本爲『家人貧力作』。

天雨金：邢本無『天』字。

【注釋】

〔一〕《太平御覽》卷八百一十一《珍寶部·金下》，引《述異記》：『又翁仲孺家貧力作，居渭川，一旦，天雨金十斛於其家，由是與王侯争富。今秦中有雨金翁，世世富。』

漢惠帝〔一〕二年，宫中雨黄金黑錫。

【校記】

漢惠帝：邢本無『帝』字。

【注釋】

〔一〕漢惠帝：漢高帝劉邦嫡長子劉盈，母爲吕后。惠帝二年，蕭何病危，惠帝任用曹參爲相，成『蕭規曹隨』之典。《漢書》記載當時百姓歌：『蕭何爲法，講若畫一。曹參代之，守而勿失。』

呂后〔一〕三年，秦中大雨粟。

【校記】

邢本、胡本、程本作『呂后三年，天雨粟』。

【注釋】

〔一〕呂后：呂雉，碭郡單父人。《史記·呂太后本紀》記載其：『政不出房户，天下晏然。刑罰罕用，罪人是希；民務稼穡，衣食滋殖。』

漢宣帝時，江淮饑饉，人相食，天雨穀三日，秦魏地奏亡穀二十頃。〔一〕

【校記】

雨穀三日，秦魏地奏亡穀二十頃：邢本、胡本爲『雨穀，三秦魏地亡穀二十頃』。葉本録此條爲『漢宣帝時，江淮饑饉，人相食，雨穀，三秦魏地亡穀二十頃』。程本：『宣帝』作『宣帝』，餘同葉本。

【注釋】

〔一〕《太平廣記·草木》『雨穀』條：『漢宣帝時，江淮饑饉，人相食，天雨穀三日，尋，魏地奏亡穀二千頃。』

漢武帝時，廣陽縣〔一〕雨麥。

【注釋】

〔一〕《欽定日下舊聞考》卷一百三十三『京畿・良鄉縣』，在良鄉縣考證之後，綴文『補漢武帝廣陽縣雨麥』，並補出處《述異記》。按此，則廣陽縣治所在北京市房山良鄉鎮東北處的廣陽村。西漢設置，屬廣陽國，東漢屬廣陽郡，西晋屬范陽國，北魏屬燕郡。

河間〔一〕有雨鉛城。漢世，天雨鉛錫於此。

【校記】

雨鉛城：徐本、邢本、程本、胡本爲『雨錢城』。

【注釋】

〔一〕河間：古稱『河澗』、『瀛洲』，今河北滄州地區。

周時，成陽〔一〕雨錢，終日而絕。

【注釋】

〔一〕成陽：堯都成陽，西周爲郕國都城，今山東省菏澤市西北胡集鎮。鄭玄箋《毛詩・曹譜》：『昔堯嘗遊成陽，死而葬焉。』

秦二世〔一〕元年，宮中雨金。既而頃刻皆化爲石。

【注釋】

〔一〕秦二世：嬴姓，名胡亥。司馬相如《哀二世賦》：『持身不謹兮，亡國失勢。信讒不寤兮，宗廟滅絶。』

漢成帝〔一〕末年，宫中雨一蒼鹿〔二〕，殺而食之，其味甚美。

【注釋】

〔一〕漢成帝：劉驁，字太孫，漢元帝劉奭之子。《漢書·成帝紀》論其爲政之寬與沉湎酒色：『博覽古今，容受直辭。公卿稱職，奏議可述。遭世承平，上下和睦。然湛於酒色，趙氏内亂，外家擅朝，言之可爲於邑。建始以來，王氏始執國命，哀、平短祚，莽遂篡位，蓋其威福所由來者漸矣。』以成帝行事與漢室興亡相互關聯。

〔二〕蒼鹿：民間傳説千年爲蒼鹿，二千年爲玄鹿。《山海經·南山經》卷一：『又東三百七十里曰「杻陽之山」，其陽多赤金，其陰多白金，有獸焉，其狀如馬而白首，其文如虎而赤尾，其音如謡，其名曰「鹿蜀」，佩之宜子孫。怪水出焉，而東流注於憲翼之水，其中多玄魚，其狀如龜兒，鳥首虺尾，其名曰「旋龜」，其音如判木，佩之不聾，可以爲底。』

大禹時，天雨稻〔一〕，古詩云：『安得天雨稻，飼我天下民。』

【注釋】

〔一〕唐佚名《灌畦暇語》記載：『大禹時天雨稻，故古詩云：「安得天雨稻，飼我天下民。」吴桓王金陵雨五穀，貧民家則有，富室則不及。』《太平御覽》卷八百四十四《穀部四》記載：『京房《易祆占》曰：「天雨粟，不肖者食禄，與三公易位。天雨稻黍者亡。天雨稻，大臣當誅。」』天雨稻，既可爲祥瑞之事，亦可爲災變。京房《易》從讖緯角度釋天象，則以之爲災象。《述異記》則以爲天雨稻，可養育天下民。或可説明《述異記》來自於民間雜語、俗諺的特點。而京房《易》則服務於貴族階層，從天象言帝王社稷之事。

漢世，潁川〔一〕民家雨金銖錢。

【注釋】

〔一〕潁川：古郡名，秦王嬴政十七年置，以潁水得名，治所在陽翟，今河南省禹州市。《史記·秦始皇本紀》：『十七年，内史騰攻韓，得韓王安，盡納其地，以其地爲郡，命曰「潁川」。』《後漢書》記：『潁川郡，秦置。洛陽東南五百里，十七城。』十七城爲：陽翟、襄、襄城、昆陽、定陵、舞陽、郾、臨潁、潁陽、潁陰、許、新汲、鄢陵、長社、陽城、父城、輪氏。

魏武帝〔一〕末年，鄴中雨五色石。

【注釋】

〔一〕魏武帝：曹操，字孟德，小字阿瞞。沛國譙縣人。東漢末年權相，太尉曹嵩之子。曹魏政權的奠基者。《三國志》記載：『太祖少機警，有權數而任俠放蕩，不治行業，故世人未之奇也；惟梁國橋玄、南陽何顒異焉。玄謂太祖曰：「天下將亂，非命世之才不能濟也，能安之者，其在君乎！」』

吳桓王〔一〕時，金陵雨五穀於貧民家，富者則不雨。

【注釋】

〔一〕吳桓王：孫策，字伯符，吳郡富春人，破虜將軍孫堅長子，吳大帝孫權長兄。死後追謚『長沙桓王』。

魏時河間王子元家，雨中有小兒八九枚墮於庭前，長六七寸許，自言：『家在河東南，爲風所飄而至於君庭。』與之言，甚有所知，如史傳所述。〔一〕

【注釋】

〔一〕明謝肇淛《五雜俎》：『河間王子元家，雨中有小兒八九枚墮於庭前，長六七寸，自言家在河東南，爲風所飄至此。與之言，甚有所知。國初山東歷城王氏方鰥居，一日天大風，晦冥良久，既霽，於塵坌中得一好女子，年十八九，云外國人也。乘車遇風，欻然飄墜，遂爲夫婦。今王氏百年科名，貴盛無比，皆天女之後也。」

魏世，河内〔一〕冬雨棗。

【校記】

邢本於此條後綴文：『爲野酸棗。』

【注釋】

〔一〕河内：主要位於今黄河中游北部豫北地區。《史記·貨殖列傳》：『昔唐人都河東，殷人都河内，周人都河南。夫三河在天下之中，若鼎足，王者所更居也，建國各數百千歲。』

耆舊説：『周秦間，河南〔一〕雨酸棗，遂生野棗。』今酸棗縣是也。〔二〕

【注釋】

〔一〕河南：與河内、河東並稱『三河』。今黄河中下游以南、淮河以北地區。

〔二〕《太平廣記》卷四百一十一《草木六》，引《述異記》：『耆舊説：「周秦時，河南雨酸棗，遂生野酸棗。」今酸棗縣是也。酸棗之甚小者，爲野酸棗。』《古今圖書集成·博物匯編·草木典·棗部》，引《述異記》：『耆舊説：「周秦時，河内雨酸棗，遂生野棗。」今酸棗縣是也。』

魏文帝〔一〕安陽殿前，天降朱李八枚，啖一枚，數日不食。今李種有安陽李，大而甘者，即其種也。

【校記】

大而：胡本爲『大而有』。

即其種也：邢本爲『李即其種也』。

【注釋】

〔一〕魏文帝：曹丕，字子桓，沛國譙縣人。迫漢獻帝禪讓帝位，即位爲魏文帝，尊其父爲魏武帝。與曹操、曹植並稱『三曹』。

漢末，陽氏〔二〕家園中産神㮈〔三〕三株。

【注釋】

〔二〕陽氏：漢末以來逐漸發跡，至北魏、北齊時期成爲北方地區的大家族。陽尼：字景文，北魏無終人，拜秘書著作郎。尼之子介，奉朝請冀州默曹參軍。尼從子嗚鵠、季智，前後爲幽州司馬。尼從子荆，任范陽太守。尼從子延興，任函州刺史。尼從孫乘慶，官至太學博士。尼從孫固，歷官北平太守、郎中令、前軍將軍。尼從孫藻，歷官寧遠將軍。尼從孫詮之，任司徒行參軍。尼從孫璠，任通直散騎常侍。

〔三〕㮈：别名油桃、桃形李、歪嘴李，李屬，是中國李的一個變種。

武陵源〔一〕在吳中，山無他木，盡生桃李，俗呼爲『桃李源』。源上有石洞，洞中有乳水。世傳秦末喪亂，吳中人於此避難，食桃李實者，皆得仙。

【校記】

源：邢本爲『原』字。

【注釋】

〔一〕陶淵明《桃花源記》云：『晋太元中，武陵人捕魚爲業。』

杜陵〔一〕有金李，李大者謂之夏李，尤小者呼爲鼠李。桃之大者爲木桃，《詩》云『投我以木桃』〔二〕是也。

【注釋】

〔一〕杜陵：位於西安市三兆村南，西漢後期漢宣帝劉詢的陵墓，滻水、滻水兩河流經此處，漢代原名鴻固原。漢朝時期，居住人口在三十萬以上，御史大夫張湯、大司馬張安世、歷位九卿的張延壽、右將軍蘇建、典屬國蘇武、丞相朱博、御史大夫杜周、杜延年等居住於此。李白《杜陵絕句》：『南登杜陵上，北望五陵間。秋水明落日，流光滅遠山。』

〔二〕《詩經·衛風·木瓜》：『投我以木桃，報之以瓊瑤。』木桃，寓意爲相贈的物品。

防陵定山〔一〕有朱仲李园三十六所，潘岳《閒居賦》云：『防陵朱仲之李。』〔二〕

李尤《果賦》云：『三十六園，朱李是也。山中有縹李，大如拳者呼仙李。』陸士衡《果賦》曰：『中山之縹李。』又云：『仙李縹而神李紅。』

【注釋】

〔一〕防陵：秦置房陵縣，今湖北房縣。《史記·秦始皇本紀》：『（平嫪毐之亂）奪爵，遷蜀四千餘家，家房陵。』《淮南子·泰族訓》：『（秦滅趙），趙王遷流於房陵。』

〔二〕潘岳《閒居賦》：『周文弱枝之棗，防陵朱仲之李。』

豫樟之爲木〔一〕，生七年而後與衆木有異。

【校記】

邢本、程本、胡本著録此條爲：『豫章之爲木，豫章，即木名也，生七年而後與衆木有異。』

【注釋】

〔一〕《神異經·東荒經》：『東方荒外有豫章焉，樹主九州。其高千丈，圍百丈，本上三百丈，本如有條枝敷張如帳，上有玄狐黑猿。枝主一州，南北並列面向西南，有九力士操斧伐之，以占九州吉凶。斫復，其州有福；創者，州伯有病，積歲不復者，其州滅亡。』《史記·司馬相如列傳》：『其北則有陰林巨樹，楩枏豫章。』張守節《史記正義》：『豫，今之枕木也。章，今之樟木也。二木生至七年，枕樟乃可分別。』

漢武帝寶鼎二年〔一〕，立豫章宮於昆明池中，作豫章水殿。〔二〕

【注釋】

〔一〕寶鼎二年：漢武帝劉徹執政時期，汾陰巫師在後土祠發現一寶鼎。武帝認爲此鼎不同尋常，遂將之迎入甘泉，獻祖廟。後改年號爲寶鼎。

〔二〕《太平廣記》卷四百零六《草木一》，引《述異記》：『豫樟之爲木也，生七年而後可知也。漢武寶鼎二年，立豫樟宮於昆明池中，作豫樟木殿。』

袁紹在冀州時，滿市黄金而無斗粟，餓者相食，人爲之語曰：『虎豹之口不茹〔一〕飢人。』劉備在荆州時，粟與金同價。

【校記】

茹：邢本、胡本、葉本作『如』字。

【注釋】

〔一〕《方言》卷七：『茹，食也。吴越之間，凡貪飲食者謂之茹。』《詩經·大雅·烝民》：『柔則茹之，刚則吐之。』

永嘉之亂〔一〕，洛中饑荒，懷帝遣人觀市，珠玉金銀闐委市中而無粟麥。袁宏表云『田畝由是丘墟，都是化爲珠玉』是也。

【校記】

都是：徐本、程本、胡本爲『都市』。

【注釋】

〔一〕永嘉之亂：指永嘉五年，劉聰率領匈奴軍隊南下擊敗洛陽守軍，俘虜晉懷帝等王公大臣的政治事件，此後西晉於三一六年滅亡。

漢末大饑〔一〕，江淮間童謡云：『太岳如市，人死如林。持金易粟，貴於黄金。』

【校記】

《太平御覽》録此詩爲：『大兵如市，人死如林。持金易粟，粟貴於金。』

【注釋】

〔一〕東漢末年，漢室衰弱，朝政昏聵，爆發黄巾起義。諸路軍閥袁紹、公孫瓚、孫策、曹操、劉表、吕布、董卓等乘勢而起，『務相兼並以自强大』。

洛中童謡曰：『雖有千黄金，無如我斗粟。斗粟自可飽，千金何所直。』

【校記】

曰：徐本爲『云』字。

耆舊說：『桓靈之世，汝潁〔一〕間桑麻爲蒿莠，桃李不實，花而復落，落而復花，而官倉有朽粟。』

【注釋】

〔一〕汝潁：地處中原腹地，指秦漢時期汝水、潁水流域附近建置的汝南、潁川二郡。汝南郡爲漢高帝時設置，地處洛陽東南五百里，治所在平輿，轄縣三十七。潁川郡爲秦時所置，地處洛陽東南六百五十里，治所在陽翟，轄縣十七。汝潁地區盛産奇士，曹操《與荀彧書》云：『汝潁固多奇士。』漢晋時期汝潁地區人物輩出。

晋永嘉中，梁州〔一〕雨七旬，麥化爲飛蛾。

【注釋】

〔一〕《尚書·禹貢》：『華陽黑水惟梁州，岷嶓既藝，沱潛既道，蔡蒙旅平，和夷厎績。厥土青黎，厥田惟下上，厥賦下中三錯，厥貢璆、鐵、銀、鏤、砮、磬、熊、羆、狐、狸、織皮。西傾因桓是來，浮於潛，逾於沔，入於渭，亂於河。』

晋末荆州〔一〕久雨，粟化爲蠱虫害民。《春秋》云『穀之飛爲蠱』是也。中郎王義興〔二〕表奏曰：『臣聞堯生神禾而晋有蠱粟，陛下自以聖德何如？』帝有慙色。

【校記】

神禾：徐本、程本、胡本爲『神木』。

【注釋】

〔一〕《尚書·禹貢》：『荆及衡陽惟荆州。江、漢朝宗於海，九江孔殷。沱、潛既道，雲土，夢作乂。厥土惟塗泥，厥田惟下中，厥賦上下，厥貢羽、毛、齒、革惟金三品，杶、榦、栝、柏，礪、砥、砮、丹惟箘簵、楛，三邦底貢厥名，包匭菁茅，厥篚玄纁璣組，九江納錫大龜。浮於江、沱、潛、漢，逾於洛，至於南河。』

〔二〕中郎：秦置，漢以後沿用，任宫中護衛、侍從，帝王近侍官。鮑照《和王義興七夕詩》：『宵月向掩扉，夜霧方當白。寒機思孀婦，秋堂泣征客。匹命無單年，偶影有雙夕。暫交金石心，須臾雲雨隔。』

宋高祖〔一〕之初年，當晉末饑饉之後。即位以來，江表二千餘里野粟生焉。

【注釋】

〔一〕宋高祖：宋武帝劉裕，字德輿，小名寄奴。劉裕出身庶族寒門，在位期間，輕徭薄賦、重用寒士，奠定了南朝『寒人掌機要』的政治格局。

古説：『淮南諸山石生穀。』袁安〔二〕云：『石穀〔三〕，藥名，穗之尤小者。』

【注釋】

〔一〕袁安：字邵公，汝南郡汝陽縣人，東漢名臣。汝南袁氏與弘農楊氏爲四世三公的世家大族。

〔二〕石穀：礦物類藥物，亦指道教用礦石所煉、有長生功效的藥物。

漢世古諺曰：『雖有神藥〔一〕，不如少年；雖有珠玉，不如金錢。』

【注釋】

〔一〕《史記》卷六記載有『方士徐市等入海求神藥，數歲不得』之事。

太原神釜岡中，有神農嘗藥〔一〕之鼎存焉。

【注釋】

〔一〕《周易·繫辭下》：『包犧氏没，神農氏作，斫木爲耜，揉木爲耒，耒耨之利以教天下，蓋取諸益。』《繹史》卷四，引《周書》：『神農之時，天雨粟，神農遂耕而種之，作陶冶斤斧，爲耒耜鉏耨以墾草莽，然後五穀興助，百果藏實。』《史記·補三皇本紀》：『炎帝神農氏，姜姓，母曰「女登」，有媧氏之女，爲少典妃，感神農而生炎帝，人身牛首。又云：「神農氏作蜡祭，以赭鞭鞭草木，嘗百草，始有醫藥。」』《淮南子·修務訓》：『神農嘗百草之滋味，一日而遇七十毒。』《搜神記》卷一：『神農以赭鞭鞭百草，盡知其平毒寒温之性，臭味所主，以播百穀。』

咸陽山中有神農辨藥處，一名神農原、藥草山，山上紫陽觀，世傳神農於此辨百藥，中有千年龍腦。〔一〕

【注釋】

〔一〕宋蘇頌《本草圖經》：『龍腦香，出婆律國，今惟南海番舶賈客貨之。相傳云：「其木高七八丈，大可六七圍，如積年杉木狀，旁生枝，葉正圓而背白，結實如豆蔻，皮有甲錯，香即木中脂，似白松脂，作杉木氣。膏乃根下清液耳，亦謂之婆律膏。」』段成式《酉陽雜俎》：『此木有肥瘦，瘦者出龍腦香，其香在木心，波斯斷其木剪取之。肥者出婆律膏，其膏於木端流出，斫木作坎而承之。兩説大同而小異。亦云南海山中亦有此木。唐天寶中，交趾貢龍腦皆如蟬、蠶之形。』明周嘉冑《香乘》卷三：『咸陽山有神農鞭藥處，山上紫陽觀有千年龍腦，葉圓而背白，無花實，香在樹心中，斷其流，膏流出，作坎以承之，清香爲諸香之祖。』

冀州鵠山，傳龍千年，則於山中蜕骨。今有龍岡，岡中出龍腦，是也。

今藥中有禹餘糧〔二〕者，世傳昔禹治水，棄其所餘糧於江中，生爲藥也。

【注釋】

〔一〕禹餘糧：中藥名。呈大小圓石片或砂礫，膠附在褐鐵礦上，中間有空處，含黃色黏土，勻細清潔。明謝肇淛《五雜俎·物部三》：『泰山有太乙餘糧，視之石也。石上有甲，甲中有白，白中有黃。相傳太乙者，禹之師也，嘗服此而棄其餘，故名。』

仙藥紫鳳腦，千年髑髏是也。

【校記】

髑髏：邢本作『髑髅』。

龜甲香，即桂香之善者。〔一〕

【注釋】

〔一〕《太平御覽》卷九百八十三，引《述異記》：『龜甲香，即桂香嘉者，一名紫木香，一名金杜香，一名麞草香，出蒼梧、桂林二郡界。今吳中有麞草，似藍而甚芳香。』

紫术香〔一〕，一名紅蘭香，一名金桂香，亦名麝香草，出蒼梧、桂林二郡界。今吳中有麝香草，似紅蘭而甚芳香。

【校記】

紫朮：邢本、程本、胡本作『紫述』。

二郡：徐本、程本、胡本作『上郡』。

似：邢本、程本、胡本作『香似』。

【注釋】

〔一〕紫朮香：一名紅藍花、鬱香。東漢許慎《説文解字》：『鬱，芳草也，十葉爲貫，百廿貫築以煮之爲鬱……一曰鬱鬯，百草之華，遠方鬱人所貢芳草，合釀之以降神。鬱，今鬱林郡也。』

南海山出千步香，佩之，香聞於千步也。今海嵎有千步草，是其種也。〔一〕葉似杜若而紅碧間雜。《貢籍》曰：『南郡貢千步香。』

【校記】

葉似：徐本爲『葉是』。

間雜：邢本、胡本、程本爲『雜』字。

南郡：邢本爲『日南郡』。

【注釋】

〔一〕明陳繼儒《珍珠船》卷二：『南海貢千步香，佩之聞千步，今海嵎有千步草，是其種也。』

日南有香市，商人交易諸香處。

【校記】

程本將此『日南』條並入上『南海』條之後。

漢雍仲子進南海香物，拜爲涪陽尉，時謂之『香尉』。

【校記】

謂：邢本、胡本作『爲』字。

日南有千畝林，名香出其中。

【校記】

邢本將此『日南』條並入上『漢雍仲子』條。

香洲在朱崖郡〔一〕，洲中出諸異香，往往不知名焉。千年松香聞於十里，亦謂之『十里香』。

【校記】

邢本録此一條爲：『香洲在朱厓郡，洲中出諸異香，往往不知名焉。』此後『千年松香』爲另一條。

【注釋】

〔一〕朱崖郡：即珠崖，今海南海口市。漢武帝平南粵，遣使自徐聞渡海略地，置珠崖、儋耳二郡。

杏園洲在南海洲中，多杏。海上人云：『仙人種杏處。』漢時嘗有人舟行遇風，泊此洲五六日，食杏，故免死，云：『洲中别有冬杏。』〔一〕

【校記】

洲中：邢本爲『洲中名』。

『漢時嘗有人』至文末，徐本、程本、胡本單独爲一條。

【注釋】

〔一〕《藝文類聚》卷八十七《果部下·杏》，引《述異記》：『杏園洲南海中，多杏，云：「仙人種杏處。」漢時，嘗有人舟行遇風，泊此洲五六月，日食杏，故免死，又云洲中有冬杏。』

木蘭川在浔陽〔二〕江中，多木蘭樹。昔吳王闔閭植木蘭於此，用構宮殿也。七里洲〔三〕中有魯班刻木蘭爲舟，舟至今在洲中，詩家云：『木蘭舟〔三〕出於此。』

【校記】

木蘭川：邢本爲『木蘭洲』。

【注釋】

（一）潯陽：潯城、潯陽城，今江西省九江市的古稱。因流經此處的長江被稱爲潯陽江而得名。

（二）七里洲：長江南京段中的島嶼，位於長江之中，後與鄰近的草鞋洲合並形成八卦洲，八卦洲至今仍有『七里洲』這個地名。

（三）木蘭舟：一般指船體巨大的遠洋海船。南宋周去非《嶺外代答》：『帆若重天之雲，舵長數丈，一舟數百人。』

天姥山（一）南峰，昔魯班刻木爲鶴，一飛七百里，後放於北山西峰上。漢武帝使人往取之，遂飛上南峰，往往天將雨則翼翅動摇，若將飛奮。

【注釋】

（一）天姥山：天台山脈的一部分，位於浙江省紹興市新昌縣境内。李白《夢遊天姥吟留别》：『天姥連天向天横，勢拔五岳掩赤城。天台四萬八千丈，對此欲倒東南傾。』

魯班刻石爲禹九州圖，今在洛城石室山。

東北巖海畔有大石龜，俗云：『魯班所作。』夏則入海，冬復止於山上。陸機詩云：『石龜尚懷海，我寧忘故鄉。』

【校記】

忘故鄉：徐本、邢本、程本、胡本作『亡故鄉』。

上虞縣有石騗步水際，謂之『步』。

瓜步〔一〕在吴中，吴人賣瓜於江畔，因以名焉。

【注釋】

〔一〕瓜步：山名，位於今江蘇六合縣東南二十里。元嘉二十七年，北魏大舉南侵，《宋書·索虜傳》：『燾至瓜步，壞民屋宇，及伐蒹葦，於滁口造箄筏，聲欲渡江……燾鑿瓜步山爲盤道，於其頂設氈屋。』《魏書·世祖紀》：『（太平真君十一年）車駕臨江，起行宫於瓜步山。』步，『埠』的假借字，停船碼頭之意。

吴江中又有魚步、龜步，湘中有靈妃步。昉案：吴楚間謂浦爲步，語之訛耳。

【校記】

訛：邢本作『謡』字。

公主山在華山中，漢末王莽秉政，南陽公主避亂奔入此峰學道，後得升仙。至今嶺上有一雙朱履。傳云：『公主既於山中得道，駙馬王咸追之不及，故留二履以

示之。』潘安仁有《公主峰記》。〔二〕

【校記】

咸：程本、葉本作『咸間』。

【注釋】

〔一〕南陽公主：漢元帝之女。《太平廣記》卷五十九《女仙四》『南陽公主』條：『漢南陽公主出降王咸，屬王莽秉政，公主夙願空虛，崇尚至道，每追文景之爲理世，又知武帝之世累降神仙，謂咸曰：「國危世亂，非女子可以扶持，但當自保恬和，退身修道，稍遠囂競，必可延生。若碌碌隨時進退，恐不可免於支離之苦，奔迫之患也。」咸曰：「黽勉世禄。」未從其言。公主遂於華山結廬棲止歲餘。精思苦切，真靈感應，遂舍廬室而去。人或見之徐徐絕壑，秉雲氣冉冉而去，咸入山追之，越巨壑，升層巔，涕泗追望，漠然無跡。忽於嶺上見遺朱履一雙，前而取之，已化爲石，因謂爲公主峰，潘安仁爲記，行於世。』

晉永嘉亂，既已至江，諸公主不得隨去。安陽公主、平城公主奔入兩河界，悉爲民家妻，常怏怏不悦，有故鄉之思。村民感之，共築一臺以居之，謂之『公主望鄉之館』。至今巋然。王朗《懷舊賦》云：『将军出塞之臺，公主望鄉之館。』漢成帝遣將軍王潰戍邊，及帝崩，王莽篡逆，潰與莽有隙，遂留不敢歸。因迯入胡中，士卒相率築臺，爲望鄉之處。〔一〕

【注釋】

〔一〕安陽公主、平城公主見於《述異記》，另有臨海公主見於《藝文類聚》引《晋中興記》：『臨海公主，惠帝第四女，羊皇后所生，初封清河公主，未出適，值永嘉亂，賣長城民錢温，温以送女，女遇主甚酷，主自告吴興太守周禮，以聞，於是殺温及女，適譙國曹統。』

曲阜縣南十里有孔子春秋臺〔二〕，曲阜古城有顏回〔三〕墓，墓上有楠樹二株，可三四十圍，土人云：『顏回手植。』

【校記】

墓上有：胡本爲『墓上』。

【注釋】

〔二〕《太平御覽》卷一百七十八《居處部六》，引《述異記》曰：『郭景純注《爾雅》臺，今在夷陵郡。又曲阜縣南十里，有孔子春秋臺。』

〔三〕顏回：曹姓，名回，字子淵，魯國人。孔門七十二弟子之首。《論語·雍也》記載其：『一簞食，一瓢飲，在陋巷，人不堪其憂，回也不改其樂。』

晉末群盗蜂起，義陽公主自洛中出奔至洛南，士卒二千餘人留守不去以衛京都，劉曜攻破之。主有殊色，曜將逼之，主手刃曜不中，遂自刃。曜奇其節，遣葬

之，封義陽公主，鄰民憐之，爲立廟，今義陽神是也。〔二〕

【校記】

將：邢本爲『時』字。

封：邢本、程本、胡本、葉本作『立』字。

【注釋】

〔一〕《古今圖書集成·博物匯編·神異典》卷四十九『義陽神廟』：『晋末群盗峰起，義陽公主自洛中奔出洛南，士卒二千餘人留守不去，以衛京師。劉曜攻破之，主有殊色，曜將逼之，主手刃曜不中，遂自刃。曜奇其正節，遣葬之，民憐之，爲立廟，今義陽神是也。』

符堅既爲姚萇所殺〔二〕於新平佛寺〔三〕中，後寺主摩訶蘭常夢堅曰：『可爲吾作宮。』既而，寺左右民家死疫相繼，巫者常見堅怒曰：『吾不宮，將盡殺新平民。』因共改寺爲廟，遂無復灾疾。每年正月二日，民競祀以太牢〔三〕。新平寺，今符家神〔四〕也。

【校記】

灾疾：邢本爲『灾疫』。

競祀：邢本爲『競祠』。

【注釋】

〔一〕姚萇：字景茂，南安郡赤亭縣（今甘肅隴西）人。羌族。十六國時期後秦開國皇帝。先追隨前秦苻堅，肥水之戰後，姚萇『奔於渭北，遂如馬牧』，吸收羌胡人十餘萬户，自立爲秦王。後於新平寺勒死前秦主苻堅。堅死後，姚萇爲噩夢所纏。《太平御覽·人事部》卷四百：『姚萇既殺苻堅，與苻登相距於隴東，萇夜夢堅將天帝使者勒兵馳入萇營，以矛刺萇，正中其陰，萇驚覺，陰腫痛，明日遂死。』

〔二〕新平佛寺：今陝西彬州市水口鎮静光寺。

〔三〕太牢：帝王祭祀社稷時，牛、羊、豕三牲全備爲『太牢』，諸侯祭祀没有牛，稱『少牢』。《莊子·至樂》：『具太牢以爲膳。』成玄英疏：『太牢，牛羊豕也。』《清史稿·禮志一》：『太牢，羊一、牛一、豕一。』《大戴禮記》：『牛，曰太牢。』

〔四〕道教衆天尊神仙聖誕日，尊一月二日爲符神祭祀日。

今烏江長亭，亭下有駐馬塘，即當時烏江亭長艤舟〔二〕待項王處。

【校記】

胡本爲：『烏江亭長上声艤舟待項羽處。今陰陵故城九曲澤，澤中有項王村，即項籍迷失路處，項王失路於澤中，周回九曲，後人因以爲澤名。』邢本近胡本。其中『待』作『縛』字，『澤』作『立』字。

【注釋】

〔一〕艤舟：停船靠岸。

今陰陵故城九曲澤，澤中有項王村，即項籍迷失路處，項王失路於澤中，周回九曲，後人因以爲澤名。

燕昭王爲郭隗築臺，今在幽州燕王故城中，土人呼爲『賢士臺』，亦謂之『招賢臺』。〔一〕

【校記】

土人：邢本爲『士人』。

【注釋】

〔一〕郭隗：戰國時期燕國大臣，縱横家代表人物。燕昭王爲報齊滅燕之仇，尊郭隗爲師，郭隗鼓勵燕昭王設黄金臺千金買骨，吸引賢士的到來。

漢武帝於湖中牧馬處，至今野草皆有嚼嚙之狀，湖中名爲馬澤。澤中有武帝彈碁方石，石上勒銘存焉。〔一〕

【校記】

名爲：徐本、邢本、程本、胡本爲『呼爲』。

【注釋】

〔一〕《太平廣記》卷四百零八『牧馬草』，引《述異記》：『漢武於湖中牧馬處，至今野草皆有嚼嚙之狀，湖中呼爲馬澤，澤中有漢武彈棋方石，上有勒銘焉。』

葳蕤草〔一〕，一名『麗草』，又呼爲『女草』，江浙中呼『娃草』，美女曰『娃』，故以爲名。

【注釋】

〔一〕明李時珍《本草綱目》：『按黄公紹《古今韻會》云：「葳蕤，草木葉垂之貌。」此草根長多鬚，如冠纓下垂之緌而有威儀，故以名之。凡羽蓋旌旗之纓緌，皆象葳蕤是矣。……時珍曰：「處處山中有之。其根横生似黄精，差小，黄白色，性柔多鬚，最難燥。其葉如竹，兩兩相值，亦可采根種之，極易繁也。嫩葉及根，並可煮淘食茹。」』

懸腸草，一名『思子蔓』，南中〔一〕呼爲『離别草』。

【注釋】

〔一〕南中：一説指川南和雲貴一帶。《三國志·蜀書·諸葛亮傳》：『南中諸郡，並皆叛亂。』

《魏書·李壽傳》：『壽，字武考。初爲雄大將軍，封建寧王，以南中十二郡爲建寧國。』

苔草謂之『澤葵』，又名『重錢』，亦呼爲『宣蘚』，南人呼爲『姤草』。〔一〕

【校記】

苔草：徐本、邢本、胡本爲『苔』字。

【注釋】

〔一〕《太平廣記》卷四百一十三，引《述異記》：『苔錢亦謂之澤葵，又名「董錢草」，亦呼爲「宣蘚」，南人呼爲「垢草」。』

萱草〔一〕，一名『紫萱』，又呼爲『忘憂草』，吴中書生呼爲『療愁花』。嵇中散〔二〕《養生論》云：『萱草忘憂。』〔三〕

【注釋】

〔一〕萱草：又名『黄花菜』、『金針菜』，傳説采之可使人忘憂。

〔二〕嵇中散：嵇康，字叔夜，譙國銍縣（今安徽濉溪縣）人。曾官中散大夫，故世稱嵇中散。三國時期曹魏思想家、音樂家及文學家。崇尚莊老。顔延之《嵇中散》詩：『中散不偶世，本自餐霞人。形解驗默仙，吐論知凝神。立俗迕流議，尋山洽隱淪。鸞翮有時鎩，龍性誰能馴。』著有《養生論》：『且豆令人重，榆令人瞑，合歡蠲忿，萱草忘憂，愚智所共知也。』萱草，《詩經·衛風·伯兮》：『焉得諼草，言樹之背。』諼：本字作萱。《本草綱目》：『萱，下濕地，冬月叢生，葉如蒲蒜輩而柔弱，新舊相代，四時青翠，五月抽莖開花，六出四垂，朝開暮蔫，至秋深乃盡。』

桂林有睡草，見之則令人睡，一名『醉草』，亦呼爲『懶婦箴』，出《海南地記》。

【校記】

出：徐本、邢本、程本、胡本作『又出』。

楚中有宮人草，狀如金莶〔一〕而甚氛氲，花色紅翠。俗説：『楚靈王〔二〕時宮人數千，皆多怨曠。有因死於宮中者葬之，後墓上悉生此花。』

【注釋】

〔一〕莶：『橙』的異體字。晋王嘉《拾遺記》卷九：『武帝爲撫軍時，府内後堂砌下忽生草三株，莖黄葉緑，若總金抽翠，花條苒弱，狀似金莶，時人未知是何祥草。』

〔二〕楚靈王：羋姓，熊氏，初名圍，楚共王次子，春秋時期暴君。

舜草〔一〕，今之孝草也。

【注釋】

〔一〕東漢許慎《説文解字》：「舜，舜草也，楚謂之藑，秦謂之蔓，蔓地連華，象形。」《詩經·鄭風·有女同車》：「有女同車，顔如舜華。」

蓆萁〔一〕，一名「塞路」〔二〕，生北方胡地。古詩云：「千里蓆萁草。」

【校記】

蓆萁：徐本爲「蓆萁草」。胡本爲「蓆草」。

【注釋】

〔一〕蓆萁：多見於北方戈壁荒漠中，俗名「芨芨草」。

〔二〕《酉陽雜俎·續集》卷之十《支植下》記載「塞路」爲「塞蘆」。唐楊巨源《送殷員外使北蕃》：「塞蘆隨雁影，關柳拂駝花。」唐王建《詠席萁簾》：「單于不向南牧馬，席萁遍滿天山下。」唐李賀《塞下曲》：「秋静見旄頭，沙遠席萁愁。」

莪葵〔一〕，本胡中葵，似葵而大者。

【注釋】

〔一〕晋崔豹《古今注·草木》：「荆葵，一名莪葵，一名芘芣，似木槿而光色奪目，有紅有紫有青有白有黄，莖葉不殊，但花色有異耳，一名蜀葵。」《詩經·陳風·東門之枌》：「視爾如荍，貽我握椒。」荍，荆葵也。

紅蘭花〔一〕，**一名『大草』。**

【校記】

大草：邢本作『犬草』。

【注釋】

〔一〕紅蘭花：又稱『紅花』、『草紅花』、『紅花菜』、『菊科紅花』，一年生草木植物。《本草綱目》言其功用：『活血、潤燥、止痛、通經。』

寡草〔一〕，**特生而不叢。**

【注釋】

〔一〕寡草：孤生的草。

洛陽有芝茜〔一〕**園，《漢官儀》**〔二〕**云：『染園出芝茜，供染御服。』是其處也。**

【注釋】

〔一〕芝茜：多年生攀援草本植物，莖方形，有倒刺，根黄紅色，可供提取顔料，也可供藥用。

〔二〕《漢官儀》：記録漢代官場禮儀、陵墓規制，東漢應劭所撰。

紅綬花，蔓生，如綬，有文采，因名焉。

【校記】

葉本著録此條：『紅綬花，蔓生，如綬一般，有文采，因名焉。』

甘泉宮〔一〕有木園，武帝時園也，今俗呼爲『仙草園』。出《漢魏宮志》。

【注釋】

〔一〕甘泉宮：渭河北面宮殿，漢武帝經秦林光宮改建而成。

蔓園在定陵，《漢官儀》曰：『蔓園供染緑紋綬。』〔二〕小藍曰蔓。

【校記】

《漢官儀》：程本、胡本、葉本作『《漢宮儀》』，形近而訛。

【注釋】

〔一〕今查應劭《漢官儀》，無『蔓園供染緑紋綬』等文字，疑是佚文。

芙蓉園〔一〕在洛陽，漢家置之。

【注釋】

〔一〕宋陳景沂《全芳備祖》『荷花』條記載：『芙蓉園，魏文帝所開池，種蓮其中，芙蓉即蓮花也。産於陸者曰木芙蓉，産於水者曰草芙蓉，亦猶芍藥有草有木也。』

長沙定王〔一〕故宫有蓼園，真定王故園也。

【校記】

邢本將『甘泉宫』條、『蔓園』條、『芙蓉園』條及『長沙定王』條先後並爲一條。程本、胡本將『長沙定王』條並入上『芙蓉園』條之後。

【注釋】

〔一〕長沙定王：劉發，西漢宗室，漢景帝劉啓第六子，東漢光武帝與更始帝劉玄五世祖。漢武帝元光六年去世，謚號爲定，史稱『長沙定王』。

張騫苜蓿〔一〕園，今在洛中。苜蓿本胡中菜也，張騫始於西戎得之。

【注釋】

〔一〕《太平御覽》卷九百九十六，引《史記》：『大宛有苜蓿草，漢使取其實來，於是天子始種苜蓿，離宫别觀旁，盡種蒲陶，苜蓿極望。』引《晋書》：『華廣免官爲庶人，晋武帝登淩雲臺，見廣苜蓿園，阡陌甚整，依然感舊。太康初大赦，乃得襲封。』《西京雜記》：『樂遊苑中自生玫瑰樹，下多苜蓿，一名懷風。時或謂光風在其間，常肅肅然照其光彩，故曰「苜蓿懷風」。茂陵人謂爲連枝草。』《博物志》：『張騫使西域，……蒲桃、胡葱、苜蓿。』

《洛陽伽藍記》：『宣武場大夏門東北，今爲光風園，苜蓿生焉。』

衛有淇園〔一〕，出竹，在淇水之上。《詩》曰『瞻彼淇澳，緑竹猗猗』是也。

【注釋】

〔一〕淇園：位於河南省鶴壁市淇縣北部淇澳，西周晚期衛武公修建。《詩經·衛風·淇奥》：『瞻彼淇奥，緑竹猗猗。』

梧桐園在吴宫，本吴王夫差舊園也，一名『鳴琴川』。〔一〕

【注釋】

〔一〕《吴郡志》：『梧桐園在吴宫，本吴王夫差園也，一名琴川。語云：「梧桐秋，吴王愁。」』琴川：江蘇常熟的别稱。一説常熟城内有自南向北平行排列的河道，像古琴的七根弦，故稱『琴川』。

南中有楓子鬼〔一〕，楓木〔二〕之老者爲人形，亦呼爲『靈楓』焉。

【校記】

焉：程本、胡本、葉本無『焉』字。

【注釋】

〔一〕清邵晋涵《爾雅正義》引孫炎注：『楓子鬼乃楓木上寄生，高三四尺，天旱，以泥塗之即雨。』《古今圖書集成·博物匯編·楓部》卷二百六，引唐賈耽《十道記》：『撫州麻姑山，或有登者望之，廬岳、彭蠡皆在其下。有黄連厚朴，恒山楓樹。數千年者，有人形，眼鼻口臂而無脚，入山者見之，或有咋之者，皆出血。人皆以藍冠於其頭，明日看失藍爲楓子鬼。』《朝野僉載》：『江東江西山中多有楓木人於楓樹下生，似人形，長三四尺，夜雷雨即長，與樹齊，見人即縮依舊。曾有人合笠於上，明日看笠子掛在樹頭，旱時欲雨，以竹束其頭禊之，即雨，人取以爲式盤，極神驗，楓木棗地是也。』唐司空曙《送流人》：『山村楓子鬼，江廟石郎神。』

〔二〕《山海經·大荒南經》：『有宋山者，有赤蛇，名曰「育蛇」，有木生山上，名曰「楓木」。楓木，蚩尤所棄其桎梏，是爲楓木。』

後漢季子長〔一〕爲政，欲得囚情，以梧桐木爲囚像，穿地爲坎，臥木囚於其中，祝之，正罪者不動，冤者木囚動出。時以爲精誠所應，子長時爲大理卿。〔三〕

【校記】

以梧桐木爲囚像，穿地爲坎，……正罪者不動：徐本此段文字爲：『以梧桐木爲之像，囚形，穿地爲坎，臥木囚於其中。祝之，罪正者不動。』

【注釋】

〔一〕班固《漢書》：「李尋字子長，平陵人也。治尚書，與張孺、鄭寬中同師，寬中等守師法教授，尋独好《洪範》灾異，又學天文月令陰陽。」疑「季」字爲「李」字訛誤。

〔二〕《太平御覽》卷九百五十六，引《論衡》：「李子長爲政，欲知囚情，以梧桐爲之像，因形，乃鑿地爲坎，臥木囚其中，曰：「罪若正，木囚不動。若有冤，木囚動，出之精誠者，木人也。」」

漢武宴於未央宮，忽聞人語云：『老臣負自訴。』不見其形。良久，見梁上一老翁，長八九寸，面皺鬚白，拄杖僂步至前。帝問曰：『叟何姓名？所訴者何？』翁緣柱放杖，叩首不言。因仰視屋，俯視帝脚，忽不見。帝駭懼，問東方朔〔二〕，朔曰：『其名爲藻兼，水木之精也。陛下頃來頻興宮室，斬伐其居，故來訴耳。仰頭看屋而後視陛下脚者，願陛下宮室足於此，不欲更造。』帝乃息役。後帝幸瓠子河，聞水底有絃歌之聲，置肴饍芬芳於帝前，前梁上翁及數年少絳衣，素帶佩纓，皆長八寸。一人最長，長尺餘，淩波而出，衣不沾濕，或挾樂器。帝問之曰：『向所聞樂是公等奏耶？』對曰：『臣前昧死歸訴，蒙陛下息斤斧，得全其居，故相慶樂耳。』遂奏樂，獻帝洞穴珠一枚，遂隱不見。帝問方朔：『何謂洞穴珠？』朔曰：『河底有一穴，深

數百丈，中有赤蜯，蜯生此珠，徑寸明耀，絕世矣。』帝遂寶愛此珠，置於內庫。〔三〕

【校記】

梁上：程本、胡本爲『架上』。

帝問曰：邢本爲『問曰』。

叩首：徐本、邢本、程本、胡本爲『叩頭』。

看屋：邢本爲『視屋』。

陛下脚：程本、胡本、葉本爲『陛下脚足』。

數年少：邢本、程本、胡本、葉本爲『數人年少』。

素帶：胡本爲『紫帶』。

衣不沾濕，或挾樂器：邢本爲『衣所沾濕，或挾樂器』。

【注釋】

〔一〕《史記・滑稽列傳》：『武帝時，齊人有東方生名朔，以好古傳書，愛經術，多所博觀外家之語。』

〔二〕南朝宋劉義慶《幽明録》卷一：『漢武帝與群臣宴於未央，方啖黍臛，忽聞人語云：「老臣冒死自訴。」不見其形。尋覓良久，樑上見一老翁，長八九寸，面目赭皺，鬚髮皓白，拄杖僂步，篤老之極。帝問曰：「叟姓字何？居在何處？何所病苦，而來訴朕？」翁緣柱而下，放杖稽首，默而不言。因仰頭視屋，俯指帝脚，忽然不見。帝駭愕不知何等，乃曰：

「東方朔必識之。」於是召方朔以告，朔曰：「其名爲藻兼，水木之精也。夏巢幽林，冬潛深河。陛下頃日頻興造宫室，斬伐其居，故來訴耳。仰頭看屋，而復俯指陛下脚者，足也。願陛下宫室足於此也。」帝感之，既而息役。幸瓠子河，聞水底有弦歌之聲，前樑上翁及年少數人，絳衣素帶，纓佩甚鮮，皆長八九寸，有一人，長尺餘，淩波而出，衣不沾濡，或有挾樂器者。帝方食，爲之輟膳，命列坐於食案前。帝問曰：「聞水底奏樂，爲是君耶？」老翁對曰：「老臣前昧死歸訴，幸蒙陛下天地之施，即息斧斤，得全其居，不勝歡喜，故私相慶樂耳！」帝曰：「可得奏樂否？」曰：「故賫樂來，安敢不奏？」其最長人便治弦而歌，歌曰：「天地德兮垂至仁，愍幽魄兮停斧斤。保窟宅兮庇微身，願天子兮壽萬春。」歌聲小大無異於人，清澈繞越樑棟。又二人鳴管撫節調契聲諧，帝歡悦，舉觴並勸曰：「不德不足當雅貺。」老翁等並起拜爵，各飲數升不醉。獻帝得一紫螺殼，中有物狀如牛脂。帝問曰：「朕暗，無以識此物。」曰：「東方生知之耳！」帝曰：「可更以珍異見貽。」老翁顧命，取洞穴之寶。一人受命，下没淵底，倏忽還到，得一大珠，徑數寸，明耀絶世，帝甚愛玩。翁等忽然而隱，帝問朔：「紫螺殼中何物？」朔曰：「是蛟龍髓，以傅面，令人好顔色；又女子在孕，産之必易。」會後宫難産者，試之，殊有神效。帝以脂塗面，便悦澤。又曰：「何以此珠名洞穴珠？」朔曰：「河底有一穴，深數百丈，中有赤蚌，蚌生珠，故以名焉。」帝既深歎此事，又服朔之奇識。』《太平御覽》卷二十二《時序部七》，引《窮神秘苑幽明録》：『漢武帝與群臣宴於未央殿，方食棗，帝見樑上有一老翁，長八九寸，仰觀屋宇，俯視帝脚。東方朔曰：「此水木之精，其名藻兼。夏乃巢林，冬即居河。此來訴爾，所視殿名未央，下視脚者，足於此也。」上乃悉罷諸役。』

燕昭王〔一〕種長春樹，葉如蓮花樹，身似桂樹，花隨四時之色。春生碧花，春盡則落。夏生紅花，夏末則凋。秋生白花，秋殘則萎。冬生紫花，遇雪則謝。故號爲『長春樹』。

【校記】

長春樹：邢本爲『常春樹』。

【注釋】

〔一〕燕昭王：姬姓燕氏，名職，燕國薊城人，戰國時燕國國君。

澄水泉在滄州九視山，山下出泉，濶百餘步，亦名『流水渠』。雖泛金石，終不沉，故州人欲渡此泉，以瓦鐵爲船舫。

【校記】

澄水泉：邢本爲『澄汞泉』。

流水渠：邢本爲『流汞泉』。

地生毛，京房〔二〕以爲人勞之應。北齊武成河清〔三〕年中，徐州及長安地生毛，長七尺，時北築長城，内築三臺，人苦勞役之應也。

【注釋】

〔一〕京房：西漢學者，本姓李，字君明，東郡頓丘人。

〔二〕北齊武成：指高歡之子武成帝高湛，小字步落稽，渤海蓨縣人。在位時先後有太寧、河清兩個年號。《北齊書》記載武成：「但愛狎庸豎，委以朝權；帷薄之間，淫侈過度。」《北齊書》同樣記載了河清年間的異象：「河清三年五月，白虹圍日再重，又横貫而不達。赤星見，帝以盆水承星影而蓋之，一夜盆自破。」此條記載「地生毛」等異象，與史書記載暗合。只是該條時間與任昉生活時代不符，應爲後人羼入之作。

神泉出高密瑯琊郡〔一〕，人或禱祈求之，則飛泉湧出，清泠而味甘。人或汙之，則便竭。

【校記】

汙：徐本、邢本、程本、胡本爲「污」字。「汙」通「污」。

【注釋】

〔一〕瑯琊郡：秦三十六郡之一，郡治瑯琊縣，今山東青島市瑯琊鎮。

鹽田在河東郡〔一〕，有一大澤，澤中産鹽，引水沃之則自成，號曰「鹽田」，取之無盡，不沃則無也。又張掖有鹽池，自然生鹽，多少隨月增減。

【校記】

則無：徐本爲『則盡』。

多少：邢本、程本、胡本、葉本爲『其鹽多少』。

【注釋】

〔一〕河東郡：秦三十六郡之一，郡治安邑縣，今山西永濟市東南。清杨守敬《水經注疏》卷六《汾水》，引《地理志》曰：『鹽池在安邑西南，許慎謂之盬，長五十一里，廣六里，周百一十四里，從鹽，古聲。吕沈曰：「夙沙，初作煮海鹽，河東鹽池謂之盬。」今池水東西七十里，南北十七里，紫色澄渟，潭而不流。水出石鹽，自然印成，朝取夕復，終無減損，惟水暴至，雨澍，潢潦奔泆，則鹽池用耗，故公私共堨水徑，防其淫濫，謂之鹽水，亦謂之爲堨水也，《山海經》謂之鹽販之澤也。』

甜溪水，其味如蜜，東方朔得以獻武帝。帝乃投於陰井中，井水遂甜而寒，洗浴則肌理柔滑。〔一〕

【注釋】

〔一〕漢郭憲《漢武洞冥記》卷二：『甜水去虞淵八十里，有甜溪，水味如蜜。東方朔遊此水，得數斛以獻帝，投水於井，井水常甜而寒，洗沐則肌理柔滑。』

日林國有神藥數千種，其西南有石鏡，方數百里，光明瑩徹，可鑒五臟六腑，亦名『仙人鏡』。〔一〕國中人若有疾，輒照其形，遂知病起何臟腑，即採神藥餌之，無不愈。其國人壽三千歲，亦有長生者。

【校記】

五臟六腑：胡本爲『五藏六府』。

【注釋】

〔一〕《古今圖書集成·經濟匯編·考工典》卷二百二十八，引《拾遺記》：『方丈山池泥百鍊成金，鏡色青可照魑魅。』晉陸機《與弟雲書》：『仁壽殿前有大方銅鏡，高五尺餘，廣三尺二寸，暗著庭中，向之便寫人形體。』《抱朴子·外篇》：『或問：「知將來吉凶，爲有道乎。」答曰：「用明鏡九寸自照，有所思存，七日則見神仙，知千里外事也。明鏡或用一，或用二，謂之四規鏡。」又：「道士以明鏡九寸懸於背，老魅不敢近，若有鳥獸邪物照之，其本形皆現鏡中。」』《酉陽雜俎》：『秦鏡儛溪古岸石窟有方鏡，徑丈餘，照人五臟，秦皇世號爲照骨寶，在無勞縣境山。』《拾遺記》：『（周靈王）時，異方貢玉人石鏡，此石色白如月，照面如雪，謂之月鏡。有玉人機棙，自能轉動，萇弘言於王曰：「聖德所招也。」』又：『有韓房者自渠胥國來獻火齊鏡。廣三尺，闇中視物如畫，向鏡語，則鏡中影應聲而答。韓房身長一丈，垂髮至膝，以丹砂畫左右手，如日月盈缺之勢，可照百餘步，周人見之如神明矣。』

列禦寇〔一〕，鄭人，御風而行，常以立春日歸於八方，立秋日遊於風穴。是風至即草木皆生，去則草木皆落，謂之『離合風』。〔二〕

【校記】

歸於八方：徐本爲『歸乎八方』。

【注釋】

〔一〕列禦寇：列子，名禦寇，戰國時期鄭國圃田（今河南鄭州）人。《莊子·逍遥遊》載其『御風而行，泠然善也』。主張『貴虚』，與老莊思想接近。

〔二〕《類説》卷八，引《述異記》『離合風』：『列禦寇御風而行，常以立春日歸於八荒，立秋日遊於風穴，風來則草木皆生，去則草木摇落，謂之「離合風」。』

秦繆公〔一〕時，陳倉〔二〕人掘地得物，若羊非羊，似猪非猪。繆公道中逢二童子云：『此名蝹史記作媦，在地中食死人腦，若以栢木穿其首，則死。』故今種栢在墓中，以防其害也。〔三〕

【校記】

童子云：徐本、邢本、程本、胡本爲『童子曰』。

【注釋】

〔一〕秦繆公：秦穆公，雍城人，春秋五霸之一。

〔三〕陳倉：今陝西寶鷄市陳倉區。

〔三〕《搜神記》：『秦穆公時，陳倉人掘地得物，若羊非羊，若豬非豬，牽以獻穆公。道逢二童子，童子曰：「此名爲媼，常在地，食死人腦，若欲殺之，以柏插其首。」媼曰：「彼二童子名爲陳寶，得雄者王，得雌者伯。」陳倉人舍媼逐二童子，童子化爲雉，飛入平林。陳倉人告穆公，穆公發徒大獵，果得其雌，又化爲石，置之汧、渭之間。至文公時，爲立祠陳寶。其雄者飛至南陽，今南陽雉縣是其地也。秦欲表其符，故以名縣。每陳倉祠時，有赤光長十餘丈，從雉縣來，入陳倉祠中，有聲殷殷如雄雉。其後，光武起於南陽。』《酉陽雜俎》：『昔秦時陳倉人，獵獸若彘而不知名，道逢二童子曰：「此名弗述，常在地中食死人腦，欲殺之，當以柏插其首。」』

辰州嵩溪有丹青樹，枝葉直上籠雲，下無枝條，上有五色葉，圓如華蓋，〔一〕故號爲『丹青樹』。俗謂之『五采樹』。今在辰陽縣〔二〕。

【注釋】

〔一〕《武陵記》：『辰州嵩溪有丹青樹，直上籠雲，下無枝條，上有五色葉，圓如華蓋。』

〔二〕辰陽縣：西漢置，位於辰水之北，屬武陵郡。今湖南辰溪縣。《讀史方輿紀要·湖廣七》：『（辰溪縣）府西南百二十里，西至麻陽縣八十里，南至黔陽縣二百十里，漢武陵郡辰陽縣，晋宋以後因之，隨改曰辰溪縣，屬辰州，今城周五里，編户八里。……（沅水）在縣西一里，自沅州流入境，又東北流入盧溪縣境，……嵩溪在縣南六十里，洞水溪在縣西南十五里，俱流合於沅江。』

城陽縣〔一〕城南有堯慶都〔二〕墓，廟前一池魚，頭間有印文，謂之『印頰魚』。若非祀者，捕而不得。

【注釋】

〔一〕城陽縣：帝堯都成陽，西周爲郕國都城。漢高祖十二年，置成陽侯國，晋爲城陽縣。城東北有帝堯陵，傳説堯遊成陽，死而葬焉。

〔二〕慶都：原名望都，堯帝受封故土，傳説堯母殂落於此。

奇肱國，其國人機巧，能爲飛車，從風遠行。湯時西風吹，奇肱人乘車，東至豫州界，後十年而風復至，使遣歸國，去玉門四萬里。〔一〕

【校記】

復至：邢本、胡本、葉本爲『後至』。程本爲『後』字。

【注釋】

〔一〕《山海經·海外西經》：『三身國在夏後啓北，一首而三身。一臂國在其北，一臂、一目、一鼻孔，有黄馬虎文，一目而一手。奇肱之國在其北，其人一臂三目，有陰有陽，乘文馬，有鳥焉，兩頭赤黃色，在其旁。』《博物志》：『奇肱國，其民善機巧以殺百禽，能爲飛車從風遠行。』

東海有牛魚，其形如牛，海人採捕，剥其皮懸之，潮水至則尾起，潮水落則尾伏。〔一〕

【注釋】

〔一〕《太平御覽》卷九百三十九，引《博物志》：『東海有牛魚，形如牛，剥其皮懸之，潮水至則毛起，潮去則伏。』

顧渚山〔一〕有槇汝耿反子樹，其木如玉色，渚人採之以爲杖。

【校記】

其木：葉本爲『其狀』。

【注釋】

〔一〕顧渚山：今浙江湖州市長興縣城西北。清《湖州府志》：『昔吴王夫概顧其渚次，原隰平衍，可謂都邑之所，今崖古林薄之中，多産茶茗，以歲充貢。』

虵一首兩身者，名曰『肥遺』。西華山中有也，見則大旱。〔一〕

【注釋】

〔一〕《山海經·西山經》："太華之山，削成而四方，其高五千仞，其廣十里，鳥獸莫居，有蛇焉，名曰「肥遺」。六足四翼，見則天下大旱。"《山海經·北山經》："渾夕之山，無草木，多銅玉，囂水出焉，而西北流注於海。有蛇一首兩身，名曰「肥遺」，見則其國大旱。"

南海有水虫，名曰『蜠』，蚌蛤之類也。其小蟹大如榆莢，蜠開甲食，則蟹亦出食；蜠合甲，蟹亦還入，爲蜠取食以終始，生死不相離。〔一〕

【注釋】

〔一〕東方朔《神異經》："南海有水蟲，名蜠，蚌蛤之類也。其小蟹大如榆莢。蜠開食則蟹亦出食，蜠合甲，蟹亦還入。"

西蜀石門山有樹名曰『桄榔』，皮裏出屑，如麵〔一〕，用作餅食之。與麵相似，因謂之『桄榔麵』焉。

【注釋】

〔一〕麵：麥子磨成的粉，麵粉。《説文解字》："麪，麥屑末也。"。麵：同『麪』。桄榔麪，樹幹髓部的澱粉，具有補虛之功效。

漢武帝元鼎元年，起招靈閣，有一神女留一玉釵與帝，帝以賜趙婕妤〔一〕。至昭帝元鳳中，宮人見此釵光瑩甚異，共謀欲碎之。明視釵匣，唯見白燕直升天去，後宮人常作玉釵，因名『玉燕釵』。〔二〕

【注釋】

〔一〕趙婕妤：漢武帝寵妃，河間武垣縣（今河北肅寧）人，漢昭帝劉弗陵生母。傳説趙氏手不能展開，武帝將其手展開後，内中握有一玉鈎，因此被賜名『鈎弋夫人』。

〔二〕《漢武洞冥記》卷二：『元鼎元年，起招仙閣於甘泉宮西。……有青鳥赤頭，道路而下，以迎神女，神女留玉釵以贈帝，帝以賜趙婕妤。至昭帝元鳳中，宮人猶見此釵。黄諃欲之，明日示之，既發匣，有白燕飛升天，後宮人學作此釵，因名「玉燕釵」，言吉祥也。』

三國時，昆明國貢魏瀨金鳥，鳥形如雀色，常翺翔海上，吐金屑如粟。至冬，此鳥即畏霜雪。魏帝乃起温室以處之，名曰『辟寒臺』，故謂吐此金爲『辟寒金』也。〔一〕

【注釋】

〔一〕《太平廣記》卷四百六十三《禽鳥四》，引《拾遺録》：『魏時，昆明國貢漱金鳥，國人云：「其地去然州九千里出此鳥，形如雀，色黄，毛羽柔密，常翺翔海上。」羅者得之，以爲至祥。聞大魏之德被於荒遠，乃越山航海來獻大國，帝得此鳥蓄於靈禽之圃，飴以真珠，飲以龜腦，鳥常吐金屑如粟，鑄之可以爲器。昔漢武時有獻大雀，此之類也。此鳥畏霜雪，乃起小室以處之，名曰「辟寒臺」，皆用水晶爲户牖，使内外通光，而常隔於風雨塵霧。宫人争以鳥所吐之金飾釵珮，謂之「辟寒金」，故宫人相嘲言曰：「不服辟寒金，那得君王心；不服辟寒鈿，那得君王憐。」於是魅惑争以寶爲身飾，及行臥皆懷挾以要寵也。魏代喪滅，珍寶池臺，鞠爲茂草，漱金之鳥，亦自高翔。』唐段公路《北户録》，引《媚藥》『漱金鳥辟寒金』：『三國時，昆明國貢魏漱金鳥，鳥形如雀，色黄，常翱翔海上，吹金屑如粟，鑄以成器服，宫人争以鳥所吐金爲釵佩，謂之「辟寒金」，以鳥畏寒也。又，宫人相嘲哢：「不服辟寒金，那得帝王心。」』

周昭王〔一〕時，塗脩國獻青鳳丹鵲，各一雌一雄。〔二〕

【注釋】

〔一〕周昭王：姬姓，名瑕，岐周人，周朝第四任君主。在位時南征平定虎方、荆楚和揚越及江漢以南的地區。

〔二〕《御定淵鑑類函》卷三百七十九《扇三》，引《拾遺記》：『周昭王時塗修國獻青鳳丹鵲，各一雌一雄，孟夏取鵲翅爲扇，一名條翮，一名仄影。』《太平御覽》引《拾遺記》：『周昭王時，塗修國獻青鳳丹鶴，各一雄一雌，以潭膏之粟餧之，以溶溪之水飲之。』《古今圖書集成·曆象匯編·歲功典》卷四十七，引《拾遺記》：『周昭王二十四年，塗修國獻青鳳丹鵲，各一雌一雄，孟夏之時，鳳鵲皆脱易毛髮，聚鵲翅以爲扇，緝鳳毛以飾車蓋，一名遊飄，二名條翮，三名虧光，四名仄影。時東甌獻二女，一名延娟，二名延娛，使二人更摇此扇，侍於王側，輕風四散，泠然自涼。』另，《古今圖書集成·方輿匯編》收録『塗修國』在《拾遺記》中，歸入《南方未詳諸國部匯考》中。

吳郡魚城，城下水中有石首魚，至秋化爲鳧〔一〕，鳧項中尚有石。〔二〕

【注釋】

〔一〕鳧：野鴨，鶩。

〔二〕《古今圖書集成·博物匯編·禽蟲典·石首魚部匯考》卷一百四十七，引《述異記》：『吳郡魚城，城下水中有石首魚，至秋化爲鳧，鳧項中尚有石。』

南康郡有君山，高秀重疊，有類臺榭，名曰『女媧宮』，有獸名格，似猩猩之形，自知吉凶。人無機愛之，則可馴狎。欲執害之，則去不來。〔一〕

【注釋】

〔一〕《古今圖書集成·博物匯編·禽蟲典》卷一百二十六，引《述異記》『格』條：『南康郡有君山，高秀重疊，有類臺榭，名曰「女媧宮」。有獸名格，似猩猩之形，自知吉凶。人無機愛之，則可馴狎。欲執害之，則去不來。』

桂陽郡〔一〕有銀井，鑿之轉深。漢有村人焦先於半道見三老人，徧身皓白，云：『逐我太苦，今徃他所。』先知是怪，以刀斫之，三翁各以杖授刀。忽不見，視其斷杖，是銀，其井後遂不生銀也。

【校記】

焦先：邢本作『焦光』。

先知：邢本作『光知』。

授刀：徐本、邢本、程本、胡本作『受刀』。

【注釋】

〔一〕桂陽郡：漢高祖五年，置桂陽郡，治郴州，今湖南郴州地區。

儋耳郡〔一〕明山有二石，如人形，云：『昔有兄弟二人向海捕魚，因化爲石。』因號『兄弟石』。

【注釋】

〔一〕儋耳郡：漢武帝平定嶺南後，在海南設立儋耳郡。《漢書》：『儋耳者，大耳種也。』

貞山在毗陵郡，梁时有村人韓文秀見一鹿産一女子在地，遂收養之。及長，與凡女有異，遂爲女冠。梁武帝爲别立一觀，號曰『鹿娘』。後死入棺，武帝致祭，開棺視之，但聞異香，不見骸骨，蓋尸解耳，遂葬棺於毗陵。因號其葬處爲『貞山』。〔一〕

【校記】

毗陵郡：徐本爲『昆陵郡』。

韓文秀：胡本爲『翰文秀』。

但聞異香……葬棺於毗陵：徐本此處文字爲『但聞其香，不見骸骨，蓋尸解也，遂葬棺於昆陵』。

【注釋】

〔一〕《古今圖書集成·方輿匯編·常州府部外編》，引《武進縣志》：『昆陵村人韓文秀見鹿産一女子在地，遂收養之。及長，度爲女冠，梁武帝爲别立一觀，號曰「鹿娘」，死後武帝致祭，聞館中異香，開棺視之，不見骸骨，蓋尸解也，葬於昆陵，號爲「真山」。』

江陰北有子英廟，子英即野人也。善入水捕魚，得一赤鯉，將着家池中養之。後長徑一丈，有角翅，謂子英曰：『我迎汝身，汝上我背。』遂升於天爲神仙。晉時人。〔二〕

【校記】

將着：徐本爲『將著』。

【注釋】

〔一〕《列仙傳》：『子英者，舒鄉人也，善入水捕魚，得赤鯉，愛其色好，持歸著池中，數以米穀食之。一年長丈餘，遂生角，有翅翼。子英怪異，拜謝之。魚言：「我來迎汝，汝上背，與汝俱升天。」即大雨，子英上其魚背，騰升而去。歲歲來歸故舍，食飲，見妻子，魚復來迎之。如此十七年。故吴中門户皆作神魚，遂立子英祠。』

璅琣似小蚌，有一小蟹在腹中，琣出求食，故淮海之人呼爲『蟹奴』。

【校記】

蟹奴：徐本作『海奴』。

鶬鮭故解反刺魠德宅反，耳響則聽遠，眼赤則眎〔二〕遠，大毛落，叢毛生，其色如雪。〔三〕又云：『高脚踈節則多跛也。』若百六十年變，止不食生物，千六百年形定，飲而不食，與鳳爲群。

【校記】

響則聽遠，眼赤則眎遠：邢本、胡本作『耳則聽響遠，露眼赤精則眎遠』。程本作『耳則聽響遠，露眼赤精則眎遠」。

叢毛生：徐本作「藂毛生」。

【注釋】

〔一〕眎：同「視」。

〔二〕《博物志》：「鶴頰，耳響則聽遠，眼赤則眎遠，其色似雪。」

松有兩鬣、三鬣、七鬣者，言如馬鬣形也。言粒者非矣。〔一〕

【注釋】

〔一〕唐段成式《酉陽雜俎》：「松，凡言兩粒、五粒，粒當言鬣……俗謂「孔雀松」，三鬣松也。」宋姚寬《西溪叢語》卷下，引《名山記》云：「松有两鬣、三鬣、五鬣者，言如马鬣形。」

人間三十六洞天〔一〕，知名者十耳，餘二十六天出《九微志》，不行於世也。

【校記】

不行：邢本作「未行」。

【注釋】

〔一〕宋張君房《雲笈七籤》卷二十七「洞天福地」：「太上曰：「其次三十六小洞天，在諸名山之中，亦上仙統治之處也。」」三十六小洞天爲：第一霍桐山洞，福州長溪縣；第二東岳泰山洞，兖州乾封縣；第三南岳衡山洞，衡州衡山縣；第四西岳華山洞，華州華陰縣；第五北岳常山洞，常山曲陽縣；第六中岳嵩山洞，東都登封縣；第七峨眉山洞，嘉州峨眉縣；第八廬山洞，江州德安縣；第九四明山洞，越州上虞縣；第十會稽山洞，越州山陰縣鏡湖中；第十一太白山洞，京北府長安縣終南山；第十二西山洞，洪州南昌縣；第十三小潙山洞，潭州醴陵縣；第十四潛山洞，舒州懷寧縣；第十五鬼谷山洞，信州貴溪縣；第十六武夷山洞，建州建縣；第十七笥山洞，吉州永新縣；第十八華蓋山洞，温州永嘉縣；第十九蓋竹山洞，台州黄岩縣；第二十都嶠山洞，容州普寧縣；第二十一白石山洞，鬱林州南海之南，又和州含山縣；第二十二岣漏山洞，亢州北流縣；第二十三九疑山洞，道州延唐縣；第二十四洞陽山洞，潭州長沙縣；第二十五幕阜山洞，鄂州唐年縣；第二十六大酉山洞，辰州；第二十七金庭山洞，越州剡縣；第二十八麻姑山洞，撫州南城縣；第二十九仙都山洞，處州縉雲縣；第三十青田山洞，處州青田縣；第三十一鍾山洞，潤州上元縣；第三十二良常山洞，潤州句容縣；第三十三紫蓋山洞，荆州常陽縣；第三十四天目山洞，杭州餘杭縣；第三十五桃源山洞，玄洲武陵縣；第三十六金華山洞，婺州金華縣。

鯉魚滿三百六十鱗，蛟龍輒率而飛去，一年置一神。守之則不能去矣，神則龜也。

王僧辨[一]嘗爲荆南[二]，得橘一蔕三十子，以獻梁元帝[三]。

【注釋】

〔一〕王僧辨：字君才，太原祁縣人。南朝梁名將，右衛將軍王神念之子。曾平定侯景之亂。

〔二〕荆南：今荆州、秭歸、宜昌地區。

〔三〕梁元帝：蕭繹，字世誠，號金樓子，南蘭陵郡蘭陵縣人。天監年間，鎮江陵，後於江陵即帝位。

吴太皇時，朱休之家犬歌曰：『言我不能歌，聽我歌梅花。今年故復可，明年當奈何。』休遂殺其犬，明年休家人並死。〔一〕

【注釋】

〔一〕《太平廣記》卷四百三十八《畜獸五》，引《集異記》：『朱休之者，元嘉中，與兄弟對坐之際，其家犬忽蹲視二人而笑，因摇頭而言曰：「言我不能歌，聽我歌梅花。今年故復可，那汝明年何?」其家斬犬不殺。至梅花時，兄弟相鬥，弟奮戟傷兄，收繫經年。至夏，舉家疫死。』《太平御覽·果部》卷七，引《述異記》：『嘉興縣皋陶村朱休之，有弟朱元，元嘉二十五年十月清旦，兄弟對坐家中，有一犬來，向休蹲，遍視二人而笑，遂摇頭歌曰：「言我不能歌，聽我歌梅花。今年故復可，柰汝明年何！」其弟驚懼，斬犬，榜首路側。至歲末梅花時，兄弟相忿，奮戟傷兄。官收治，並被囚繫，經歲得免。至夏，舉家時疾，母及兄弟皆卒。』《藝文類聚》卷八十六《果部上》，引《述異記》：『嘉興縣朱休之，有一弟，宋元嘉中，兄弟對坐，家有一犬來，向休之蹲，遍視二人，遂摇頭而笑曰：「言我不能歌，聽我歌梅花。今年故復可，柰汝明年何。」其家驚懼，斬犬，榜首路側，至來歲梅花時，兄弟相對，弟奮戟傷兄，官收治，並被囚繫，經歲得免。至夏，舉家時疾，母及兄弟皆死。』

哀牢夷，西蜀國名也，其先有婦人捕魚水中，觸沉木，育生男子十人。沉木爲龍出水上，九男驚走，一兒不去，背龍，因䑛之，後諸兒推爲哀牢主。〔一〕

【校記】

育生：邢本爲『有生』。

䑛：徐本爲『舐』字。《後漢書·南蠻西南夷列傳》記載『九隆能爲婦所䑛』之事，從此看，應用『舐』字。

【注釋】

〔一〕《後漢書·南蠻西南夷列傳》：『哀牢夷者，其先有婦人名沙壹，居於牢山。嘗捕魚水中，觸沉木若有感，因懷妊，十月，産子男十人。後沉木化爲龍，出水上，沙壹忽聞龍語曰：「若爲我生子，今悉何在?」九子見龍驚走，独小子不能去，背龍而坐，龍因䑛之。其母鳥語，謂背爲九，謂坐爲隆，因名子曰「九隆」。及後長大，諸兄以九隆能爲父所䑛而黠，遂共推以爲王。後牢山下有一夫一婦，復生十女子。九隆兄弟皆娶以爲妻，後漸相滋長。種人皆刻畫其身，象龍文，衣皆著尾。九隆死，世世相繼，乃分置小王，往往邑居，散在溪谷，絶域荒外，山川深阻，生人以來，未嘗交通中國。』

涿光山下囂水多鰼鰼之魚，如鵲而十翼，捕之可以禦火。〔一〕

【注釋】

〔一〕《山海經·北山經》：『又北三百五十里，曰「涿光之山」，囂水出焉而西流注於河，其中多鰼鰼之魚，其狀若鵲而十翼，鱗皆在羽端，其音如鵲，可以禦火，食之不癉，其上多松柏，其下多椶橿，其獸多麢羊，其鳥多蕃。』

吳桓王時，會稽生五色瓜。今吳中有五色瓜，歲充貢獻。〔一〕

【校記】

今吳中：徐本爲『吳中』。

貢獻：邢本、程本、胡本、葉本爲『貢伏獻』。

【注釋】

〔一〕《藝文類聚》卷八十七《果部下·瓜》：『邵平，故秦東陵侯，秦滅後，爲布衣，種瓜長安城東，種瓜有五色，甚美，故世謂之「東陵瓜」。』

東南有桃都山，上有大樹，名曰『桃都』，枝相去三千里。上有天鷄，日初出

照此木，天鷄即鳴天下，鷄皆隨鳴之。〔一〕

【校記】

枝相去：徐本爲『相去枝』。

即：程本、胡本、葉本作『則』字。

【注釋】

〔一〕《太平御覽》卷九百一十八，引《玄中記》：『東南有桃都山，上有大樹，名曰「桃都」，枝相去三千里。上有一天鷄，日初出，天鷄則鳴，群鷄皆隨之鳴。』《論衡·訂鬼》，引《山海經》：『滄海之中，有度朔之山，上有大桃木，其屈蟠三千里，其枝間東北曰「鬼門」，萬鬼所出入也。上有二神人，一曰神荼，一曰鬱壘，主閲領萬鬼。惡害之鬼，執以葦索以食虎，於是黄帝乃作禮以時驅之，立大桃人，門户畫神荼、鬱壘與虎，懸葦索以禦凶魅。』

合塗國〔一〕去王都七萬里，人善服鳥獸鷄犬，皆使能言。

【校記】

七萬里：邢本作『七百里』。

【注釋】

〔一〕合塗國：《初學記》《太平御覽》作『含塗國』。晋王嘉《拾遺記》卷六：『（漢宣帝時）含塗國貢其珍怪，其使云去王都七萬里，鳥獸皆能言語，鷄犬死者，埋之不朽，經歷數世，其家人游于山阿海濱，地中聞鷄犬鳴吠，主乃掘取，還家養之，毛羽雖禿落，更生，久乃悦澤。』

林屋洞〔一〕有左神幽虛之天，即天后真君之便闕，中有白芝紫泉，皆此洞所出，乃神仙之飲餌，非常人所能得之。

【校記】

林屋洞有：徐本爲『林屋洞爲』。

【注釋】

〔一〕林屋洞：江蘇省蘇州市西山鎮東北部，道教三十六洞天之第九洞天，一稱『左神幽虛之天』，别稱『天后别宫』。

日南郡出果下牛，高三尺。漢樂浪郡〔一〕有果下馬，並高三尺。

【注釋】

〔一〕樂浪郡：漢武帝平定朝鮮後，在朝鮮半島所設置的漢四郡（真番、臨屯、樂浪、玄菟）之一。唐杜佑《通典》卷一百八十五《邊防一》：『樂浪，檀弓出其地，又多文豹，有果下馬，高三尺，乘之，可於果樹下行也。其海出斑魚皮，漢時常獻之。』

廬陵有木客鳥，大如鵲，千百爲群，不與衆鳥相厠，俗云是古之木客化作。廬陵，即今吉州也。〔二〕

【校記】

木客化作：徐本爲『木客花化作』。

【注釋】

〔一〕唐徐堅《初學記》卷八『山都 木客』：『《異物志》曰：「廬陵大山之間有山都，似人裸身，見人便走，自有男女，可長四五尺，能嘯相喚，常在幽昧之中，似魑魅鬼物。」又曰：「廬陵有木客鳥，大如鵲，千百爲群，不與衆鳥相厠。云是木客所化。」已上吉州。』

後魏孝昌年中，有洛子淵，自云：『洛中人，戍於彭城。』同營人樊元寶還，子淵附書至洛，書上題云：『宅在靈臺，南延洛水。』既至洛，忽逢一老翁曰：『吾兒書也。』引入，門館甚盛，呼坐命酒，酒至色赤，甚香美。寶告退，老翁出送，但見高岸對水，無復人家。及還彭城，子淵已失。元寶與子淵同戍三年，不知是水神也。〔一〕

【校記】

高岸：邢本爲『高坪』。

【注釋】

〔一〕唐釋道世《法苑珠林》卷一百一十三，引《洛陽寺》：『魏孝昌時有虎賁洛子淵者，自云洛陽人。孝昌中戍於彭城，其同營人樊元寶得假還京師，子淵附書一封令至，云：「宅在靈臺，南近洛水，卿但至彼，家人自出相看。」元寶如其言，至靈臺南，了無人家，徙倚欲去，忽見一老翁，問云：「從何而來，彷徨於此？」元寶具向道之，老翁云：「吾兒也。」取書引元寶入，遂見館閣崇寬，屋宇佳麗。既坐，令婢取酒。須臾，婢抱一死小兒而過，元寶甚怪之。俄而酒至，酒色甚紅，香美異常，兼設珍羞，海陸備有，飲訖，告退。老翁送元寶出云：「後會難期。」以爲凄恨别，甚慇懃。老翁還入，元寶不復見其門巷，但見高崖對水，渌波東傾。時唯一童子，可年十五，新溺死，鼻中血出，方知所飲酒乃是血也。及還，彭城子淵已失矣。元寶與子淵同戍三年，不知是洛水之神也。」

彭城郡〔一〕，古徐國也。昔徐君宮人生一大卵，棄於野。徐有犬名『后倉』，銜〔二〕歸温之，卵開，内有一兒，有筋而無骨，後爲徐君，號曰『偃王』，爲政而行仁義。〔三〕

【校記】

銜：徐本爲『啣』。

卵開：徐本爲『外開』。

【注釋】

〔一〕彭城郡：西漢時置，治所在彭城，今江蘇省徐州市區。

〔二〕銜：本義爲馬嚼子，引申爲嘴中銜着、吊着。唐杜甫《燕子來舟中作》：『湖南爲客動經春，燕子銜泥兩度新。』

〔三〕偃：仰面臥倒之意。《博物志》：『徐君宫人娠而生卵，以爲不祥，棄之水濱。孤独母有犬名曰鵠蒼，獵於水濱，得所棄卵，銜以來歸。孤独母以爲異，覆煖之，遂孵成兒。生時正偃，故以爲名。』《元和郡縣志》：『徐城縣……本徐子國也，周穆王時，徐君偃好行仁義，視物如傷，東夷歸之者四十餘國。穆王聞徐君威德日遠，乘八駿之馬，使造父御之，發楚師，襲其不備，大破之，殺偃王。其子遂北徙彭城原東山之下，百姓歸之，號曰「徐山」。』

相州〔一〕棲霞谷，昔有橋順二子於此得仙，服飛龍一丸，十年不饑。故魏文詩曰：『西山有仙童，不飲亦不食。』即此也。〔二〕

【注釋】

〔一〕相州：北魏置，北魏天興四年以鄴行臺所轄六郡（魏郡、陽平、廣平、汲郡、頓丘、清河）改設爲相州，今河南北部安陽市與河北臨漳縣一帶。

〔二〕《顔修内傳》曰：『橋順，字仲産，有二子曰璋曰琮，師事仙人，盧子基於是隆慮山棲霞谷教二子清虚之術，服飛龍藥一丸，千年不饑。魏文帝詩曰「西山有雙童」，豈亦謂此也乎。』隆慮山，《太平御覽》引隋《圖經》曰：『隆慮山，一名林慮，盖隋縣西二十里，山有三峰，南第一峰名仙人樓，高五十丈，下有黄花谷，北巖出瀑布，水注成池。黄花谷西北有洞穴，去地十餘仞，下有小山孤竦。謂之玉女臺，高九百丈，其山北一峰名舉峰，其北有偏橋，即抱犢山也，南接太行，北連恒岳。』

河間郡有聖姑祠，姑姓郝，字女君。魏青龍二年四月十日與鄰女樵采於滱苦候反、深二水處，忽有數婦人從水而出，若今之青衣。至女君前曰：『東海使聘爲婦，故遣相迎。』因敷茵於水上，請女君於上坐，青衣者侍側，順流而下，其家大小奔到岸側，惟泣望而已。女君怡然曰：『今幸得爲水仙，願勿憂憶。』語訖，風起而没於水，鄉人因爲立祠，又置東海公像於聖姑側，呼爲『姑夫』。〔一〕

【校記】

敷：程本、胡本爲『數』字。

青衣者侍側：徐本爲『青衣者侍立側』。

【注釋】

〔一〕宋樂史《太平寰宇記》卷五十一『聖姑祠』條，引邢子顒《記》云：『聖姑姓郝，字女君，魏青龍二年四月下旬，與鄰採樵于滱、徐二水合流之處，忽有數婦人從水出，皆著連腰裙，若今之青衣，至女君前曰：「東海公聘女君爲婦，故遣相迎。」因施連茵褥於水中，置女君於茵上，青衣者侍側順流而下，其家大小皆走往看，涕泣遥望莫能就，女君怡然云：「今幸得爲水仙，願勿憂憶。」語訖，去，漸遥，因爲立祠。桓翊以大臣子爲尚書郎試高陽長，主簿丁馥白縣有聖姑祠，前後守令謁而後入，翊曰：「何浮言之甚？」遂立杖而教曰：

「若視者有罪。」未經月餘，在廳事忽見十餘婦人各持扇從門入，謂翊曰：「今古既殊，何相妨害，而斷吾路。」翊性方直，教斷更甚。未經一旬，無病暴卒。今水岸上有郝女君招魂葬處，時人呼爲「元姬塚」，亦名「聖母陵」。』

大翮山、小翮山在嬀州。〔二〕昔有王次仲，年少入學而家遠，常先到。其師怪之，謂其不歸，使人候之，又實歸在其家。同學者常見仲捉一小木長三尺餘，至則着屋，間欲共取之，輒尋不見。及年弱冠，變蒼頡舊書爲隸書，秦始皇遣使徵之，不至。始皇怒，檻車囚之赴國，路次，化爲大鳥，出車而飛去。至西山乃落，二翮一大一小，遂名其落處爲大小翮山。〔三〕嬀州，即今幽薊之地也。

【校記】

爲隸書：胡本爲『今爲隸書』。

【注釋】

〔二〕翮：羽翼、羽莖之意。劉向《説苑·尊賢》：『鴻鵠高飛遠翔，其所恃者六翮也。』嬀：《説文解字》：『虞舜居嬀汭，因以爲氏。』嬀州：唐貞觀年間設置嬀州，屬河北道，治懷戎縣，今河北涿鹿縣西南。

〔三〕《水經·㶟水注》：『陽溝水出縣東北，西南流逕居庸縣故城北，西逕大翮、小翮山南，高巒截去，層陵斷霧，雙阜共秀，競舉群峰之上。』

利州〔一〕義成郡葭萌縣有玉女房，蓋是一大石穴也。昔有玉女入此石穴，前有竹數莖，下有青石壇，每因風自掃此壇。玉女每遇明月夜，即出於壇上，閑步徘徊，復入此房。

【校記】

利州：胡本爲『義州』。

出於：徐本爲『下於』。

【注釋】

〔一〕利州：西魏元欽三年，改西益州爲利州。其轄域變動頻繁，大體以今四川省廣元市爲主，包括陝西省西南部和甘肅省東南部部分地區。

龍巢山下有丹水，水中有丹魚。欲捕其魚，伺魚之浮出水，有赤光如火，網取，割其血塗足，可涉水如履平地。〔一〕

【校記】

伺：徐本爲『俟』字。

【注釋】

〔一〕《水經注·丹水》，引《竹書紀年》：『水出丹魚，先夏至十日，夜伺之，魚浮水側，赤光上照如火，網而取之，割其血以塗足，可以步行水上，長居淵中。丹水東南流，至其縣南。

黄水北出芬山黄谷，南徑丹水縣，南注丹水。』

宋武帝大明〔一〕五年，廣郡獻白孔雀，以爲中瑞。

【注釋】

〔一〕大明：南朝劉宋孝武帝劉駿年號，計八年。

秦惠王獻五美女於蜀王，王遣五丁迎女，乃見大虵入山穴中。五丁曳虵，山崩，五女上山，皆化爲石。〔一〕

【注釋】

〔一〕《藝文類聚》卷七，引漢揚雄《蜀王本紀》：『天爲蜀王生五丁力士，能移山。秦王獻美女與蜀王，蜀王遣五丁迎女，見一大虵入山穴中，五丁並引虵，山崩，秦五女皆上山，化爲石。』

一說少室山〔二〕有貝多樹〔三〕，與衆木有異。一年三放花，其花白色香美，俗云：『漢世野人將子種於此。』

【校記】

少室：徐本、程本、胡本爲『少空』。

【注釋】

〔一〕少室山：嵩山西峰。今河南登封市西北。

〔二〕貝多樹：賈思勰《齊民要術》卷十『槃石』條，引裴淵《廣州記》：『槃多樹，不花而結實。實從皮中出。自根著子至杪，如橘大。食之，過熟，內許生蜜。一樹者，皆有數十。』又名『三花樹』，取一年開三次花之意。唐楊炯《少室山少姨廟碑》：『餘基隱嶙，仍知萬歲之亭；古木摧殘，尚辨三花之樹。』

武都丈夫化爲女子，顔色美麗，蓋山之精也。蜀王娶以爲妻，無幾物故，遂葬於成都郭中。以石鏡一枚，徑二丈高五尺，同葬之。〔一〕

【校記】

丈：程本、葉本作『大』字。

徑二丈：徐本、程本、胡本作『長二丈』。

【注釋】

〔一〕《後漢書》引西漢揚雄《蜀王本紀》：『武都丈夫化爲女子，顔色美絶，蓋山精也。蜀王納以爲妃，無幾物故。乃發卒之武都擔土，葬於成都郭中，號曰「武擔」。以石作鏡一枚表其墓。』

衡州九疑山〔一〕有舜廟，郡守至官，常致敬脩祀，則空中如有絃歌之聲。一說九疑山隔湘江，跨蒼梧野，連營道縣界，九山相似，行者望之皆疑，因名曰『九疑山』。

【校記】

有舜廟：邢本爲『皆有舜廟』。

【注釋】

〔一〕《山海經·海内經》：『南方蒼梧之丘，蒼梧之淵，其中有九嶷山，舜之所葬。在長沙零陵界中。』北魏酈道元《水經注·湘水》：『營水出營陽泠道縣南山，西流徑九嶷山下。蟠基蒼梧之野，峰秀數郡之間，羅岩九舉，各導一溪；岫壑負阻，異嶺同勢；遊者疑焉，故曰「九嶷山」。』《太平御覽》卷四十一，引《郡國志》：『九疑山有九峰：一曰丹朱峰；二曰石城峰；三曰樓溪峰，形如樓；四曰娥皇峰，峰下有舜池，池旁春月百鳥生卵，人取之則迷路，致本處可得還；五曰舜源峰，此峰最高，上多紫蘭；六曰女英峰，舜墓在此山下；七曰簫韶峰，峰下即象耕鳥耘之處；八曰桂林峰，馬明生遇安期生授金液神丹之處；九曰杞林峰，周義山，字季通，開石函得經，讀之升仙於此。又有九水七流嶺北，二則翻注廣南。』《山海經·海内南經》：『蒼梧之野，帝舜葬於陽，帝丹朱葬於陰。』

漢惠帝七年〔二〕夏，雷震南山，林木皆自火，燃至根，其地悉皆燋黄。後其雨迅過，人就其間得龍骨一具。〔三〕

【校記】

其雨：邢本爲『異雨』。

【注釋】

〔一〕漢惠帝七年：漢惠帝劉盈去世之年。其在位期間，倡導無爲而治。

〔二〕《太平御覽》卷八百六十九《火部二》，引《西京雜記》卷二：『惠帝七年夏，雷震南山，大木數千株，皆火燃至末。其下數十畝地，草皆燋黄。其後百許日，家人就其間得龍骨一具，鮫骨二具。』文中所引『龍骨』，用讖緯之意隱喻惠帝仁慈之象。

晉世顔含〔一〕嫂病，須與蚺虵膽療之則愈。既不能得，含憂嘆累日，忽有一童子持青囊授含，乃曰：『真虵膽也。』童子遂化爲青鳥飛去。

【校記】

授含，乃曰：徐本爲『含曰』。

【注釋】

〔一〕《晉書》卷八十八：『顔含，字弘都，琅邪莘人也。祖欽，給事中，父默，汝陰太守。含少有操行，以孝聞。……含二親既終，兩兄繼没，次嫂樊氏因疾失明，含課勵家人，盡心奉養，每日自嘗省藥饌，察問息耗，必簪屨束帶，醫人疏方，應須髯蛇膽，而尋求備至，無由得之，含憂歎累時。嘗晝独坐，忽有一青衣童子，年可十三四，持一青囊授含，含開視，乃蛇膽也。童子逡巡出户，化成青鳥飛去。得膽，藥成，嫂病即愈。由是著名。』

陽羨縣〔一〕小吏吳龕，家在溪南，偶一日有掘頭船過水溪内，忽見一五色浮石，龕遂取歸置於床頭，至夜化爲一女子，至曙仍是石。後復投於本溪。〔二〕

【校記】

吳龕：程本、胡本、葉本作『吳合龍』。

有掘：徐本爲『橛』。邢本、程本、葉本作『掘』。

【注釋】

〔一〕陽羨：古稱『荆溪』、『荆邑』，秦始皇二十六年置陽羨縣，屬會稽郡。今江蘇宜興地區。

〔二〕《幽明録》：『陽羨縣小吏吳龕，有主人在溪南，嘗以一日乘掘頭舟過水，溪内忽見一五色浮石，取内床頭，至夜化成一女子，自稱是河伯女。』

南海中有鮫人室，水居如魚，不廢機織。其眼泣，則出珠。晉木玄虚〔一〕《海賦》云：『天琛水怪，蛟人之室。』〔二〕

【校記】

鮫人：徐本爲『蛟人』。

天琛：邢本在琛後注『丑林反』。

【注釋】

〔一〕木玄虛：木華，字玄虛，廣川（今河北棗强縣）人。約晉惠帝時在世，曾爲太傅楊駿主簿。有《海賦》：『爾其水府之内，極深之庭，則有崇島巨鼇，峌嵲孤亭。擘洪波，指太清。竭磐石，棲百靈。颺凱風而南逝，廣莫至而北征。其垠則有天琛水怪，鮫人之室。瑕石詭暉，鱗甲異質。』蕭統選入《文選》。

〔二〕晉干寶《搜神記》：『南海之外有鮫人，水居如魚，不廢織績，其眼泣則能出珠。』晉張華《博物志》：『南海水有鮫人，水居如魚，不廢織績，其眼能泣珠。』《洞冥記》：『乘象入海底取寶，宿於鮫人之舍，得淚珠，則鮫所泣之珠也，亦曰「泣珠」。』

興安縣水邊有平石，其上有石櫛、石履各一具，俗云：『越王渡溪，脱履墮櫛於此。』〔一〕

【校記】

各一具，俗：邢本作『各一，其俗』。

【注釋】

〔一〕興安縣：今廣西桂林地區。《太平御覽》卷七百四十一《服用部十六》，引南朝宋盛弘之《荆州記》：『臨賀興安縣東邊有平石，其上有櫛履各一具，俗云：「越王渡溪，脱履墜櫛於此。」』

荆州清溪秀壁，諸山山洞往往有乳窟，窟中多玉泉，交流中有白蝙蝠〔一〕，大如鵶〔二〕。按《仙經》云：『蝙蝠一名仙鼠，千歲之後，體白如銀，棲即倒懸，蓋飲乳水而長生也。』

【校記】

清溪：胡本作『青溪』。

千歲：徐本作『千載』。

乳水：徐本作『乳』字。

【注釋】

〔一〕東晋葛洪《抱朴子》：『千歲蝙蝠，色如白雪，集則倒懸，腦重故也。此二物得而陰乾末服之，令人壽四萬歲。』清褚人獲《堅瓠集》：『葉法善謂張果老爲上古蝙蝠之精。《仙家紀源》云：「千歲蝙蝠，血肉皆白，得而食之，形神不滅。」唐李泌從肅宗之蜀，於梓橦境獲一白蝠，大如蒼鷹，蒸食之，遂能辟穀。後泌竟以此仙去。又曰：「蝙蝠千年能變化，不爲鬼神制縛。」昔有爲蝙蝠説者曰：「鳳凰生日，群鳥悉賀，惟蝠不至。」鳳譏之，蝠曰：「我有足能走，獸也，不爲羽族壽。」麒麟生日，群獸皆賀，蝠亦不至，麟譏之，蝠曰：「我有翼能飛，禽也，不爲毛蟲壽。」迨麟鳳會，間言及蝙蝠，相與歎曰：「世上那有這等躲避奸猾的禽獸。」此雖善謔，亦足警矣。』

〔二〕鵶：從亞從鳥，亞亦聲。

夜郎縣者，西南遠夷國名也。其先有女子浣紗，忽見三節竹流入足間。聞其中有號聲，剖竹視之，得一男，歸而養之。及長，有武略，自立爲夜郎侯，以竹爲姓。漢武帝元鼎六年，征西南夷，改爲牂牁郡。夜郎侯迎降，天子賜以玉印綬，後卒。夷獠咸以竹王非血氣所生，衆爲立廟。今夜郎縣有竹王神，是也。〔一〕

【校記】

忽見：徐本爲『忽』字。

玉印綬：邢本爲『王印綬』。

【注釋】

〔一〕《後漢書》卷八十六《南蠻西南夷列傳》：『夜郎者，初有女子浣於遯水，有三節大竹流入足間，聞其中有號聲，剖竹視之，得一男兒，歸而養之，及長，有才武，自立爲夜郎侯，以竹爲姓。武帝元鼎六年，平南夷，爲牂柯郡，夜郎侯迎降，天子賜其王印綬，後遂殺之。夷獠咸以竹王非血氣所生，甚重之，求爲立後，牂柯太守霸以聞，天子乃封其三子爲侯，死，配食其父，今夜郎縣有竹王三郎神是也。』《堅瓠集》：『《小説》載夜郎侯事云：「有女子浣紗，聞竹中有聲，剖之得一男，收而養之，後封夜郎侯，以竹爲姓，漢武帝賜以王印。」』又《異苑》：『建安有篔簹竹，節中有人，長尺許，頭足皆具。又鄺延有大竹淩雲，剖之，中有二翁對弈。』

《太平御覽》輯出詞條

四部叢刊三編景宋本

日安政二年喜多邨學訓堂本

有黑虹下樂輯〔一〕營，少日，輯病卒。〔二〕卷十四

【校記】

樂輯：魯迅《古小説鈎沉》本校作『宋輯』。魯迅整理本極爲翔實：『張駿薨，子重華嗣立，虎遣將軍王擢攻拔御武始與，進圍抱罕，重華遣宋輯率衆拒之。濟河，次於金城，將决大戰。乃日有黑虹下於營中，少日，輯病卒。』

【注釋】

〔一〕樂輯：疑爲『宋輯』。宋輯活躍於前涼張駿、張重華政權時期。

〔二〕宋李昉等《太平御覽·天部》引《詩含神霧》：『瑶光如霓貫月，感女樞，生顓頊。』引《烈士傳》：『荆軻發，後太子見虹貫日不徹，曰：「吾事不成矣。」後聞軻死，事不立，曰：「吾知之矣。」』引《搜神記》：『孔子修《春秋》，制《孝經》，既備，齋戒向北斗星而拜，告備於天。乃有赤氣如虹，自上而下，化爲玉璜，上有刻文。孔子跪而受之。』引《瑞應圖》：『大虹競天，握登見之，意感生帝舜於姚墟。』引《華陽國志》：『李特生長子蕩，字仲平；少子雄，字仲俊。初，特妻羅氏妊雄，夢雙虹自地升天，一虹中斷。羅曰：「吾二兒有先亡者，有貴者。」後雄王蜀。』虹在古代是有特殊象徵的天象，又與政權密切結合在一起，統治階層用以占斷吉凶。荆軻刺秦，爲不祥之兆；而孔子修訂《春秋》《孝經》則又是吉兆。

廬山上有三石梁，長數十丈，廣不盈尺，俯眄杳然無底。咸康〔一〕中，江州刺史庾亮〔二〕迎吴猛〔三〕，將弟子登山遊觀，因過此梁。見一老公坐桂樹下，以玉杯承甘露與猛，猛遍與弟子。又進至一處，見崇臺廣厦，玉宇金房，琳琅焜耀，煇彩炫目，多珎寶玉器，不可識，見數人與猛共言，若舊相識。卷四十一

卷六百六十三引，文字小異

【注釋】

〔一〕咸康：東晋晋成帝司馬衍的第二個年號，凡八年。

〔二〕《晋書·列傳·庾亮》記載：『庾亮，字元規，明穆皇后之兄也。父琛，在《外戚傳》。亮美姿容，性好《莊》《老》，風格峻整，動由禮節，閨門之内，不肅而成，時人或以爲夏侯太初、陳長文之倫也。年十六，東海王越辟爲掾，不就，隨父在會稽，嶷然自守。時人皆憚其方儼，莫敢造之。』

〔三〕吴猛：字世雲，豫章分寧人。三國至晋朝道士。性至孝，有『恣蚊飽血』之事。

廬山上有康王谷〔一〕，巔有一城，號爲『劉城』。天每欲雨，輒聞山上鼓角笳簫之聲，聲漸至城而風雨晦合。時人以爲常侯。傳云：『此周康王〔二〕之城。』康王愛奇好異，巡歷名山，不遠而至。城中每得古器、大鼎及弓弩金之屬，知非常人之所

處也。而山有康王之號，城又以釗爲稱，斯言將有徵。卷八十五

【注釋】

〔一〕康王谷：位於廬山大漢陽峰。傳説秦並六國時，有楚國康王，逃難谷中，因此得名。

〔二〕周康王：周成王之子，姬姓，名釗。《太平御覽·皇王部》，引《紀年》：『成康之際，天下安寧，刑措四十餘年不用。』引西晉皇甫謐《帝王世紀》：『康王元年，釋喪冕，作誥申諸侯，命畢公作策，分民之居里於成周之郊。王在位二十六年，崩。子瑕代立，是謂昭王。』

宋高祖〔一〕微時嘗遊會稽，過孔靜〔二〕宅，正晝臥，有神人衣服非常，謂之曰：『起，天子在門。』既而失之。靜遽出，適與帝遇，延入結交贈遺，臨別，執帝手曰：『卿後必當大貴，願以身嗣爲託。』帝許之。及定京邑，靜自山陰令擢爲會稽內史。卷一百二十八

【注釋】

〔一〕《太平御覽》，引沈約《宋書》曰：『高祖諱裕，字德輿，漢楚元王交之後也。小字寄奴。初，高祖家貧，嘗負刁逵社錢三萬，經時無以還。逵執録甚嚴，王謐造逵，見之，乃密以錢代還。由是得釋。高祖名微位薄，盛流皆不與相知，唯謐交焉。』

〔二〕孔靜：疑爲『孔靖』。《宋書·孔靖傳》曰：『孔靖，字季恭，會稽山陰人也。……高祖東征孫恩，屢至會稽，季恭曲意禮接，膳給甚厚。……季恭初求爲府司馬，不得。及帝定桓

玄，以季恭爲内史。』《宋書·孔靖傳》所載孔靖曲意禮接、賜封會稽内史之事與《述異記》孔静合，故《述異記》所言『孔静』，應爲『孔靖』。

卷一百七十八

郭景純〔一〕注《爾雅》〔二〕臺，今在夷陵郡〔三〕。又曲阜縣南十里，有孔子春秋臺〔四〕。

【注釋】

〔一〕郭景純：郭璞，字景純，河東聞喜人。博學高才，好古文奇字，精於卜筮。《晉書》本傳載其『詞賦爲中興之冠』。

〔二〕《爾雅》：訓詁學之祖。現存《釋詁》《釋言》《釋訓》《釋親》《釋宫》等十九篇。《漢書·藝文志》著録有《爾雅》。郭璞有《〈爾雅〉注》。

〔三〕夷陵郡：今湖北宜昌地區，古屬荆州。周時屬楚國及夔地。

〔四〕《曲阜縣志》：『春秋書院即春秋臺，在城東南十里西鄒村，士人又謂即息陬（隸屬於今山東曲阜）。』任昉《述異記》云孔子作《春秋》於此。宋時立廟設像，以本村市税爲祭祀之用。

吴王夫差築姑蘇臺，三年乃成，周環詰屈，横亘五里，崇飾土木，殫耗人力，宫妓數千人。上别立春宵宫，爲長夜飲，造千石酒鍾，又作大池，池中造青龍舟，舟陳妓，日與西施爲水嬉。又於宫中作靈館、館娃閣，銅溝玉檻，宫之欄楯，皆珠玉飾之。吳既敗越王勾踐於會稽山上，地方千里，勾踐得范蠡之謀，躬教民以耕桑，延四方之士，作臺于外而館賢士。會稽之上有越臺。卷一百七十八

會稽山有虞舜巡狩臺，臺下有望陵祠。帝舜南巡，葬於九疑山。民思之，故立祠。中都郭門古宮存焉，宮前有堯臺舜館，銘記皆古。卷一百七十八

中山有韓夫人〔一〕愁思臺，望子陵〔二〕也。卷一百七十八

【注釋】

〔一〕韓夫人：一説爲東晋襄陽守將朱序之母。東晋太元三年，梁州刺史朱序鎮守襄陽，前秦苻堅率軍進攻襄陽，韓夫人在城西北角築『城外城』，以抵禦苻堅進攻。

〔二〕望子陵：相傳漢文帝劉恒曾爲其母建望子陵。

燕昭王爲郭隗築臺，今在幽州故城中，土人呼爲『賢士臺』，亦謂之『招賢臺』。卷一百七十八

廬山上北嶺有城，號『康王城』。天雨，聞鼓角之聲。傳云：『周康王好音，

累巡名山，故有康王之號。』卷一百九十二

尋陽〔一〕柴桑縣城，晉永和〔二〕中有童謡呼爲『平石城』，時人僉謂：『平滅石之徵也。』後桓玄篡位，晉帝爲平固王，恭帝爲石陽公，俱遷於此城。〔三〕卷一百九十二

【注釋】

〔一〕尋陽：因位於尋水之陽而得名。今江西九江地區。

〔二〕永和：東晉晉穆帝司馬聃的第一個年號，計十二年。

〔三〕據《晉書》記載，桓玄篡位後，廢晉安帝司馬德宗爲平固王，司馬德文爲石陽公，俱遷往尋陽城。推詞條文意，言晉穆帝之時已有童謡言東晉國祚不久，且晉兩末帝被囚之淒楚境遇。

尋陽張允家在本郡，郡南有古城。張少貧約，屢往遊憩。忽有一老公來與張言，因問之：『此城何名？』答曰：『吾不知爲南郡城〔二〕耳。』言訖便去，不知所之。張既出官，仕進累遷，位登元凱〔三〕，後爲南郡太守，即以城號以志老父之言焉。卷一百九十二

【注釋】

〔一〕南郡城：江陵城，今湖北荆州。

〔三〕《左傳》記載：『昔高陽氏有才子八人：蒼舒、隤敳、檮戭、大臨、龍降、庭堅、仲容、叔達，齊聖廣淵，明允篤誠，天下之民謂之八愷。高辛氏有才子八人：伯奮、仲堪、叔獻、季仲、伯虎、仲熊、叔豹、季貍，忠肅共懿，宣慈惠和，天下之民謂之八元。此十六族也，世濟其美，不隕其名，以至於堯，堯不能舉。舜臣堯，舉八愷，使主后土，以揆百事，莫不時序，地平天成。舉八元，使布五教於四方。父義、母慈、兄友、弟共、子孝，内平外成。』此處元、愷爲帝王股肱臣之意。

安陽有金城〔一〕，城皆如金色，堅勁不崩摧，先儒云：『上古時，天雨黄金也。』

卷一百九十二

【注釋】

〔一〕金城：一説指堅固之城。班固《西都賦》：『建金城而萬雉，呀周池而成淵。』一説指城内牙城，城中之城。胡三省注《資治通鑒》，認爲『凡城内之城，晋宋時謂之金城』。

乹羅者，慕容廆〔一〕之十一世祖也，着金銀襦鎧、乘白馬、金銀鞍勒，自天而墜。鮮卑神之，推爲君長。卷三百五十六，又卷六百九十五

【注釋】

〔一〕慕容廆：字弈洛瓌，昌黎棘城人。鮮卑族。前燕開國君主慕容皝之父。太興四年，晋元帝

册封慕容廆爲遼東郡公。

甄法崇〔一〕，永初中爲江陵令，在任嚴明。于時，南平僇士爲江安令〔二〕，喪官。至其年末，崇在廳事上，忽見一人從門入，云：『僇江安通法崇。』法崇知士已亡，因問：『卿貌何故瘦？』答曰：『我生時所行善，不補恶。今繫苦役，窮劇理盡。』〔三〕

卷三百七十八

【校記】

年末：魯迅《古小説鈎沉》著録爲『年歿』。《南史》、日静嘉堂文庫藏宋刊本亦爲『年末』。

【注釋】

〔一〕甄法崇：中山郡無極縣（今河北無極）人。宋武帝永初年間，任江陵令。宋文帝元嘉年間，入爲尚書左丞。

〔二〕江安：現地名有兩處。一爲湖北宜賓下轄縣；一爲江蘇如皋下轄縣。

〔三〕《南史》記載與本詞條不同：『至其年末，法崇在聽事，士通前見。法崇知其已亡，愕然未言。坐定，云：「卿縣人宋雅，見負米千餘石不還，令兒窮弊不自存，故自訴。」法崇因命口受爲辭，因遜謝下席。而法崇爲問繆家，狼狽輸送。太守王華聞而歎美之。』《太平御覽》所言『僇士』，《南史》記録爲『繆士通』。本傳云其縣人宋雅欠千餘石米不還，因訴於法崇。法崇審明案情，並送米還繆家。有亡魂感應色彩。《述異記》所載則言僇士陰間受苦以還陽間債務，並傾訴於法崇。同是亡魂感應之事，《述異記》言僇因生前恶而受累，《南史》所記則言其子生活困頓之事。

尹雄年九十，頭生角，角半寸。〔一〕卷三百八十三

【注釋】

〔一〕《藝文類聚》卷十八記載此條：『尹雄年九十，左鬢生角，長半寸。』

陳留周氏婢，民與入山取樵。忽夢見一女子曰：『吾目中有刺，煩爲拔之，當有厚報。』此婢乃見朽棺髑髏，草生眼中，便爲拔草，即於某處得一雙金指環。〔一〕卷三百九十九

【注釋】

〔一〕《太平御覽》卷四百九十九《人事部》也記載了相似内容：『陳留周氏婢，名興進，入山取樵，夢見一女語之曰：「近在汝頭前目中有刺，煩爲拔之，當有厚報。」婢見一朽棺，頭穿壞，骷髏墜地，草生目中，便爲拔草，内着棺中，以甓塞穿，即於骷髏處得一雙金指環。』祖沖之《述異記》、《太平廣記·夢》卷二百七十六記載：『陳留周氏婢入山取樵，倦寢。夢一女子，坐中謂之曰：「吾目中有刺，願乞拔之。」及覺，忽見一棺中有骷髏，眼中草生，遂與拔之。後於路旁得雙金指環。』

陶繼之爲秣陵〔一〕令，殺劫，其中一人是大樂伎〔二〕，不爲劫而陶逼殺之，將死曰：『我實不作劫，遂見枉殺。若有鬼，必自訴理。』少時，陶夢見此伎來，云：『訴天得雪，今來相取。』遂跳入陶口中，仍落腹而倒。俄而，陶遂病死。〔三〕卷四百

【注釋】

〔一〕秣陵：今江蘇南京。秦改金陵爲秣陵。

〔二〕大樂：指典雅莊重的音樂，多用於帝王祭祀、朝賀、燕享等。《禮記·樂記》：『大樂與天地同和，大禮與天地同節。』大樂伎：演唱典雅音樂，多爲皇家音樂的藝人。

〔三〕《太平廣記》另有出自《還冤記》的記載，交代了大樂伎被殺始末：『宋元嘉中，李龍等夜行掠劫。於時丹陽陶繼之爲秣陵縣令，令人密尋捕，遂擒龍等，引人是太樂伎。劫發之夜，此伎與同伴往就人宿，共奏音聲。陶不詳審，爲作款引，隨例申上。而所宿主人及賓客，並相明證。陶知枉濫，但以文書已行，不欲自爲通塞，並諸劫十人，於郡門斬之。此伎聲價藝態，又殊辨慧，將死之日曰：「我雖賤隸，少懷慕善，未嘗爲非，實不作劫。陶令已當具知，枉見殺害。若無鬼則已，有鬼必自陳訴。」因彈琵琶，歌數曲而就死。衆知其枉，莫不隕泣。經月餘，陶遂夢伎來至案前云：「昔枉見殺，實所不忿，訴天得理，今故取君。」便跳入陶口，乃落腹中。陶即驚寤，俄而倒，狀若風癲，良久蘇醒。有時而發，發即夭矯，頭乃著背，四日而亡。亡後家便貧瘁，二兒早死，餘有一孫，窮寒路次。』

姚萇既殺符堅，與符登相拒於隴東。萇夜夢堅，將天帝使者，勒兵馳入萇營，以矛刺萇，正中其陰。萇驚覺，陰腫痛，明日遂死。卷四百

張駿〔一〕有疾，夢出遊觀，不識其處。甘泉湧出，有一玄黿向駿張口言曰：『更九日，當有嘉問好消息。』忽然而覺，自書記之，封在筒中，人不知也。因寢疾，經九日而死。〔二〕卷四百

【注釋】

〔一〕張駿：字公庭，安定郡烏氏縣（今甘肅平涼）人。前涼君主。《晋書·張駿傳》記載：『駿字公庭，幼而奇偉。建興四年，封霸城侯。十歲能屬文，卓越不羈，而淫縱過度，常夜微行於邑里，国中化之，及统任，年十八。』

〔二〕此條以占夢之法敘述張駿死因，以夢的反向之徵，『嘉問』隱喻『九日而死』之意。與正史記載有差異。《晋書·帝紀》卷八記載：『（永和）二年五月丙戌，涼州牧張駿卒，子重華嗣。』《晋書·張駿傳》記載張駿死之前祭祀西王母之象：『永和元年，以世子重華爲五官中郎將、涼州刺史。酒泉太守馬岌上言：「酒泉南山，即昆侖之體也。周穆王見西王母，樂而忘歸，即謂此山。此山有石室玉堂，珠璣鏤飾，焕若神宫。宜立西王母祠，以裨朝廷無疆之福。」駿從之。駿在位二十二年卒，時年四十。私謚曰「文公」，穆帝追謚曰「忠誠公」。』

南康南野有東望山，民三人上山頂，有湖清深，又有果林，周四里許，衆果畢植，間無雜木，行列整齊，如人功也。甘子正熟，三人共食，致飽訖，懷三枚，欲以示外人，廻旋迷不能得路，即聞空中語云：『速放雙甘，乃聽汝去。』去投所懷甘於地，轉眄即見歸途。〔一〕卷四百九

【注釋】

〔一〕《太平御覽·果部》卷九百六十六亦記載了此條内容，見後文。

庾邈〔二〕與女子郭凝通，詣社約不二心，俱不婚聘。經二年，凝忽暴亡，邈出見，凝云：『前北村還，遇强梁，抽刀見逼，懼死從之。不能守節，爲社神所責，心痛而絕。』人鬼異路，因下泣矜之也。〔三〕卷五百三十二

【注釋】

〔二〕庾邈：會稽參軍，爲庾冰第六子。庾冰：字季堅，潁川鄢陵（今河南鄢陵）人。東晋大臣、外戚。曾爲王導司徒府長史、吴國内史。平定蘇峻之亂，拜中書監、揚州刺史。其妹爲明穆皇后庾文君，生晋成帝、晋康帝。

〔三〕《北堂書鈔》卷八十七，引《述異記》曰：『庾邈與女子郭凝私通，詣社約取爲妾，二心者死。邈遂不肯婚聘。經二載，忽聞凝暴亡。邈出門瞻望，有人來，乃是凝，檢手歎息之。

凝告郎：「從此祈還，道遇强人，抽刀逼凝，死從之，不能守郎。爲社神所責，卒得心痛，一宿而絶。」邈云：「將今不停凝宿?」答：「人鬼異路，真得爾恩。」涕泣下霑襟。』與此條略有不同。按：東晋南朝世家大族爲鞏固自己的勢力，争相與皇室、高門大姓締結婚姻。與此同時，世家大族也排斥與小户人家結親。庾邈娶郭凝爲妾，説明郭凝的身份並不能被庾家接納爲正室。即使爲妾，也受到大家族的阻撓。此條所述内容應是據當時社會實況而來，在民間廣爲流傳。

南康郡鄧德明〔一〕，嘗在豫章，就雷次宗〔二〕學。雷家住東郊之外，去史豫章墓半里許。元嘉〔三〕十四年，德明與諸生步月逍遥，忽聞音樂諷誦之聲，即夜白雷出聽，曰：『此間去人尚遠，必鬼神也。』乃相與尋之，遥至史墓，但聞墳下有管絃、女歌、講吟詠之聲，咸歎異焉。卷五百五十九

【校記】

講：魯迅《古小説鈎沉》本在此處録爲『講誦』。

【注釋】

〔一〕鄧德明：南朝劉宋時南康郡人。著《南康記》，被譽爲『此邦文獻之冠』。曾就雷次宗學。

〔二〕雷次宗：字仲倫，豫章（今南昌）人。受宋文帝之邀赴建康講授儒學、玄學、史學、文學諸門學問。

〔三〕元嘉：南朝宋文帝劉義隆年號。

張軌〔一〕，字士彦，爲使持節護羌校尉、涼州刺史，客相印曰：『祚傳子孫，長有西夏，關洛傾陷，而涼土独全。』在職十三年，傳國三世八主，一十六載。卷六百八十三

【注釋】

〔一〕張軌：安定郡烏氏縣（今甘肅平涼）人，前涼開國君主。於八王之亂之際，積聚力量，割據涼州。護衛晋愍帝司馬鄴。

夏侯祖欣〔一〕爲兖州刺史，喪於官，沈僧榮〔二〕代之。祖欣見形詣僧榮，沈床上有一織成寶飾絡帶，夏侯曰：『此帶殊好，豈能見之與？』沈曰：『甚善。』夏侯曰：『卿直許終不見關，必以爲施，可命焚與沈。』沈對前燒，視此帶，已在夏腰矣。卷六百九十六

【注釋】

〔一〕夏侯祖欣：《太平廣記》卷三百二十四，也記載了相似内容，主人公爲『夏侯祖觀』，且此條出自《廣古今五行記》。

〔二〕沈僧榮：南朝宋大臣，沈慶之侄子。宋孝武時，代夏侯祖欣爲南兗州刺史。

宋車騎將軍南譙〔一〕王劉義宣〔二〕鎮荆州。府吏蔡鐵善卜，能悉驗，時有妙見，精究如神。公嘗在内齋，見一白鼠緣屋，命左右射之，内置函中。時侍者六人，悉驅入齋後小小户内，别呼人召鐵。鐵至，使卜函中物，謂曰：『中則厚賞，僻加重罰。』鐵卜兆成，笑曰：『知之矣。』公曰：『何？』鐵曰：『兊色之鼠，背明向户，彎弧射之，絶其左股。孕五子，三雄二雌。若謂不信，剖腹立知。』公使剖鼠腹，皆如鐵言，即賜錢一萬。卷七百二十六

【注釋】

〔一〕南譙：今安徽塗縣。

〔二〕劉義宣：南朝宋宗室，宋武帝劉裕第六子。宋文帝時，鎮守荆州。

朱道珍嘗爲孱陵〔一〕令，南陽劉廓爲荆州參軍，每與圍碁，日夜相就，局子略無暫輟。道珍以宋元徽三年六月亡。至九月，廓坐齋中，忽見一人，以書授廓云：『朱孱陵書。』廓開書，看是道珍手跡，云：『每思碁聚，非意致闊。方有來緣，想能近領。』廓讀書畢，失信所在。寢疾，尋亡。卷七百五十三

【注釋】

〔一〕孱陵：今湖北公安縣附近。

諸葛景之亡後，宅上嘗聞語聲。當酤酒還，而無温鎗〔一〕。鬼云：『卿無温鎗，那得饮酒？』即見一铜鎗从空中來。卷七百五十七

【注釋】

〔一〕鎗：酒器。三國時徐邈濫飲，有『景山鎗』之説。《南齊書》卷五四《高逸傳·何點傳》記載何點嗜酒通脱、不樂仕進。竟陵王蕭子良曾『遺點叔夜酒杯、徐景山酒鎗以通意』。唐陸龜蒙《江南秋懷寄華陽山人》：『唯荒稚圭宅，莫贈景山槍。』

武康徐氏，宋太元中病瘧，連治不斷。有人告之曰：『可作数團饭出道頭，呼傷死人姓名云「爲我斷瘧，今以此團與汝」。擲之徑還，勿反顧也。』病者如言，乃呼『晉故車騎將軍沈充〔二〕』。須臾，有乘馬導從而至，問：『汝爲何人，而敢名官家？』因縛將去。舉家尋覓。經日，乃於塚側叢棘下得之。繩猶在，時瘧遂獲痊。

卷七百六十六

【校記】

塚：魯迅《古小說鈎沉》爲『家』字。

【注釋】

〔一〕沈充：字士居，吴興武康（今浙江德清）人。東晋官員、將領。有雄豪之氣，後追隨王敦討伐劉隗。王敦陰謀篡位後，又隨王敦起兵。家至富，有『沈充五銖』之稱，又喜蓄歌妓，曾作《前溪曲》七首。

豫章胡茲家在郡治。宋泰始四年，空中忽有故塚墓磚，青苔石灰着之，磕然擲其母前，其數或五三俱至，舉家驚懼。無終不中人，旬日乃止。卷六百七十六

【校記】

其數：魯迅《古小説鈎沉》爲『甚數』。

清河崔基〔一〕，寓居青州〔二〕。朱氏女姿容絶倫，崔頃懷招賢，約女爲妾。後三更中，忽聞叩門外，崔披衣出迎，女雨淚嗚咽，云：『適得暴疾喪亡，忻愛永奪，悲不自勝。』女於懷中抽兩疋絹與崔，曰：『近自織此絹，欲爲君作褌衫〔三〕，未得裁縫，今以贈離。』崔以錦八尺答之，女取錦曰：『從此絶矣！』言畢，豁然而滅。至

旦，告其家，女父曰：『女昨夜忽心痛，夜亡。』崔曰：『君家絹帛無零失耶？』答云：『此女舊織餘兩疋絹，在箱中。女亡之始，婦出絹欲裁爲送終衣，轉眄失之。』崔因此具説事狀。卷八百一十七

【注釋】

〔一〕崔基：西晉文士，清河武城（今河北故城）人。附會賈謐，爲『二十四友』之一。

〔二〕青州：古九州之一。《尚書·禹貢》：『海岱惟青州。』《周禮·夏官·職方氏》：『正東曰青州。』並注：『蓋因土居少陽，其色爲青，故曰青州。』

〔三〕禈：褌子。衫：單上衣。禈衫：泛指上衣和褌子。

蜀郡成都張伯兒，年十餘歲，作道士，通靈有逆鑒，時飲醇灰汁〔一〕數升，云：『以洗腸療疾。』卷八百七十一

【注釋】

〔一〕醇：濃厚。醇灰汁：濃厚的灰土釀製成的汁液。道士作法有飲灰汁的習俗。

南康有神名曰『山都』〔一〕，形如人，長二尺餘，黑色、赤目、髮黄被之。於深山樹中作窠，窠形如堅鳥卵，高三尺許，内甚澤，五色鮮明，二枚沓之，中央相連。士

人云：『上者雄舍，下者雌室。』旁悉開口如規，體質虛輕，頗似木筒，中央以鳥毛爲褥。此神能變化隱身，罕覩其狀，蓋木客〔二〕、山㺐之類也。贛縣西北十五有里，有古塘，名『余公塘』，上有大梓樹，可二十圍，樹老中空，有山都窠。宋元嘉元年，縣治民哀道訓、道虛兄弟二人，伐倒此樹，取窠還家。山都見形，謂二人曰：『我處荒野，何豫汝事！巨木可用，豈可勝數？樹有我窠，故伐倒之？今當焚汝宇，以報汝之無道。』至二更中，内外屋上一時火起，合宅蕩盡。卷八百八十四

【注釋】

〔一〕『山都』與『木客』在文獻中多同時出現。主要活躍於贛閩粵地區的山林中，『山都』强調生活於山林中，『木客』則以寄居的『林木』爲托。蔣炳釗認爲：『山都木客』疑是同一個民族，並進一步推論，『山都木客可能是古代越族的後裔』。萬幼楠認爲『山都』和『木客』是『我們現已消亡了的黑矮人種，即海洋尼革羅係黑人種中尼革利陀族屬下的一支』。又有學者持中原遷來之説，劉光照認爲『虔州木客來自中原地區，係秦時遺民避隱於此』。文獻記載中，『山都』多被賦予神奇懲戒及賜福力量。

〔二〕木客：清《贛州府志》記載：『上洛山在其間，舊傳有木客，自云秦時造阿房宫采木，避隱於此，食木實得不死。或雲木客乃鬼類，言貌似人，能斫杉枋，與人交易。』鄧德明《南康記》：『木客頭面語聲亦不全異人，但手脚爪如鉤利，高岩絶峰，然後居之，能砍榜牽著樹上聚之。昔有人欲就其買榜，先置物樹下，隨量多少取之，若合其意，便將去，亦不

横犯也，但終不與人面對交語作市井。死皆知殯殮之，不令人見其形也，葬棺法每在高岸樹杪或藏石窠中，南康三營伐兵往説，親睹葬所，舞倡（唱）之節雖異於世，聽如風林泛響，聲類歌吹之和。義熙中，徐道复南出遣人伐榜以裝舟艦，木客乃獻其榜而不得見。』

郭仲産〔一〕宅在江陵枇杷寺南。宋元嘉中，起齋屋，以竹爲窗欞，竹遂漸生枝葉，長數丈，鬱然如林，仲産以爲吉祥。及孝建中被誅。〔二〕卷八百八十五

【注釋】

〔一〕郭仲産：南朝宋人。曾擔任南郡王從事，住所在江陵枇杷寺南。曾撰《荆州記》。

〔二〕孝建：南朝宋孝武帝劉駿年號。此條記枇杷寺神異之事，唐余知古《渚宫舊事》亦有記載：『宋戴承伯，元徽中，買荆州治下枇杷寺，其額乃悮東空地爲宅。日暮，忽闻恚骂之聲。起視，有人形狀可怪，承伯問之，答曰：「我姓龔，本居此宅。君爲何强奪？」承伯曰：「戴環賣地，不應見咎。」鬼曰：「利身妨物，何預環乎？不速去，當令君知。」言訖而没，承伯性剛，不爲之動。旬日，暴疾卒。』

嘉興朱休之，元嘉中，兄弟對坐，犬向休蹲視二人而笑，摇頭曰：『言我不能歌，聽我歌梅花。今年故復可，奈汝明年何。』〔一〕其家斬犬，牓首路側。至梅花時，兄弟相鬬，弟戟傷兄，收繫皆死。〔二〕卷八百八十五

【注釋】

〔一〕隋佚名《犬妖歌》：『言我不能歌，聽我歌梅花。今年故復可，奈汝明年何。』

〔二〕《太平御覽》卷九百零五記載此條較簡略：『朱休之家犬歌曰：「言我不能歌，聽我歌梅花。今年故復可，明年當奈何？」家殺犬，明年並死。』

宋大明中，頓丘〔一〕縣令劉順，酒酣晨起，見榻床上有一聚凝血，如覆盆形。劉是武人，了不驚怪，乃令擣齏〔二〕，親自切血，染齏食之，棄其所餘。後十許載，至元徽二年，爲王道隆〔三〕所害。卷八百八十五

【注釋】

〔一〕頓丘：春秋衛邑。今河南浚縣西。《詩經·衛風》：『送子涉淇，至於頓丘。』

〔二〕齏：搗碎的薑、蒜、菜或者肉末等。

〔三〕王道隆：南朝劉宋大臣，吴興烏程（今浙江湖州）人。後廢帝劉昱時，官右軍將軍。元徽二年，桂陽王劉休範舉兵造反，率羽林軍抵禦，後兵敗被殺。

周登之〔一〕家在都，宋明帝時統諸靈廟，甚被恩寵。母謝氏奉佛法。太始五年夏月暴雨，有物形隱煙霧，垂頭，屬廳事前地，頭頸如大赤烏，飲庭中水。登之驚

駭，謂是善神降之。汲水益之，飲百餘斛，水竭乃去。二年而謝氏亡，亡後半歲而明帝崩，登之自此事業衰敗。卷八百八十五

【校記】

太始五年：《太平廣記》記爲『泰始三年』。

【注釋】

〔一〕周登之：宋明帝劉彧即位後，曾被封曲陵縣侯。

宋驃騎大將軍河東柳元景〔一〕，大明八年，少帝即位。元景乘車行還，使人在中庭洗車轅曬之，有飄風中門而入，直來衝車。明年而闔門被誅。卷八百八十五

【注釋】

〔一〕柳元景：字孝仁，河東郡解縣（今山西運城解州鎮）人。劉宋名將，馮翊太守柳憑之子。

東平〔一〕畢衆寶，家在彭城，有一驄馬甚快，常乘出入，至所愛惜。宋大明六年，衆寶夜夢見其亡兄衆慶曰：『吾有戎役，方置艱危，而無得快馬，汝可以驄馬見與。』衆寶許諾。既覺，呼同宿客說所夢始畢，仍聞馬倒聲，遣人視之，裁餘氣息，狀如中恶。衆寶心知其故，爲試治療。向晨馬死，衆寶還臥如欲眠，聞衆慶語

云：『向卿求馬，汝治護備至，將不惜之，今以相還，別更覓也。』至曉馬活，食時復常。卷八百九十七

【注釋】

〔一〕東平：南朝宋改東平國爲郡，屬兖州。治所在無鹽縣（今山東東平縣東南）。

牛之不角者呼犢牛〔一〕。卷八百九十九

【注釋】

〔一〕犢牛：無角小牛。

濟陽山有麻姑仙處。俗說：『山上千年則金鷄鳴，玉狗吠。』漢末皆云：『淮南王升仙，其處鷄鳴天上，犬吠雲中。』〔一〕卷九百五

【注釋】

〔一〕《神仙傳》卷六：『淮南王安，好神仙之道，海内方士從其遊者多矣。一旦，有八公詣之，容狀衰老，枯槁傴僂，閽者謂之曰：「王之所好，神仙度世長生久視之道，必須有異於人，王乃禮接，今公衰老如此，非王所宜見也。」拒之數四，公求見不已，閽者對如初。八公曰：「王以我衰老不欲相見，卻致少年，又何難哉？」於是振衣整容，立成童幼之狀，閽者驚而引進。王倒屣而迎之，設禮稱弟子，曰：「高仙遠降，何以教寡人？」問其姓氏，

曰：「我等之名，所謂文五常、武七德、枝百英、壽千齡、葉萬椿、鳴九皋、修三田、岑一峰也，各能吹噓風雨，震動雷電，傾天駭地，回日駐流，役使鬼神，鞭笞魔魅，出入水火，移宜山川，變化之事，無所不能也。」時王之小臣伍被，曾有過，恐王誅之，心不自安，詣闕告變，證安必反，武帝疑之，詔大宗正持節淮南，以案其事，宗正至，八公謂王曰：「伍被人臣，而污其主，天必誅至，王可去矣。此亦天遣王耳，君無此事，日復一日，人間豈可舍哉？」乃取鼎煮藥，使王服之，骨肉近三百餘人，同日升天，鷄犬舔藥器者，亦同飛去。八公與王駐馬於山石上，但留人馬蹤跡，不知所在。宗正以此事奏帝，命誅伍被。自此廣招方士，亦求度世之藥，竟不得。其後，王母降時，授仙經，密賜靈方，得尸解之道。由是茂陵玉箱金杖出入人間，抱櫝道經見於山洞，亦視武帝不死之跡耳。』

宋元徽中，吳縣中都里石玄度家有黄狗生白雄子。母愛其子，異於常犬，銜食飴之，子成大狗。子每出獵未反，母輒門外望之。玄度久患氣嗽，轉就危困，醫爲處湯，須白犬肺，市索卒不得，乃殺所養白狗，以供湯用。母向子死處，跳踴嗥呼，倒地復起，累日不息。其家煮狗肉，與客共食之，投骨於地，母輒銜置窟中，食畢移入後園大桑樹下，掘土埋之，日向樹嗥喚，月餘乃止。玄度漸劇，臨死屢言：『湯不救我疾，恨殺此狗。』其弟法度從此終身不食狗肉。卷九百零五陸機少時頗好遊獵，在吳豪盛，客獻快犬名曰『黄耳』。機往仕洛，常將自隨。此犬黠惠能解人語，又常借人三百里外，犬識路自還，一日至家。機羈官京師，久無家問，機戲語犬曰：『我家絕無書信，汝能賫書馳還取消息不？』犬喜搖尾，作聲應之。機試爲書，盛以竹筒，繫之犬頸。犬出驛路，疾走向吳，飢入草噬肉取飽。每經大水，輒依渡者弭耳掉尾向之，其人憐愛，因呼上舡載。近岸，犬即騰上，速去如飛。逕至機家，口銜竹筒作聲示人。機家開筒取書，看畢，犬又向人作聲，如有所求；其家作答内竹筒中，復繫犬頸。犬既得答，仍馳還洛。計人程五旬，而犬往還裁半，後犬死殯之，遣送還家，葬機村南，去機家二百步。築土爲墳，呼爲『黄耳塚』。〔二〕卷九百零五

【注釋】

〔一〕《晉書·陸機傳》也有載：『晋之陸機，蓄一犬，曰「黄耳」。機官京師，久無音信，疑有不測。一日，戲語犬曰：「汝能攜書馳取消息否?」犬喜，搖尾。機遂作書，盛以竹筒，繫犬頸。犬經驛路，晝夜亟馳。家人見書，又反書陸機。犬即就路，越嶺翻山，馳往京師。其間千里之遥，人行往返五旬，而犬才二旬餘。後犬死，機葬之，名之曰「黄耳塚」。』《太平御覽》所記『黄犬』條，保持了較多的口語體特點。《晋書》記載則較簡略。《松江府志》亦有記『黄耳塚』：『在府城南。機有快犬曰「黄耳」。性黠慧，能解人語。隨機入洛，久

無家問。機作書，以竹筒繫犬頸，令馳歸。復得報還洛。』『陸機黃犬』成爲常用的典故。唐李白《襄陽歌》：『咸陽市中歎黃犬，何如月下傾金罍？』唐李白《古風》：『黃犬空歎息，綠珠成釁仇。』宋王炎《新晴出溪上因訪王伯明詹望之》：『日占烏鵲喜，不寄黃犬書。』

南康營氏伍考之伐舡材。忽見太杜樹上有一猴懷孕，考之便登木逐猴，騰赴如飛。樹既孤迥，下又有人，猴知不脱，因以左手抱樹枝，右手撫腹。考之禽得，遥擺地殺之，割其腹，有一子，形狀垂産。尒夜，夢見一人稱神，以殺猴責讓之。後考之病經旬，初如狂，因漸化爲虎，毛鬚爪牙悉生，音聲亦變，遂逸走入山，永失蹤跡。卷九百一十六

陳留董逸少時，隣女梁瑩，年稚色艷，逸愛慕傾魂，貽椒獻寶，瑩亦納而未獲果。後逸隣人鄭充在逸許宿，二更中，門前有叩掌聲，充臥望之，亦識瑩，語逸：『梁瑩今來。』逸驚躍出迎，把臂入舍，逸與瑩寢，瑩仍求去，逸攬持不置，申歎達旦。逸欲留之，云：『爲汝烝狆〔二〕作食。』竟去。逸起閉户絶帳，瑩因變形爲狸，從梁上走去。卷九百一十二

【注釋】

〔一〕豖㹠：豖，衆多；㹠，即豚，小豬。

宋元嘉初，鎮北將軍王仲德〔一〕鎮彭城。左右出獵，遇一鶴，將二子，悉禽之歸以獻王，王使養之。小者口爲人所裂，遂不能飲食，大者輒含粟哺之，飲輒含水飲之，先令其飽，未曾亡也。王甚愛之，令精加養視。大者羽翮先成，每翥冲天，小者尚未能飛，大者終不先去，留飲飴之。又於庭中蹇躍，教其飛颺，六十餘日，小者能飛，乃與俱去。卷九百六

【注釋】

〔一〕王仲德：原名王懿。劉宋開國元勳，元嘉年間，任鎮北大將軍，護衛邊關，北魏數年未犯境。

桓冲〔一〕爲江州〔二〕，遣人周行廬山，見一湖中有赤鱗魚，使者欲飲水，魚張鬐向之，乃不敢飲。〔三〕卷九百三十六

【注釋】

〔一〕桓冲：字幼子，小字買德郎，東晋名將。譙國龍亢（今安徽懷遠縣龍亢镇）人。

〔二〕江州：今江西九江。
〔三〕唐《法苑珠林》：『晋桓沖爲江州刺史，遣人周行廬山，冀睹靈異。既陟崇巘，有一湖，匝生桑樹。湖中有敗艑赤鱗魚，使者渴極，欲往飲水，赤鱗魚張鬐向之，使者不敢飲。』
艑：船。

出海口北行六十里至騰嶼之南溪，有淡水，清澈照底，有蟹焉，筐大如笠，脚長三尺。宋元嘉中，章安縣〔一〕民屠虎取此蟹食之，肥美過常。虎其夜夢一少嫗語之曰：『汝噉我，知汝尋被噉不？』屠氏明日出行，爲虎所食，餘家人殯瘞〔二〕之，虎又發棺噉之，肌體無遺。此水今猶有大蟹，莫敢復犯。卷九百四十二

【注釋】
〔一〕章安縣：轄地相當於今台州、温州、丽水及福建北部部分地區。《後漢書·郡國志》：『章安故冶，閩越地，光武更名。』
〔二〕瘞：埋葬。

劉德願兄子太宰從事中郎道存〔一〕，景和〔二〕元年五月，忽有白蚓數十，登其齋前砌上，通身白色，人所未嘗見也。蚓並張口吐舌，大赤色。其年八月，與德願並

誅。卷九百四十七

【注釋】

〔一〕劉德願：劉宋時期彭城人。道存：劉懷慎孫，彭城人。太祖元嘉末，爲太尉江夏王劉義恭咨議參軍。

〔二〕景和：南朝宋廢帝劉子業年號。

南康郡有東望山，營民入山，頂有湖，清深。又有菓林，周四里許，衆菓畢植，間無雜木，行列整齊，如人功也。甘子熟，三人共食，致飽訖，懷二枚欲以示外人，便還。尋覓向逕，回旋半日，迷不能得，即聞空中語云：『放雙甘，乃聽汝去。』懷甘者恐怖，放甘於地，轉眄即見歸逕，乃相與俱却返。卷九百六十六

江淮南人至北，見榲勃香，以爲柤子，蓋實異耳。卷九百六十九

豫章郡有盧松村，羅根生於此村側，墾荒種瓜，又於外立一神壇。瓜始引蔓，清晨行之，忽見壇上有新板墨書，曰：『此是神地所遊處，不得停止，種殖可速去。』根生拜謝，跪咒曰：『竊疑村人利此熟地生苗，容或假託神旨以見驅斥，審

是神教，願更朱書賜報。』明早往看，向板猶存，悉以朱代墨。卷九百七十八

晉義熙〔一〕中，有劉遁者，居江陵，忽有鬼來遁宅上。遁貧無竈，以升鎗煑飯，飯欲熟，輒失之，尋覓於籬下草中，但得餘空鎗。遁密市冶葛，煑以作糜，鬼復竊之。於屋北得鎗，仍聞吐聲，從此寂絕。卷九百九

【注釋】

〔一〕義熙：東晉皇帝司馬德宗年號，共計十四年。

《太平廣記》輯出詞條

民國景明嘉靖談愷刻本
明刻沈氏野竹齋本

宋羅璵妻費氏者，寧蜀〔一〕人，父悦，宋寧州刺史。費少而敬信，誦《法華經》數年，勤至不倦，後忽得病，苦心痛垂命，闔門惶懼，屬纊〔二〕待時，費心念：『我誦經勤苦，宜有善祐，庶不於此遂致死也。』既而睡臥，食頃而寤，乃夢見佛於窗中援手，如摩其心，應時都愈。一堂男女婢僕悉睹金光，亦聞香氣。璵從妹于時省疾床前，亦具聞見。於是大興信悟，虔戒至終，每以此進化子姪〔三〕焉。卷一百零九

【注釋】

〔一〕寧蜀：東晋時以三蜀流民置，屬益州。治所在廣都（今四川雙流）縣。

〔二〕屬纊：用新棉置於臨死者鼻前，察其是否斷氣。《禮記·喪大記》：『屬纊以俟氣絕。』

〔三〕子姪：亦作『子姝』。兒子與侄子輩的統稱。《顔氏家訓·兄弟》：『兄弟不睦則子姪不愛，子姪不愛則群從疏薄，群從疏薄則僮僕爲讎敵矣。』

南野人伍寺之，見社樹〔一〕上有猴懷孕，便登樹擺殺之。夢一人稱神，責以殺猴之罪，當令重謫。寺之乃化爲大蟲，入山不知所在。卷一百三十一

【注釋】

〔一〕社：群體聚居的一個社會單位。民間社會多以自然村落爲劃分單元，形成爲一個村社。村社内形成自我的社會認同，並因此與外界相互區別。社樹，即社内所種植的樹木。與此相應的還有社廟、社神等。

阮倪者，性特忍害。因醉出郭，見有放牛，直探牛舌本，割之以歸，爲炙食之。其後倪生一子，無舌，人以爲牛之報也。卷一百三十一

荆州刺史桓豁[一]所住齋中，見一人長丈餘，夢曰：『我龍山之神，來無好意；使君既貞固，我當自去耳。』卷二百七十六

【注釋】

〔一〕桓豁：字朗子，譙國龍亢縣（今安徽懷遠縣龍亢鎮）人。東晋將領，宣城太守桓彝第三子，大司馬桓温的弟弟。

巴西張尋，夢庭生一竹，節相似，都爲一門，以問竺法度[一]，云：『当暴貴，但不得久矣。』果然如其所言。卷二百七十六

【注釋】

〔一〕竺法度：南朝僧人。

陈留周氏婢入山取樵，倦寢。夢一女子，坐中謌之曰：『吾目中有刺，願乞拔之。』及覺，忽見一棺中有骷髏，眼中草生，遂與拔之。後於路傍得雙金指環。卷

二百七十六

義熙五年，宋武帝北討鮮卑，大勝，進圍廣固。軍中將佐乃遣使奉牲薦幣，謁岱岳廟。有女巫秦氏，奉高〔一〕人，同縣索氏之寡妻也。能降靈宣教，言無虛唱，使使者設禱，因訪克捷之期。秦氏乃稱神教曰：『天授英輔，神魔所擬。有征無戰，蕞爾小虜，不足制也。到來年二月五日，當尅。』如期而三齊定焉。卷二百八十三

【注釋】

〔一〕奉高：汉武帝元封元年封禅泰山，在此設縣。

章安縣西有赤城山，周三十里，一峰特高，可三百餘丈。晉泰元〔二〕中，有外國人白道猷〔三〕居於此山，山神屢遣狼，恠形異聲往恐怖之，道猷自若。山神乃自詣之云：『法師威德嚴重，今推此山相與，弟子更卜所託。』道猷曰：『君是何神，居此幾時？今若必去，當去何所？』答云：『弟子夏王之子，居此千餘年，寒石山〔三〕是家舅所住，某且往寄憩，將來欲還會稽山廟。』臨去遺信，贈三奩香，又躬來別，執手悵然，鳴鞞〔四〕響角，淩空而逝。卷二百九十四

【注釋】

〔一〕泰元：太元。東晉孝武帝司馬曜的第二個年號。

〔二〕白道猷：又名法猷、曇猷，敦煌（今屬甘肅）人。修習禪定之法，有馴服百獸的傳說。南朝梁釋慧皎《高僧傳》記載此事：『後遊江左，止剡之石城山。……後移始豐赤城山石室坐禪，有猛虎……有頃壯蛇競出……後一日神現形。詣猷曰：「法師威德既重，來止此山，弟子輒推室以相奉。」猷曰：「貧道尋山願得相值，何不共往？」神曰：「弟子無爲不爾。但部屬未洽法化。卒難制語。遠人來往或相侵觸。人神道異，是以去耳。」猷曰：「本是何神之久？近欲移何處去耶？」神曰：「弟子夏帝之子。居此山二千餘年。寒石山是家舅所治，當往彼住。」尋還山陰廟。臨別執手贈猷香三奩。於是鳴鞞吹角而去赤城山。』北宋釋懷深《題白道猷》：『猛虎毒蛇從法化，凶神百怪仰高蹤。只因一念分凡聖，礙卻前頭蒸餅峰。』

〔三〕寒石山：興寧、太元間，居於天台赤城山。

〔四〕鞞：同『鼙』，鼓声。

豫章有盧松村，郡人羅根生來此村側墾荒種瓜。果園中，有一神壇，瓜始引蔓，忽見壇上有一新板，墨書云：『此是神地，可速出去。』根生祝曰：『審是神教，願更朱書賜報。』明早往看，向板猶存，字悉以朱代墨，根生拜謝而去。卷

二百九十四

蘭啓之家在南鄉，有樗蒲〔一〕君廟。啓之有女名曾〔二〕因，忽氣蹷而寤云：『樗蒲君遣婢迎曾坐斗帳中，仍陳盛饌。以金銀爲俎案，五色玉爲杯椀。與曾共食，一宿而醒也。』卷二百九十四

【注釋】

〔一〕樗蒲：漢末盛行的一種棋類遊戲。用於投擲的骰子最初由樗木製成，故稱『樗蒲』。東漢馬融《樗蒲賦》記載了當時的社會風氣：『昔有玄通先生，遊於京都，道德既備，好此樗蒲，伯陽入戎，以斯消憂。』因其流行之廣，甚至引起了士人的反對，《晋書·陶侃傳》記載：『諸參佐或以談戲廢事者，乃命取其酒器、樗蒲之具，悉投之於江，吏將則加鞭撲，曰：「樗蒲者，牧豬奴戲耳。老莊浮華，非先王之法言，不可行也。君子當正其衣冠，攝其威儀，何有亂頭養望自謂宏達邪？」』

〔二〕曾：一作『僧』。

義熙四年，盧循〔一〕在廣州，陰規逆謀。潛遣人到南康廟祈請，廟既奠牲奏樂，使者獨見一人，武冠朱衣，中筵而坐曰：『盧征虜若起事，至此，當以水相送。』

六年春，循遂率衆直造長沙，遣徐道覆〔二〕踰嶺至南康，裝艚〔三〕十二艟，樓十餘丈，舟始裝辦，大雨一日一夜，水起四丈，道覆淩波而下，與循會巴陵，至都而循戰敗。不意神速其誅，洪潦之降，使之自送也。卷二百九十五

【注釋】

〔一〕盧循：字於先、元龍，范陽涿縣（今河北涿州市）人。東漢名儒盧植之後，後趙中書監盧諶曾孫。宋武帝劉裕北伐之際，盧循在廣州起兵，北上攻建康。

〔二〕徐道覆：東晉起義軍盧循的姊夫。在起義前，曾在南康采集戰備資料。

〔三〕艚：船。

宋元嘉中，南康平固人黄苗爲州吏，受假爲期。方上行，經宫亭湖，入廟下願，希免罰坐。又欲還家，若所願並遂，當上豬酒。苗至州，皆得如志，乃還。資裝既薄，遂不過廟，行至都界，與同侣並船泊宿。中夜，船忽從水自下，其疾如風，介夜四更，苗至宫亭始醒悟。見船上有三人，並烏依持繩，收縛苗，夜上廟階下，見神年可四十，面白披錦袍，梁下懸一珠，大如彈丸，光輝照屋。一人户外白：『平固黄苗，上願豬酒，遁回家，教録，今到。』命讁三年，取三十人，遣吏送苗窮山林中，鏁〔一〕腰繫樹，日以生肉食之。苗忽忽憂思，但覺寒熱身瘡，舉體

生班毛。經一旬，毛蔽身，爪牙生，性欲搏噬。吏解鏁放之，隨其行止。三年，凡得二十九人。次應取新淦一女，而此女士族，初不出門，後值與姊妹從後門出詣親家，女最在後，因取之。爲此女難得。涉五年，人數乃充。吏送至廟，廟神教放遣，乃以鹽飯飲之，體毛稍落，鬚髮悉出，爪牙墮生新者，經十五日，還如人形，意慮復常，送出大路。縣令呼苗具疏事，覆前後所取人，遍問其家，並符合焉。髀爲戟所傷，創瘢〔三〕尚在。苗還家八年，得時疾死。卷二百九十六

【校記】

廟神教後文字缺失。今據魯迅《古小説鉤沉》『黄苗』條補入。

【注釋】

〔一〕鏁：同『鎖』。

〔二〕瘢：創傷或瘡痓愈後在皮膚上留下的痕跡。

太原王肇宗病亡，亡後形見，於其母劉及妻韓共語。就母索酒，舉杯與之曰：『好酒。』語妻曰：『與卿三年别耳。』及服終〔二〕妻疾曰：『同穴之義，古之所難。幸者如存，豈非至願。』遂不服藥而歿。卷三百一十八

【注釋】

〔一〕服終：守喪期滿。

呂光〔一〕承康元年，有鬼叫于都街曰：『兄弟相滅，百姓弊。』徼吏〔二〕尋視之，則無所見。其年光死，子紹代立。五日，紹庶兄篡，殺紹自立。卷三百二十一

【注釋】

〔一〕呂光：字世明，略陽郡臨渭（今甘肅秦安）人，氐族，前秦著名將領。十六國時期後涼開國君主。承康元年，呂光病重，光長子呂紹即位。

〔二〕徼：貪求不止。徼吏：貪婪的官吏。

汝南周義取沛國劉旦孫女爲妻。義豫章艾縣令弟路中得病，未至縣十里，義語：『弟必不濟。』便留家人在後，先與弟至縣，一宿死。婦至臨尸，義舉手别婦，婦爲梳頭，因復拔婦釵。殯訖，婦房宿，義乃上床謂婦曰：『與卿共事雖淺，然情相重，不幸至此。兄不仁，離隔人室家，終没不得執别，實爲可恨。我向舉手别，又拔卿釵，因欲起，人多氣逼不果。』自此每夕來寢息，與平生無異。卷三百二十二

宋元嘉初，富陽人姓王，于窮瀆中作蟹籪〔一〕。旦往視，見一材頭長二尺許在籪裂開，蟹出都盡。乃修治籪，出材岸上。明往看之，見材復在籪中，敗如前。王又治籪，再往視，所見如初。王疑此材妖異，乃取納蟹籠中，繫擔頭歸，去至家當破燃之。未之家三里，聞中倅倅動，轉頃見向材頭變成一物，人面猴身，一手一足，語王曰：『我性嗜蟹，比寔入水破若蟹籪，相負已多，望君見恕，開籠出我。我是山神，當相祐助，使全籪大得蟹。』王曰：『汝犯暴人，前後非一，罪自應死。』此物轉頓請乞放，又頻問：『君姓名爲何？』王回顧不應答，去家轉近，物曰：『既不放我，又不告我姓名，當復何計？但應就死耳。』王至家熾火焚之，後寂無復異。土俗謂之『山魈』，云：『知人姓名，則能中傷人，所以勤問，正欲害人自免。』〔三〕卷三百二十三

【注釋】

〔一〕籪：漁具名。蟹籪：捕蟹工具，狀如竹簾，横置河道之中以斷蟹通路。唐陸龜蒙《蟹志》：『蚤夜觱沸，指江而奔。漁者緯蕭承其流而障之，曰「蟹斷」，斷其江之道焉爾。』

〔二〕《搜神後記》卷七記載此條内容，文字略有出入：『宋元嘉初，富陽人姓王，於窮瀆中作蟹斷。旦往視之，見一材長二尺許，在斷中。而斷裂開，蟹出都盡。乃修治斷，出材岸上。明往視之，材復在斷中，斷敗如前。王又治斷出材。明晨視，所見如初。王疑此材妖異，乃取内蟹籠中，繫擔頭歸，云：「至家，當斧砍燃之。」未至家二三里，聞籠中倅倅動。轉

頭顧視，見向材變成一物，人面猴身，一身一足。語王曰：「我性嗜蟹，比日實入水破君斷蟹，入斷食蟹。相負已爾，望君見恕，開籠出我。我是山神，當相佑助，並令斷得大蟹。」王曰：「如此暴人，前後非一，罪自應死。」此物懇告，苦請乞放。王回顧不應。物曰：「君何姓名，我欲知之。」頻問不已，王遂不答。去家轉近，物曰：「既不放我，又不告我姓字，當復何計？但應就死。」王至家，熾火焚之。後寂然無復聲。土俗謂之「山魈」，云：「知人姓名，則能中伤人。」所以勤勤问王，欲害人自免。』

宋文帝世，天水〔一〕梁清家在京師新亭〔二〕。臘日將祀，使婢于爨室〔三〕造食，忽覺空中有物操杖打婢，婢走告清，清遂往。見甌器自運，盛飯斟羹，羅列案上，聞哺餟〔四〕之聲，清曰：『何不形見？』乃見一人著平上幘〔五〕，烏皮袴褶〔六〕，云：『我京兆人，亡没飄寄，聞卿好士，故来相從。』清便席地共坐，設肴酒。鬼云『卿有祀事』云云。清圖某郡，先以訪鬼，鬼云：『所規必諧〔七〕，某月某日除出。』果然，鬼云：『郡甚優閒，吾願周旋。』清答：『甚善。』後停舟石頭，待之五日，鬼不來，于是引路達彭城，方見至。同在郡數年，還都，亦相隨而返。卷三百二十三

【注釋】

〔一〕天水：古稱秦州、上邽。別名龍城。今甘肅天水市。

〔二〕新亭：三國吴時所建，名『臨滄觀』。晉安帝隆安中丹陽尹司馬恢之重修，命名爲『新亭』。新亭地理位置重要，是南朝時期建康的西南要塞，進攻帝王宫闕的必經之路。南渡後，爲名士周顗、王導輩遊宴之所。《世説新語・言語》：『過江諸人，每至新亭，輒相邀新亭，藉卉飲宴。周侯中坐而歎曰：「風景不殊，正自有山河之異。」皆相視流淚。』

〔三〕爨：燒火煮飯。爨室：灶房。

〔四〕哺餟：亦作『哺醊』，吃喝。清黄遵憲《春日招鄉人飲》：『花豬間黄鷄，亦足供哺醊。』

〔五〕幘：古代裹在額頭上的布。平上幘：亦稱『平巾幘』。魏晉以來武官所戴的一種平頂頭巾。

〔六〕袴：便於跨馬騎背的腿衣。褶：衣服折疊後留下的痕跡。袴褶：見於漢代，軍服或行旅之服。

〔七〕諧：辦妥。

陶繼之，元嘉末爲秣陵令，忽見二鬼皆長尺許，朱衣經趨膝前，遂跳入口中。須臾，復出，乃相謂曰：『今直取陶秣陵，亦無所用，更議王丹陽〔一〕耳！』言訖，並没。陶未幾而卒，王丹陽果亡。卷三百二十三

【注釋】

〔一〕王丹陽：王混。字奉正，曾爲丹陽尹。祖父王導，父爲王恬。《世説新語・排調》：『桓豹奴是王丹陽外生，形似其舅，桓甚諱之。宣武云：「不恒相似，时似耳！恒似是形，时似是神。」桓逾不悦。』

南康縣營民區敬之，宋元嘉元年，與息共乘舫，自縣泝流，深入小溪，幽荒險絕，人跡所未嘗至。夕登岸，停止舍中，敬之中恶猝死。其子燃火守尸，忽聞遠哭聲呼『阿舅』，孝子驚疑，俛[一]仰間，哭者已至。如人長大，被髮至足，髮多蔽面，不見七竅，因呼孝子姓名慰唁之。孝子恐懼，遂聚薪以燃火，此物言：『故來相慰，當何所畏，將須燃火？』此物坐亡人頭邊哭，孝子於火光中竊窺之。見此物以面掩亡人面，亡人面須臾裂剥露骨。孝子懼，欲奪之，無兵仗。須臾，其父尸見白骨，連續而皮肉都盡，竟不測此物是何鬼神。卷三百二十四

【注釋】

[一] 俛：同『俯』。

黄州[二]治下有黄父鬼，出則爲祟。所著衣袷[三]皆黄，至人家，張口而笑，必得疫癘。長短無定，隨籬高下，自不出已十餘年，土俗畏怖。廬陵人郭慶之有家生婢，名『採薇』，年少有色。宋孝建中，忽有一人，自稱『山靈』，如人裸身，長丈餘，臂腦皆有黄色，膚貌端潔，言音周正，土俗呼爲『黄父鬼』。來通此婢，婢云：『意事如人。』鬼遂數来，常隱其身，時或露形。形變無常，乍大乍小。或似

煙氣，或爲石，或作小兒或婦人，或如鳥如獸。足跡如人，長二尺許，或似鵝跡，掌大如盤。開户閉牖，其入如神。與婢戲笑如人。卷三百二十五

【注釋】

〔一〕黄州：今屬湖北省黄岡市。

〔二〕袷：同『夾』。衣袷：夾衣，有裏有面的雙層衣服。

薄紹之〔一〕嘗爲臧質〔二〕參軍，元嘉二十四年，寄居東府之西賓别宅中，與祖法開鄰舍。開母劉寢疾彌旬，以二十二年五月一日夜半亡。二日，紹之見群鼠，大者如豚，鮮澤五色，或純或駁，或著平上幘，或著籠頭。大小百數，彌日累夜。至十九日黄昏，内屋四簷上有一白鼠，長二尺許，走入壁下，入處起火。以水灌之，火不滅，良久自滅。其夜見人，修壯赤色，身光如火，從燒壁中出，徑入床下。又出壁外，雖隔一壁，當時光明洞徹，了不覺有隔障。四更，復有四人，或與紹之言相佑，或瞋目吐舌。自暮訖旦，後夕復燒屋。有二人長九尺許，騎馬挾弓矢，賓從數十人，呼爲將軍。紹之問：『汝行何向？』答云：『被使往東邊病人還。』二十一日，群黨又至。家先有一白狗，自有鬼怪，暮常失之，至曉輒還。爾夕試繫之，須

臾，有一女子來云：『勿繫此狗，願以見乞。』荅：『便以相與。』投繩竟不敢解，倏然走出。狗於是呻喚垂死，經日不能動。有一人披錦袍，彎弧注鏃，直向紹之，謂：『汝是妖邪，敢不恐人。我不畏汝，汝若不速去，令大道神尋收治汝。』鬼馳弦縱矢，策馬而去。卷三百二十五

【注釋】

〔一〕薄紹之：字敬叔，南朝宋丹陽（今安徽當塗）人。

〔二〕臧質：字含文，東莞郡莒縣人。參與元嘉北伐。

燉煌索萬興晝坐廳事。東間齋中一奴子，忽見一人著幘，牽一騘馬，直從門入，負一物狀如烏皮隱囊，置砌下，便牽馬出門。囊自輪轉，徑入齋中，緣床脚而上，止于興膝前，皮即四處卷開，見其中周匝是眼，動瞬甚可憎恶。良久，安還更舒合，仍輪轉下床，落砌西去。興令奴子逐至廳事東頭滅。惡之，因得疾亡。卷三百二十五

郭秀之寓居海陵〔一〕，宋元嘉二十九年，年七十三，病止堂屋。北有大棗樹，高

四丈許。小婢晨起開户掃地，見棗樹上有一人，脩壯黑色，著阜襆帽，烏韋袴褶，手操弧矢正立南面，舉家出看。秀之扶杖視之，此人謂秀之曰：『僕來召君，君宜速裝。』日出便不復見，積五十三日如此。秀之亡後便絕。卷三百二十五

【注釋】

〔一〕海陵：今江蘇泰州海陵區。

庾季隨有節槩〔一〕，膂力絕人。宋元嘉中，得疾晝臥，有白氣如雲，出於室內，高五尺許，有頃化爲雄鷄，飛集別床。季隨斫之，應手有聲，形即滅，地血滂流。仍聞鸞嫗哭聲，但呼『阿子』，自遠而來，逕至血處。季隨復斫，有物類猴，走出户外，瞋目顧視季隨，忽然不見。至晡〔二〕，有二青衣小兒，直從門入，唱云：『庾季隨殺官！』俄而，有百餘人或黑衣或朱衣，達屋齊唤云：『庾季隨殺官！』季隨揮刀大呼，鬼皆走滅形，還步忽投寺中，子忽失父所在。至寺，見父有鬼逐後，以皮囊收其氣，數日遂亡。卷三百二十五

【注釋】

〔一〕槩：同『概』。節槩：操守和氣概。

〔二〕晡：申時、夕食。時間約在下午三時至五時。

王瑶宋大明三年在都病亡。瑶亡後，有一鬼細長黑色，袒著犢鼻褌〔一〕，恒來其家。或歌嘯，或學人語，常以糞穢投人食中。又于東鄰庾家犯觸人，不異王家時。庾語鬼：『以土石投我，子非所畏，若以錢見擲，此真見困。』鬼便以新錢數十，正擲庾額。庾復言：『新錢不能令痛，唯畏烏錢耳！』鬼以烏錢擲之，前後六七過，合得百餘錢。卷三百二十五

【注釋】

〔一〕犢鼻褌：有襠的短褲，因形似犢鼻，故名。《史記·司馬相如列傳》：『相如身自着犢鼻褌，與保庸雜作，滌器於市中。』

王文明，宋太始末江安令。妻久病，女于外爲母作粥，將熟，變而爲血，棄之更作，亦復如初。母尋亡。其後，兒女在靈前哭，忽見其母臥靈床上，如平生，諸兒號戚，奄然而滅。文明先愛其妻所使婢，姙身將産，葬其妻日使婢守屋，餘人悉詣墓所。部伍始發，妻便入户打婢。其後諸女爲父辦食殺鷄，割洗已竟，鷄忽跳起，軒首長鳴。文明尋卒，諸男相繼喪亡。卷三百二十五

宋費慶伯者，孝建中仕爲州治中〔一〕，假歸至家，忽見三騶〔二〕皆赤幘同來，云：『官喚。』慶伯云：『纔謁歸，那得召見。且汝常黑幘，今何得皆赤幘也。』騶荅云：『非此間官也。』慶伯方知非生人，遂叩頭祈之，三騶同詞，因許回换言：『卻後四日，當更詣君，可辦少酒食見待，慎勿泄也。』如期果至云：『已得爲力矣。』慶伯欣喜拜謝，躬設酒食，見鬼飲噉不異生人。臨去曰：『哀君故爾，乞祕隱也。』慶伯妻性猜妬，謂伯云：『此必妖魅所罔〔三〕也。』慶伯不得已，因具告其狀，俄見向三騶楚撻流血，怒而立于前曰：『君何相誤也。』言訖失所在。慶伯遂得暴疾，未旦而卒。卷三百二十六

【注釋】

〔一〕治中：治中從事。漢代爲州之佐吏，主選署及文書案卷。南朝宋治中掌文書事，多六品官。

〔二〕騶：古代主管駕駛車馬的小吏。

〔三〕罔：蒙蔽。

梁安成王〔一〕在鎮，以羅舍故宅，借録事劉朗之〔二〕。嘗見丈夫衣冠甚偉，斂矜而立，朗之驚問，忽然失之。未久而朗之以罪見黜，時人謂『君章有神』。卷

三百二十六

【注釋】

〔一〕梁安成王：蕭秀，字彦達，南蘭陵郡（今江蘇常州）人。南齊時官至太子舍人，南梁建立後，獲封安成郡王。

〔二〕録事：職官名。東晋時晋元帝鎮東丞相府始置録事參軍，掌録各曹文簿，掌記録、繕寫之事。劉朗之：永明十一年，蕭昭業尊其母王寶明爲皇太后，立宣德宫。劉朗之爲宣德太僕。

馬道猷爲尚書令史〔一〕。永明元年坐省中，忽見鬼滿前而傍人不見。須臾，兩鬼入其耳中，推出魂，魂落屐上，指以示人：『諸君見否？』傍人並不見，問：『魂形狀云何？』道猷曰：『魂正似蝦蟆，云：「必無活埋。」鬼今猶在耳中。』視其耳皆腫。明日便死。卷三百二十七

【注釋】

〔一〕尚書令史：尚書的屬官。《宋書・百官志上》：『令史，蓋前漢官也。』《大唐新語》卷一《規諫》：『太宗聞有人言：「尚書令史多受賂者。」乃密遣左右以物遺之，司門令史果受絹一匹。』《聊齋志異》有『馬道猷喪魂』故事。

廣州顯明寺道人法力，向晨詣厠，于户中遇一鬼，狀如崑崙〔一〕，兩目盡黄，裸身無衣。法力素有膂力，便縛著堂柱，以杖鞭之，終無聲。乃以鐵鎖縛之，觀其能變去否。日已昏暗，失鬼所在。卷三百二十七

【注釋】

〔一〕崑崙：泛指來自古代南洋地區的僕役，其中很多是東南亞一帶的黑人（尼格利陀人）；另亦有棕色人種的説法。

郭仲産宅，見江陵枇杷寺。南宋元嘉中，起齋屋，竹以爲窗欞，竹逐漸枝葉，長數丈，鬱然成林，仲産以爲吉祥，及孝建中被誅。卷三百六

宋大元〔一〕中，頓丘令劉順，酒酣蚤入妾許眠。晨起見榻上有一聚凝血如覆盆形。劉是武人，了不驚怪，乃令作虀，親自切血，染虀食之，棄其有餘。後十許載，至元徽二年，爲王道隆所害。卷三百六

【注釋】

〔一〕南朝劉宋無『大元』年號，《太平御覽》記此則故事爲『宋大明中』。『大明』爲宋孝武帝年號。

周登之家在都，宋明帝時，統諸靈廟，甚被恩寵。母謝氏奉佛法，泰始三年夏月暴雨，有物形隱煙霧，垂頭屬廳事前地，頭如大赤馬，飲庭中水，登之驚駭，謂是善神降之。汲水益之，飲百餘斗，水竭乃去。二年而謝氏亡，後半歲而明帝崩，登之自此事業衰敗。卷三百六

海畔有大石龜，俗云：『魯班所作。』夏則入海，冬則復止於山上。陸機詩云：『石龜常懷海，我寧忘故鄉。』卷三百七十四

高平曹宗之，元嘉二十五年在彭城，夜寢不寐，旦遂卒。晡時氣息還通，自說見一人單衣幘，執手板，稱：『北海王使者，殿下相喚。』宗之隨去殿前，中庭有輕雲，去地數十丈，流蔭徘徊于幃幌之間，有紫煙飄飄，風吹近人，其香非常。使者曰：『君停階下，今入白之。』須臾傳令：『謝曹君，君事能可稱，久懷欽遲，今欲相屈爲府佐，君今年幾嘗經鹵簿官〔二〕未？』宗之答：『才幹素弱，仰慙聖恩。今年二十一，未嘗經鹵簿官。』又報曰：『君年算雖少，然先有福業，應受顯要，當經鹵簿官，乃辭身可且歸家，後當更議也。』尋見向使者。遂出門，恍惚醒。宗

之後任廣州，年四十七，明年職解，遂還州，病亡。卷三百七十七

【注釋】

〔一〕鹵簿：帝王出行時扈從的儀從和警衛。漢應劭《漢官儀》：『天子車駕次第，謂之鹵簿。』蔡邕《独斷》：『天子出，車駕次第，謂之鹵簿。』

吴黄龍年中，吴都海鹽有陸東美妻朱氏，亦有容止，夫妻相重，寸步不相離，時人號爲『比肩人』。夫婦云：『此比肩，恐不能佳也。』後妻卒，東美不食求死，家人哀之，乃合葬。未一歲，塚上生梓樹，同根二身，相抱而合成一樹，每有雙鴻常宿于上。孫權聞之嗟歎，對其里曰『比肩墓』。又曰『雙梓』。後子弘妻張氏，雖無異，亦相愛慕，吴人又呼爲『小比肩』。卷三百八十九

魯曲阜孔子墓上，時多楷木。卷四百六

許昌節使小廳，是故魏景福殿〔二〕。董卓亂，魏武挾令遷帝，自洛都許。許州有小李子，色黄，大如櫻桃，謂之『御李子』。即獻（帝）時所植，至今有焉。卷四百一

【注釋】

〔一〕景福殿：魏明帝曹叡東巡之際，爲防酷暑，於許昌所建宮殿。

隋煬帝大業末，改茄子爲崑崙紫瓜〔一〕。卷四百一十二

【注釋】

〔一〕崑崙紫瓜：又名『昆侖瓜』、『矮瓜』、『茄瓜』、『紫瓜』。相傳隋煬帝愛吃茄子，故賜名『崑崙紫瓜』。

鷄籠山在婺源縣南九十五里，高一百六十丈，廻環一十五里九十步，形如鷄籠焉。唐開元中，有蛟龍變爲道流，歙人洪貞以弟子之禮師之。道流將卜居，尋諸名山，到黄山，貞問：『此山何如？』道流曰：『確而寒。』次到飛布山，又問之，道流曰：『高而無輔。』到此山，又問之，道流曰：『此山宜葬，葬者可致侯王，不然即出妖怪而已。』貞問其所以而不之告，道流于室中寢。貞入，但見蛟龍，由是侯睡覺而辭歸，道流遂入鄱陽而去。貞歸，遷其父葬于此山。後二年，鄱陽湖洪水大發，漂蕩數千家。貞本好道，常焚香持念，頗有方術，居于祁南之廻玉鄉，鄉人遂稱其變現神通，將圖非望，潛署百官，州中豪傑皆應之。後州發兵就捕，獲數十人，而貞竟不知所在。卷四百二十五

晉陸機少時頗好獵，在吴時，家客獻快犬曰『黄耳』。機任洛，常將自隨，此犬黠慧，能解人語。又嘗借人三百里奴，犬識路自還。機羈官京師，久無家問，機戲語犬曰：『我家絶無書信，汝能賫書馳取消息否？』犬喜，摇尾作聲應之，機試爲書，盛以竹筒，繫犬頸。犬出駬路走向吴，饑則入草噬肉，每經大水，輒依渡者，弭毛掉尾向之，因得載渡。到機家，口銜筒作聲示人，機家開筒，取書看畢，犬又向人作聲，如有所求。其家作答書納筒，復繫犬頸，犬復馳還洛，計人行五旬，犬往還纔半。後犬死，還葬機家村南二百步，聚土爲墳，村人呼爲『黄耳塚』。卷四百三十七

宋元徽中，有石玄度者畜一黄犬，生一子而色白。犬母愛之異常，每銜食飼之。及長成，玄度每出獵未歸，犬母輒門外望之。後玄度患氣嗽，就危惙。醫爲處方：『須白狗肺焉。』市索卒不得，乃殺所畜白狗，取肺以供湯用。既而，犬母跳躍嘷叫，累日不息。其家人烹狗與客食之，投骨於地，犬母輒銜置屋中，食畢，乃卻移入後園中一桑樹下，爬土埋之。日夕向樹嘷吠，月餘方止。而玄度所疾不瘳[一]，以至於卒。終謂左右曰：『湯不救我疾，實枉殺此狗。』其弟法度，自此不食犬肉焉。卷

〔一〕瘳：病愈。

四百三十七

唐禁軍大校齊瓊者，始以馳騁大承恩寵，以是假御中〔一〕銜，至於劇憲〔二〕。家畜良犬四，常畋廻廣囿，輒飼以粱肉，其一獨填茹咽喉齒牙間以出，至隱叢薄〔三〕然後食，已而復至。齊竊異之。一日，使僕視其所往，則北垣古竇，有母存焉。老瘠疥穢，〔四〕吐哺以飼。齊亦義者，奇歎久之，乃命篋牝而歸，以販茵〔五〕席之，餅餌飽之。犬則摇尾俛首，若懷知感。爾後擒奸逐狡，指顧如飛。將扈獵駕前，必獲豐賞。逾年牝死，犬效加勤。又更律琯，齊亦殂落，犬嗥吠終夕，呱呱不輟。越月，凡有事於丘隴，則留獒以禦奸盜。及懸窗之夕，犬独以足爬土城坳，首扣棺見血，掩土未畢，犬亦致斃。〔六〕卷四百三十七

【注釋】

〔一〕御中：御史中丞簡稱。古代官名，秦始置。漢代爲御史大夫的次官。

〔二〕劇憲：御史大夫。

〔三〕叢薄：茂密的草叢。漢淮南小山《招隱士》：『叢薄深林兮，人上栗。』唐耿湋《旅次漢故

時》：『廣川桑遍野，叢薄雉連鳴。』

〔四〕瘠：身體瘦弱。疥：疥瘡。穢：污穢、骯脏。老瘠疥穢：形容狗的母親年老羸弱，身體長滿疥瘡又呈污濁之態。

〔五〕茵：墊子、褥子。販茵：用來出售的席子。

〔六〕唐薛用弱《集異記・齊瓊》：『唐禁軍大校齊瓊者，始以馳騁大承恩寵，以是假御中衛，至於劇憲。』

安國〔一〕李道豫，宋元嘉中，其家犬卧於當路，豫蹶之，犬曰：『汝即死，何以踏我。』豫未幾而卒。卷四百三十八

【注釋】

〔一〕安國：古稱『祁州』。今河北保定安國市。

青州有劉幡者，元嘉初，射得一麞〔一〕，剖腹以草塞之，蹶然而起，俄而前走。幡怪而拔其塞草，須臾還臥，如此三焉。幡密録此種以求其類理，創多驗。卷四百四十三

【注釋】

〔一〕麞：同『獐』。

晉周昉少時與商人泝〔一〕江俱行，夕止宫廷廟下。同侣相語：『誰能入廟中宿？』昉性膽果決，因上廟宿，竟夕晏然。晨起，廟中見有白頭老翁，昉遂擒之，化爲雄鴨。昉捉還船，欲烹之，因而飛去。後竟無他。卷四百六十二

【校記】

晉：魯迅《古小説鉤沉》引《珠林》，作『秦』。

【注釋】

〔一〕泝：同『溯』。逆流而上。

獨角者，巴郡〔一〕人也，年可數百歲，俗失其名，頂上生一角，故謂之『獨角』。或忽去積載，或累旬不語，及有所説，則旨趣精微，咸莫能測焉。所居獨以爲化，亦頗有訓導。一旦與家辭，因入舍前江中，變爲鯉魚，角上在首。復時時暫還，容狀如平生，與子孫飲譙〔二〕，數日輒去。卷四百七十一

【注釋】

〔一〕巴郡：秦惠文王置，郡治江州縣（今重慶江北區），轄今重慶市和四川省部分地區。

〔二〕譙：同『宴』，聚會。

劉德願兄子太宰從事中郎道存，景和元年五月，忽有白蚓數十，登其齋前砌

上，通身白色，人所未嘗見也。蚓並張口吐舌，大赤色。其年八月，與德顛並誅。

卷四百七十三

魏時河間王子充家，雨中有小兒八九枚，墮于庭，長五六寸許，自云：『家在海東南，因有風雨所飄至此。』與之言，甚有所知，皆如史傳所述。卷四百八十二

【校記】

魏時：一作『魏晉』。

朱泰〔一〕家在江陵。宋元徽中，病亡未殯，忽形見，還坐尸側，慰勉其母。衆皆見之，揮指送終之具，務從儉約，謂母曰：『家比貧，泰又亡歿。永違侍養，殯殮何可廣費？』卷三百二十三

【注釋】

〔一〕朱泰：南朝宋湖州武康人。侍母至孝。

《廣博物志》輯出詞條

萬曆高暉堂刻本

列禦寇，鄭人，御風而行，常以立春日歸乎八荒，立秋日遊於風穴。是風至即草木皆生，去則草木皆落，謂之『離合風』。〔一〕

【注釋】

〔一〕此條見其注商本下卷『列禦寇』條。茲不贅釋。

漢武帝時，廣陽縣雨麥。〔一〕

【注釋】

〔一〕此條見其注商本下卷『廣陽縣雨麥』條。茲不贅釋。

魏武帝末年，鄴中雨五色石。〔一〕

【注釋】

〔一〕此條見其注商本下卷『鄴中雨五色石』條。茲不贅釋。

有黑虹下樂輯營，少日，輯病卒。〔一〕

【注釋】

〔一〕此條見前録《太平御覽》所輯『黑虹』條。茲不贅釋。

先儒說：『桀之將亡，泰山三日泣。』今泰山山石遠望之若人泣，蓋是也。武王謂周公曰：『桀爲不道，走山泣石。』〔一〕

【注釋】

〔一〕此條見其注商本卷上『桀時』條。只是此處少『桀時，泰山山走石泣』若干字。

古說：『淮南諸山石生穀。』袁安云：『石穀，藥名，穗之尤小者。』〔一〕

【注釋】

〔一〕此條見其注商本下卷『淮南山石生穀』條。兹不贅釋。

郅支國〔一〕貢馬肝石百斤，常以水銀養之，内玉櫝中，金泥封其上。國人長四尺，惟餌此石而已。半青半白，如今之馬肝。舂碎以和九轉之丹，服之，彌年不饑渴也。以之拂髮，白者皆黑。帝坐群臣於甘泉殿，有髮白者，以石拂之，應手皆黑。是時公卿語曰：『不用作方伯，惟須馬肝石。』此石酷烈，不和丹砂，不可近髮。〔二〕

【校記】

此條與《漢武洞冥記》卷二記載比較，只缺開頭『元鼎元年』幾字，其餘記載全同。疑原出於《洞冥記》。

【注釋】

〔一〕郅支國：匈奴郅支單于西遷康居後所建。城在都賴水（今吉爾吉斯斯坦河）附近。《漢書·陳湯傳》記載郅支西遷之後，與西域諸國康居、烏孫、闔蘇、大宛國交往之事：『自知負漢，又聞呼韓邪益强，遂西奔康居。康居王以女妻郅支，郅支亦以女妻康居王。……郅支單于自以大國，威名尊重，又乘勝驕，不爲康居王禮，怒殺康居王女及貴人、人民數百，或支解投都賴水中。發民作城，日作五百人，二歲乃已。又遣使責闔蘇、大宛諸國歲遺，不敢不予。』

〔二〕王嘉《拾遺記》也記載了漢代馬肝石的故事：『董偃常臥延清之室，以畫石爲床，文如錦也。石體甚輕，出郅支國。上設紫琉璃帳，火齊屏風，列靈麻之燭，以紫玉爲盤，如屈龍，皆用雜寶飾之。侍者於户外扇偃。偃曰：「玉石豈須扇而後涼耶？」侍者乃卻扇，以手摸，方知有屏風。』可見，漢代是流行使用馬肝石的。漢代與西域諸國存在頻繁的往來，爲西域寶物的進貢提供了條件。

朝歌〔一〕有獄臺，相傳爲禹囚舜之宮。〔二〕

【注釋】

〔一〕《漢書·地理志》記載：『朝歌，紂所都。』《水經注·淇水》記載：『朝歌城……殷王武丁始遷居之，爲殷都也。』關於朝歌城的具體位置，争論不一，綜合爲以下幾種説法：河南淇縣、湯陰南、鶴壁鹿臺遺址等。

〔二〕獄臺：關押囚犯之處。《史記·五帝本紀》載：『三年喪畢，禹亦讓舜子，如舜讓堯子。諸侯歸之，然後禹踐天子位。堯子丹朱，舜子商均，皆有疆土，以奉先祀。』描述的是堯舜禹和平禪讓之象。而西晉年間發現的《竹書紀年》則呈現了王位爭奪背後的血雨腥風之事：『舜囚堯於平陽，取之帝位。』等等。

蠡臺〔一〕，梁孝王所築於兔園〔二〕中，回道侶蠡，因名之。

【注釋】

〔一〕蠡臺：一說認爲其命名與范蠡相關。《水經注》引司馬彪《郡國志》曰：『睢陽縣有盧門亭，城内有高臺，甚秀廣，巍然介立，超焉独上，謂之「蠡臺」，亦曰升臺焉，當昔全盛之時，故與雲霞競遠矣！』

〔二〕兔園：《西京雜記》卷二記載：『梁孝王好營宫室苑囿之樂，作曜華之宫，築兔園。』枚乘《梁王兔園賦》：『修竹檀欒，夾池水，旋菟園。』

帝於望鵠臺西起俯月臺，臺下穿池廣千尺，登臺以眺月，影入池中，使仙人乘坐舟弄月影，因名『影娥池』，亦曰『眺蟾臺』。〔一〕

【注釋】

〔一〕此一段文字同見《漢武洞冥記》卷三。另《三輔黄圖》也見此事，敘述稍有差異：『漢武帝於望鵠臺西建俯月臺，臺下穿池，月影入池中，使宫人乘舟弄月影，因名「影娥池」。』

有一女人愛悦於帝，名曰『巨靈』，帝旁有青珉唾壺，巨靈乍出入其中，或戲笑帝前。東方朔望見巨靈，乃目之。巨靈因而飛去，望見化成青雀。因其飛去，帝乃起青雀臺，時見青雀來，不見巨靈也。〔一〕

【注釋】

〔一〕此一段文字同見《漢武洞冥記》卷四。東方朔：活躍於武帝時期。《列仙傳》記載：『時人或謂聖人，或謂凡人，作深淺顯默之行，或忠言，或戲語，莫知其旨。至宣帝初，棄郎以避亂世，置幘官舍，風飄之而去。後見於會稽賣藥，五湖智者，疑其歲星精也。』《漢武故事》也記載東方朔與『巨靈』嬉笑故事：『東郡送一短人，……召東方朔問。朔至，呼短人曰：「巨靈，汝何忽叛來，阿母還未？」短人不對，因指朔謂上曰：「王母種桃，三千年一作子，此兒不良，已三過偷之矣。」』將敘事的主題從『巨靈』身上，轉移爲『東方朔偷桃』的主題。

《經籍佚文》收録詞條

玉函山房輯佚書本

夫差作天池，造青龍舟，日與西施爲水嬉，又有别館在勾容。楸梧成林，謡云：『梧宫秋，吴王愁。』《廣博物志》三十六〔一〕

【注釋】

〔一〕清王仁俊云《經籍佚文》收録《述異記》一卷，經查，實爲一條。後附録王氏按語：『杜氏《古謡諺》六十九曰。按：今本《述異記》無此文，《廣博物志》此條未注出處，下條所引《述異記》《古詩源》亦引《述異記》，今據補。』王氏所云『《述異記》無此文』，也不知何據。前所録商本有『吴王夫差築姑蘇之臺』條與『夫差作天池』條，兩相比較，發現王仁俊輯佚條爲前兩條簡化合並。從敘述邏輯來看，應爲不同輯録者録入，故而呈現不同文本，但講述故事卻都是以夫差西施爲主的。前者相似文本爲：『夫差作天池，池中造青龍舟，舟中盛陳妓樂，日與西施爲水嬉。』後者則云梧桐宫出自傳説及樂府：『傳云：「吴别館有秋梧成林焉，梧子可食。」古樂府云：「梧宫秋，吴王愁。」是也』比較三條敘事，可以看到其核心母題是講述夫差西施故事，在此基礎上生長出不同文本。而文本呈現的形式則有謡諺、傳説及樂府等。不妨認爲這體現出風物傳説的特點，因特定地點而生息繁衍出不同的故事文本。

《舊小説》甲集收録詞條

正文題名祖沖之

陸機黄耳

晉陸機少時頗好獵。在吳，有家客獻快犬曰『黄耳』。機仕洛，常將自隨，此犬黠慧，能解人語。又常借人三百里外，犬識路自隨。機羈官京師，久無家問，機戲語犬曰：『我家絕無書信，汝能賫書馳取消息否？』犬喜，摇尾作聲應之。機試爲書，盛以竹筒，繫犬頸，犬出驛路走吳，饑則入草噬肉。每經大水，輒依渡者，弭毛掉尾向之，因得載渡。到機家，口銜筒作聲示之。機家開筒取書，看畢，犬又向人作聲，如有所求。其家作答書納筒，復繫犬頸，犬復馳還洛。計人行五旬，犬往還纔半。後犬死，還葬機家村南二百步，聚土爲墳，村人呼之爲『黄耳塚』。〔一〕

【注釋】

〔一〕此條見前《太平御覽》所輯『陸機黄犬』條。兹不贅釋。

雩都縣人

南康雩都縣跨江南出，去縣三里，名『夢口』，有穴狀如石室。舊傳嘗有神鷄，色如好金，出此穴中。奮翼迴翔，長鳴響徹，見人輒隱入穴中，因號此石爲鷄石。

昔有人耕種此山側，望見鷄出遊戲，有一長人操彈彈之，鷄遥見，便飛入穴。彈丸正著穴上，石徑六尺許，下垂蔽穴，猶有間隙，不復容人。又有人乘船從下流還縣，未至此崖數里，有一人通身黄衣，擔兩籠黄瓜求寄載之，黄衣人乞食，船主與之盤酒。食訖，至崖下，船主乞瓜，此人不與，仍唾盤内，徑上崖，直入石中，船主初甚忿之，見其入石，始知神異，取向食器視之，見盤上唾悉是黄金。

黄苗

宋元嘉中，南康平固人黄苗爲州吏，受假違期。方上行，經官亭湖，入廟下願，希免罰坐，又欲還家，若所願並遂，當上豬酒。苗至州，皆得如志，乃還。資裝既薄，遂不過廟。行至都界，與同侣並船泊宿，中夜，船忽從水自下，其疾如風。介夜四更，苗至官亭，始醒悟，見船上有三人，並烏衣持繩，收縛苗，夜上廟階下，見神年可四十，黄白披錦袍。梁下懸一珠，大如彈丸，光輝照屋，一人户外白：『平固黄苗，上願豬酒，遯回家。教録，今到。』命謫三年，取三十人，遣吏送苗窮山林中，鏁腰繫樹，日以生肉食之。苗忽忽憂思，但覺寒熱身瘡，舉體生斑毛，經一旬，毛蔽身，爪牙生，性欲搏噬，吏解鏁放之，隨其行止。三年，凡得二十九人，次應取新淦水一女，而此女士族，初不出外，後值與娣妹從後門出，詣親家，女最在後，因取之。爲此女最難得。涉五年，人數乃充，吏送至廟，神教放遣，乃以監飯飲之，體毛稍落，須髮悉出，爪牙墮，生新者，經十五日，還如人形，意慮復常，送出大路。縣令呼苗具疏事，覆前後所取人，遍問其家，並符合焉。髀爲戟所傷，創瘢尚在。苗還家八年，得時疾死。〔一〕

【注釋】

〔一〕此條見前《太平廣記》所輯『黄苗』條。兹不贅釋。

白道猷

章安縣西有赤城山，周三十里，一峰特高，可三百餘丈。晉泰元中，有外國人白道猷居於此山，山神屢遣狼怪形異聲往恐怖之，道猷自若。山神乃自詣之云：『法師威德嚴重，今推此山相與，弟子更卜所託。』道猷曰：『君是何神，居此幾時？今若必取，當去何所？』答云：『弟子夏王之子，居此千餘年，寒石山是家舅所在。某且往寄憩，將來欲還會稽廟。』臨去遺信贈三奩香。又躬來別，執手悢然，

鳴鞞響角，淩空而逝。〔一〕

【注釋】

〔一〕此條見前《太平廣記》所輯『白道猷』條。兹不贅釋。

區敬之

南康縣營民區敬之，宋元嘉元年，與息共乘舫，自縣泝流，深入小溪，幽荒險絕，人跡所未嘗至。夕登岸，停止舍中，敬之中恶猝死。其子燃火守尸，忽聞遠哭聲呼『阿舅』。孝子驚疑，俛仰間，哭者已至。如人長大，被髪至足，髪多蔽面，不見七竅，因呼孝子姓名慰唁之。孝子恐懼，因悉薪以燃火，此物言：『故來相慰。當何所畏，將須燃火。』此物坐亡人頭邊哭，孝子於火光中竊窺之，見此物以面掩亡人面，亡人面須臾裂剥露骨。孝子懼，欲擊之，無兵仗。須臾，其父尸見白骨，連續而皮肉都盡。竟不測此物是何鬼神。〔一〕

【注釋】

〔一〕此條見前《太平廣記》所輯『區敬之』條。兹不贅釋。

富陽人

宋元嘉初，富陽人姓王，於窮瀆中作蟹簖。旦往視，見一材頭長二尺許在簖裂開，蟹出都盡。乃修治簖，出材岸上。明往看之，見材復在簖中，敗如前。王又治簖，再往視，所見如初。王疑此材妖異，乃取納蟹籠中，繫擔頭歸，云：『至家破燃之。』未之家三里，聞中倅倅動轉，顧見向材頭變成一物，人面猴身，一手一足，語王曰：『我性嗜蟹，此實入水破若蟹簖，相負已多，望君見恕，開籠出我。我是山神，當相佑助，使全簖大得蟹。』王曰：『汝犯暴人，前後非一，罪自應死。』此物磚輾乞放，又頻問：『君姓名爲何？』王回顧不應答，去家轉近，物曰：『既不放我，又不告我姓名，當復何計？但應就死耳。』王至家熾火焚之，後寂無復異。土俗謂之『山魈』，云：『知人姓名，則能中傷人。所以勤問，正欲害人自免。』〔一〕

【注釋】

〔一〕此條見前《太平廣記》所輯『富陽人』條。兹不贅釋。

梁清

宋文帝世，天水梁清家在京師新亭。臘日將祀，使婢於爨室造食，忽覺空中有物操杖打婢，婢走告清，清遂往。見甌器自運，盛飯斟羹，羅列案上，聞哺啜之聲，清曰：『何不形見？』乃見一人著平上幘，烏皮袴褶，云：『我京兆人，亡没飄寄，聞卿好士，故來相從。』清便席地共坐，設肴酒。鬼云『卿有祀事』云云。清圖某郡，先以訪鬼，鬼云：『所規必諧，某月某日除出。』果然，鬼云：『郡甚優閒，吾願周旋。』清答：『甚善。』後停舟石頭，待之五日，鬼不來，於是引路達彭城，方見至。同在郡數年，還都，亦相隨而返。〔一〕

【注釋】

〔一〕此條見前《太平廣記》所輯『梁清』條。兹不贅釋。

費慶伯

宋費慶伯者，孝建中仕爲州治中，假歸還至家，忽見三騶皆赤幘同來，云：『官喚。』慶伯云：『纔謁歸，那得見召。且汝常黑幘，今何得皆赤幘也。』騶答云：『非此間官也。』慶伯方知非生人，遂叩祈之，三騶同詞，因許回換言：『却後四日，當更詣君，可辦少酒食見待，慎勿泄也。』如期果至云：『已得爲力矣。』慶伯欣喜拜謝，躬設酒食，見鬼飲噉不異生人。臨去曰：『哀君故爾。乞祕隱也。』慶伯妻性猜妬，謂伯云：『此必妖魅所罔也。』慶伯不得已，因具告其狀，俄見向三騶楚撻流血，怒而立於前曰：『君何相誤也。』言訖失所在。慶伯遂得暴疾，未旦而卒。〔一〕

【注釋】

〔一〕此條見前《太平廣記》所輯『費慶伯』條。兹不贅釋。

述異記匯箋及情節單元分類研究

下

張麗◎著

創于1897
商務印書館
The Commercial Press

目録

下册　述異記故事類型及情節單元分類研究

故事類型目録

商本卷上

一 盤古化生故事類型

AT：（A六二五）世界的父母：天父與地母

艾：（五五）開天闢地；（五六）天地分離

此則故事講述盤古氏與世界宇宙的來源關係，即盤古氏化生出了天地萬物。所化生的萬物包括：四岳（五岳）、日月、江海、草木、雷電、陰晴。可見，在《述異記》的論述中，盤古是以始祖神的形態存在的。資料來自『俗説』、『先儒説』、『古説』及『俗云』，帶有明顯的采集性質。尤其值得注意的是，文中『先儒説』，與其他諸説並無明顯差異，可見，盤古化生的觀念也是存在於部分儒家士林理念中的。《述異記》文本如下：

昔盤古氏之死也，頭爲四岳，目爲日月，脂膏爲江海，毛髮爲草木。秦漢間俗說：『盤古氏頭爲東岳，腹爲中岳，左臂爲南岳，右臂爲北岳，足爲西岳。』先儒說：『盤古氏泣爲江河，氣爲風，聲爲雷，目瞳爲電。』古說：『盤古氏喜爲晴，怒爲陰。』吳楚間說：『盤古氏夫妻陰陽之始也。』今南海有盤古氏墓，亘三百餘里，俗云：『後人追葬盤古之魂也。』桂林有盤古氏廟，今人祝祀。

甲：盤古化生

乙一：化生四岳、五岳

乙二：化生日月

乙三：化生雷電

乙四：化生陰晴

丙：化生盤古

丁：夫妻陰陽之始

按：德國人艾伯華將此類故事歸類爲『（五五）開天闢地』和『（五六）天地分離』。『開天闢地』的故事情節：『大自然和生物起源於天神軀體的各個部分。』並具體指出天神可能的三種情況：創世神盤古、玄天老祖及老子。『天地分離』的情節爲：

『（一）天和地原先是以婚姻的方式結合起來的一對夫婦，是彼此重疊在一起的。（二）山把它們分離開來，把天頂到了上面。』其中，『夫妻陰陽之始』的敘述符合第一個情節。《述異記》文本並未將盤古誕生與鷄子傳説融合在一起。但在其之前的三國吴徐整《三五曆紀》已經將兩則融合起來：『天地混沌如鷄子，盤古生其中。萬八千歲，天地開闢，陽清爲天，陰濁爲地，盤古在其中，一日九變，神於天，聖於地。天日高一丈，地日厚一丈，盤古日長一丈，如此萬八千歲。天數極高，地數極深，盤古極長，後乃有三皇。數起於一，立於三，成於五，盛於七，處於九，故天去地九萬里。』講述天地陰陽化生盤古的故事。但其重心在於講述盤古從何處而來，文中所論多是抽象的天地、象數之學與盤古的關係。同出徐整的《五運曆年紀》也記載了盤古故事，在天地之前推出了『元氣』的概念，此後所述爲天地、乾坤、陰陽、盤古及萬物：『元氣濛鴻，萌芽兹始，遂分天地，肇立乾坤，啓陰感陽，分布天氣，乃孕中和，是爲人也。首生盤古，垂死化身，氣成風雲，聲爲雷霆，左眼爲日，右眼爲月，四肢五體爲四極五岳，血液爲江河，筋脈爲地里，肌肉爲田土，髮髭爲星辰，皮毛爲草木，齒骨爲金石，精髓爲珠玉，汗流爲雨澤，身之諸蟲，因風所感，化爲黎甿。』此處的『元氣濛鴻』也是盤古誕生的前提條件，與上所提及的『天地混沌』有異曲同工之效。德艾伯華將此命名爲『（五七）混沌（卵形世界）』故事類型。艾伯華對故事情節進行了敘述：『世界初始像個大鷄蛋，創世神從這個蛋裏誕生。』並未述及盤古。其參考資料來源是《晋書·天文志》。據筆者查證《宋書·天文志》（《晋書·天文志》同此）：『漢末吴人陸績善天文，始推渾天儀。……依乾象法而製渾儀，立論考度曰：「前儒舊説，天地之體，狀如鳥卵，天包地外，猶殼之裹黄也。周旋無端，其形渾渾然，故曰渾天也。周天三百六十五度五百八十九分度之百四十五，半覆地上，半在地下。其二端謂之南極、北極。北極出地三十六度，南極入地三十六度，兩極相去一百八十二度半强。」』可知，晋宋之際天文志書並没有將盤古放入鷄子的敘述中。而盤古和鷄子聯係起來，至遲自徐整的《三五曆記》始。又從『漢末吴人陸績善天文，始推渾天儀』等的記載推斷，鷄子故事最晚在東漢末年公元三世紀前已經出現。

二　鬼母産鬼（鬼姑神）故事類型

AT：（A二一·一）男性和女性造物主

南海小虞山中有鬼母，能産天地鬼，一産十鬼。朝産之，暮食之。今蒼梧有鬼姑神是也。虎頭、龍足、蟒目、蛟眉。今吳越間防風廟，土木作其形，龍首牛耳，連眉一目。

甲：鬼母產鬼

乙：鬼母食鬼

三　防風氏故事類型

昔禹會塗山，執玉帛者萬國，防風氏後至，禹誅之。其長三丈，其骨頭專車。今南中民有姓防風氏，即其後也，皆長大。越俗祭防風神，奏防風古樂，截竹長三尺，吹之如嗥。三人披髮而舞。

甲：禹會塗山

乙：防風氏後至受誅

四　蚩尤神故事類型

AT：（A五三一）文化英雄（半神）戰勝怪物

軒轅之初立也，有蚩尤氏兄弟七十二人。銅頭鐵額，食鐵石。軒轅誅之於涿鹿之野，蚩尤能作雲霧。涿鹿今在冀州，有蚩尤神。俗云：『人身牛蹄，四目六手。』今冀州人掘地得髑髏如銅鐵者，即蚩尤之骨也。今有蚩尤齒，長二寸，堅不可碎。秦漢間說：『蚩尤氏耳鬢如劍戟，頭有角，與軒轅鬥，以角觝人，人不能向。』今冀州有樂名『蚩尤戲』，其民兩兩三三，頭戴牛角而相觝。漢造角觝戲，蓋其遺制也。

甲：軒轅誅蚩尤

乙：蚩尤作雲霧

丙：蚩尤骨

丁：蚩尤耳、蚩尤頭、蚩尤角

戊：蚩尤戲

五　鯀化黃熊故事類型

AT：（A五四一）文化英雄傳授藝術和手藝

艾：（一六七）大禹化熊

堯使鯀治洪水，不勝其任，遂誅鯀於羽山，化爲黄熊，入于羽泉。今會稽祭禹廟不用熊白。黄能即黄熊也。陸居曰『熊』，水居曰『能』。昉按：今江淮中有鮇，名『熊』。熊，虵之精。至冬化爲雉，至春復爲虵。今吴中不食雉，毒故也。

甲：堯使鯀治水

乙：堯誅鯀於羽山

丙：鯀死化爲黄能

按：艾伯華將此類故事歸類爲『（一六七）大禹化熊』。其故事情節單元爲：『（一）山神或神變成一個動物，並以該動物的身形進行勞動。（二）他不吃這種動物的肉。（三）他的妻子在他勞動時看見了他。（四）勞動中止了。』按其情節單元劃分特點，似以《山海經》爲本。《山海經·海内經》記載大禹化熊治水的故事：『禹娶塗山氏女，不以私害公，自辛至甲四日，復往治水。禹治洪水，通轘轅山，化爲熊。謂塗山氏曰：「欲餉，聞鼓聲乃來。」禹跳石，誤中鼓，塗山氏往，見禹方坐熊，慚而去。至嵩高山下，化爲石，方生啓。』除去情節單元（二）之外，《山海經》與艾本完全符合。艾本並未記録《山海經》的出處，並溯源故事到公元前二世紀。若以《山海經》爲斷，則其時間可上溯到春秋戰國時期。《述異記》所載與艾本不同，是鯀化熊，而非禹。『殛鯀』之事，《尚書·堯典》和《尚書·舜典》均有記述，表述爲：『流共工于幽州，放驩兜于崇山，竄三苗于三危，殛鯀于羽山。四罪而天下咸服。』説明『四罪』是堯舜共同的行爲，按堯舜的君臣關係，可以推知舜爲實際施行政策者，而堯則是背後授意者。鯀死化熊，也非禹化熊治水的母題。若以艾本爲據，則此故事可歸類爲：

一六七·一　鯀化黄熊。

六　泉客（蛟人）故事類型

艾：（一八一）龍珠

祁：鮫人淚型故事

揚州有蚍市，市人鬻珠玉而雜貨鮫布。鮫人即泉先也。又名『泉客』。

南海出鮫綃紗。泉先潛織，一名『龍紗』，其價百餘金，以爲服，入水不濡。

南海有龍綃宫，泉先織綃之處，綃有白如霜者。

甲一：蛟人鬻珠

甲二：蛟人織綃

按：艾伯華將此類故事歸類爲：『（一八一）龍珠』。其情節單元：『（一）一人潛水來到水下洞内，見一男人在睡覺。（二）他拿走了他的珍珠，送給了官府。（三）官府讓人立刻把珍珠送回原處，砍了拾者的頭。』故事的結構圍繞着偷盜龍珠，進而被懲罰的主題展開。泉客故事類型則是以『鬻珠』、『獻珠』爲主題的，所涉及的故事邏輯是以報恩爲主的。祁連休先生歸納的故事類型中有鮫人淚型故事，所依據故事文本爲《漢武帝别國洞冥記》《博物志》《搜神記》等。《漢武帝别國洞冥記》卷二『蛟人淚珠』記載：『吠勒國……去長安九千里，在日南。人長七尺，被髮至踵，乘犀象之車。乘象入海底取寶，宿於蛟人之舍，得淚珠。則蛟所泣之珠也，亦曰泣珠。』故事將蛟人、珠玉與哭泣聯係起來，蛟人之珠玉即哭泣之淚珠，這是在《述異記》文本之上的進一步生發。與此相似，《博物志》卷二曰：『南海外有鮫人，水居如魚，不廢織績，其眠能泣珠。』《博物志》另有記載：『鮫人從水出，寓人家，積日賣絹。將去，從主人索一器，泣而成珠，滿盤以與主人。』《搜神記》亦曰：『南海之外有鮫人，水居如魚，不廢織績，其眼泣則能出珠。』

七　精衛填海（帝女雀）故事類型

昔炎帝女溺死東海中，化爲精衛，其名自呼。每銜西山石木填東海。偶海燕而生子，生雌狀如精衛，生雄如海燕。今東海精衛誓水處，曾溺於此川，誓不飲其水。一名鳥誓，一名冤禽，又名志鳥，俗呼『帝女雀』。

甲：炎帝女溺死東海，化爲精衛

乙：精衛填東海

丙：精衛偶海燕生子

按：此條在《山海經》《博物志》亦可見。《山海經·北山經》記載：『又北二百里曰「發鳩之山」，其上多柘木，有鳥焉，其狀如烏，文首白喙赤足，名曰「精衛」，其鳴自詨。是炎帝之少女，名曰「女娃」。女娃游于東海，溺而不返，故爲精衛，常銜西山之木石以堙于東海。』《博物志》卷三：『有鳥如烏，文首白喙赤足，曰「精衛」，……故精衛常取西山之木石以填東海。』此兩條包含了甲、乙兩個母題，没有偶海燕生子的叙事母題。

八　龍芻化駒故事類型

東海島龍川，穆天子養八駿處也。島中有草名『龍芻』，馬食之一日千里。古語云：『一秣龍芻，化爲龍駒。』

甲：龍芻化駒

九　胡書龜曆故事類型

陶唐之世，越裳國獻千歲神龜，方三尺餘，背上有文，皆科斗書，記開闢已來。帝命録之，謂之『龜曆』。伏滔《述帝功德銘》曰：『胡書龜曆之文。』

甲：越裳獻龜

乙：神龜獻曆

一〇　女子化龍故事類型

夏桀宫中有女子化爲龍，不可近。俄而復爲婦人，甚麗而食人。桀命爲蛟妾，告桀吉凶。

甲：女子化龍

乙：龍化婦人

丙：婦人食人

丁：婦人爲蛟妾，告桀吉凶

按：漢劉向《列女傳》卷七《孽嬖傳·夏桀末喜》記載了桀的妃子末喜故事：『末喜者，夏桀之妃也。美於色，薄於德，亂孽無道，女子行丈夫心，佩劍帶冠。桀既棄禮義，淫於婦人，求美女，積之於後宮，收倡優侏儒狎徒能爲奇偉戲者，聚之於旁，造爛漫之樂，日夜與末喜及宮女飲酒，無有休時。置末喜於膝上，聽用其言，昏亂失道。驕奢自恣，爲酒池可以運舟，一鼓而牛飲者三千人，輢其頭而飲之於酒池，醉而溺死者，末喜笑之以爲樂。』末喜見人之受厄、溺死以爲樂，與女子食人相通，似爲民間隱語。

一一　泰山石泣故事類型

桀時，泰山山走石泣。先儒說：「桀之將亡，泰山三日泣。」今泰山山石遠望之若人泣者，是也。周武謂周公曰：「桀爲不道，走山泣石。」

甲：桀爲不道

乙：泰山石泣

一二　孤竹獻筍故事類型

東海畔有孤竹焉。斬而復生，中有管。周武王時孤竹之國獻瑞筍一株。

甲：東海孤竹

乙：孤竹獻筍

一三　貝多獻雀故事類型

周成王元年，貝多國人獻舞雀，周公命返之。

甲：貝多獻雀

一四　舜二妃故事類型

湘水去岸三十里許，有相思宫、望帝臺。昔舜南巡而葬於蒼梧之野，堯之二女娥皇、女英追之不及，相與慟哭，淚下沾竹，竹文上爲之斑斑然。

甲：舜南巡而亡

乙：二妃追舜

丙：二妃泣竹

按：此一條本事爲《史記·五帝本紀》所記舜事：『（舜帝）南巡狩，崩於蒼梧之野，葬於江南九疑，是爲零陵。』

一五　相思木故事類型

祁：相思樹型故事

昔戰國時，魏國苦秦之難，有民從征戍秦，久不返，妻思而卒。既葬，塚上生木，枝葉皆向夫所在而傾，因名『相思木』。今秦趙間有相思草，狀如石竹而節節相續，一名『斷腸草』，又名『愁婦草』，亦名『霜草』。人呼爲『寡婦莎』。蓋相思之流也。

甲：將士戍秦不返

乙：妻思而卒

丙：塚上生相思木

按：『將士戍秦』的母題是民間文學中一個流行敘事模式，尤其是常與杞梁妻、孟姜女的傳説聯係在一起，秦經常被轉換爲强大而殘暴的秦始皇嬴政。如唐貫休《杞梁妻》：『秦之無道兮四海枯，築长城兮遮北胡。築人築土一万里，杞梁贞妇啼嗚嗚。上無父兮中無夫，下無子兮孤復孤。一號城崩塞色苦，再號杞梁骨出土。疲魂饑魄相逐歸，陌上少年莫相非！』塚上生木也是一個重要的母題，漢樂府《孔雀東南飛》中焦仲卿和劉蘭之，最後選擇的方式是以死抗争，結果促成了兩家的和解，墳塚上的梧桐樹『枝枝相覆蓋，葉葉相交通』。韓憑妻的故事講述了韓憑妻子因色美而被宋康王搶奪，憑死而妻從，康王怒而將二塚分離，然『宿昔之間，便有大梓木生於二塚之端，旬日而大盈抱，屈體相就，根交於下，枝錯於上』。與前兩者所述塚上生木的母題是相一致的。

一六　懶婦魚故事類型

AT：（B一七五）魔術魚

艾：（八二）魚的來歷II

淮南有懶婦魚，俗云：『昔楊氏家婦爲姑所溺而死，化爲魚焉。其脂膏可燃燈燭，以之照鳴琴、博奕，則爛然有光；及照紡績，則不復明焉。』

甲：女子爲姑所溺而亡

乙：女子化魚

丙：喜玩不喜勞作

按：艾伯華將此類故事歸類爲『（八二）魚的來歷II』。主要情節單元是：『一個姑娘或一對戀人無辜死去，變成了魚。』這與懶婦魚故事的『無辜溺亡』和『化魚』是相一致的。懶婦魚『喜玩不喜勞作』，是對故事情節的進一步推進。

一七　封劭化虎故事類型

漢宣城郡守封邵，一旦化爲虎，食郡民，民呼之曰『封使君』。因去不復來，故時人語曰：『無作封使君，生不治民，死食民。』夫人無德而壽則爲虎，虎不食人，人化虎則食人。蓋耻其類而惡之。

甲：封邵化虎

乙：虎食人

按：南朝宋劉敬叔《異苑》亦記載了化虎的母題，只是主人公是一位女子。曰：『太元末，徐桓以太元中出門仿佯，見一女子，因言曲相調，便要桓入草中。桓説其色，乃隨去。女子忽然變成虎，負桓着背上，徑向深山。其家左右尋覓，唯見虎跡，旬日，虎夜送桓下着門外。』對其中的母題進行提煉，包括：徐桓受邀、化虎負桓及送桓歸家。

一八　麻姑登仙故事類型

濟陽山有麻姑登仙處，俗說：『山上千年金鷄鳴，玉犬吠。』

甲：麻姑登仙

乙：山上鷄鳴犬吠

按：曹丕《列異傳》記載：『神仙麻姑降東陽蔡經家，手爪長四寸。經意曰：「此女子實好佳手，願得以搔背。」麻姑大怒，忽見經頓地，兩目流血。』此故事與麻姑登仙不同，其故事類型爲麻姑搔背，卻是民間社會流傳廣泛的一則故事。晉葛洪《神仙傳》卷二《王遠》：『麻姑手爪不如人爪，形皆似鳥爪。蔡經中心私言：「若背大癢時，得此爪以爬背，當佳也。」方平已知經心中所言，即使人牽經鞭之，曰：「麻姑神人也，汝何忽謂其爪可以爬背耶！」但見鞭著經背，亦不見有人持鞭者。』《太平廣記》卷六十『麻姑』亦載：『漢孝桓帝時，神仙王遠，字方平，降於蔡經家。』到清薛大訓《歷代神仙通鑒》記載，麻姑故事漸趨豐贍。可提煉的敘事母題有：麻姑降塵、滄海桑田、麻姑搔背等。若從《太平廣記》所言『漢孝桓帝時』，則漢時麻姑諸母題已經成型。《述異記》所記『麻姑登仙』應是較早形態的麻姑故事。

一九　吴王夫差故事類型

吴王夫差築姑蘇之臺，三年乃成，周旋詰屈，横亘五里，崇飾土木，殫耗人力，宫妓數千人。上别立春宵宫，爲長夜之飲，造千石酒鐘。夫差作天池，池中造青龍舟，舟中盛陳妓樂，日與西施爲水嬉。吴王於宫中作海靈館、館娃閣，銅溝玉檻，宫之楹檻，皆珠玉飾之。

甲：夫差築姑蘇臺

乙：與西施嬉戲

按：與任昉生活時期相近的劉宋及陳時的紹興等地，亦有豐富的西施故事。《太平御覽》引南朝宋孔靈符《會稽記》：『勾踐索美女以獻吴王，得諸暨羅山賣薪女西施，鄭旦先教習於土城山，山邊有石，云是西施瀞紗石。』《吴越春秋》引唐梁載言《十道志》：『勾踐索美女以獻吴王，得之諸暨苧羅山，賣薪女也。西施山下有浣紗石。』從故事文獻記載來判斷，伴隨着中原世家大族南遷，南方地區得到了開發，與之相互關聯的吴越故事得到了進一步闡述。

二〇　越王勾踐故事類型

吳既滅越，棲勾踐於會稽之上，地方千里。勾踐得范蠡之謀乃示民以耕桑，延四方之士，作臺于外而館賢士。今會稽山有越王臺。今交州麻林一名紵林。勾踐種麻，將以弦弓，交州糠頭山，勾踐貯米於其上，春積糠爲山。今會稽之上有越王鑄劍洲、箭鏃洲，往往有得古箭鏃，蓋古制也。

甲：越亡勾踐棲於會稽

乙：勾踐建越王臺

丙一：勾踐種麻

丙二：勾踐貯米

二一　范蠡故事類型

洞庭湖中有釣洲，昔范蠡乘扁舟至此，遇風，止，釣于洲上，刻石記焉。有一陂，陂中有范蠡魚，昔范蠡钓得大魚，烹食之，小者放于陂中，陂邊有范蠡石牀、石硯、鈷鉧。范蠡宅在湖中，多桑紵英果，有海杏大如拳，苦菜、甘柚林。石壁上鑿兵书十篇。菰葑川，皆范蠡手植之。定陶有范蠡千斛魚陂、木桃園、酸棗林。梧桐宮在句容縣，傳云：『吳別館有楸梧成林焉，梧子可食。』古樂府云『梧宮秋，吳王愁』是也。

甲：范蠡乘船至釣洲

乙一：范蠡魚

乙二：范蠡石牀、石硯、鈷鉧

乙三：范蠡宅

乙四：范蠡千斛魚陂

按：《史記》卷一百二十九《貨殖列傳》第六十九記載了范蠡本事：『范蠡既雪會稽之恥，乃喟然而歎曰：「計然之策七，越用其五而得意，既已施於國，吾欲用之家。」乃乘扁舟浮于江湖，變名易姓，適齊，爲鴟夷子皮，之陶，爲朱公。朱公以爲陶天下之中，諸侯四通，貨物所交易也。乃治產積居，與時逐而不責於人。故善治生者能擇人而任時。十九年之中，三致千金，再分散與貧交疏昆弟，此所謂富好行其德者也。後年衰老而聽子孫，子孫修業而息之，遂至巨萬，故言富者皆稱陶朱公。』《史記》所述范蠡故事涉及多個母題，如范蠡雪耻、范蠡隱逸、范蠡富甲天下、范蠡散財等。其中，《述異記》所述爲范蠡隱逸母題的擴充敘事，洞庭湖也只是其隱逸、有其傳説的一個地點而已。

二二 老子篆書故事類型

瀨鄉石堂有老子篆書《道德經》五千字，蔡邕於其旁以隸書證之。

甲：老子篆書《道德經》

乙：蔡邕證之

二三 香水溪故事類型

一説香水在并州，其水香潔，浴之去病。吴故宫亦有香水溪，俗云『西施浴處』，人呼爲『脂粉塘』。吴王宫人濯粧於此溪上源，至今馨香。古詩云：『安得香水泉，濯郎衣上塵。』俗説：『魏武帝陵中亦有泉，謂之香水。』

甲：香水去病

乙：吴宫人濯粧

二四　軒轅鑄鏡故事類型

饒州俗傳軒轅氏鑄鏡於湖邊，今有軒轅磨鏡石，石上常潔，不生蔓草。

甲：軒轅鑄鏡

二五　盧陵侯故事類型

AT：（E二六一）遊魂的侵擾

盧陵郡有董氏之宅，前有董家祠。昔有董氏語其鄉人曰：『吾當盡室作神。』及死，家人老幼皆卒。鄉人往往見之，稱：『吾於地下作盧陵侯。』鄉人因爲立祠，能致風雨。

甲：董氏老幼皆卒

乙：董氏爲地下盧陵侯

二六　空谷彈箏故事類型

安定西隴道，其谷中有彈箏之聲，行人過聞之，謂之『彈箏谷』。

甲：空谷箏聲

二七　海鵠吞人故事類型

西海外有鵠國人，長七寸，日行千里，百獸不犯。惟畏海鵠，鵠見必吞之。在鵠腹中不死，鵠一舉亦千里。

甲：鵠人畏海鵠

乙：海鵠吞人

二八　鳥吐綬故事類型

吐綬鳥，其身大如鸜，五色，出巴東山中，毛色可愛，若天晴景淑，即吐綬，長一尺，須臾還吞之，陰滯即不吐。

甲：烏吐綬

二九　猰貐食人故事類型

猰貐，獸中最大者，龍頭、馬尾、虎爪，長四百尺，善走，以人爲食。遇有道君即隱藏，無道君即出食人。

甲：龍頭、馬尾、虎爪

乙：猰貐食人

丙：有道隱，無道出食人

按：《山海經・北山經》：『又北二百里曰「少咸之山」，無草木，多青碧，有獸焉，其狀如牛而赤身、人面、馬足，名曰「窫窳」。其音如嬰兒，是食人。敦水出焉，東流注于雁門之水，其中多鯙鯙之魚，食之殺人。』《爾雅》云：『窫窳似貙，虎爪。』《海内南經》云：『窫窳，龍首，居弱水中。』《海内西經》云：『窫窳，蛇身人面。』《山海經》《爾雅》成書遠早於《述異記》，從拼接而成的圖案可知，猰貐的外形如牛，蛇身人面，馬足虎爪。在南朝梁《述異記》中，又進一步有龍頭馬尾的描述。

三〇　夢口穴故事類型

艾：（一〇七）漁人遇仙

鍾：賣魚人遇仙型

南康樗都縣西沿江有石室，名『夢口穴』。嘗有船人遇一人，通身黃衣，擔兩籠黃瓜求寄載，過至崖下，此人唾盤上，徑下崖，直入石穴中。船上初甚忿之，見其人入石，始知異，視盤上唾，悉是金矣。

甲：黃衣人求載船

乙：入石穴

丙：唾變金

按：艾伯華將此類漁人遇仙，得到賞賜的故事歸類爲『（一〇七）漁人遇仙』。情節單元如下：『（一）賣魚人聽説，一個或幾個仙人要從某個地方經過。（二）他等待仙人。（三）他得到一個垃圾做的藥丸，他要把它吃了，但他吃不下去，把它放進了魚桶裏，死魚又活了。他得到很多錢。（四）他的同行對他嫉妒起來，想把他的藥丸偷走。他由於害怕，把藥丸吞了下去。』

故事展開的基本綫索是漁人遇仙受到賞賜。『夢口穴』的故事展開也同此，（一）（三）與『黄衣人求載船』和『唾變金』的母題是相呼應的。（四）的情節没有。《舊小説》本《述異記》記載的『夢口穴』故事極爲詳盡：『南康雩都縣跨江南出，去縣三里，名「夢口」，有穴狀如石室。舊傳嘗有神鷄，色如好金，出此穴中。奮翼迴翔，長鳴響徹，見人輒隱入穴中，因號此石爲鷄石。昔有人耕種此上側，望見鷄出遊戲，有一長人操彈彈之，鷄遥見，便飛入穴。彈丸正著穴上，石徑六尺許，下垂蔽穴，猶有間隙，不復容人。又有人乘船從下流還縣，未至此崖數里，有一人通身黄衣，擔兩籠黄瓜求寄載之，黄衣人乞食，船主與之盤酒。食訖，至崖下，船主乞瓜，此人不與，仍唾盤内，徑上崖，直入石中，船主初甚忿之，見其入石，始知神異，取向食器視之，見盤上唾悉是黄金。』爲增加洞穴的神奇性，故事增加了『鷄石』的母題：神鷄響徹，見人則隱入穴内。

三一　噲參療鶴（玄鶴報恩）故事類型

艾：（一六）動物報恩

鍾：燕子報恩

噲參養母至孝。曾有玄鶴爲戎人所射，窮而歸參。參收養療治，瘡愈放之，後鶴夜到門外，參秉燭視鶴，雌雄雙至，各銜明月珠以置參家。

甲：傷鶴

乙：噲參療鶴

丙：鶴銜珠報恩

按：艾伯華將此類故事歸類爲『（一六）動物報恩』。其情節單元爲：『（一）有個人曾幫助過一只動物。（二）當他處於生命危險時，這隻動物前來救助。』故事母題同玄鶴報恩。《搜神記》亦記載：『噲參養母至孝，曾有玄鶴爲戎人所射，窮而歸參。收養療治，瘡愈放之，後鶴夜到門外，參秉燭視之，鶴雌雄雙至，各銜明月珠報參焉。』除個別字詞外，幾乎完全相同。

三二　舒姑弦歌故事類型

宣城蓋山有舒姑泉，俗傳有舒氏女與父析薪，女坐泉處，忽牽挽不動。父遽告家，及再至其地，唯見清泉湛然。其母曰：『女好音樂。』乃作弦歌，泉乃涌流。

甲：女於泉處不動

乙：父唯見清泉湛然

丙：弦歌泉涌

按：《文選》卷四十三《劉孝標重答劉秣陵沼書》，六臣注引《宣城記》曰：『臨城縣南四十里，蓋山高百許丈，有舒姑泉。昔有舒氏女與其父析薪此泉處坐，牽挽不動，乃還告家。比還，唯見青泉湛然。女母曰：「吾女本好音樂。」乃弦歌，泉涌迴流，有朱鯉一雙。今作樂嬉戲，泉故涌出也。』相較於《述異記》文本，《宣城記》多一『朱鯉』母題。

三三　玉女搗碪故事類型

搗衣山一名靈山，在瑯琊郡。山南絕險，巖有方石，昔有神女於此搗衣，其石明瑩，謂之『玉女搗練碪』。

甲：神女搗衣

三四　蠶女助蠶故事類型

艾：（三五）田螺娘

鍾：雲中落綉鞋

園客者，濟陰人。貌美，邑人多欲妻之，客終不娶。常種五色香草，積十餘年，服食其實。忽有五色蛾集香草上，客薦之以布，生華蠶焉。至蠶時，有一女自來助養蠶，以香草食之，得繭一百二十枚，繭大如甕，每一繭繅六七日絲方盡。繅訖，此女與客俱神仙去。

甲：園客不娶，種五色香草

乙：五色蛾集香草，生蠶

丙：蠶女助蠶

丁：蠶女與客俱去

按：艾伯華將此類動物幻化成女子爲人妻的故事，歸類爲『（三五）田螺娘』。基本情節單元爲：『（一）青年男子見到一隻田螺，把它帶回了家。（二）田螺趁他不在家的時候，變成一個少女，她又做飯，又打掃屋子。（三）幾天後，他窺見這姑娘，上前擁抱她，娶她爲妻。（四）過了若干時間，妻子拿到被丈夫藏起來的田螺殼，離家而去。』故事邏輯圍繞着動物變形——助男子持家——仙去的結構展開。田螺女的性質與蠶女的性質是相似的，此外『助蠶』與『做飯、打掃屋子』、『蠶女仙去』與『田螺女離家』結構及功能是相同的。艾伯華將陶潛所著的《搜神後記》中的『白水素女』視爲該故事類型的早期表現形式，但西晉的束晳在《發蒙記》中已記載有此故事，則故事時間可以推源到公元三至四世紀。

三五　歷陽老姥（城陷爲湖）故事類型

AT：（F九四四）城市沉入海里

祁：城陷爲湖故事類型

和州歷陽淪爲湖。昔有書生遇一老姥，姥待之厚，生謂姥曰：『此縣門石龜眼血出，此地當陷爲湖。』姥數往視之，門吏問姥，姥具答之。吏以朱點龜眼，姥見，遂走上北山，顧城遂陷焉。今湖中有明府魚、奴魚、婢魚。

甲：書生遇老姥

乙：石龜眼出血，姥走北山

丙：顧城陷落

按：《淮南子》卷二《淑真訓》：『歷陽之都，一夕反而爲湖。』東漢高誘注：『歷陽，淮南國之縣名，今屬江都。昔有老嫗常行仁義。有二諸生過之，謂曰：「此國當没爲湖。」謂嫗：「視東城門閫有血，便走上北山，勿顧也。」自此，嫗便往視門閫。閽者問之，嫗對曰如是。其暮，門吏故殺鷄血塗門閫。明旦，老嫗早往視門，見血，便上北山，國没爲湖，與門吏言其事，適一宿耳。一夕旦而爲湖也。』《搜神記》卷十三『長水縣』：『由拳縣，秦時長水縣也。始皇時童謡曰：「城門有血，城當陷没爲湖。」有嫗聞之，朝朝往窺。門將欲縛之，嫗言其故，後門將以犬血塗門，嫗見血，便走去。忽有大水欲没縣，主簿令幹入白令，令曰：「何忽作魚？」幹曰：「明府亦作魚。」遂淪爲湖。』唐李冗《独異志》卷上：『歷陽縣有一媪常爲善。忽有少年過門求食，待之甚恭。臨去，謂媪曰：「時往縣，見門閫有血，即可登山避難。」自是，媪日往之門。吏問其狀，媪答以少年所教。吏即戲以鷄血塗門閫。明日，媪見有血，乃攜鷄籠走山上。其夕，縣陷爲湖。今和州歷陽湖是也。』唐李吉甫《元和郡縣圖志》卷二十四《淮南道·和州》：『歷陽湖，在縣西三十里。昔有一書生遇一姥，門吏問姥，姥具以對。吏因以朱點眼，姥見，遂走上西山，顧城已陷。今湖中有明府魚、婢魚、奴魚之名。』從上列文獻的比較來看，漢代已經有了成型的故事形態。老姥所以逃離水灾，是常行仁義的結果。這一因果關係，《述異記》並未提及。《搜神記》則直接將故事發生時間提前至秦始皇時，並交代了文末所言明府魚、婢魚、奴魚是由歷陽城陷之後，縣令、婢女、奴僕所化而來的端尾。比較幾個文本，《述異記》與《元和郡縣圖志》行文規則極爲相似，可能是唐人因之杜撰而成。宋以後故事形態仍有變化發展，將復仇母題和報恩母題混融在一起。參見祁連休《中國古代民間故事類型研究》（上）所列城陷爲湖故事類型。

三六　王質爛柯故事類型

艾：（一〇三）仙鄉淹留、光陰飛逝

祁：觀仙對弈型故事

信安郡有石室山。晉時王質伐木至，見童子數人棊而歌，質因聽之。童子以一物與質，如棗核，質含之不覺饑。俄頃，童子謂曰：『何不去？』質起視斧柯，爛盡。既歸，無復時人。

甲：王質觀棋

乙：食棗

丙：爛柯

按：艾伯華將此類故事歸類爲『（一〇三）仙鄉淹留、光陰飛逝』。其基本情節單元爲：『（一）一個人在洞裏遇見了神仙。（二）他和他們聊天，或者看見他們下棋。（三）他從洞裏出來時，世上已經過去很多年。』故事情節與《述異記》相同，《述異記》所言『爛柯』也是時間已經過去很久之意。艾伯華推論其歷史淵源，認爲：『通過《神仙記》和《水經注》證明出現在公元五至六世紀。』若以虞喜爲最早的故事記録者，則其所生活的東晉爲故事的較早成型階段，則時間應在三至四世紀。祈連休將此故事命名爲『觀仙對弈型故事』，并追溯故事早期的源頭爲晉袁山松《郡國志》：『道士王質，負斧入山，采桐爲琴，遇赤松子與安期先生棋而斧柯爛。』其後描述故事至明清民國時期的形態發展變化。東晉虞喜《志林》：『信安山有石室，王質入其室，見二童子方對棋，看之，局未終，視其所執伐薪柯已爛朽，遽歸鄉里，已非矣。』所敘述的基本母題、人物均同於《述異記》。

三七　螺女故事類型

艾：（三五）田螺娘

鍾：螺女型

祁：田螺女型故事

螺亭在南康郡。昔有一女採螺爲業，曾宿此亭。夜聞空中風雨聲，乃見衆螺張口而至，便亂噉其肉。明日，唯有骨存焉。故號此亭爲『螺亭』。

甲：螺女采螺

乙：衆螺噉肉

《述異記》另載一全然不同的螺女故事，兹録如下：

晉安郡有一書生謝端，爲性介潔，不染聲色。嘗於海岸觀濤，得一大螺，大如一石米斛，割之，中有美女，曰：『予天漢中白水素女，天帝矜卿純正，令爲君作婦。』端以爲妖，呵責遣之，女歎息升雲而去。

甲：謝端得大螺

乙：螺女願爲婦

丙：謝端呵斥

按：民間文學中常見的螺女故事類型是以螺化女、女報恩爲故事母題的，這一類型在魏晋以後的故事文本中生息繁衍，枝繁葉茂。但從早期的故事文本來看，螺和女的關係並不是和諧的，女子是以采螺爲業的，與螺之間構成了敵對關係，故而形成了你死我活的報仇故事主題。采螺女最終的結果就是被螺噉肉。但從螺女故事的發展軌跡來看，存在報仇消亡、報恩繁衍生息的不同發展路徑。

三八　荀瓌跨鶴故事類型

艾：（一八三）會飛的竹馬

荀瓌字叔偉，潛棲即粧。嘗東遊，憩江夏黄鶴樓上，望西南有物飄然降自霄漢，俄頃已至，乃駕鶴之賓也。鶴止户側，仙者就席，羽衣虹裳，賓主歡對，已而辭去，跨鶴騰空，渺然而滅。

甲：荀瓌遊黄鶴樓

乙：仙人歡對

丙：荀瓌跨鶴而去

三九　龜爛桑亡故事類型

AT：（B二一〇）説話的動物

艾：（二八）動物對話

東陽郡永康縣，吴時有人入山，逢大龜，擔之，未至家，遇夜，攬舟於岸。見老桑呼龜曰：『元緒，汝當死矣。』龜呼桑樹曰：『子明無苦也。雖然，盡南山之樵，不能潰我。』對曰：『諸葛恪明敏，禍必及於予。』明日，其人將龜獻吴主，命煑之，三日三夜不死。遂問諸葛恪，恪曰：『此龜有精，須得多年老桑爲薪，煑之立爛。』遂令以老桑斫之爲薪，既燃即爛。

甲：吴人遇龜

乙：龜爛桑亡

四〇　積憂蟲故事類型

漢武帝幸甘泉長平阪道中，有虫赤如肝，頭目口齒悉具，人莫知也。時東方朔曰：『此古秦獄地也，積憂所致。』上使按圖，果秦獄地。朔曰：『夫積憂者，得酒而解。』乃以虫置酒中，立消。

甲：赤蟲積憂

乙：得酒而解

四一　劉寄奴（劉裕）故事類型

AT：（E一〇五）靠藥草復活

宋武帝微時，伐荻於新洲，見一大虵，長數丈，遂射之，傷。明日復往觀之，聞杵臼聲，覘見數青衣童子擣藥，問其故，答曰：『我王爲劉寄奴所射，今合藥傅之。』帝曰：『何神也？』童子不答。帝叱之，皆散。收得藥，人因名此草爲『劉寄奴』。

甲：宋武帝遇蛇且傷之

乙：童子擣藥治蛇王

丙：得藥

按：劉敬叔《異苑》卷四：『宋武帝裕，字德輿，小字寄奴，微時伐荻新洲，見大虵長數丈，射之，傷。明日，復至洲里，聞有杵臼聲，往視之，見童子數人皆青衣擣藥，問其故，答曰：「我王爲劉寄奴所射，合散傅之。」帝曰：「王神何不殺之。」答曰：「劉寄奴王者不死，不可殺。」帝叱之，皆散，仍收藥而返。』與《述異記》母題相同。

四二　活人草故事類型

AT：（E一〇五）靠藥草復活

漢武帝時，西方有日支國獻活人草三莖，有人死者，將草覆面，即活之矣。

甲：日支國獻活人草

乙：死者復活

四三　虹吐金故事類型

艾：（一六）動物報恩

晉時，晉陵薛願家，有虹飲釜中水，須臾而竭，願因以酒祝而益之，虹復飲盡，吐金滿釜而去，願家遂至大富。

甲：虹飲水

乙：虹吐金

四四　石勒獲救故事類型

艾：（五三）動物保護主人公

石勒嘗傭於臨水，爲遊軍所囚，會有群鹿傍道，軍人競逐之，勒乃獲免。俄而，又見一老父謂勒曰：『向來群鹿者，我也。君應爲列國主，故相救耳。』

甲：石勒被囚

乙：群鹿庇護

丙：石勒獲救

卷下

四五　避狼故事類型

周幽王時牛化爲虎，羊化爲狼。洛南有避狼城，云：『幽王时群羊爲狼，食人，故築城避之。』今洛中有狼村，是其處也。

甲：群羊爲狼，食人

乙：避狼

四六　天雨物故事類型

王莽時，未央宫中雨五銖錢，既而至地，悉爲黽兒。

甲：未央宫雨五銖錢

乙：錢變龜兒

按：《述異記》中有大量描述天雨物的故事類型，其中雨錢或金是最主要的母題，筆者將之歸類爲甲一：雨錢雨金；甲二：雨魚；甲三：雨粟麥稻穀；甲四：雨蒼鹿；甲五：雨五色石；甲六：雨小兒；甲七：雨棗。

四七　武陵源故事類型

艾：（六三）神奇寶物

武陵源在吳中，山無他木，盡生桃李，俗呼爲『桃李源』。源上有石洞，洞中有乳水。世傳秦末喪亂，吳中人於此避難，食桃李實者，皆得仙。

甲：武陵源生桃李

乙：吳人避秦難

丙：食桃李成仙

按：晋陶淵明有《桃花源記》，以武陵捕魚人的行跡口吻講述其奇妙經歷，所描述的地點標記就是『中無雜樹』的桃花林。而桃園人的來歷則是『先世避秦時亂』。這兩個母題與《述異記》所述母題相互吻合。母題丙不同，《述異記》朝着桃子鮮美，使人成仙的方向發展。而《桃花源記》則强調其隱逸避世的特點。

四八　神農嘗藥故事類型

太原神釜岡中，有神農嘗藥之鼎存焉。

甲：神農嘗藥

按：《述異記》中另有一條也涉及神農嘗藥的母題：『咸陽山中有神農辨藥處，一名神農原、藥草山，山上紫陽觀，世傳神農於此辨百藥，中有千年龍腦。』兩者地點不同，一爲太原，一爲咸陽。神農嘗藥傳説異常豐富，《史記·補三皇本紀》：『炎帝神農氏，姜姓，母曰「女登」，有媧氏之女，爲少典妃，感神農而生炎帝，人身牛首。又云：「神農氏作蠟祭，以赭鞭鞭草木，嘗百草，始有醫藥。」』《淮南子·修務訓》：『神農嘗百草之滋味，一日而遇七十毒。』《搜神記》卷一：『神農以赭鞭鞭百草，盡知其平毒寒温之性，臭味所主，以播百穀。』

四九　魯班刻木石故事類型

木蘭川在浔陽江中，多木蘭树。昔吳王闔閭植木蘭於此，用構宮殿也。七里洲中有魯班刻木蘭爲舟，舟至今在洲中，詩家云：『木蘭舟出於此。』

甲：魯班刻木石

按：《述異記》另載有魯班故事：『天姥山南峰，昔魯班刻木爲鹤，一飛七百里，後放於北山西峰上。漢武帝使人徃取之，遂飛上南峰，徃徃天將雨則翼翅動摇，若將飛奮。』另記：『魯班刻石爲禹九州圖，今在洛城石室山。』筆者將其分别歸類爲：魯班刻木爲舟、魯班刻木爲鶴、魯班刻石爲圖等類型。

五〇　公主避亂故事類型

公主山在華山中，漢末王莽秉政，南陽公主避亂奔入此峰學道，後得升仙。至今嶺上有一雙朱履。傳云：『公主既於山中得道，駙馬王咸追之不及，故留二履以示之。』潘安仁有《公主峰記》。

甲：公主避亂

乙：學道升仙

丙：留朱履

按：任昉生活的南朝梁時，保存了大量的漢末魏晉故事，其中關於公主在危亡時刻的表現已成爲一個民間社會流行的敘事類型。《述異記》另文載永嘉亂時的公主故事：『晉永嘉亂，既已至江，諸公主不得隨去。安陽公主、平城公主奔入兩河界，悉爲民家妻，常怏怏不悦，有故鄉之思。村民感之，共築一臺以居之，謂之「公主望鄉之館」。至今巋然。王朗《懷舊賦》云：「将军出塞之臺，公主望鄉之館。」漢成帝遣將軍王潰戍邊，及帝崩，王莽篡逆，潰與莽有隙，遂留不敢歸。因逊入胡中，士卒相率築臺，爲望鄉之處。』其中母題爲：公主避亂、公主築臺。另一條則記述義陽公主凜然不可侵犯的姿態：『晉末群盜峰起，義陽公主自洛中出奔至洛南，士卒二千餘人留守不去以衛京都，劉曜攻破之。主有殊色，曜將逼之，主手刃曜不中，遂自刃。曜奇其節，遣葬之，封義陽公主，鄰民憐之，爲立廟，今義陽神是也。』其中母題爲：公主避亂、公主自刃、公主封神。

五一　符堅托夢故事類型

符堅既爲姚萇所殺於新平佛寺中，後寺主摩訶蘭常夢堅曰：『可爲吾作宮。』既而，寺左右民家死疫相繼，巫者常見堅怒曰：『吾不宮，將盡殺新平民。』因共改寺爲廟，遂無復灾疾。每年正月二日，民競祀以太牢。新平寺，今符家神也。

甲：符堅托夢

乙：夢應驗

丙：符堅實現願望

五二　梁上翁（藻兼）故事類型

艾：（一八一）龍珠

漢武宴於未央宮，忽聞人語云：『老臣負自訴。』不見其形。良久，見梁上一老翁，長八九寸，面皺鬚白，拄杖僂步至前。帝問曰：『叟何姓名？所訴者何？』翁緣柱放杖，叩首不言。因仰視屋，俯視帝脚，忽不見。帝駭懼，問東方朔，朔曰：

『其名爲藻兼，水木之精也。陛下頃來頻興宮室，斬伐其居，故來訴耳。仰頭看屋而後視陛下脚者，願陛下宮室足於此，不欲更造。』帝乃息役。後帝幸瓠子河，聞水底有絃歌之聲，置肴饍芬芳於帝前，前梁上翁及數年少絳衣，素帶佩纓，皆長八寸。一人最長，長尺餘，淩波而出，衣不沾濕，或挾樂器。帝問之曰：『向所聞樂是公等奏耶？』對曰：『臣前昧死歸訴，蒙陛下息斤斧，得全其居，故相慶樂耳。』遂奏樂，獻帝洞穴珠一枚，遂隱不見。帝問方朔：『何謂洞穴珠？』朔曰：『河底有一穴，深數百丈，中有赤蜯，蜯生此珠，徑寸明耀，絕世矣。』帝遂寶愛此珠，置於內庫。

甲：梁上翁訴訟

乙：武帝應允

丙：梁上翁獻珠

按：南朝宋劉義慶《幽明録》卷一也記載了此則故事，内容更爲繁富：『漢武帝與群臣宴於未央，方啖黍臛，忽聞人語云：「老臣冒死自訴。」不見其形。尋覓良久，樑上見一老翁，長八九寸，面目赭皺，鬚髪皓白，拄杖僂步，篤老之極。帝問曰：「叟姓字何？居在何處？何所病苦，而來訴朕？」翁緣柱而下，放杖稽首，默而不言。因仰頭視屋，俯指帝脚，忽然不見。帝駭愕不知何等，乃曰：「東方朔必識之。」於是召方朔以告，朔曰：「其名爲藻兼，水木之精也。夏巢幽林，冬潛深河。陛下頃日頻興造宮室，斬伐其居，故來訴耳。仰頭看屋，而復俯指陛下脚者，足也。願陛下宮室足於此也。」帝感之，既而息役。幸瓠子河，聞水底有弦歌之聲，前樑上翁及年少數人，絳衣素帶，纓佩甚鮮，皆長八九寸，有一人，長尺餘，淩波而出，衣不沾濡，或有挾樂器者。帝方食，爲之輟膳，命列坐於食案前。帝問曰：「聞水底奏樂，爲是君耶？」老翁對曰：「老臣前昧死歸訴，幸蒙陛下天地之施，即息斧斤，得全其居，不勝歡喜，故私相慶樂耳！」帝曰：「可得奏樂否？」曰：「故齎樂來，安敢不奏？」其最長人便治弦而歌，歌曰：「天地德兮垂至仁，愍幽魄兮停斧斤。保窟宅兮庇微身，願天子兮壽萬春。」歌聲小大無異於人，清澈繞越樑棟。又二人鳴管撫節調契聲諧，帝歡悦，舉觴並勸曰：「不德不足當雅貺。」老翁等並起拜爵，各飲數升不醉。獻帝得一紫螺殼，中有物狀如牛脂。帝問曰：「朕暗，無以識此物。」曰：「東方生知之耳！」帝曰：「可更以珍異見貽。」老翁顧命，取洞穴之寶。一人受命，下没淵底，倏忽還到，得一大珠，徑數寸，明耀絶世，帝甚愛玩。翁等忽然而隱，帝問朔：「紫螺殼中何物？」朔曰：「是蛟龍髓，以傅面，令人好顏色；又女子在孕，産之必易。」會後宮難産者，試之，殊有神效。帝以脂塗面，便悅澤。又曰：「何以此珠名洞穴珠？」朔曰：「河底有一穴，深數百丈，中有赤蚌，蚌生珠，故以名焉。」帝既深歎此事，又服朔之奇識。』

相較於《述異記》，劉義慶《幽明録》多了兩個母題：梁上翁賀宴和梁上翁獻蛟龍髓。與前所述及的鮫人淚故事爲一個大類。都是關於蛟的故事，鮫人淚即蛟珠，這裏的蛟人同樣是水中之物，不過有了新的名字——藻兼，而藻兼也並不完全生活在水中，而是梁上翁。藻兼所獻之物也不僅僅是洞穴珠，還有寶貴的蛟龍髓。宋時的《太平御覽》卷二十二《時序部七》也收録了此故事，所引《窮神秘苑幽明録》敘述簡略：『漢武帝與群臣宴於未央殿，方食棗，帝見樑上有一老翁，長八九寸，仰觀屋宇，俯視帝脚。東方朔曰：「此水木之精，其名藻兼。夏乃巢林，冬即居河。此來訴爾，所視殿名未央，下視脚者，足於此也。」上乃悉罷諸役。』

五三　列禦寇御風故事類型

列禦寇，鄭人，御風而行，常以立春日歸於八方，立秋日遊於風穴。是風至即草木皆生，去則草木皆落，謂之『離合風』。

甲：列子御風

五四　秦穆公遇媪故事類型

艾：（二八）動物對話

秦繆公時，陳倉人掘地得物，若羊非羊，似猪非猪。繆公道中逢二童子云：『此名媪史記作媦，在地中食死人腦，若以柏木穿其首，則死。』故今種柏在墓中，以防其害也。

甲：秦穆公遇媪

乙：種柏防其害

按：《搜神記》也記載了秦穆公遇媪的故事：『秦穆公時，陳倉人掘地得物，若羊非羊，若豬非豬，牽以獻穆公。道逢二童子，童子曰：「此名爲媪，常在地，食死人腦，若欲殺之，以柏插其首。」媪曰：「彼二童子名爲陳寶，得雄者王，得雌者伯。」陳倉人舍媪逐二童子，童子化爲雉，飛入平林。陳倉人告穆公，穆公發徒大獵，果得其雌，又化爲石，置之汧、渭之間。至文公時，爲立祠陳寶。其雄者飛至南陽，今南陽雉縣是其地也。秦欲表其符，故以名縣。每陳倉祠時，有赤光長十餘丈，從雉縣來，入陳倉祠中，有聲殷殷如雄雉。其後，光武起於南陽。』從故事行文來看，較《述異記》多了一個情節單元，即蝹云二童子爲雉所化的部分。故事看起來比較完整，蝹與二童子都具有神仙本事，只是二童子已經仙化爲人，而蝹還介於羊猪之間。提煉其中的母題爲『二童子化雉』。《酉陽雜俎》也載有此故事：『昔秦時陳倉人，獵獸若彘而不知名，道逢二童子曰：「此名弗述，常在地中食死人腦，欲殺之，當以柏插其首。」』故事母題同《述異記》。

五五　玉釵化燕故事類型

艾：（二四）燕子報恩

漢武帝元鼎元年，起招靈閣，有一神女留一玉釵與帝，帝以賜趙婕好。至昭帝元鳳中，宮人見此釵光瑩甚異，共謀欲碎之。明視釵匣，唯見白燕直升天去，後宮人常作玉釵，因名『玉燕釵』。

甲：神女賜玉釵

乙：玉釵化玉燕

按：艾伯華將此類故事歸類爲『（二四）燕子報恩』。基本情節如下：『（一）有人給一隻受傷的燕子或別的鳥治病。（二）燕子給了他一粒神奇的種子表示感謝，他因此變富。（三）另一人效仿他，故意把燕子弄傷。（四）另一人受到懲罰。』故事的敘事結構、基本主題與玉釵化燕是相似的，圍繞着得到寶物——失去寶物——受懲罰而展開，寶物的主題確定爲燕子。《漢武洞冥記》亦記載此故事：『元鼎元年，起招仙閣於甘泉宮西。……有青鳥赤頭，道路而下，以迎神女，神女留玉釵以贈帝，帝以賜趙婕妤。至昭帝元鳳中，宮人猶見此釵。黄諃欲之，明日示之，既發匣，有白燕飛升天，後宮人學作此釵，因名「玉燕釵」，言吉祥也。』故事母題同《述異記》。

五六　潄金鳥故事類型

AT：（F三四二·一）小妖精的金子

艾：（一六）動物報恩

三國時，昆明國貢魏瀨金鳥，鳥形如雀色，常翱翔海上，吐金屑如粟。至冬，此鳥即畏霜雪。魏帝乃起温室以處之，名曰『辟寒臺』，故謂吐此金爲『辟寒金』也。

甲：漱金鳥吐金

乙：辟寒臺與辟寒金

按：《太平廣記》卷四百六十三《禽鳥四》，引《拾遺録》記載了此故事：『魏時，昆明國貢漱金鳥，國人云：「其地去然州九千里出此鳥，形如雀，色黄，毛羽柔密，常翱翔海上。」羅者得之，以爲至祥。聞大魏之德被於荒遠，乃越山航海來獻大國，帝得此鳥蓄於靈禽之圃，飴以真珠，飲以龜腦，鳥常吐金屑如粟，鑄之可以爲器。昔漢武時有獻大雀，此之類也。此鳥畏霜雪，乃起小室以處之，名曰「辟寒臺」，皆用水晶爲户牖，使内外通光，而常隔於風雨塵霧。宫人争以鳥所吐之金飾釵珮，謂之「辟寒金」，故宫人相嘲言曰：「不服辟寒金，那得君王心；不服辟寒鈿，那得君王憐。」於是魅惑争以寶爲身飾，及行卧皆懷挾以要寵也。魏代喪滅，珍寶池臺，鞠爲茂草，漱金之鳥，亦自高翔。』其中，故事被分爲兩個時間段：曹魏時和漢武帝時。曹魏時主要講述的是母題甲，即漱金鳥吐金的故事；漢武時主要講述的是母題乙，即辟寒臺與辟寒金的故事。《述異記》顯然綜合了兩種説法。唐段公路《北户録》引《媚藥》也記載了『漱金鳥辟寒金』的故事：『三國時，昆明國貢魏漱金鳥，鳥形如雀，色黄，常翱翔海上。吹金屑如粟，鑄以成器服，宮人争以鳥所吐金爲釵佩，謂之「辟寒金」，以鳥畏寒也。又，宮人相嘲哢：「不服辟寒金，那得帝王心。」』故事也來自兩個母題。可以看出的是早期漱金鳥主要功能是『吐金』。辟寒臺與辟寒金，可能是後進入的故事母題，且從《拾遺録》『昔漢武時有獻大雀，此之類也』的描述來看，此『大雀』可能是另一種功能相似的鳥，主要特點是怕冷兼能吐金。在東晋王嘉著録《拾遺録》時，已經將兩種鳥的功能歸化於漱金鳥一身了。

五七　宮人復活故事類型

漢末關中大亂，有發漢時宮人塚者，宮人猶活。既出，平復如故。魏郭后愛念之，録爲宮人，常置左右，問漢時宮中事，説之，皆有次第。郭后崩，因哭泣過度，遂死。

甲：宮人復活

按：此條商本無，據徐本補入。《搜神記》卷一五記載：『漢末關中大亂，有發前漢宮人塚者，宫人猶活，既出，平復如舊。魏郭后愛念之，録置宫内，常在左右，問漢時宫中事，説之了了，皆有次緒。郭后崩，哭泣過哀，遂死。』故事母題同《述異記》。

五八　三翁化銀故事類型

艾：（一七七）銀器搬家

桂陽郡有銀井，鑿之轉深。漢有村人焦先於半道見三老人，徧身皓白，云：『逐我太苦，今往他所。』先知是怪，以刀斫之，三翁各以杖授刀。忽不見，視其斷杖，是銀，其井後遂不生銀也。

甲：鑿井取銀

乙：三翁化銀

按：艾伯華將此類故事歸類爲『（一七七）銀器搬家』。其故事情節爲：『（一）一個人把他的全部銀子鑄成鞋或者人的形狀。（二）由於受到了侮辱，銀鞋或者銀人想搬家。（三）再想得到它們，失敗了。』『三翁化銀』的母題對應於銀器搬家的後兩個母題。第一個母題是以銀井的面貌出現的。

五九　鹿娘故事類型

AT：（T五四〇）神奇地出生

貞山在毗陵郡，梁时有村人韓文秀見一鹿産一女子在地，遂收養之。及長，與凡女有異，遂爲女冠。梁武帝爲別立一觀，號曰『鹿娘』。後死入棺，武帝致祭，開棺視之，但聞異香，不見骸骨，蓋尸解耳，遂葬棺於毗陵。因號其葬處爲『貞山』。

甲：鹿産女

乙：梁武帝爲女立觀

按：《古今圖書集成·方輿滙編·常州府部外編》，引《武進縣志》記載此故事：『毘陵村人韓文秀見鹿産一女子在地，遂收養之。及長，度爲女冠，梁武帝爲別立一觀，號曰「鹿娘」，死後武帝致祭，聞館中異香，開棺視之，不見骸骨，蓋尸解也，葬於毘陵，號爲「真山」。』故事母題同《述異記》。

《幽明録》記載了鹿化女故事，爲此故事的亞型。其文本如下：『漢時太山黄原，平且開門，忽有一青犬在門外伏守，備如家養。原絏犬，隨鄰里獵，日垂見一鹿，便放犬，犬行甚遲，原絕力逐，終不及。行數里，至一穴，入百餘步，忽有平衢槐柳列植，行牆迴匝。原隨犬入門，列房櫳户可有數十間，皆女子，姿容妍媚，衣裳鮮麗；或撫琴瑟，或執博碁。至北閣，有三間屋，二人侍直，若有所伺。見原，相視而笑：「此青犬所致妙音婿也！」一人留，一人入閤。須臾，有四婢出，稱太真夫人白黄郎：「有一女年已弱笄，冥數應爲君婦。」既暮，引原入内。内有南向堂，堂前有池，池中有臺，臺四角有徑尺穴，穴中有光映帷席，妙音容色婉妙，侍婢亦美。交禮既畢，宴寢如舊。經數日，原欲暫還報家，妙音曰：「人神異道，本非久勢。」至明日，解佩分袂，臨階涕泗，後會無期，深加愛敬。「若能相思，至三月旦，可修齋潔。」四婢送出門，半日至家。情念恍惚。每至其期，常見空中有軿車髣彿若飛。』此故事母題爲：犬逐鹿、鹿化女、與女交。鹿女故事較《述異記》極爲詳盡，而此種化女、與男子相交往的情節在宋人筆記中開始大規模出現，主要以蛇女及蛇郎故事爲主。

六〇　子英得魚升仙故事類型

AT：（B五五〇）動物搬運人

艾：（一六）動物報恩

鍾：賣魚人遇仙型

江陰北有子英廟，子英即野人也。善入水捕魚，得一赤鯉，將着家池中養之。後長徑一丈，有角翅，謂子英曰：『我迎汝身，汝上我背。』遂升於天爲神仙。晉時人。

甲：子英得魚

乙：子英騎魚升仙

按：《列仙傳》記載：『子英者，舒鄉人也，善入水捕魚，得赤鯉，愛其色好，持歸著池中，數以米穀食之。一年長丈餘，遂生角，有翅翼。子英怪異，拜謝之。魚言：「我來迎汝，汝上背，與汝俱升天。」即大雨，子英上其魚背，騰升而去。歲歲來歸故舍，食飲，見妻子，魚復來迎之。如此十七年。故吳中門戶皆作神魚，遂立子英祠。』故事母題同《述異記》。

六一　感木生故事類型

AT：（T五四〇）神奇地出生

艾：（五八）漂（飄）來的孩子（摩西母題）

哀牢夷，西蜀國名也，其先有婦人捕魚水中，觸沉木，育生男子十人。沉木爲龍出水上，九男驚走，一兒不去，背龍，因詆之，後諸兒推爲哀牢主。

甲：觸木生子

乙：木變爲龍

丙：幼子背龍

按：《後漢書·南蠻西南夷列傳》記載：『哀牢夷者，其先有婦人名沙壹，居於牢山。嘗捕魚水中，觸沉木若有感，因懷妊，十月，産子男十人。後沉木化爲龍，出水上，沙壹忽聞龍語曰：「若爲我生子，今悉何在？」九子見龍驚走，独小子不能去，背龍而坐，龍因舐之。其母鳥語，謂背爲九，謂坐爲隆，因名子曰「九隆」。及後長大，諸兄以九隆能爲父所舐而黠，遂共推以爲王。後牢山下有一夫一婦，復生十女子。九隆兄弟皆娶以爲妻，後漸相滋長。種人皆刻畫其身，象龍文，衣皆著尾。九隆死，世世相繼，乃分置小王，往往邑居，散在溪谷，絕域荒外，山川深阻，生人以來，未嘗交通中國。』此故事描述了西南夷的九隆部族繁衍生息的神話。《後漢書》所載故事較《述異記》繁複，在其敘事基礎上增添了『九隆娶妻』的母題。

六二 天鷄鳴桃都故事類型

東南有桃都山，上有大樹，名曰『桃都』，枝相去三千里。上有天鷄，日初出照此木，天鷄即鳴天下，鷄皆隨鳴之。

甲：日照桃都

乙：鷄鳴天下

按：《太平御覽》卷九百一十八，引《玄中記》：『東南有桃都山，上有大樹，名曰「桃都」，枝相去三千里。上有一天鷄，日初出，天鷄則鳴，群鷄皆隨之鳴。』《論衡・訂鬼》，引《山海經》：『滄海之中，有度朔之山，上有大桃木，其屈蟠三千里，其枝間東北曰「鬼門」，萬鬼所出入也。上有二神人，一曰神荼，一曰鬱壘，主閱領萬鬼。惡害之鬼，執以葦索以食虎，於是黄帝乃作禮以時驅之，立大桃人，門户畫神荼、鬱壘與虎，懸葦索以禦凶魅。』《玄中記》所述同《述異記》。《山海經》敘事較早，其主要論述點爲萬鬼所出入的『桃木』。提煉其故事母題：鬼門與禦鬼。

六三　水神送信（洛水）故事類型

AT：（F四二〇）水精靈

艾：（一〇五）代神仙傳書

後魏孝昌年中，有洛子淵，自云：『洛中人，戍於彭城。』同營人樊元寶還，子淵附書至洛，書上題云：『宅在靈臺，南延洛水。』既至洛，忽逢一老翁曰：『吾兒書也。』引入，門館甚盛，呼坐命酒，酒至赤色，甚香美。賓告退，老翁出送，但見高岸對水，無復人家。及還彭城，子淵已失。元賓與子淵同戍三年，不知是水神也。

甲：結識水神

乙：水神托信

丙：水神消失

按：艾伯華將此類故事歸類爲『（一〇五）代神仙傳書』。其基本情節有：『（一）神仙交給某人一封書柬，讓他轉交給樹裏或山裏的另一位神仙。（二）他把書柬交出去了。（三）他爲此得到了寶物。』比較故事母題，（一）（二）與《述異記》相同。第三個母題有差異，一者言得到寶物，另一則不提寶物，而言神仙消失。

唐釋道世《法苑珠林》卷一百一十三，引《洛陽寺》：『魏孝昌時有虎賁洛子淵者，自云洛陽人。孝昌中戍於彭城，其同營人樊元寶得假還京師，子淵附書一封令至，云：「宅在靈臺，南近洛水，卿但至彼，家人自出相看。」元寶如其言，至靈臺南，了無人家，徙倚欲去，忽見一老翁，問云：「從何而來，彷徨於此？」元寶具向道之，老翁云：「吾兒也。」取書引元寶入，遂見館閣崇寬，屋宇佳麗。既坐，令婢取酒。須臾，婢抱一死小兒而過，元寶甚怪之。俄而酒至，酒色甚紅，香美異常，兼設珍羞，海陸備有，飲訖，告退。老翁送元寶出云：「後會難期。」以爲凄恨別，甚慇懃。老翁還入，元寶不復見其門巷，但見高崖對水，淥波東傾。時唯一童子，可年十五，新溺死，鼻中血出，方知所飲酒乃是血也。及還，彭城子淵已失矣。元寶與子淵同戍三年，不知是洛水之神也。』《洛陽寺》記載故事母題多於《述異記》，『血水化酒』是《洛陽寺》原有母題，《述異記》不存。與艾本故事情節相比較，元寶所受到的招待又帶有『寶物』的傾向。

六四　卵生故事類型

AT：（T五四〇）神奇地出生

艾：（五七）混沌（卵形世界）

彭城郡，古徐國也。昔徐君宮人生一大卵，棄於野。徐有犬名『后倉』，銜歸溫之，卵開，內有一兒，有筋而無骨，後爲徐君，號曰『偃王』，爲政而行仁義。

甲：卵生子

乙：子爲王

按：艾伯華將此類卵生故事歸類爲『（五七）混沌（卵形世界）』。主要是針對前所提及的盤古神話進行歸類的。盤古屬於創世神，而此處的偃王屬於部族的首領。偃王也從卵而生，卻並不是化生萬物，與後所提及的夜郎王神話相似。但是艾伯華專門給夜郎王劃定了一個故事類型：漂來的孩子（摩西母題）。可以看到，他對故事中的水是比較感興趣的，並試圖建立夜郎王與摩西的比較關係。從中國傳統文化的關係來看，徐國偃王與夜郎王誕生卻是相似的，前者與卵相關，後者與竹相關。

另，《博物志》記載此故事如下：『徐君宮人娠而生卵，以爲不祥，棄之水濱。

孤独母有犬名曰鵠蒼，獵於水濱，得所棄卵，銜以來歸。孤独母以爲異，覆煖之，遂孵成兒。生時正偃，故以爲名。』《述異記》中幼兒由名爲『后倉』的犬銜回，《博物志》則云犬屬於孤独母所有，且幼兒是被孤独母養育長大。提煉其母題：人母養育。

《元和郡縣志》記載此故事：『徐城縣……本徐子國也，周穆王時，徐君偃好行仁義，視物如傷，東夷歸之者四十餘國。穆王聞徐君威德日遠，乘八駿之馬，使造父御之，發楚師，襲其不備，大破之，殺偃王。其子遂北徙彭城原東山之下，百姓歸之，號曰「徐山」。』此故事是以徐偃王成年後行仁義的故事展開的，母題不同於前者。其母題是以『偃王被害』爲綫索展開的。

六五　橋順成仙故事類型

艾：（六三）神奇寶物

相州棲霞谷，昔有橋順二子於此得仙，服飛龍一丸，十年不饑。故魏文詩曰：『西山有仙童，不飲亦不食。』即此也。

甲：得到龍丸

乙：服食成仙

按：艾伯華將此類故事歸類爲『（六三）神奇寶物』。其故事情節爲：『（一）一個男人得到了一件神奇的寶物。（二）凡是跟這個東西接觸過的東西都會用之不竭。（三）如果濫用這個神奇寶物，它將毀掉。』故事的（一）（二）兩個部分，與橋順的經歷是相似的。橋順成仙與寶物用之不竭的功能是相通的。情節（三）在橋順故事中還未出現。

六六　東海聘婦故事類型

艾：（一〇九）神仙娶親

祈：河伯娶婦型故事

河間郡有聖姑祠，姑姓郝，字女君。魏青龍二年四月十日與鄰女樵采於滱苦候反、深二水處，忽有數婦人從水而出，若今之青衣。至女君前曰：『東海使聘爲婦，故遣相迎。』因敷茵於水上，請女君於上坐，青衣者侍側，順流而下，其家大小奔到岸側，惟泣望而已。女君怡然曰：『今幸得爲水仙，願勿憂憶。』語訖，風起而沒於水，鄉人因爲立祠，又置東海公像於聖姑側，呼爲『姑夫』。

甲：女君遇仙

乙：東海聘婦

丙：女君沒水

按：宋樂史《太平寰宇記》卷五十一『聖姑祠』，引邢子顒《記》云：『聖姑姓郝，字女君，魏青龍二年四月下旬，與鄰采樵于滾、徐二水合流之處，忽有數婦人從水出，皆著連腰裙，若今之青衣，至女君前曰：「東海公聘女君爲婦，故遣相迎。」因施連茵褥於水中，置女君於茵上，青衣者侍側順流而下，其家大小皆走往看，涕泣遥望莫能就，女君怡然云：「今幸得爲水仙，願勿憂憶。」語訖，去，漸遥，因爲立祠。桓翊以大臣子爲尚書郎試高陽長，主簿丁馥白縣有聖姑祠，前後守令謁而後入，翊曰：「何浮言之甚？」遂立杖而教曰：「若視者有罪。」未經月餘，在廳事忽見十餘婦人各持扇從門入，謂翊曰：「今古既殊，何相妨害，而斷吾路。」翊性方直，教斷更甚，未經一旬，無病暴卒。今水岸上有郝女君招魂葬處，時人呼爲「元姬塚」，亦名「聖母陵」。』此故事似爲東海聘婦與觸聖而亡拼合而成。《述異記》僅記前者。後者所記桓翊，其祖父爲魏故尚書令桓階之孫，樂安太守桓嘉之子。桓嘉死後，由桓翊承其爵位。

六七 次仲化鳥故事類型

AT：（D八〇〇）魔術器物；（E七三二）鳥形的靈魂

艾：（八三）鳥的來歷I；（八三）鳥的來歷II

大翮山、小翮山在嬀州。昔有王次仲，年少入學而家遠，常先到。其師怪之，謂其不歸，使人候之，又實歸在其家。同學者常見仲捉一小木長三尺餘，至則着屋，間欲共取之，輒尋不見。及年弱冠，變蒼頡舊書爲隸書，秦始皇遣使徵之，不至。始皇怒，檻車囚之赴國，路次，化爲大鳥，出車而飛去。至西山乃落，二翮一大一小，遂名其落處爲大小翮山。嬀州，即今幽薊之地也。

甲：次仲捉木

乙：秦皇徵辟

丙：次仲化鳥

丁：羽翮化山

按：艾伯華將此故事歸類爲『（八三）鳥的來歷I和鳥的來歷II』。鳥的來歷I基本情節爲：『（一）被屈殺的人變成了鳥。（二）他們最後的想法，或者說的話，現在還作爲他們的歌而出現。』鳥的來歷II基本情節爲：『（一）因自己的過錯而被殺死的人，變成鳥。（二）他們最後的想法或説的話，現在還作爲他們的歌出現，鳥的顔色常常令人聯想起他們的服裝。』次仲化鳥的故事，涉及四個母題，其中的核心部分是第三個母題『次仲化鳥』，與艾本所歸類的化鳥相一致。艾本所言的第二個情節單元『歌或者服裝』，是對鳥本身功能的一個回應。『羽翮化山』，也具有相似的功能。『次仲捉木』中的木也具有飛行的功能，是鳥另一種身份的顯現。按照艾本故事的歸類，此故事可以歸類爲：（八三）鳥的來歷III。

六八　五丁迎女故事類型

秦惠王獻五美女於蜀王，王遣五丁迎女，乃見大虵入山穴中。五丁曳虵，山崩，五女上山，皆化爲石。

甲：五丁迎女

乙：曳虵山崩

丙：五女化石

按：漢揚雄《蜀王本紀》：『天爲蜀王生五丁力士，能移山。秦王獻美女與蜀王，蜀王遣五丁迎女，見一大虵入山穴中，五丁並引虵，山崩，秦五女皆上山，化爲石。』故事母題基本同於《述異記》。

六九　丈夫化女子故事類型

武都丈夫化爲女子，顏色美麗，蓋山之精也。蜀王娶以爲妻，無幾物故，遂葬於成都郭中。以石鏡一枚，徑二丈高五尺，同葬之。

甲：丈夫化女

乙：蜀王娶妻

按：漢揚雄《蜀王本紀》：『武都丈夫化爲女子，顏色美絶，蓋山精也。蜀王納以爲妃，無幾物故。乃發卒之武都擔土，葬於成都郭中，號曰「武擔」。以石鏡一枚表其墓。』《全上古三代秦漢三國六朝文》收《蜀王本紀》記：『於是，秦王知蜀王好色，乃獻美女五人於蜀王，蜀王愛之，遣五丁迎女，還至梓潼，見一大虵入山穴中，一丁引其尾，不出。五丁共引虵，山乃崩，壓五丁。五丁踏地大呼，秦王五女及迎送者皆上山，化爲石。蜀王登臺，望之不來，因名「五婦侯臺」，蜀王親埋作塚，皆致萬石，以誌其墓。』此處將《述異記》中的兩條『秦惠王獻女』和『武都丈夫化女』合爲一條。兩條都與蜀王相關。

七〇 浮石化女(河伯女)故事類型

AT：(D六二一・一)白天是動物，夜晚是人

陽羨縣小吏吳龕，家在溪南，偶一日有掘頭船過水溪內，忽見一五色浮石，龕遂取歸置於床頭，至夜化爲一女子，至曙仍是石。後復投於本溪。

甲：浮石化女

乙：女化浮石

按：《幽明録》記載此故事：『陽羨縣小吏吳龕，有主人在溪南，嘗以一日乘掘頭舟過水，溪内忽見一五色浮石，取内床頭，至夜化成一女子，自稱是河伯女。』情節基本同《述異記》，只是文末交代女子身份爲『河伯女』。

七一 感竹生（夜郎侯）故事類型

AT：（T五四〇）神奇地出生

艾：（五八）漂（飄）來的孩子（摩西母題）

夜郎縣者，西南遠夷國名也。其先有女子浣紗，忽見三節竹流入足間。聞其中有號聲，剖竹視之，得一男，歸而養之。及長，有武畧，自立爲夜郎侯，以竹爲姓。漢武帝元鼎六年，征西南夷，改爲牂牁郡。夜郎侯迎降，天子賜以玉印綬，後卒。夷獠咸以竹王非血氣所生，衆爲立廟。今夜郎縣有竹王神，是也。

甲：感竹生男

乙：夜郎封侯

按：艾伯華將此類故事歸類爲『（五八）漂（飄）來的孩子』。其情節單元與《述異記》高度相似：『（一）一段竹筏或一塊木板從河面漂到岸邊。（二）人們在這塊東西上發現了一個孩子。（三）這個孩子變成了人類的祖先，或者幹了許多大事。』情節（一）（二）與《述異記》『感竹生男』的母題相近，只是後者將孩子進一步描述爲女子感竹而來的敘事，前者則没有交代孩子的具體來歷。情節單元（三）與『夜郎封侯』的母題相互依存。

《後漢書》卷八十六《南蠻西南夷列傳》載其本事：『夜郎者，初有女子浣於遯水，有三節大竹流入足間，聞其中有號聲，剖竹視之，得一男兒。歸而養之，及長，有才武，自立爲夜郎侯，以竹爲姓。武帝元鼎六年，平南夷，爲牂柯郡，夜郎侯迎降，天子賜其王印綬，後遂殺之。夷獠咸以竹王非血氣所生，甚重之，求爲立後，牂柯太守霸以聞，天子乃封其三子爲侯，死，配食其父，今夜郎縣有竹王三郎神是也。』相較於《述異記》，此處多『三子受封』的母題。

另有故事也涉及漂來的孩子母題。《堅瓠集》轉載此事：『《小説》載夜郎侯事云：「有女子浣紗，聞竹中有聲，剖之得一男，收而養之，後封夜郎侯，以竹爲姓，漢武帝賜以王印。」』

又《異苑》有載竹事：『建安有篔簹竹，節中有人，長尺許，頭足皆具。又鄱延有大竹淩雲，剖之，中有二翁對弈。』内中所述亦爲感竹生神的異文，前者模糊敘事，『竹中生人』仍是孩子；後者竹内藏有老翁，爲『竹内藏翁』的母題，是漂來的孩子的亞型故事。

附《述異記》佚文故事類型 從《太平御覽》輯出

七二 吴猛隱逸故事類型

廬山上有三石梁，長數十丈，廣不盈尺，俯眄杳然無底。咸康中，江州刺史庾亮迎吴猛，將弟子登山遊觀，因過此梁。見一老公坐桂樹下，以玉杯承甘露與猛，猛遍與弟子。又進至一處，見崇臺廣厦，玉宇金房，琳琅焜耀，煇彩炫目，多珎寶玉器，不可識，見數人與猛共言，若舊相識。

甲：吴猛隱廬山

乙：吴猛與老公等聚會

按：吴猛爲東晋時期的道士，天師許遜的師傅。這一條記載表現的是民間傳説所受到的本土道教文化影響。

七三　康王谷故事類型

廬山上有康王谷，巔有一城，號爲『劉城』。天每欲雨，輒聞山上鼓角笳簫之聲，聲漸至城而風雨晦合。時人以爲常侯。傳云：『此周康王之城。』康王愛奇好異，巡歷名山，不遠而至。城中每得古器、大鼎及弓弩金之屬，知非常人之所處也。而山有康王之號，城又以釗爲稱，斯言將有徵。

甲：康王巡城

乙：得古器、大鼎等器物

按：《述異記》另有文記載康王故事：『廬山上北嶺有城，號「康王城」。天雨，聞鼓角之聲。傳云：「周康王好音，累巡名山，故有康王之號。」』與上所述故事母題『康王巡城』相同。

七四　神靈感應故事類型

艾：（二二）神報恩

宋高祖微時嘗遊會稽，過孔静宅，正晝卧，有神人衣服非常，謂之曰：『起，天子在門。』既而失之。静遽出，適與帝遇，延入結交贈遺，臨别，執帝手曰：『卿後必當大貴，願以身嗣爲託。』帝許之。及定京邑，静自山陰令擢爲會稽内史。

甲：帝劉裕過孔静宅

乙：神人提醒

丙：孔静結交贈遺帝

丁：孔静擢升

按：《宋書·孔靖傳》記載此事：『孔靖，字季恭，會稽山陰人也。……高祖東征孫恩，屢至會稽，季恭曲意禮接，膳給甚厚。……季恭初求爲府司馬，不得。及帝定桓玄，以季恭爲内史。』《宋書·孔靖傳》所載孔靖曲意禮接、賜封會稽内史之事與《述異記》合，故《述異記》所言『孔静』，應爲『孔靖』。

《太平廣記》另有『蘭啓之』條，也記載『神靈感應』之事：『蘭啓之家在南鄉，有樗蒲君廟。啓之有女名曾因，忽氣蹷而寤云：「樗蒲君遣婢迎曾坐斗帳中，仍陳盛饌。以金銀爲俎案，五色玉爲杯椀。與曾共食，一宿而醒也。」』

七五　燕王招賢故事類型

燕昭王爲郭隗築臺，今在幽州故城中，土人呼爲『賢士臺』，亦謂之『招賢臺』。

甲：燕王招賢

乙：爲郭隗築臺

七六　晉安帝、恭帝故事類型

尋陽柴桑縣城，晉永和中有童謡呼爲『平石城』，時人僉謂：『平滅石之徵也。』後桓玄篡位，晉帝爲平固王，恭帝爲石陽公，俱遷於此城。

甲：童謡『平石城』

乙：桓玄篡位，二帝遷於此城

七七　老人（仙人）對話故事類型

尋陽張允家在本郡，郡南有古城。張少貧約，屢往遊憩。忽有一老公來與張言，因問之：『此城何名？』答曰：『吾不知爲南郡城耳。』言訖便去，不知所之。張既出官，仕進累遷，位登元凱，後爲南郡太守，即以城號以志老父之言焉。

甲：張允遇仙（老人）

乙：老人提示

丙：張允擢升，應驗老人之語

七八　天降神人（乾羅）故事類型

AT：（五四〇）神奇地出生

艾：（五二）奇異出生

乾羅者，慕容廆之十一世祖也，着金銀襦鎧、乘白馬、金銀鞍勒，自天而墜。鮮卑神之，推爲君長。

甲：乾羅自天而墜

乙：推爲君長

按：艾伯華將此類故事歸類爲『（五二）奇異出生』。情節單元爲：『主人公是通過子宮裂開出生的。』天降神人故事講述乾羅降生是自天而降，屬於奇異出生，但又與其情節單元所描述的子宮裂開而出生有差異。艾本沒有描述自天而生的故事類型。

七九　巨人故事類型

符健皇始四年，有長人見，身長五丈，語人張靖曰：『今當太平。』新平令以聞，健以妖妄，召靖繫之。是月霖雨河渭，泛濫蒲坂，津監寇登於河中流得大屐一隻，長七尺三寸，足跡稱屐，指長尺餘，文深七寸。

甲：巨人言讖

乙：巨人應驗

八〇　亡魂感應故事類型

AT：（E二六一）遊魂的侵擾

甄法崇，永初中爲江陵令，在任嚴明。于時，南平繆士爲江安令，喪官。至其年末，崇在廳事上，忽見一人從門入，云：『繆江安通法崇。』法崇知士已亡，因問：『卿貌何故瘦？』答曰：『我生時所行善，不補惡。今繫苦役，窮劇理盡。』

甲：喪官

乙：亡魂傾訴

按：《南史》記載更爲詳盡：『至其年末，法崇在聽事，士通前見。法崇知其已亡，愕然未言。坐定，云：「卿縣人宋雅，見負米千餘石不還，令兒窮弊不自存，故自訴。」法崇因命口受爲辭，因遜謝下席。而法崇爲問繆家，狼狽輸送。太守王華聞而歎美之。』相較於《述異記》所言，此處多一個『心願得償』的母題。

另，《述異記》另載有一條亡魂應驗的故事類型：『陶繼之爲秣陵令，殺劫，其中一人是大樂伎，不爲劫而陶逼殺之，將死曰：「我實不作劫，遂見枉殺。若有鬼，必自訴理。」少時，陶夢見此伎來，云：「訴天得雪，今來相取。」遂跳入陶口中，仍落腹而倒。俄而，陶遂病死。』其故事母題也可以分爲三個：枉死、訴訟、應驗。

另有姚萇符堅故事：『姚萇既殺符堅，與符登相拒於隴東。萇夜夢堅，將天帝使者，勒兵馳入萇營，以矛刺萇，正中其陰。萇驚覺，陰腫痛，明日遂死。』故事結構也與前者相同。

八一　骷髏報恩故事類型

艾：（二一）骷髏報恩

陳留周氏婢，民與入山取樵。忽夢見一女子曰：『吾目中有刺，煩爲拔之，當有厚報。』此婢乃見朽棺髑髏，草生眼中，便爲拔草，即於某處得一雙金指環。

甲：骷髏求助

乙：骷髏報恩

按：艾伯華將此類故事歸類爲『（二一）骷髏報恩』。情節單元爲：『（一）有個人在新年的夜里尋找金銀財寶。（二）他找到了一具骷髏，出於同情，把它埋了。（三）骷髏爲向他表示感謝，給了他一些有益的預言，這個人由此變富。（四）有人效法他，還把骷髏挖了出來。（五）骷髏給了他一些假的預言，爲此他挨了一頓揍。』《述異記》所述故事的母題同（一）（二）（三）。

《太平御覽》卷四百九十九《人事部》也記載了相似内容：『陳留周氏婢，名興進，入山取樵，夢見一女語之曰：「近在汝頭前目中有刺，煩爲拔之，當有厚報。」婢見一朽棺，頭穿壞，骷髏墜地，草生目中，便爲拔草，内着棺中，以甓塞穿，即於骷髏處得一雙金指環。』

祖沖之《述異記》、《太平廣記·夢》卷二百七十六記載故事結構也基本相同：『陳留周氏婢入山取樵，倦寢。夢一女子，坐中謂之曰：「吾目中有刺，願乞拔之。」及覺，忽見一棺中有骷髏，眼中草生，遂與拔之。後於路旁得雙金指環。』

八二 玄龜驗讖故事類型

張駿有疾，夢出遊觀，不識其處。甘泉湧出，有一玄龜向駿張口言曰：『更九日，當有嘉問好消息。』忽然而覺，自書記之，封在筒中，人不知也。因寢疾，經九日而死。

甲：染疾作夢

乙：玄龜言讖

丙：讖應

八三　神人施法故事類型

南康南野有東望山，民三人上山頂，有湖清深，又有果林，周四里許，衆果畢植，間無雜木，行列整齊，如人功也。甘子正熟，三人共食，致飽訖，懷三枚，欲以示外人，廻旋迷不能得路，即聞空中語云：『速放雙甘，乃聽汝去。』去投所懷甘於地，轉盼即見歸途。

甲：民入甘林

乙：神人告誡

丙：神力應驗

八四　亡妻（戀人）傾訴故事類型

AT：（E二六一）遊魂的侵擾

庾邈與女子郭凝通，詣社約不二心，俱不婚聘。經二年，凝忽暴亡，邈出見，凝云：『前北村還，遇强梁，抽刀見逼，懼死從之。不能守節，爲社神所責，心痛而絶。』人鬼異路，因下泣矜之也。

甲：女子暴亡

乙：亡魂訴夫

按：《北堂書鈔》卷八十七，引《述異記》敘述更爲詳細：『庾邈與女子郭凝私通，詣社約取爲妾，二心者死。邈遂不肯婚聘。經二載，忽聞凝暴亡。邈出門瞻望，有人來，乃是凝，檢手歎息之。凝告郎：「從此祈還，道遇强人，抽刀逼凝，死從之，不能守郎。爲社神所責，卒得心痛，一宿而絶。」邈云：「將今不停凝宿？」答：「人鬼異路，真得爾恩。」涕泣下霑襟。』

八五　亡魂相樂故事類型

AT：（E四一〇）不平静的墓穴；（E四九二）死者聚會

南康郡鄧德明，嘗在豫章，就雷次宗學。雷家住東郊之外，去史豫章墓半里許。元嘉十四年，德明與諸生步月逍遥，忽聞音樂諷誦之聲，即夜白雷出聽，曰：『此間去人尚遠，必鬼神也。』乃相與尋之，遥至史墓，但聞墳下有管絃、女歌、講吟詠之聲，咸歎異焉。

甲：求學名師

乙：墳墓傳樂

八六　亡魂求帶故事類型

AT：（E二六一）遊魂的侵擾

夏侯祖欣爲兗州刺史，喪於官，沈僧榮代之。祖欣見形詣僧榮，沈床上有一織成寶飾絡帶，夏侯曰：『此帶殊好，豈能見之與？』沈曰：『甚善。』夏侯曰：『卿直許終不見關，必以爲施，可命焚與沈。』沈對前燒，視此帶，已在夏腰矣。

甲：喪官

乙：亡魂求寶帶

丙：亡魂腰纏帶

八七　蔡鐵占卜故事類型

宋車騎將軍南譙王劉義宣鎮荊州。府吏蔡鐵善卜，能悉驗，時有妙見，精究如神。公嘗在內齋，見一白鼠緣屋，命左右射之，內置函中。時侍者六人，悉驅入齋後小小户內，別呼人召鐵。鐵至，使卜函中物，謂曰：『中則厚賞，僻加重罰。』鐵卜兆成，笑曰：『知之矣。』公曰：『何？』鐵曰：『宂色之鼠，背明向户，彎弧射之，絕其左股。孕五子，三雄二雌。若謂不信，剖腹立知。』公使剖鼠腹，皆如鐵言，即賜錢一萬。

甲：蔡鐵善卜

乙：白鼠置函

丙：神奇應驗

八八　鬼魂贈鎗（偷鎗）故事類型

諸葛景之亡後，宅上嘗聞語聲。當酤酒還，而無溫鎗。鬼云：『卿無溫鎗，那得饮酒？』即見一铜鎗从空中來。

甲：亡歿

乙：酤酒遇鬼

丙：鬼贈温鎗

按：《述異記》另文記載了鬼魂索鎗的故事類型：『晉義熙中，有劉遁者，居江陵，忽有鬼來遁宅上。遁貧無竈，以升鎗煑飯，飯欲熟，輒失之，尋覓於籬下草中，但得餘空鎗。遁密市冶葛，煑以作糜，鬼復竊之。於屋北得鎗，仍聞吐聲，從此寂絕。』此故事同贈鎗相反，一者爲鬼贈鎗，一者爲偷鎗。説明其時鬼的形象是機靈可愛，並不會讓人懼怕。

八九　鬼魂療疾（扔飯團）故事類型

武康徐氏，宋太元中病瘧，連治不斷。有人告之曰：『可作数團饭出道頭，呼傷死人姓名云「爲我斷瘧，今以此團與汝」。擲之徑還，勿反顧也。』病者如言，乃呼『晉故車騎將軍沈充』。須臾，有乘馬導從而至，問：『汝爲何人，而敢名官家？』因縛將去。舉家尋覓。經日，乃於塚側叢棘下得之。繩猶在，時瘧遂獲痊。

甲：病疾不愈

乙：扔飯團解瘧

丙：瘧愈

九〇　亡魂遺物故事類型

AT：（E二六一）遊魂的侵擾

清河崔基，寓居青州。朱氏女姿容絕倫，崔頃懷招賢，約女爲妾。後三更中，忽聞叩門外，崔披衣出迎，女雨淚嗚咽，云：『適得暴疾喪亡，忻愛永奪，悲不自勝。』女於懷中抽兩疋絹與崔，曰：『近自織此絹，欲爲君作褌衫，未得裁縫，今以贈離。』崔以錦八尺答之，女取錦曰：『從此絕矣！』言畢，豁然而滅。至旦，告其家，女父曰：『女昨夜忽心痛，夜亡。』崔曰：『君家絹帛無零失耶？』答云：『此女舊織餘兩疋絹，在箱中。女亡之始，婦出絹欲裁爲送終衣，轉眄失之。』崔因此具說事狀。

甲：朱氏女亡

乙：會崔基，贈褌衫

丙：家失絹

九一　山都復仇故事類型

艾：（一二八）山神

南康有神名曰『山都』，形如人，長二尺餘，黑色、赤目、髮黄被之。於深山樹中作窠，窠形如堅鳥卵，高三尺許，内甚澤，五色鮮明，二枚沓之，中央相連。士人云：『上者雄舍，下者雌室。』旁悉開口如規，體質虚輕，頗似木筒，中央以鳥毛爲褥。此神能變化隱身，罕覩其狀，蓋木客、山猻之類也。贛縣西北十五有里，有古塘，名『余公塘』，上有大梓樹，可二十圍，樹老中空，有山都窠。宋元嘉元年，縣治民哀道訓、道虚兄弟二人，伐倒此樹，取窠還家。山都見形，謂二人曰：『我處荒野，何豫汝事！巨木可用，豈可勝數？樹有我窠，故伐倒之？今當焚汝宇，以報汝之無道。』至二更中，内外屋上一時火起，合宅蕩盡。

甲：山都築窠

乙：伐木毁窠

丙：山都復仇

按：艾伯華將此類故事歸類爲『（一二八）山神』。其情節單元爲：『（一）進香者必須完全心誠，排除塵念。（二）心不誠的進香者將受到懲罰；心誠者得到回報。』艾本認爲此類故事自《曹子建集》（二）已有，並歸納了a到az條，共計五十二個出處。其中，從a到aw均出自《曹子建集》，共四十九條。第五十條標記爲『ax袁枚《子不語》』，並用此條爲據，推測這一類型出現於十八世紀末。艾本既列出了《曹子建集》，又不以其事件爲據，不知何故？若以《曹子建集》爲斷，則其時間可上溯至三國時期，公元二至三世紀。另，筆者所查，艾本未給出所用《曹子建集》的具體版本，在其書中，卻多次引用該書，這與其整體體例似有不合之處。《述異記》中多條記載的山都木客，及贛閩粤等地劉鑫哥山神，艾本也並未收録。山都、木客多同時出現於文獻記載中，兩者多同指。主要生活於贛閩粤地區的山林中。相關的故事主要集中在木客山居、與人交易、獻榜等方面。如鄧德明《南康記》記載：『木客頭面語聲亦不全異人，但手脚爪如鉤利，高岩絕峰，然後居之，能砍榜牽著樹上聚之。昔有人欲就其買榜，先置物樹下，隨量多少取之，若合其意，便將去，亦不橫犯也，但終不與人面對交語作市井。死皆知殯殮之，不令人見其形也，葬棺法每在高岸樹杪或藏石窠中，南康三營伐兵往説，親睹葬所，舞倡（唱）之節雖異於世，聽如風林泛響，聲類歌吹之和。義熙中，徐道复南出遣人伐榜以裝舟艦，木客乃獻其榜而不得見。』此條記載徐道复隨盧循起義之後，買船板以圖沿贛江進入尋陽城，占領建康城的事件。其中，徐道复借用了當地山林中山都木客的力量。此條與『山神報恩』母題相關。

九二　鬼魂索宅故事類型

AT：（E二六一）遊魂的侵擾

郭仲産宅在江陵枇杷寺南。宋元嘉中，起齋屋，以竹爲窗欞，竹遂漸生枝葉，長數丈，鬱然如林，仲産以爲吉祥。及孝建中被誅。

甲：枇杷寺起宅

乙：（隱藏）宅爲鬼所有

丙：起宅人被誅

按：唐余知古《渚宫舊事》亦有記載：『宋戴承伯，元徽中，買荆州治下枇杷寺，其額乃悮東空地爲宅。日暮，忽闻恚罵之聲。起視，有人形狀可怪，承伯問之，答曰：「利「我姓龔，本居此宅。君爲何强奪？」承伯曰：「戴璟賣地，不應見咎。」鬼曰：「利身妨物，何預璟乎？不速去，當令君知。」言訖而没，承伯性剛，不爲之動。旬日，暴疾卒。』此故事發生地點同《述異記》中所記枇杷寺，《述異記》隱去了内中原因，即此宅曾爲龔姓人所有，龔姓亡去後仍住此宅，且試圖對占據者予以嚴厲懲戒。故事流傳時間約在公元五世紀初，進入公元九世紀，此地仍有流傳。《太平廣記》另有記載《述異記》詞條：『梁安成王在鎮，以羅舍故宅，借録事劉朗之。嘗見丈夫衣冠甚偉，斂衿而立，朗之驚問，忽然失之。未久而朗之以罪見黜，時人謂：「君章有神。」』所涉故事母題爲：借宅、怨懟、被黜。

九三　犬復仇故事類型

嘉興朱休之，元嘉中，兄弟對坐，犬向休蹲視二人而笑，摇頭曰：『言我不能歌，聽我歌梅花。今年故復可，奈汝明年何。』其家斬犬，膀首路側。至梅花時，兄弟相鬬，弟戟傷兄，收繫皆死。

甲：犬出識

乙：犬被殺

丙：朱氏兄弟皆死

按：《太平廣記》亦收此類故事：『安國李道豫，宋元嘉中，其家犬卧於當路，豫蹶之，犬曰：「汝即死，何以踏我。」豫未幾而卒。』故事母題也是以犬復仇爲核心的。

九四　凝血復仇故事類型

宋大明中，頓丘縣令劉順，酒酣晨起，見榻床上有一聚凝血，如覆盆形。劉是武人，了不驚怪，乃令擣虀，親自切血，染虀食之，棄其所餘。後十許載，至元徽二年，爲王道隆所害。

甲：凝血現床

乙：劉順食血

丙：劉順被害

按：《太平廣記》記載此故事爲：『宋大元中，頓丘令劉順，酒酣蚤入妾許眠。晨起見榻上有一聚凝血如覆盆形。劉是武人，了不驚怪，乃令作虀，親自切血，染虀食之，棄其有餘。後十許載，至元徽二年，爲王道隆所害。』故事母題同凝血復仇。

九五　異物施靈故事類型

周登之家在都，宋明帝時統諸靈廟，甚被恩寵。母謝氏奉佛法。太始五年夏月暴雨，有物形隱煙霧，垂頭，屬廳事前地，頭頸如大赤烏，飲庭中水。登之驚駭，謂是善神降之。汲水益之，飲百餘斛，水竭乃去。二年而謝氏亡，亡後半歲而明帝崩，登之自此事業衰敗。

甲：周登之統靈廟

乙：異物降落，飲水

丙：周登之母亡，帝崩，登之敗

按：《述異記》記載了多種形態各異、有神奇功能的物體，上所提及的凝血、頭頸如大赤烏的異物都有致人亡的能力。下所記一條言『飄風』：『宋驃騎大將軍河東柳元景，大明八年，少帝即位。元景乘車行還，使人在中庭洗車轅曬之，有飄風中門而入，直來衝車。明年而闔門被誅。』亦能致人亡。另有記載『白蚓』故事：『劉德願兄子太宰從事中郎道存，景和元年五月，忽有白蚓數十，登其齋前砌上，通身白色，人所未嘗見也。蚓並張口吐舌，大赤色。其年八月，與德願並誅。』亦爲異物施靈故事類型。

九六　亡魂索馬故事類型

AT：（E二六一）遊魂的侵擾

東平畢衆寶，家在彭城，有一驄馬甚快，常乘出入，至所愛惜。宋大明六年，衆寶夜夢見其亡兄衆慶曰：『吾有戎役，方置艱危，而無得快馬，汝可以驄馬見與。』衆寶許諾。既覺，呼同宿客說所夢始畢，仍聞馬倒聲，遣人視之，裁餘氣息，狀如中恶。衆寶心知其故，爲試治療。向晨馬死，衆寶還臥如欲眠，聞衆慶語云：『向卿求馬，汝治護備至，將不惜之，今以相還，別更覓也。』至曉馬活，食時復常。

甲：衆寶有驄馬

乙：亡兄借馬

丙：亡兄還馬

九七　食犬遺恨故事類型

宋元徽中，吳縣中都里石玄度家有黃狗生白雄子。母愛其子，異於常犬，銜食飴之，子成大狗。子每出獵未反，母輒門外望之。玄度久患氣嗽，轉就危困，醫爲處湯，須白犬肺，市索卒不得，乃殺所養白狗，以供湯用。母向子死處，跳踴嘷呼，倒地復起，累日不息。其家煑狗肉，與客共食之，投骨於地，母輒銜置窟中，食畢移入後園大桑樹下，掘土埋之，日向樹嘷喚，月餘乃止。玄度漸劇，臨死屢言：『湯不救我疾，恨殺此狗。』其弟法度從此終身不食狗肉。

甲：犬生白犬子

乙：白犬肺被食

丙：犬母劇痛

丁：玄度病亡

按：《太平廣記》亦有出《述異記》的異文：『宋元徽中，有石玄度者畜一黃犬，生一子而色白。犬母愛之異常，每銜食飼之。及長成，玄度每出獵未歸，犬母輒門外望之。後玄度患氣嗽，就危惙。醫爲處方：「須白狗肺焉。」市索卒不得，乃殺所畜白狗，取肺以供湯用。既而，犬母跳躍嘷叫，累日不息。其家人烹狗與客食之，投骨於地，犬母輒銜置屋中，食畢，乃卻移入後園中一桑樹下，爬土埋之。日夕向樹嘷吠，月餘方止。而玄度所疾不瘳，以至於卒。終謂左右曰：「湯不救我疾，實枉殺此狗。」其弟法度，自此不食犬肉焉。』文字略有不同，故事母題同《太平御覽》。

九八　陸機黃犬故事類型

陸機少時頗好遊獵，在吳豪盛，客獻快犬名曰『黃耳』。機往仕洛，常將自隨。此犬黠惠能解人語，又常借人三百里外，犬識路自還，一日至家。機羈官京師，久無家問，機戲語犬曰：『我家絕無書信，汝能賫書馳還取消息不？』犬喜搖尾，作聲應之。機試爲書，盛以竹筒，繫之犬頸。犬出驛路，疾走向吳，飢入草噬肉取飽。每經大水，輒依渡者弭耳掉尾向之，其人憐愛，因呼上舡載。近岸，犬即騰上，速去如飛。逕至機家，口銜竹筒作聲示人。機家開筒取書，看畢，犬又向人作聲，如有所求；其家作答内竹筒中，復繫犬頸。犬既得答，仍馳還洛。計人程五旬，而犬往還裁半，後犬死殯之，遣送還家，葬機村南，去機家二百步。築土爲墳，呼爲『黄耳塚』。

甲：黄犬黠惠

乙：陸機托書

丙：黄犬識路，完成任務

丁：陸機悼犬

按：《晋書·陸機傳》也有載：『晋之陸機，蓄一犬，曰「黄耳」。機官京師，久無音信，疑有不測。一日，戲語犬曰：「汝能攜書馳取消息否？」犬喜，摇尾。機遂作書，盛以竹筒，繫犬頸。犬經驛路，晝夜亟馳。家人見書，又反書陸機。犬即就路，越嶺翻山，馳往京師。其間千里之遥，人行往返五旬，而犬才二旬餘。後犬死，機葬之，名之曰「黄耳塚」。』故事母題同《述異記》。《太平廣記》亦載録此故事，文字略不同，母題同。

九九　考之化虎(亡魂復仇)故事類型

AT：(E二六一) 遊魂的侵擾

南康營氏伍考之伐舡材。忽見太杜樹上有一猴懷孕，考之便登木逐猴，騰赴如飛。樹既孤迥，下又有人，猴知不脫，因以左手抱樹枝，右手撫腹。考之禽得，遥擺地殺之，割其腹，有一子，形狀垂産。尔夜，夢見一人稱神，以殺猴責讓之。後考之病經旬，初如狂，因漸化爲虎，毛鬢爪牙悉生，音聲亦變，遂逸走入山，永失蹤跡。

甲：殺孕猴

乙：神靈夢中譴責

丙：考之化虎

按：《太平廣記》記載了相關故事，歸在『伍寺之』名下：『南野人伍寺之，見社樹上有猴懷孕，便登樹擺殺之。夢一人稱神，責以殺猴之罪，當令重謫。寺之乃化爲大蟲，入山不知所在。』故事母題相同，寺之最後化蟲。

一〇〇　梁瑩化狸故事類型

AT：（E二六一）遊魂的侵擾

祁：狐精爲祟型故事

陳留董逸少時，隣女梁瑩，年稚色艷，逸愛慕傾魂，貽椒獻寶，瑩亦納而未獲果。後逸隣人鄭充在逸許宿，二更中，門前有叩掌聲，充臥望之，亦識瑩，語逸：『梁瑩今來。』逸驚躍出迎，把臂入舍，逸與瑩寢，瑩仍求去，逸攬持不置，申歎達旦。逸欲留之，云：『爲汝烝豘作食。』竟去。逸起閉户絶帳，瑩因變形爲狸，從梁上走去。

甲：女亡

乙：亡魂現形，與戀人歡愛

丙：化狸而去

按：祁連休先生輯有『狐精爲祟型故事』，係『鬼欺老翁型故事』的亞型。寫一狸精冒充某人之父（或妹）作祟。其人覺察後欲將狸精殺死，卻發生誤會，讓自己的親人慘遭不幸。梁瑩化狸故事描述了女子化狸，與男子相會之事。其中，狸精並未陷害男子董逸。這一故事卻是後世諸多狸化美女故事的原型。

一〇一　仲德遇鶴故事類型

宋元嘉初，鎮北將軍王仲德鎮彭城。左右出獵，遇一鶴，將二子，悉禽之歸以獻王，王使養之。小者口爲人所裂，遂不能飲食，大者輒含粟哺之，飲輒含水飲之，先令其飽，未曾亡也。王甚愛之，令精加養視。大者羽翮先成，每翥冲天，小者尚未能飛，大者終不先去，留飲飴之。又於庭中蹇躍，教其飛颺，六十餘日，小者能飛，乃與俱去。

甲：王仲德鎮彭城

乙：鶴獻二子，幼者傷

丙：幼者愈，二鶴同去

一〇二　蟹化少嫗（屠虎食蟹）故事類型

AT：（E二六一）遊魂的侵擾

艾：（一一二）與精怪的關係

出海口北行六十里至騰嶼之南溪，有淡水，清澈照底，有蟹焉，筐大如笠，脚長三尺。宋元嘉中，章安縣民屠虎取此蟹食之，肥美過常。虎其夜夢一少嫗語之曰：『汝噉我，知汝尋被噉不？』屠氏明日出行，爲虎所食，餘家人殯瘞之，虎又發棺噉之，肌體無遺。此水今猶有大蟹，莫敢復犯。

甲：屠虎食蟹

乙：蟹化少嫗

丙：虎食屠氏

按：艾伯華將此類故事歸類爲『（一一二）與精怪的關係』。情節單元爲：『（一）一種植物或物件通過血或高齡便可具有人形。（二）一個人認識了它或跟它結婚。（三）當他發現它是一個精怪時，便殺死或者燒死它。』蟹化少嫗的故事包含了上述母題的（一）。其補充母題（二）有與精怪聊天，這與少嫗與屠虎對話的母題相合。

一〇三　神靈示戒故事類型

南康郡有東望山，營民入山，頂有湖，清深。又有菓林，周四里許，衆菓畢植，間無雜木，行列整齊，如人功也。甘子熟，三人共食，致飽訖，懷二枚欲以示外人，便還。尋覓向逕，回旋半日，迷不能得，即聞空中語云：『放雙甘，乃聽汝去。』懷甘者恐怖，放甘於地，轉眄即見歸逕，乃相與俱却返。

甲：營民入山，逢果林

乙：營民懷甘，欲示外人

丙：神靈示警

丁：營民放甘於地，得返

一〇四　羅根識神（神靈應驗）故事類型

豫章郡有盧松村，羅根生於此村側，墾荒種瓜，又於外立一神壇。瓜始引蔓，清晨行之，忽見壇上有新板墨書，曰：『此是神地所遊處，不得停止，種殖可速去。』根生拜謝，跪咒曰：『竊疑村人利此熟地生苗，容或假託神旨以見驅斥，審是神教，願更朱書賜報。』明早往看，向板猶存，悉以朱代墨。

甲：羅根種瓜於神壇旁

乙：神靈告誡

丙：羅根求證，且驗證

附《述異記》佚文故事類型　從《太平廣記》輯出

一〇五　牛復仇故事類型

阮倪者，性特忍害。因醉出郭，見有放牛，直探牛舌本，割之以歸，爲炙食之。其後倪生一子，無舌，人以爲牛之報也。

甲：阮倪割牛舌

乙：倪子無舌

一〇六　女巫應讖故事類型

義熙五年，宋武帝北討鮮卑，大勝，進圍廣固。軍中將佐乃遣使奉牲薦幣，謁岱岳廟。有女巫秦氏，奉高人，同縣索氏之寡妻也。能降靈宣教，言無虛唱，使使者設禱，因訪克捷之期。秦氏乃稱神教曰：『天授英輔，神魔所擬。有征無戰，蕞爾小虜，不足制也。到來年二月五日，當尅。』如期而三齊定焉。

甲：劉裕謁廟

乙：女巫宣教

丙：劉裕克敵

一〇七　白道猷撼神故事類型

章安縣西有赤城山，周三十里，一峰特高，可三百餘丈。晉泰元中，有外國人白道猷居於此山，山神屢遣狼，恠形異聲往恐怖之，道猷自若。山神乃自詣之云：『法師威德嚴重，今推此山相與，弟子更卜所託。』道猷曰：『君是何神，居此幾時？今若必去，當去何所？』答云：『弟子夏王之子，居此千餘年，寒石山是家舅所住，某且往寄憩，將來欲還會稽山廟。』臨去遺信，贈三奩香，又躬來別，執手悵然，鳴鞞響角，淩空而逝。

甲：白道猷居赤城山

乙：山神怖嚇

丙：道猷退神怪

丁：山神道別

按：梁釋慧皎《高僧傳》記載此事：『後遊江左，止剡之石城山。……後移始豐赤城山石室坐禪，有猛虎……有頃壯蛇競出……後一日神現形。詣猷曰：「法師威德既重，來止此山，弟子輒推室以相奉。」猷曰：「貧道尋山願得相值，何不共往？」神曰：「弟子無爲不爾。但部屬未洽法化。卒難制語。遠人來往或相侵觸。人神道異，是以去耳。」猷曰：「本是何神之久？近欲移何處去耶？」神曰：「弟子夏帝之子。居此山二千餘年。寒石山是家舅所治，當往彼住。」尋還山陰廟。臨別執手贈猷香三奩。於是鳴鞞吹角而去赤城山。』故事母題相同，《高僧傳》敘述極爲詳盡。

一〇八　神靈水送（徐道覆）故事類型

義熙四年，盧循在廣州，陰規逆謀。潛遣人到南康廟祈請，廟既奠牲奏樂，使者獨見一人，武冠朱衣，中筵而坐曰：『盧征虜若起事，至此，當以水相送。』六年春，循遂率衆直造長沙，遣徐道覆踰嶺至南康，裝艦十二艟，樓十餘丈，舟始裝辦，大雨一日一夜，水起四丈，道覆淩波而下，與循會巴陵，至都而循戰敗。不意神速其誅，洪潦之降，使之自送也。

甲：祈請神靈

乙：神靈允諾水送

丙：神行急速

一〇九　黃苗負神故事類型

宋元嘉中，南康平固人黃苗爲州吏，受假爲期。方上行，經宮亭湖，入廟下願，希免罰坐。又欲還家，若所願並遂，當上豬酒。苗至州，皆得如志，乃還。資裝既薄，遂不過廟，行至都界，與同侶並船泊宿。中夜，船忽從水自下，其疾如風，介夜四更，苗至宮亭始醒悟。見船上有三人，並烏依持繩，收縛苗，夜上廟階下，見神年可四十，面白披錦袍，梁下懸一珠，大如彈丸，光輝照屋。一人户外白：『平固黄苗，上願豬酒，遁回家，教録，今到。』命謫三年，取三十人，遣吏送苗窮山林中，鏁腰繫樹，日以生肉食之。苗忽忽憂思，但覺寒熱身瘡，舉體生班毛。經一旬，毛蔽身，爪牙生，性欲搏噬。吏解鏁放之，隨其行止。三年，凡得二十九人。次應取新淦一女，而此女士族，初不出門，後值與姊妹從後門出詣親家，女最在後，因取之。爲此女難得。涉五年，人數乃充。吏送到廟，廟神教放遣，乃以鹽飯飲之，體毛稍落，鬚髮悉出，爪牙墮生新者，經十五日，還如人形，意慮復常，送出大路。縣令呼苗具疏事，覆前後所取人，遍問其家，並符合焉。髀爲戟所傷，創瘢尚在。苗還家八年，得時疾死。

甲：黄苗負神
乙：神靈譴責
丙：黄苗化形還債
丁：債還回人形

一一〇 亡魂感應故事類型

AT：（E二六一）遊魂的侵擾

太原王肇宗病亡，亡後形見，於其母劉及妻韓共語。就母索酒，舉杯與之曰：『好酒。』語妻曰：『與卿三年別耳。』及服終妻疾曰：『同穴之義，古之所難。幸者如存，豈非至願。』遂不服藥而歿。

甲：亡歿

乙：現形與妻語

丙：妻不服藥而歿

一一一 鬼魂應讖故事類型

呂光承康元年，有鬼叫于都街曰：『兄弟相滅，百姓弊。』徼吏尋視之，則無所見。其年光死，子紹代立。五日，紹庶兄篡，殺紹自立。

甲：鬼出讖語

乙：讖語應驗

一一二　亡夫會妻故事類型

AT：（E二六一）遊魂的侵扰

汝南周義取沛國劉旦孫女爲妻。義豫章艾縣令弟路中得病，未至縣十里，義語：『弟必不濟。』便留家人在後，先與弟至縣，一宿死。婦至臨尸，義舉手別婦，婦爲梳頭，因復拔婦釵。殮訖，婦房宿，義乃上床謂婦曰：『與卿共事雖淺，然情相重，不幸至此。兄不仁，離隔人室家，終没不得執別，實爲可恨。我向舉手別，又拔卿釵，因欲起，人多氣逼不果。』自此每夕來寢息，與平生無異。

甲：夫亡

乙：拔釵會妻

一一三　山魈乞懇故事類型

艾：（一二八）山神

宋元嘉初，富陽人姓王，于窮瀆中作蟹籪。旦往視，見一材頭長二尺許在籪裂開，蟹出都盡。乃修治籪，出材岸上。明往看之，見材復在籪中，敗如前。王又治籪，再往視，所見如初。王疑此材妖異，乃取納蟹籠中，繫擔頭歸，去至家當破燃之。未之家三里，聞中倅倅動，轉頃見向材頭變成一物，人面猴身，一手一足，語王曰：『我性嗜蟹，比寔入水破若蟹籪，相負已多，望君見恕，開籠出我。我是山神，當相祐助，使全籪大得蟹。』王曰：『汝犯暴人，前後非一，罪自應死。』此物轉頓請乞放，又頻問：『君姓名爲何？』王回顧不應答，去家轉近，物曰：『既不放我，又不告我姓名，當復何計？但應就死耳。』王至家熾火焚之，後寂無復異。土俗謂之『山魈』，云：『知人姓名，則能中傷人，所以勤問，正欲害人自免。』

甲：蟹籪敗

乙：籪中出山魈（人面猴身，一手一足）

丙：山魈許諾

丁：山魈求問姓名

按：陶潛《搜神後記》也記此條，內容基本相同。

一一四　鬼親士人（梁清）故事類型

AT：（E二六一）遊魂的侵扰

宋文帝世，天水梁清家在京師新亭。臘日將祀，使婢于爨室造食，忽覺空中有物操杖打婢，婢走告清，清遂往。見甌器自運，盛飯斟羹，羅列案上，聞哺餟之聲，清曰：『何不形見？』乃見一人著平上幘，烏皮袴褶，云：『我京兆人，亡没飄寄，聞卿好士，故來相從。』清便席地共坐，設肴酒。鬼云『卿有祀事』云云。清圖某郡，先以訪鬼，鬼云：『所規必諧，某月某日除出。』果然。鬼云：『郡甚優閒，吾願周旋。』清答：『甚善。』後停舟石頭，待之五日，鬼不來，于是引路達彭城，方見至。同在郡數年，還都，亦相隨而返。

甲：鬼打婢女

乙：鬼來相從

丙：人鬼相合

一一五　鬼吊喪故事類型

AT：（E二六一）遊魂的侵擾

南康縣營民區敬之，宋元嘉元年，與息共乘舫，自縣泝流，深入小溪，幽荒險絕，人跡所未嘗至。夕登岸，停止舍中，敬之中恶猝死。其子燃火守尸，忽聞遠哭聲呼『阿舅』，孝子驚疑，俛仰間，哭者已至。如人長大，被髮至足，髮多蔽面，不見七竅，因呼孝子姓名慰唁之。孝子恐懼，遂聚薪以燃火，此物言：『故來相慰，當何所畏，將須燃火？』此物坐亡人頭邊哭，孝子於火光中竊視之。見此物以面掩亡人面，亡人面須臾裂剥露骨。孝子懼，欲奪之，無兵仗。須臾，其父尸見白骨，連續而皮肉都盡，竟不測此物是何鬼神。

甲：敬之猝死

乙：子哭喪，鬼吊喪

丙：鬼剥肉留骨

一一六 山靈通婢（黄父鬼）故事類型

AT：（E二六一）遊魂的侵擾

黄州治下有黄父鬼，出則爲祟。所著衣袷皆黄，至人家，張口而笑，必得疫癘。長短無定，隨籬高下，自不出已十餘年，土俗畏怖。廬陵人郭慶之有家生婢，名『採薇』，年少有色。宋孝建中，忽有一人，自稱『山靈』，如人裸身，長丈餘，臂腦皆有黄色，膚貌端潔，言音周正，土俗呼爲『黄父鬼』。來通此婢，婢云：『意事如人。』鬼遂數来，常隱其身，時或露形。形變無常，乍大乍小。或似煙氣，或爲石，或作小兒或婦人，或如鳥如獸。足跡如人，長二尺許，或似鵝跡，掌大如盤。閉户開牖，其入如神。與婢戲笑如人。

甲：家生子

乙：山靈通婢

一一七 群鼠化鬼故事類型

薄紹之嘗爲臧質參軍，元嘉二十四年，寄居東府之西賓别宅中，與祖法開鄰舍。開母劉寢疾彌旬，以二十二年五月一日夜半亡。二日，紹之見群鼠，大者如豚，鮮澤五色，或純或駁，或著平上幘，或著籠頭。大小百數，彌日累夜。至十九日黄昏，内屋四簷上有一白鼠，長二尺許，走入壁下，入處起火。以水灌之，火不滅，良久自滅。其夜見人，修壯赤色，身光如火，從燒壁中出，徑入床下。又出壁外，雖隔一壁，當時光明洞徹，了不覺有隔障。四更，復有四人，或與紹之言相佑，或瞋目吐舌。自暮訖旦，後夕復燒屋。有二人長九尺許，騎馬挾弓矢，賓從數十人，呼爲將軍。紹之問：『汝行何向？』答云：『被使往東邊病人還。』二十一日，群黨又至。家先有一白狗，自有鬼怪，暮常失之，至曉輒還。爾夕試繫之，須臾，有一女子來云：『勿繫此狗，願以見乞。』荅：『便以相與。』投繩竟不敢解，倏然走出。狗於是呻喚垂死，經日不能動。有一人披錦袍，彎弧注鏃，直向紹之，謂：『汝是妖邪，敢不恐人。我不畏汝，汝若不速去，令大道神尋收治汝。』鬼馳弦縱矢，策馬而去。

甲：母亡鼠現

乙：群鼠化鬼

丙：紹之嚇鬼

一一八　烏囊輪轉故事類型

燉煌索萬興晝坐廳事。東間齋中一奴子，忽見一人著幘，牽一騘馬，直從門入，負一物狀如烏皮隱囊，置砌下，便牽馬出門。囊自輪轉，徑入齋中，緣床脚而上，止于興膝前，皮即四處卷開，見其中周匝是眼，動瞬甚可憎恶。良久，安還更舒合，仍輪轉下床，落砌西去。興令奴子逐至廳事東頭滅。惡之，因得疾亡。

甲：神人釋囊

乙：囊自輪轉，開卷

丙：奴子逐囊

丁：索萬興疾亡

一一九　神人招魂故事類型

郭秀之寓居海陵，宋元嘉二十九年，年七十三，病止堂屋。北有大棗樹，高四丈許。小婢晨起開户掃地，見棗樹上有一人，脩壯黑色，著皁襆帽，烏韋袴褶，手操弧矢正立南面，舉家出看。秀之扶杖視之，此人謂秀之曰：『僕來召君，君宜速裝。』日出便不復見，積五十三日如此。秀之亡後便絕。

甲：郭秀之病

乙：神人招魂

丙：秀之亡

一二〇　鬼逐季隨故事類型

庾季隨有節槩，膂力絕人。宋元嘉中，得疾晝臥，有白氣如雲，出於室內，高五尺許，有頃化爲雄鷄，飛集別床。季隨斫之，應手有聲，形即滅，地血滂流。仍聞蠻嫗哭聲，但呼『阿子』，自遠而來，逕至血處。季隨復斫，有物類猴，走出户外，瞋目顧視季隨，忽然不見。至晡，有二青衣小兒，直從門入，唱云：『庾季隨殺官！』俄而，有百餘人或黑衣或朱衣，達屋齊喚云：『庾季隨殺官！』季隨揮刀大呼，鬼皆走滅形，還步忽投寺中，子忽失父所在。至寺，見父有鬼逐後，以皮囊收其氣，數日遂亡。

甲：季隨病臥

乙：白氣化鷄
丙：季隨斫鷄
丁：青衣鬥季隨
戊：鬼收季隨，亡

一二 鬼擲烏錢故事類型

AT：（E二六一）遊魂的侵擾
艾：（六五）樂於助人的鬼

王瑶宋大明三年在都病亡。瑶亡後，有一鬼細長黑色，袒著犢鼻褌，恒來其家。或歌嘯，或學人語，常以糞穢投人食中。又于東鄰庾家犯觸人，不異王家時。庾語鬼：『以土石投我，了非所畏，若以錢見擲，此真見困。』鬼便以新錢數十，正擲庾額。庾復言：『新錢不能令痛，唯畏烏錢耳！』鬼以烏錢擲之，前後六七過，合得百餘錢。

甲：王瑶歿

乙：庾激鬼

丙：鬼擲烏錢

按：艾伯華將此類故事歸類爲『（六五）樂於助人的鬼』。情節單元爲：『（一）一個窮人得到了一個樂於助人的鬼，並通過他得到了很多好處。（二）另一個窮人借走了鬼，向他發出有損名譽的命令。（三）鬼溜走了。』擲烏錢的鬼是壞心辦了好事，故事母題集中在（一）。

一二三　鬼索命故事類型

王文明，宋太始末江安令。妻久病，女于外爲母作粥，將熟，變而爲血，棄之更作，亦復如初。母尋亡。其後，兒女在靈前哭，忽見其母臥靈床上，如平生，諸兒號戚，奄然而滅。文明先愛其妻所使婢，姙身將産。葬其妻日使婢守屋，餘人悉詣墓所。部伍始發，妻便入户打婢。其後諸女爲父辦食殺鷄，割洗已竟，鷄忽跳起，軒首長鳴。文明尋卒，諸男相繼喪亡。

甲：粥變血

乙：母亡婢孕
丙：亡魂打婢
丁：文明諸子皆亡

一二三　慶伯失信故事類型

宋費慶伯者，孝建中仕爲州治中，假歸至家，忽見三騶皆赤幘同來，云：『官喚。』慶伯云：『纔謁歸，那得召見。且汝常黑幘，今何得皆赤幘也。』騶荅云：『非此間官也。』慶伯方知非生人，遂叩頭祈之，三騶同詞，因許回換言：『卻後四日，當更詣君，可辦少酒食見待，慎勿泄也。』如期果至云：『已得爲力矣。』慶伯欣喜拜謝，躬設酒食，見鬼飲噉不異生人。臨去曰：『哀君故爾，乞祕隱也。』慶伯妻性猜妬，謂伯云：『此必妖魅所罔也。』慶伯不得已，因具告其狀，俄見向三騶楚撻流血，怒而立于前曰：『君何相誤也。』言訖失所在。慶伯遂得暴疾，未旦而卒。

甲：三騶赤幘
乙：慶伯盟誓

丙：失信身亡

一二四　道猷喪魂（鬼索魂）故事類型

AT：（E二六一）遊魂的侵擾

馬道猷爲尚書令史。永明元年坐省中，忽見鬼滿前而傍人不見。須臾，兩鬼入其耳中，推出魂，魂落屐上，指以示人：『諸君見否？』傍人並不見，問：『魂形狀云何？』道猷曰：『魂正似蝦蟆，云：「必無活理。」鬼今猶在耳中。』視其耳皆腫。明日便死。

甲：道猷見鬼

乙：鬼入耳中，推魂出

丙：道猷耳腫，亡

一二五　法力縛鬼故事類型

廣州顯明寺道人法力，向晨詣厠，于户中遇一鬼，狀如崑崙，兩目盡黄，裸身無衣。法力素有膂力，便縛著堂柱，以杖鞭之，終無聲。乃以鐵鎖縛之，觀其能變去否。日已昏暗，失鬼所在。

甲：法力縛鬼

乙：鬼失

一二六　海神予官故事類型

艾：（一一〇）任命做城隍

高平曹宗之，元嘉二十五年在彭城，夜寢不寐，旦遂卒。晡時氣息還通，自說見一人單衣幘，執手板，稱：『北海王使者，殿下相喚。』宗之隨去殿前，中庭有輕雲，去地數十丈，流蔭徘徊于幃幌之間，有紫煙飄飄，風吹近人，其香非常。使者曰：『君停階下，今入白之。』須臾傳令：『謝曹君，君事能可稱，久懷欽遲，今欲相屈爲府佐，君今年幾嘗經鹵簿官未？』宗之答：『才幹素弱，仰慙聖恩。今年二十一，未嘗經鹵簿官。』又報曰：『君年算雖少，然先有福業，應受顯要，當經鹵簿官，乃辭身可且歸家，後當更議也。』尋見向使者。遂出門，恍惚醒。宗之後任廣州，年四十七，明年職解，遂還州，病亡。

甲：海神使者約請

乙：海神許官

丙：宗之亡

按：艾伯華將此類故事歸類爲『（一一〇）任命做城隍』。情節單元爲：『（一）一個人夢中得知，他被任命爲城隍。（二）因爲家庭的緣故，他請求延期。（三）他又活了一段時間，然後死了，變成了城隍。』海神贈給曹宗之的官爲鹵簿。宗之任廣州，同（二），均爲推遲時間之意。

一二七　塚上生樹（相思樹）故事類型

艾：（二一一）韓朋

祁：相思樹故事類型

吳黄龍年中，吳都海鹽有陸東美妻朱氏，亦有容止，夫妻相重，寸步不相離，時人號爲『比肩人』。夫婦云：『此比肩，恐不能佳也。』後妻卒，東美不食求死，家人哀之，乃合葬。未一歲，塚上生梓樹，同根二身，相抱而合成一樹，每有雙鴻常宿于上。孫權聞之嗟歎，封其里曰『比肩墓』。又曰『雙梓』。後子弘與妻張氏，雖無異，亦相愛慕，吳人又呼爲『小比肩』。

甲：夫死妻卒

乙：合塚生樹

丙：子弘與妻合葬，小比肩

一二八　洪貞化妖（鷄籠山）故事類型

艾：（一七四）風水遭破壞

鷄籠山在婺源縣南九十五里，高一百六十丈，廻環一十五里九十步，形如鷄籠焉。唐開元中，有蛟龍變爲道流，歙人洪貞以弟子之禮師之。道流將卜居，尋諸名山，到黄山，貞問：『此山何如？』道流曰：『確而寒。』次到飛布山，又問之，道流曰：『高而無輔。』到此山，又問之，道流曰：『此山宜葬，葬者可致侯王，不然即出妖怪而已。』貞問其所以而不之告，道流于室中寢。貞入，但見蛟龍，由是侯睡覺而辭歸，道流遂入鄱陽而去。貞歸，遷其父葬于此山。後二年，鄱陽湖洪水大發，漂蕩數千家。貞本好道，常焚香持念，頗有方術，居于祁南之廻玉鄉，鄉人遂稱其變現神通，將圖非望，潛署百官，州中豪傑皆應之。後州發兵就捕，獲數十人，而貞竟不知所在。

甲：龍化道流

乙：洪貞師龍

丙：道流言鷄籠山神異所在

丁：洪貞葬父於鷄籠山

戊：洪貞以神力招致豪傑

己：兵敗失蹤

按：艾本將此類故事歸類爲『（一七四）風水遭破壞』。其情節單元爲：『（一）一具尸體埋在一塊風水寶地上。（二）產生了奇特徵兆。（三）由於事主恐懼，風水遭到破壞，已經開始的徵兆停止了。』洪貞化妖也在講述風水故事，洪貞葬父是爲了汲取鷄籠山的靈氣，使其後人可致王侯。但事與願違，洪貞竊師機密，盤問風水，已藏有私心，後辭師葬父，將心跡表白於世人。道流隱語：『葬者可致王侯，不然即出妖怪而已。』已經預示了洪貞爲妖的下場。此故事比艾本風水遭破壞要更爲複雜生動，但其敘事基本結構是圍繞着風水遭到破壞，動機不純的人遭到懲罰來展開的。

一二九　劉幡射麞故事類型

青州有劉幡者，元嘉初，射得一麞，剖腹以草塞之，蹶然而起，俄而前走。幡怪而拔其塞草，須臾還臥，如此三焉。幡密録此種以求其類理，創多驗。

甲：劉幡射麞

乙：草塞麞腹，麞走

丙：拔草，麞臥

一三〇　周昉擒鬼故事類型

晉周昉少時與商人泝江俱行，夕止宮廷廟下。同侶相語：『誰能入廟中宿？』昉性膽果決，因上廟宿，竟夕晏然。晨起，廟中見有白頭老翁，昉遂擒之，化爲雄鴨。昉捉還船，欲烹之，因而飛去。後竟無他。

甲：周昉宿廟

乙：老翁化鴨

丙：昉捉翁，失

丁：廟恢復静態

一三一　獨角化魚故事類型

AT：（B八二）人魚

艾：（八二）魚的來歷II

獨角者，巴郡人也，年可數百歲，俗失其名，頂上生一角，故謂之『獨角』。或忽去積載，或累旬不語，及有所説，則旨趣精微，咸莫能測焉。所居獨以爲化，亦頗有訓導。一旦與家辭，因入舍前江中，變爲鯉魚，角上在首。復時時暫還，容狀如平生，與子孫飲讌，數日輒去。

甲：獨角化魚

乙：復人形飲讌

按：艾伯華將此類故事歸類爲『（八二）魚的來歷II』。情節單元爲：『一個姑娘或一對戀人無辜死去，變成了魚。』

一三二　朱泰慰母故事類型

AT：（E二六一）遊魂的侵擾

艾：（二〇七）蘇堤

朱泰家在江陵。宋元徽中，病亡未殯，忽形見，還坐尸側，慰勉其母。衆皆見之，揮指送終之具，務從儉約，謂母曰：『家比貧，泰又亡歿。永違侍養，殯殮何可廣費？』

甲：朱泰亡

乙：形現慰母

按：艾伯華記載了蘇堤的故事類型，描述了人亡歿後靈魂復現，進入人世參與現世生活的故事。情節單元如下：『（一）蘇東坡的侍女在流放地生了一個小孩，去世了。（二）她作爲鬼魂，夜間來看望小孩並給他喂奶。（三）她來的時候需要游過一個湖。（四）蘇東坡爲她在湖上造了一個堤。（五）但是堤神不讓她過堤，她再也没來，小孩死去。』蘇堤故事的（一）（二）在《述異記》中大量呈現，朱泰是以亡魂慰母的形態出現的，還有大量的母題聚集在亡夫或亡妻上，以描述夫妻情感篤實爲核心，從而穿越現世的拘絆，由一方進入陰界，來完成共同的母題敘事。這一類母題大量存在於六朝時期，故事主題以冥異類爲核心，如劉義慶《幽明録》《宣驗記》，蕭子良《冥驗記》，王琰《冥祥記》等。

附録

一 序跋

明刻程榮輯《汉魏叢書》本

《〈述異記〉序》

按《梁史》云：『昉字彦升，舉兖州秀才，拜太學博士，爲齊竟陵王記室參軍，專主文翰。洎梁武踐祚，爲給事黄門侍郎，又爲吏部郎，遷中書舍人，轉御史中丞、秘書監，出爲新安太守，卒於官。年四十八，追贈太常，謚曰敬。』大梁天監二年，昉遷中書舍人，家書三萬卷，故多異聞，採於秘書，撰《新述異記》上下兩卷，皆得所未聞，將以資後來刀筆之士，好奇之流，文詞怪麗之端，抑亦博物之意者也。

《〈述異記〉後序》

夫述者，著譔之名；異者，未聞之事。然而簡諜紛委，百氏駢繁，始業文者，患於少書，莫得以備見；務廣覽者，失於精究，鮮克以周記，非夫博物君子，鴻儒碩彥，家藏逸典，日獵菁英，則何以詮次成書以資後學？近閱梁世任昉《述異記》上下兩卷，嘉其纂集，愛不能釋。研玩之際，奇粹間出，辭典而有據，事怪而不俚，綽有條緒，焕然非誣，且異夫成式《酉陽》之編，但浮華而靡信，子横《洞冥》之誌，多談妄以不經，彼皆憑虚，此盡摭實。若造鬻琢之市，列金璧以交輝，如觀作繪之坊，絢丹青而溢目，誠可以助緣情之綺靡，爲摛翰之華苑者矣。惜其湮墜於世，人所罕見，因命工摹鏤以永流布，與我同志足以知彥升之博識云爾。

皇宋慶曆四禩中秋既望日序

按：程榮，字伯仁，安徽歙縣人。曾校勘《漢魏叢書》三十八種。這一系列書籍刊刻後影響較大，後明何允中在其刻書基礎上，又從原擬目中搜益其半，得八十一種。清王謨增訂爲九十四種。程榮校本前存有原宋本的《序》及《後序》。

明刻葉萬校跋本

梁任彦升，新安太守，《述異記》三十九紙，乃葑門邢麗文先生手寫，爲散亂失去六紙，今補之全袁，實爲完書也。此書艱得，埜竹保之保之。（沈與文）

嘉靖元年正月上元日記

壬寅夏借從兄林宗藏本，校具，書係抄本。向爲寒山趙氏所藏，趙靈均殁後，圖籍星散，此書爲吾兄購得，因錢遵王廣搜小説，遂檢此本。示之，還時便取，以校並補，失板三紙。

洞庭東山清遠堂主人 記（葉萬）

《〈述異記〉序》

按《梁史》云：『昉字彦升，舉兖州秀才，拜太學博士，爲齊竟陵王記室參軍，專主文翰。洎梁武踐祚，爲給事黄門侍郎，又爲吏部郎，遷中書舍人，轉御史中丞、秘書監，出爲新安太守，卒於官。年四十八，追贈太常，謚曰敬。』大梁天監二年，昉遷中書舍人，家書三萬卷，故多異聞，採於秘書，撰《新述異記》上下兩卷，皆得所未聞，將以資後來刀筆之士、好奇之流、文詞怪麗之端，抑亦博物之意者也。

臨安府太廟前經籍鋪尹家刊行

《〈述異記〉後序》

夫述者，著譔之名；異者，未聞之事。然而簡諜紛委，百氏駢繁，始業文者，患於少書，莫得以備見；務廣覽者，失於精究，鮮克以周記，非夫博物君子，鴻儒碩彦，家藏逸典，日獵菁英，則何以詮次成書以資後學？近閱梁世任昉《述異記》上下兩卷，嘉其纂集，愛不能釋。研玩之際，奇粹間出，辭典而有據，事怪而不俚，綽有條緒，煥然非誣，且異夫成式《酉陽》之編，但浮華而靡信，子横《洞冥》之誌，多談妄以不經，彼皆憑虛，此盡摭實。若造鬻琢之市，列金璧以交輝，如觀作繪之坊，絢丹青而溢目，誠可以助緣情之綺靡，爲摛翰之華苑者矣。惜其湮墜於世，人所罕見，因命工摹鏤以永流布，與我同志足以知彦升之博識云爾。

皇宋慶曆四禩中秋既望日序

按：葉萬，字石君，號潛夫，又名樹廉，江蘇吴縣（今江蘇蘇州）人。明末清初著名藏書家，葉奕從弟。嘗遊虞山，樂其山水，遂遷居於虞山。博古好學，稱吴中第一。性嗜書，遇宋元善本，雖零缺單卷必購。常捐衣食之需要用以聚書，多至萬卷。孫從添《藏書紀要》：『葉石君抄本，校對精嚴，可稱盡美。錢遵王抄録，書籍裝飾雖華，固不及汲古多而精，石君之校而備。』葉氏藏書，爲諸藏書家搶購之物。

邢參抄本

《〈述異記〉序》

任昉撰。《梁書》：『昉字彦升，舉兖州秀才，爲齊竟陵王記室參軍，專主文翰。洎梁武登祚，擢給事黄門侍郎，遷中書舍人，轉御史中丞、秘書監，出爲新安太守，卒於官。年四十九，追贈太常，謚曰敬。』大梁天監二年，昉遷中書舍人，家書三萬卷，故多異聞，採於秘書，撰《新述異記》上下兩卷，皆得所未聞，將以資後來刀筆之士、好奇之流、文詞恠麗之端，抑亦博物之意者也。

《〈述異記〉後序》

夫述者，著譔之名；異者，未聞之事。然而簡諜紛委，百氏駢繁，始業文者，患於少書，莫得以備見，務廣覽者，失於精究，鮮克以周記，非夫博物君子，鴻儒碩彥，家藏逸典，日獵菁英，則何以詮次成書以資後學？近閲梁世任昉《述異記》上下兩卷，嘉其纂集，愛不能釋，研玩之際，奇粹間出，辭典而有據，事怪而不俚，綽有條緒，焕然非誣，且異夫成式《酉陽》之編，但浮華而靡信，子横《洞冥》之誌，多誕妄以不經，子皆憑虚，此盡摭實。若造鬻珎之市，列金璧以交輝，如觀作繪之坊，絢丹青而溢目，誠可以助緣情之綺靡，爲摛翰之華苑者矣。惜其湮墜于世，人所罕見，因命工抚鏤以永流布，與我同志足以知彥升之博識云爾。

皇宋慶曆四祀中秋既望日序

《沈與文跋》

梁任彥升，新安太守，《述異記》三十九帋，乃葑門邢麗文先生所書，爲散亂失去八紙，合補之全衮，實爲完書也。此書艱得者也。埜竹齋保之保之。

嘉靖元年正月上元日

此書葑溪邢麗文先生手寫保之

按：此書後附録了從《蘇州府志》引來的邢參介紹：『邢參字麗文，或云即量之族孫也。爲人沈静有醖藉，固而不陋，嘉遁城市，貧無恒業，惟教授鄉里，以著述自娱，無所干請，雖朋友之門，亦不輕過，客至或無茗碗薪火，則冷食。嘗遇大雪，累日囊無粟，諸人往視之，方若吟誦所得佳句，絶無慘凜色，又連日雨，復往視屋，三角已墊，怡然執書坐一角不滲者，早歲喪妻，遂不復妻，優遊以終。』明徐禎卿《新倩籍》收録了當時名聲盛旺的五人，將邢參與唐寅、文璧、張靈、錢同愛等人並列。其中贊歎邢參：『邢參，字麗文，爲人沉静，有醖藉，固而不陋。嘉遁城市，不急榮禄，貧無恒業，嘗教授鄉里，以著述自娱。無所干伺，人皆尚之。參志既高，而材學精美，多屈士子，僉以參之淑懿有四焉。養和靖躁，汪汪德心，恬泊處約，一何潔操，文優氣柔，君子之思，奮概履方，恂恂誼士，近之不厭，遠之有望，是其爲人者乎！』邢參抄本亦抄録了原出宋本的《序》及《後序》，且與程榮校本相同。

明刻胡文焕輯《述異記》

《〈述異記〉序》昉事實

按《梁史》云：『昉字彦升，舉兖州秀才，拜太學博士，爲齊竟陵王記室參軍，專主文翰，洎梁武踐祚，爲給事黄門侍郎，又爲吏部郎，遷中書舍人，轉御史中丞、祕書監，出爲新安太守，卒於官。年四十八，追贈太常，謚曰敬。』大梁天監二年，昉遷中書舍人，家書三萬卷，故多異聞，採於秘書，撰《新述異記》上下兩卷，皆得所未聞，將以資後來刀筆之士、好奇之流、文詞怪麗之端，抑亦博物之意者也。

事實畢

《〈述異記〉後序》

夫述者，著譔之名；異者，未聞之事。然而簡諜紛委，百氏駢繁，始業文者，患於少書，莫得以備見，務廣覽者，失於精究，鮮克以周記，非夫博物君子，鴻儒碩彦，家藏逸典，日獵菁英，則何以詮次成書以資後學，近閱梁世任昉《述異記》上下兩卷，嘉其纂集，愛不能釋，研玩之際，奇粹間出，辭典而有據，事怪而不俚，綽有條緒，焕然非誣，且異夫成式《酉陽》之編，但浮華而靡信，子横《洞冥》之誌，多談妄以不經，彼皆憑虚，此盡摭實。若造鬻珎之市，列金璧以交輝，如觀作繪之坊，絢丹青而溢目，誠可以助緣情之綺靡，爲摛翰之華苑者矣。惜其湮墜於世，人所罕見，因命工摹鏤以永流布，與我同志足以知彦升之博識云爾。

皇宋慶曆四禩中秋既望日序

皇明萬曆癸巳春季鄣郡葉芳書

按：胡文焕，字德甫，一字德文，號全庵。祖籍江西婺源，居於仁和（今浙江杭州）。明代著名藏書家、刻書家。刊刻《格致叢書》一百八十一種六百餘卷。又通音律，編《群音類選》二十六卷，爲明代最大的一部戲曲選。另，著有《奇貨記》《犀佩記》《三晋記》《餘慶記》等傳奇。

明商濬校勘（《稗海》本）原序

余嘗流攬百氏，綜覽群籍，自六經、《語》、《孟》之外，稱繁鉅者莫踰左右史。然周秦而上，其説芒芴杳昧，練飾詭誕，繆戾聖軌，周秦而下，風氣日開，人事日衆，駭於聽螢者不勝夥矣，故周志、晉乘、鄭書、楚杌與尼父麟筆並垂霄壤，離是而還，龍門世授，班氏家承，其文蓺體裁爲百代稱首，歷世沿襲，類相倣效，大都才望名位，俱表表人倫，雖極之輿統崩析，方策零落，然先後嗣續，掇拾修纂，終無泯滅，第勢殊時異，敘議參商，則有或借或散或徧紆索米，或穢黷賄成，即正史猶未足憑據，於是有虞初稗官之譚，下俚齊東之語，書不出于蘭臺，籍不頒于實録，職不列于金馬，人抒胸臆，户置丹鉛，亦足識時遺事，垂示後人耳。目所不及，蓋禮失而求諸埜也，即是非褒貶不足衮鉞當世，而縹緗坐披，景色神照，則亦博古蒐奇者所不可闕，惜乎書隱辭偏，宣播弗廣。昔子雲《太玄》以禄位不逾中人，堇給覆瓿，此輩簡編雜遝，湮没無聞者，要不止什而八九矣。吾鄉黄門鈕石溪先生鋭情稽古，廣購窮搜，藏書世學樓者，積至數千函，百萬卷。余爲生長公館甥，故時得縱觀焉。每苦卷帙浩繁，又書皆手録，不無魚魯之訛，因于暇日，撮其紀載有體，議論的確者重加訂正，更旁收縉紳家遺書校付剞劂，以永其傳以終先生惓惓之夙心，凡若干卷，總而名之曰『稗海』。夫珍裘以衆腋成温，大厦以群材合構，海之所以稱巨浸者，爲不擇細流也。方其濫觴浸潤，杯勺爾，蹄涔爾，行潦爾，卒之赴溟渤，達尾閭，汪洋浩淼，于是乎望洋者向若，蠡測者反步，觀水畢是，始無餘觀矣。今茲集也，就一書觀之，所載方言，所譚階除，所詫愕者幽異，誠不齒聖賢緒餘，然合而數之，上下千百載，涉閱萬端，牢籠百態，從漢魏以下種種名筆，罔不該載，謂之海也固宜。夫天壤間殺揭管，充棟汗牛，詎敢云稗史盡是？然較之蹄涔行潦，抑有間矣，漆園叟有言：『自細視大者不盡，自大視細者不明。』迺余之愳，選不盡耳！若夫明不明，則以俟諸達觀者。

會稽商濬書

按：商濬，字景哲，浙江會稽（今紹興）人。明萬曆年間著名藏書家，徐渭門生。其妻出自明代紹興藏書家鈕石溪家。鈕家有藏書世學樓，積至百萬卷。商濬匯編爲《稗海》。全書共七十種，四百四十八卷。多收野史稗乘，自晋張華《博物志》，至蔣子正《山房隨筆》，以宋人筆記爲多。

清王謨《增訂漢魏叢書》本《述異記》

右任昉《述異記》二卷，晁氏云：『昉家藏書三萬卷，天監中，採輯前世之事，纂述新異爲此《記》，皆時所未聞，特以資後來屬文之用，亦博物之意。《唐志》以爲祖沖所作，非也。今考隋、唐《志》，並載祖沖之《述異記》十卷，無任昉《記》，而《藝文類聚》《太平御覽》等書所引祖《記》，又往往爲今本任《記》所無。無妨任祖二人當時各自有《記》，而隋、唐《志》或偶失載也。《南史》本傳亦載昉撰《雜傳》二百四十七卷，不及此《記》，豈即在《雜傳》中歟？今《叢書》本較《稗海》本又不全，中多唐時州名，則此書又經唐人改竄，非原本也。

汝上王謨識

按：王謨，字仁圃，又字汝上，晚稱汝上老人。金溪縣臨昉（今江西南城縣）人。清代文學家、考據學家。慕鄭樵、馬端臨之學，搜羅散失舊聞，以補史書之缺。著有《江西考古録》，輯《漢唐地理書鈔》。

繆荃孫《隨庵徐氏叢書序》

昔顧澗濱先生慨宋元舊本日漸散佚，以爲將與三代之竹册，六朝之油素，名可得而聞，形不可得而見，徒使後人咨嗟歎息，曾何有毫末之益於藝林哉？何如覆而墨之，勿失其真，是縮今日爲宋元也。是後千百年爲今日也，而寰宇同志更興迭出，或得以相尋而無窮乎？

國朝老輩於明覆宋元本，絕寶愛之，與真宋元等即國初乾嘉名刻近人，亦寶愛之，真識澗濱先生此意矣。

南陵徐君積餘博學多聞，曾刻積學齋、許齋兩叢書廣傳。國朝先輩不傳之著作，藝林無不推重。近又得宋元本十種，覆而墨之，名曰『隨庵叢刻』。字畫行款一仍其舊，宋元面目開卷即是，前人題跋收藏圖書無不影摹訂訛釋舛。另刻札記，不敢徑改。本書亦墨守澗濱校勘舊例。荃孫亦慨當世，號稱藏書家，有公其書於天下者，有私其書於一己者，前如納蘭容若之通志堂，黃蕘圃之士禮居，近如黎蓴齋之古逸叢書，舉人間欲絕之跡，海内未見之本，傳之藝苑，播之寰宇，俾又可綿延一二百年，不致泯没，而且堪訂僞訛，補綴遺逸，使後人讀此一編，盡美盡善，無所遺憾，所謂守先待後者非耶。苟反是而緹錦爲衣，柟檀作室，以扃鑰爲保守，以鈔校爲多事，同志好友不得一觀已，有無暇題跋校勘以傳諸世，一旦兵火摧燒拉雜，不肖子孫稱斤論銀售。諸不解事者，甚至爲外洋捆載以去，使古人一生精力辛苦成書，渺渺千百年於兵燹刦奪之餘，僅而獲存，亦稱至幸，奈何知寶愛不知流傳，自非古人深沉重怨，不應若爾。《論語》代薪，《太玄》覆瓿，古今同慨，積餘近刻此書，目之曰『初集』。知後必有續刻，且凡聞君之風者，使之有所效法，均以流傳爲主庶，中國之舊學得以永保，而澗濱先生之宗旨常存天地間，則亦古今人所同幸者哉！

光緒戊申正月二十八日江陰繆荃孫

按：《隨庵徐氏叢書》爲徐乃昌所輯。徐乃昌，字積餘，號隨庵老人，安徽南陵人。曾主編《南陵縣志》。著《積學齋日記稿》《南陵建制沿革表》《金石古物考》《漢書·儒林傳補遺》等。繆荃孫曾爲《隨庵叢書》作序。繆字炎之，號藝風老人。江蘇江陰申港鎮人。近代藏書家、目録學家、史學家、金石家。曾受聘創辦北京京師圖書館。

二《梁書·任昉傳》

任昉字彦昇，樂安博昌人，漢御史大夫敖〔一〕之後也。父遥〔二〕，齊中散大夫。遥妻裴氏〔三〕，嘗晝寢，夢有彩旗蓋四角懸鈴，自天而墜，其一鈴墜入裴懷中，心悸動，既而有娠，生昉。身長七尺五寸。幼而好學，早知名。宋丹陽尹劉秉〔四〕辟爲主簿。時昉年十六，以氣忤秉子。久之，爲奉朝請，舉兖州秀才，拜太常博士，遷征北行參軍。

【注釋】

〔一〕敖：任敖。《史記》卷九十六《張丞相列傳》記載：『任敖者，故沛獄吏。高祖嘗辟吏，吏系吕后，遇之不謹。任敖素善高祖，怒擊傷主吕后吏。及高祖初起，敖以客從爲御史，守豐二歲，高祖立爲漢王，東擊項籍，敖遷爲上黨守。陳豨反時，敖堅守，封爲廣阿侯，食千八百户。高后時爲御史大夫。三歲免，以平陽侯曹窋爲御史大夫。』《漢書》卷四十《張周趙任申屠傳》：『高后時爲御史大夫，三歲免。孝文元年薨，謚曰「懿侯」。傳子至曾孫。越，坐爲太常，廟酒酸不敬，國除。』

〔二〕《南史》記載了任遥兄任遐之事：『遥兄遐字景遠，少敦學業，家行甚謹，位御史中丞、金紫光禄大夫。永明中，遐以罪將徙荒裔，遥懷名請訴，言淚交下，齊武帝聞而哀之，竟得免。』可見，任昉父祖家世良好，禄位優厚，任昉少年時期受到了良好的教育。

〔三〕《南史》本傳記載，任昉母出自河東裴氏：『遥妻河東裴氏，高明有德行，嘗晝卧，夢有五色彩旗蓋四角懸鈴，自天而墜，其一鈴落入懷中，心悸因而有娠。占者曰：「必生才子。」及生昉，身長七尺五寸，幼而聰敏，早稱神悟。四歲誦詩數十篇，八歲能屬文，自製《月儀》，辭義甚美。褚彦回嘗謂遥曰：「卿有令子，相爲喜之。所謂百不爲多，一不爲少。」由是聞聲藉甚。年十二，從叔晷有知人之量，見而稱其小名曰：「阿堆，吾家千里駒也。」昉孝友純至，每侍親疾，衣不解帶，言與淚並，湯藥飲食必先經口。』

〔四〕劉秉：劉宋宗室。劉宋一朝，封當陽縣侯，食邑千户。後遷中書令。爲阻擋蕭道成篡奪劉宋政權，私與袁粲、黄回等謀誅蕭道成。《宋書》卷五十一《宗室》記載：『時齊王輔政，四海屬心，秉知鼎命有在，密懷異圖。袁粲鎮石頭，不識天命，沈攸之舉兵反，齊王入屯朝堂，粲潛與秉及諸大將黄回等謀欲作亂。本期夜會石頭，旦乃舉兵。秉素恇怯騷動，擾不自安，再餔後，便自丹陽郡車載婦女，盡室奔石頭，部曲數百，赫奕滿道。既至見粲，粲驚曰：「何遽便來，事今敗矣！」秉曰：「今得見公，萬死亦何恨。」……粲敗，秉逾城出走，於額簷湖見擒，與二子承、俣並死。秉時年四十五。秉妻蕭氏，思話女也。元徽中，朝廷危殆，妻常懼禍敗，每謂秉曰：「君富貴已足，故應爲兒子作計。年垂五十，殘生何足吝邪！」秉不能從。』齊武帝即位後，下詔爲秉平反，以禮改葬。

永明初，衛將軍王儉〔二〕領丹陽尹，復引爲主簿。儉雅欽重昉，以爲當時無輩。遷司徒刑獄參軍事，入爲尚書殿中郎，轉司徒竟陵王〔三〕記室參軍，以父憂去職。性至孝，居喪盡禮。服闋，續遭母憂，常廬于墓側，哭泣之地，草爲不生。〔三〕服除，拜太子步兵校尉、管東宫書記。

【注釋】

〔一〕王儉：出琅琊王氏，高門大族，世代顯耀。《南齊書·王儉傳》：『王儉字仲寶，琅琊臨沂人也。祖曇首，宋右光禄。父僧綽，金紫光禄大夫。儉生而僧綽遇害，爲叔父僧虔所養。數歲，襲爵豫寧侯。幼有神彩，專心篤學，手不釋卷。丹陽尹袁粲聞其名，言之於帝，尚陽羨公主，拜駙馬度都尉。帝以儉嫡母武康公主同太初巫蠱事，不可以爲婦姑，欲開塚離葬，儉因人自陳，密以死請，故事不行。解褐秘書郎，太子舍人，超遷秘書丞。上表求校墳籍，依《七略》撰《七志》四十卷，上表獻之，表辭甚典。又撰定《元徽四部書目》。……儉寡嗜欲，唯以經國爲務，車服塵素，家無遺財。手筆典裁，爲當時所重。少撰《古今喪服集記》並文集，並行於世。』《南史·任昉傳》描述王儉與任昉交往更爲細緻：『永明初，衛將軍王儉領丹陽尹，復引爲主簿。儉每見其文，必三復殷勤，以爲當時無輩，曰：「自傳季友以來，始復見於任子。若孔門是用，其入室升堂。」於是令昉作一文，及見，曰：「正得吾腹中之欲。」乃出自作文，令昉點正，昉因定數字。儉拊幾歎曰：「後世誰知子定吾文！」其見知如此。』

〔二〕竟陵王：蕭子良，字雲英，世祖第二子。《南齊書·竟陵文宣王蕭子良傳》記載：『世祖即位，封竟陵王，邑二千户。爲使持節，都督南徐兗二州諸軍事、鎮北將軍、南徐州刺史。

永明元年，徙爲侍中，都督南兖兖徐青冀五州、征北將軍、南兖州刺史，持節如故。給油絡車。明年，入爲護軍將軍，兼司徒，領兵置佐，侍中如故。鎮西州。三年，給鼓吹一部。四年，進號車騎將軍。子良少有清尚，禮才好士，居不疑之地，傾意賓客，天下才學皆遊集焉。善立勝事，夏月客至，爲設瓜飲及甘果，著之文教。士子文章及朝貴辭翰，皆發教撰録。』永明年間，形成了以竟陵王爲首的竟陵八友：蕭衍、沈約、謝朓、王融、蕭琛、范雲、任昉、陸倕。

〔三〕《南史》本傳記載其孝仁之事尤詳：『以父喪去官，泣血三年，杖而後起。齊武帝謂昉伯遐曰：「聞昉哀瘠過禮，使人憂之，非直亡卿之寶，亦時才可惜。宜深相全譬。」遐使進飲食，當時勉勵，回即歐出。昉父遥本性重檳榔，以爲常餌，臨終嘗求之，剖百許口，不得好者，昉亦所嗜好，深以爲恨，遂終身不嘗檳榔。遭繼母憂，昉先以毀瘠，每一慟絶，良久乃蘇，因廬於墓側，以終喪禮。哭泣之地，草爲不生。昉素強壯，腰帶甚充，服闋後不復可識。』

初，齊明帝既廢鬱林王〔二〕，始爲侍中、中書監、驃騎大將軍、開府儀同三司、揚州刺史、録尚書事，封宣城郡公，加兵五千，使昉具表草。其辭曰：『臣本庸才，智力淺短。太祖高皇帝篤猶子之愛，降家人之慈；世祖武皇帝情等布衣，寄深同氣。武皇大漸，實奉詔言。雖自見之明，庸近所蔽，愚夫一至，偶識量己，實不忍自固於綴衣之辰，拒違於玉几之側，遂荷顧託，導揚末命。雖嗣君棄常，獲罪宣德，王室之亂，職臣之由。何者？親則東牟，任惟博陸，徒懷子孟社稷之對，何救昌邑争臣之譏。四海之議，於何逃責。陵土未乾，訓誓在耳，家國之事，一至於斯，非臣之尤，誰任其咎！將何以肅拜高寢，虔奉武園？悼心失圖，泣血待旦。寧容復徼榮於家耻，宴安於國危。驃騎上將之元勳，神州儀刑之列岳，尚書是稱司會，中書寧管王言。且虚飾寵章，委成禦侮，臣知不愜，物誰謂宜。但命輕鴻毛，責重山岳，存没同歸，毁譽一貫。辭一官不減身累，增一職已黷朝輕。便當自同體國，不爲飾讓。至於功均一匡，賞同千室，光宅近甸，奄有全邦，殞越爲期，不敢聞命，亦願曲留降鑒，即垂聽許。鉅平之懇誠必固，永昌之丹慊獲申，乃知君臣之道，綽有餘裕，苟曰易昭，敢守難奪。』帝恶其辭斥，甚慍，昉由是終建武中，位不過列校。

【注釋】

〔一〕鬱林王：蕭昭業。字元尚，丹陽郡建康人。齊武帝蕭賾之孫，文惠太子蕭長懋長子。《南史》卷五《齊本紀》記載其與曾祖父之事：『高帝爲相王，鎮東府，時年五歲，床前戲。高帝方令左右拔白髮，問之曰：「兒言我誰耶？」答曰：「太翁。」高帝笑謂左右曰：「豈有爲人作曾祖而拔白髮者乎？」即擲鏡、鑷。其後問訊，高帝指示賓客曰：「我基於此四世矣。」』蕭昭業後爲明帝蕭鸞所害。

昉雅善屬文，尤長載筆，才思無窮，當世王公表奏，莫不請焉。昉起草即成，不加點竄。沈約一代詞宗，深所推挹。〔二〕明帝崩，遷中書侍郎。永元末，爲司徒右長史。〔三〕

【注釋】

〔二〕鍾嶸《詩品》將任昉詩歸入中品，論及世人所稱『沈詩任筆』：『彦升少年爲詩不工，故世稱「沈詩任筆」，昉深恨之。晚節愛好既篤，文亦遒變。善銓事理，拓體淵雅，得國士之風，故擢居中品。但昉既博物，動輒用事，所以詩不得奇。少年士子，效其如此，弊矣。』鍾嶸將沈約詩亦歸入中品，且放在任昉之後，『梁左光禄沈約』：『觀休文衆制，五言最優。詳其文體，察其餘論，固知憲章鮑明遠也。所以不閑於經綸，而長於清怨。永明相王愛文，王元長等皆宗附之。約於時謝朓未遒，江淹才盡，范雲名級故微，故約稱獨步。雖文不至於其工麗，亦一時之選也。見重閭里，誦詠成音。嶸謂約所著既多，今翦除淫雜，收其精要，允爲中品之第矣。故當詞密於范，意淺於江也。』

〔三〕《南史》記載任昉與王亮等人交往之事：『昉尤長爲筆，頗慕傅亮才思無窮，當時王公表奏無不請焉。昉起草即成，不加點竄。沈約一代辭宗，深所推挹。永元中，紆意于梅蟲兒，東昏中旨用爲中書郎。謝尚書令王亮，亮曰：「卿宜謝梅，那忽謝我。」昉慚而退。末爲司徒右長史。』

高祖克京邑，霸府初開，以昉爲驃騎記室參軍。始高祖與昉遇竟陵王西邸，從容謂昉曰：『我登三府，當以卿爲記室。』昉亦戲高祖曰：『我若登三事，當以卿爲騎兵。』謂高祖善騎也。至是，故引昉符昔言焉。昉奉牋曰：『伏承以今月令辰，肅膺典策，德顯功高，光副四海，含生之倫，庇身有地；況昉受教君子，將二十年，咳唾爲恩，眄睞成飾，小人懷惠，顧知死所。昔承清宴，屬有緒言，提挈之旨，形乎善謔，豈謂多幸，斯言不渝。雖情謬先覺，而跡淪驕餌，湯沐具而非吊，大厦構而相驩。明公道冠二儀，勳超邃古，將使伊周奉轡，桓文扶轂，神功無紀，化物何稱。府朝初建，俊賢驤首，惟此魚目，唐突璵璠。顧已循涯，實知塵忝，千載一逢，再造難答。雖則殞越，且知非報。』〔一〕

【注釋】

〔一〕《南史》亦引此事，較簡略：『始梁武與昉遇竟陵王西邸，從容謂昉曰：「我登三府，當以卿爲記室。」昉亦戲帝曰：「我若登三事，當以卿爲騎兵。」以帝善騎也。至是引昉符昔言焉。昉奉牋云：「昔承清宴，屬有緒言，提挈之旨，形乎善謔。豈謂多幸，斯言不渝。」蓋爲此也。梁臺建，禪讓文誥，多昉所具。』

天監二年，出爲義興太守。在任清潔，兒妾食麥而已。友人彭城到溉〔二〕，溉弟洽〔三〕，從昉共爲山澤遊。及被代登舟，止有米五斛。既至無衣，鎮軍將軍沈約遣裙衫迎之。〔三〕重除吏部郎中，參掌大選，居職不稱。尋轉御史中丞，秘書監，領前軍將軍。自齊永元以來，秘閣四部，篇卷紛雜，昉手自讎校，由是篇目定焉。

【注釋】

〔一〕《梁書·到溉傳》：『到溉，字茂灌，彭城武原人。曾祖彦之，宋驃騎將軍。祖仲度，驃騎江夏王從事中郎。父坦，齊中書郎。溉少孤貧，與弟洽俱聰敏有才學，早爲任昉所知，由是聲名益廣。起家王國左常侍，轉後軍法曹參軍，歷殿仲郎。出爲建安内史，遷中書郎，兼吏部，太子中庶子。湘東王繹爲會稽太守，以溉爲輕車長史學、行府郡事。高祖敕王曰：「到溉非直爲汝行事，足爲汝師，間有進止，每須詢訪。」遭母憂，居喪禮，朝廷嘉之。服闕，猶蔬食布衣者累載。……初與弟洽常共居一齋，洽卒後，便舍爲寺，因斷腥膻，終身蔬食，别營小室，朝夕從僧徒禮誦。』其性情如此，與昉相似。

〔二〕洽：到洽，字茂沿，彭城武原人也。《梁書·到洽傳》記載：『洽少知名，清警有才學士行。謝朓文章盛於一時，見洽深相賞好，日引與談論。每謂洽曰：「君非直名人，乃亦兼文武。」朓後爲吏部，洽去職，朓欲薦之，洽睹世方亂，深相拒絶，除晋安王國左常侍，不就。隨築室岩阿，幽居者積歲。樂安任昉有知人之鑒，與洽兄沼、溉並善。常訪洽於田舍，見之歎曰：「此子日下無雙。」遂申拜親之禮。……即召爲太子舍人。御華光殿，詔洽及沆、蕭琛、任昉侍宴，賦二十韻詩，以洽辭爲工，賜絹二十匹。高祖謂昉曰：「諸到可謂才子。」昉對曰：「臣常竊議，宋得其武，梁得其文。」』蕭繹有詩《贈到溉到洽》：『魏世重雙丁，晋朝稱二陸。何如今兩到，復似淩寒竹。』

〔三〕《南史》記載：『武帝踐阼，歷給事、黄門侍郎、吏部郎。出爲義興太守。歲荒民散，以私奉米豆爲粥，活三千餘人。時産子者不舉，昉嚴其制，罪同殺人。孕者供其資費，濟者千室。在郡所得公田奉秩八百餘石，昉五分督一，餘者悉原，兒妾食麥而已。友人彭城到溉、溉弟洽從昉共爲山澤遊。及被代登舟，止有絹七匹，米五石。至都無衣，鎮軍將軍沈約遣裙衫迎之。』義興，今江蘇宜興。《世説新語・自新》：『義興水中有蛟，山中有白額虎，並皆暴犯百姓。』

六年春，出爲寧朔將軍、新安〔一〕太守。在郡不事邊幅，率然曳杖，徒行邑郭，民通辭訟者，就路決焉。爲政清省，吏民便之。視事期歲，卒於官舍，時年四十九。闔境痛惜，百姓共立祠堂於城南。高祖聞問，即日舉哀，哭之甚慟。追贈太常卿，謚曰『敬子』。〔二〕

【注釋】

〔一〕新安：今徽州。徽州自古以新安稱。

〔二〕《南史》記載其卒官、清廉、武帝慟哭之事甚詳：『出爲新安太守，在郡不事邊幅，率然曳杖，徒行邑郭。人通辭訟者，就路決焉。爲政清省，吏人便之。卒於官，唯有桃花米二十石，無以爲斂。遺言不許以新安一物還都，雜木爲棺，浣衣爲斂。闔境痛惜，百姓共立祠堂於城南，歲時祠之。武帝聞問，方食西苑緑沈瓜，投之於盤，悲不自勝，因屈指曰：

「昉少時常恐不滿五十，今四十九，可謂知命。」即日舉哀，哭之甚慟。追贈太常，謚曰「敬子」。』

昉好交結，獎進士友，得其延譽者，率多升擢，故衣冠貴遊，莫不爭與交好，坐上賓客，恒有數十。時人慕之，號曰『任君』，言如漢之三君〔一〕也。陳郡殷芸〔二〕《與建安太守到溉書》曰：『哲人云亡，儀表長謝。元龜何寄？指南誰託？』其爲士友所推如此。昉不治生産，至乃居無室宅。世或譏其多乞貸，亦隨復散之親故。〔三〕昉常歎曰：『知我亦以叔則〔四〕，不知我亦以叔則。』昉墳籍無所不見，家雖貧，聚書至萬餘卷，率多異本。昉卒後，高祖使學士賀縱共沈約勘其書目，官所無者，就昉家取之。昉所著文章數十萬言，盛行於世。〔五〕

【注釋】

〔一〕《後漢書·黨錮傳序》：『竇武、劉淑、陳蕃爲「三君」。君者，言一世之所宗也。』

〔二〕《梁書·殷芸傳》記載：『殷芸字灌蔬，陳郡長平人。性倜儻，不拘細行；然不妄交遊，門無雜客。勵精勤學，博洽群書。』《隋書·經籍志》著録其有《小説》十卷。新舊《唐書·藝文志》從《隋志》。

〔三〕《南史》記載其停楓香、楊梅事：『昉好交結，獎進士友，不附之者亦不稱述，得其延譽者多見升擢，故衣冠貴遊莫不多與交好，坐上客恒有數十。時人慕之，號曰「任君」，言如漢之三君也。在郡尤以清潔著名，百姓年八十以上者，遣户曹掾訪其寒温。嘗欲營佛齋，調楓香二石，始入三斗，便出教長斷，曰：「與奪自己，不欲貽之後人。」郡有蜜嶺及楊梅，舊爲太守所采，昉以冒險多物故，即時停絕，吏人咸以百餘年未之有也。爲《家誡》，殷勤甚有條貫。』

〔四〕叔則：裴楷，字叔則，河東聞喜人。東漢尚書令裴茂之孫，曹魏冀州刺史裴徽之子。年少著名，善談《老子》《易經》。袁宏《名士傳》稱其爲『中朝名士』。

〔五〕《南史》另載有『任筆沈詩』及王僧儒之事：『既以文才見知，時人云「任筆沈詩」。昉聞甚以爲病。晚節轉好著詩，欲以傾沈，用事過多，屬辭不得流便，自爾都下士子慕之，轉爲穿鑿，於是有才盡之談矣。博學，於書無所不見，家雖貧，聚書至萬餘卷，率多異本。及卒後，武帝使學士賀縱共沈約勘其書目，官無者就其家取之。所著文章數十萬言，盛行於時。東海王僧孺嘗論之，以爲「過於董生、揚子。昉樂人之樂，憂人之憂，虚往實歸，忘貧去吝，行可以厲風俗，義可以厚人倫，能使貪夫不取，懦夫有立」。其見重如此。』

初，昉立於士大夫間，多所汲引，有善己者則厚其聲名。及卒，諸子皆幼，人罕贍卹之。〔一〕平原劉孝標〔二〕爲著論曰：

【注釋】

〔一〕《南史》詳細記載了任昉諸子情況，及劉孝標著《廣絕交論》的背景：『有子東里、西華、南容、北叟，並無術業，墜其家聲。兄弟流離不能自振，生平舊交莫有收卹。西華冬月著葛帔練裙，道逢平原劉孝標，泫然矜之，謂曰：「我當爲卿作計。」乃著《廣絕交論》以譏其舊交。』

〔二〕劉孝標：劉峻，字孝標，平原（今山東德州平原）人。曾注釋劉義慶《世說新語》，文章亦擅美當時。《隋書·經籍志》著録其有詩文集六卷。另有《漢書注》一百四十卷，編《類苑》一百二十卷。

客問主人曰：『朱公叔《絕交論》〔一〕，爲是乎？爲非乎？』主人曰：『客奚此之問？』客曰：『夫草蟲鳴則阜螽躍，雕虎嘯而清風起。故絪緼相感，霧湧雲蒸，嚶鳴相召，星流電激。是以王陽登則貢公喜〔二〕，罕生逝而國子悲〔三〕。且心同琴瑟，言鬱郁於蘭茝，道葉膠漆，志婉孌於塤篪。聖賢以此鏤金版而鐫盤盂，書玉牒而刻鐘鼎。若匠人輟成風之妙巧，伯牙息流波之雅引。范、張款款於下泉〔四〕，尹、班陶陶於永夕〔五〕。駱驛縱横，煙霏雨散，皆巧歷所不知，心計莫能測。而朱益州〔六〕汨彝敘，越謨訓，捶直切，絕交遊，視黔首以鷹鸇，媲人倫於豺虎。蒙有猜焉，請辨其惑。』

【注釋】

〔一〕《後漢書·朱穆傳》：『朱穆字公叔，便有孝稱。父母有疾，輒不飲食，差乃復常。及壯耽學，鋭意講誦，或時思至，不自知亡失衣冠，顛隊坑岸。其父常以爲專愚，幾不知數馬足。穆愈更精篤。初舉孝廉。順帝末，江淮盜賊群起，州郡不能禁。或說大將軍梁冀曰：

「朱公叔兼資文武，海内奇士，若以爲謀主，賊不足平也。」冀亦素聞穆名，乃辟之，使典兵事，甚見親任。及桓帝即位，順烈太后臨朝，穆以冀勢地親重，望有以扶持王室，因推灾異，奏記，以勸誡冀。』從這段文字可知，朱穆曾受梁冀信任，並受拔擢。在梁冀勢力坐大之後，朱穆看到了危機，多次勸諫梁冀，而『冀不納，而縱放日滋，遂復賂遺左右，交通宦者，任其子弟、賓客以爲州郡要職』。朱穆所上《絶交論》亦當是針對當時社會私相授受，朋黨交遊且危及皇權社稷而言。李賢注《後漢書》引《穆集》以及《藝文類聚》《太平御覽》存有部分《絶交論》，文本如下：『或曰：「子絶存問，不見客，亦不答問也。何故？」曰：「古者進退趨業，無私遊之交，相見以公朝，亨公以禮紀，否則朋徒受習而已。」曰：「人將疾子，如何？」曰：「寧受疾。」曰：「受疾可乎？」曰：「世之務交遊也久矣，不敦於業，不忌於君，犯禮以追之，背公以從之。其愈者則孺子之愛也，其甚者則求過弊竊譽，以贍其私。利進義退，公輕私重，居勞於聽也。或於道而求其私，贍矣。是故遂往不反，而莫敢止焉。是川瀆並決而莫敢之塞，遊家而莫之禁也。《詩》云：『威儀棣棣，不可筭也。』後生將復何述？而吾不才，焉能規此？實悼無行，子道多闕，臣事多尤，思復白圭，重考古言，以補往過。時無孔堂，思兼則滯，匪有也，則亦焉興？是以敢受疾也，不亦可乎？」』當時人評論曰：『朱穆見比周傷義，偏黨毁俗，志抑朋遊之私，遂著《絶交》之論。』

〔二〕《漢書·王吉傳》記載：『王吉字子陽，琅邪皋虞人也。少好學明經，以郡吏舉孝廉爲郎，補若盧右丞，遷雲陽令。舉行賢良爲昌邑中尉，而王好遊獵，動作亡節，吉上疏諫。』正史記載王吉因直言進諫之事，豁免於害。又云：『吉與貢禹爲友，世稱「王陽在位，貢公彈冠」，言其取捨同也。元帝初即位，遣使者徵貢禹與吉。吉年老，道病卒，上悼之，復遣使者吊祠。』《漢書・貢禹傳》：『貢禹字少翁，琅邪人也。以明經潔行著聞，徵爲博士、涼州刺史，病去官。復舉賢良爲河南令。歲餘，以職事爲府官所責，免冠謝。禹曰：「冠一免，安復可冠也！」遂去官。元帝初即位，徵禹爲諫大夫，數虛己問以政事。是時，年歲不登，郡國多困。』可知，王陽與貢禹同爲琅邪人，且在漢元帝時同被徵爲諫大夫。

〔三〕罕生逝而國子悲：指子皮信任子產，子產助其治理鄭國之事。罕：罕虎，字子皮，春秋時期鄭國人，魯襄公二十九年，繼父執政。後見子產賢而有才，將執政讓於子產，並助其爲政執政。死後，子產爲之慟哭。

〔四〕范、張：東漢范式、張劭的並稱。《後漢書・范式傳》：『范式字巨卿，山陽金鄉人也。少遊太學，爲諸生，與汝南張劭爲友。劭字元伯。二人並告歸鄉里。式謂元伯曰：「後兩年當還，將過拜尊親，見孺子焉。」乃共克期日。後期方至，元伯具以白母，請設饌以候之。母曰：「二年之別，千里結言，爾何相信之審邪？」對曰：「巨卿信士，必不乖違。」母曰：「若然，當爲爾醖酒。」至其日，巨卿果到，升堂拜飲，盡歡而別。』除范張之誼外，正史還記載范式被陳平子托死、與貧賤時的孔嵩把臂言歡之事。

〔五〕尹、班：指尹敏與班彪。尹敏：字幼季，南陽堵陽人。東漢初期儒家古文經學派代表人物。反對讖緯思想。班彪：字叔皮，扶風安陵（今陝西咸陽）人。東漢史學家、文學家。《東觀漢記・尹敏傳》：『敏與班彪親善，每相遇與談，常日旰忘食，晝即至暝，夜則達旦。』

《後漢書·儒林列傳》：『（尹敏）與班彪親善，每相遇，輒日旰忘食，夜分不寢，自以爲鍾期、伯牙，莊周、惠施之相得也。』

〔六〕朱益州：指朱穆，死後追贈益州太守。

主人忻然曰：『客所謂撫絃徽音，未達燥濕變響；張羅沮澤，不覩鵠雁高飛。蓋聖人握金鏡，闡風烈，龍驤蠖屈，從道汙隆。日月聯璧，歎亹亹之弘致；雲飛電薄，顯棣華之微旨。若五音之變化，濟九成〔一〕之妙曲。此朱生得玄珠於赤水，謨神睿而爲言。至夫組織仁義，琢磨道德，驩其愉樂，恤其陵夷。寄通靈臺之下，遺跡江湖之上，風雨急而不輟其音，霜雪零而不渝其色，斯賢達之素交，歷萬古而一遇。逮叔世民訛，狙詐飈起，谿谷不能踰其險，鬼神無以究其變，競毛羽之輕，趨錐刀之末。於是素交盡，利交興，天下蚩蚩，鳥驚雷駭。然利交同源，派派則異，較言其略，有五術焉：

【注釋】

〔一〕成，樂曲終止。九成指樂聲九變。《尚書·益稷》：『簫韶九成，鳳凰來儀。』孔穎達疏：『成猶終也，每曲一終，必變更奏。故《經》言九成，《傳》言九奏，《周禮》謂之九變，其實一也。』《隋書·音樂志》：『禮終三爵，樂奏九成。』

若其寵鈞董、石〔二〕，權壓梁、竇〔三〕。雕刻百工，鑪錘萬物，吐漱興雲雨，呼吸下霜露，九域聳其風塵，四海疊其熛灼。靡不望影星奔，藉響川鶩，鷄人始唱，鶴蓋成陰，高門旦開，流水接軫。皆願摩頂至踵，隳膽抽腸，約同要離焚妻子，誓徇荆卿湛七族〔三〕。是曰『勢交』，其流一也。

【注釋】

〔一〕董、石：漢代董賢、石顯。《漢書·佞幸傳》：『漢興，佞幸寵臣，高祖時則有籍孺，孝惠有閎孺。此兩人非有才能，但以婉媚貴幸，與上臥起，公卿皆因關説。故孝惠時，郎侍中皆冠鵔鸃，貝帶，傅脂粉，化閎籍之屬也。兩人徙家安陵。其後寵臣，孝文時則士人鄧通，宦者則趙談、北宫伯子；孝武時則士人韓嫣，宦者則李延年；孝元時宦者則弘恭、石顯；孝成時士人則張放、淳於長安；孝哀時則有董賢。』董賢，字聖卿，雲陽人。父親董恭，御史，董賢因此被封賞爲太子舍人。《漢書·董賢傳》記載：『哀帝立，賢隨太子官爲郎。二歲餘，賢傳漏在殿下，爲人美麗自喜，哀帝望見，説其儀貌，識而問之，曰：「是舍人董賢邪？」因引上與語，拜爲黄門郎，由是始幸。問及其父爲雲中侯，即日征爲霸陵侯，遷光禄大夫。賢寵愛日甚，爲駙馬都尉侍中，出則參乘，入御左右，旬月間賞賜累鉅萬，貴震朝廷。常與上臥起。嘗晝寢，偏藉上袖。上欲起，賢未覺，不欲動賢，乃斷袖而起。其恩愛至此。賢亦性柔和便辭，善爲媚以自固。』石顯，字君房，濟南人。《漢書·石顯傳》記載：『元帝即位數年，恭死，顯代爲中書令。是時，元帝被疾，不親政事，方隆好於音樂，以顯久典事，中人無外黨，精專可信任，遂委以政。事無小大，因顯白決，貴幸朝廷，百僚皆敬事顯。顯爲人巧慧習事，能探得主人微指，内深賊，持詭辯以中傷人，忤恨睚眦，輒被以危法。』

〔二〕梁、竇：漢代梁冀、竇憲。梁冀：字伯安，安定郡烏氏縣（今寧夏固原東南）人。《漢書·梁冀傳》記載梁冀貴盛之狀：『其四方調發，歲時貢獻，皆先輸上第於冀，乘輿乃其次焉。吏人賫貨求官請罪者，道路相望。冀又遣客出塞，交通外國，廣求異物。因行道路，發取伎女禦者，而使人復乘勢横暴，欺掠婦女，歐擊吏卒，所在怨毒。冀乃起大宅第舍，而壽亦對街爲宅，殫極土木，互相誇競。』竇憲：字伯度，扶風郡平陵縣（今陝西咸陽）人。曾祖父竇融，字周公，東漢開國功臣，官大司徒。父竇勳，以罪被誅，追爵安成息侯。母爲東海恭王劉强之女沘陽公主。妹爲章帝皇后。一門貴盛。《後漢書·竇憲》記載：『建初二年，女弟立爲皇后，拜憲爲郎，稍遷侍中、虎賁中郎將；弟篤，爲黄門侍郎。兄弟親幸，並侍宫省，賞賜累積，寵貴日盛，自王、主及陰、馬諸家，莫不畏憚。憲恃宫掖聲勢，遂以賤直請奪沁水公主園田，主逼畏，不敢計。』

〔三〕司馬貞《史記索隱》：『父之族一也；姑之子，二也；姊妹之子，三也；女子之子，四也；母之族，五也；從子，六也；及妻父母凡七。』湛七族：相傳燕太子丹爲讓荆軻取信於秦王，於是殺荆軻七族。

富埒陶、白〔二〕，貲巨程、羅〔三〕，山擅銅陵，家藏金穴，出平原而聯騎，居里閈而鳴鐘。則有窮巷之賓，繩樞之土，冀宵燭之末光，邀潤屋之微澤，魚貫鳧躍，颯沓鱗萃，分雁鶩之稻粱，沾玉斝之餘瀝。銜恩遇，進款誠，援青松以示心，指白水而旌信。是曰『賄交』，其流二也。

【注釋】

〔一〕陶、白：陶朱公范蠡、白圭。范蠡：字少伯，楚國宛地三户（今南陽淅川縣）人。白圭：周人也。《史記·貨殖列傳》記載：『當魏文侯時，李克務盡地力，而白圭樂觀時變，故人棄我取，人取我與。……曰：「吾治生產，猶伊尹、吕尚之謀，孫吴用兵，商鞅行法是也。是故其智不足與權變，勇不足以決斷，仁不能以取予，彊不能有所守，雖欲學吾術，終不告之矣。」蓋天下言治生祖白圭。』

〔二〕程、羅：漢代程鄭、羅裒。《漢書·貨殖傳》記載：『程鄭，山東遷虜也，亦冶鑄賈魋結民，富埒卓氏。程卓既衰，至成哀間，成都羅裒訾至鉅萬。』

陸大夫燕喜西都〔二〕，郭有道人倫東國〔三〕，公卿貴其籍甚，搢紳羨其登仙。加以頷頤蹙頞，涕唾流沫，騁黄馬之劇談，縱碧鷄之雄辯，敘溫燠則寒谷成暄，論嚴枯則春叢零葉，飛沉出其顧指，榮辱定其一言。於是弱冠王孫，綺紈公子，道不絓於通人，聲未遒於雲閣，攀其鱗翼，丏其餘論，附騏驥之髦端，軼歸鴻於碣石。是曰『談交』，其流三也。

【注釋】

〔一〕陸大夫：陸賈，楚人。陸賈曾勸説陳平、周勃合力消滅諸吕力量，護衛漢室。《漢書・陸賈傳》記載：『吕太后時，王諸吕，諸吕擅權，欲劫少主。右丞相陳平患之，力不能争，恐禍及己。平常燕居深念。……爲陳平畫吕氏數事。平用其計，乃以五百金爲絳侯壽，厚縣樂飲太尉，太尉亦報如之。兩人深相結，吕氏謀益壞。陳平乃以奴婢百人，車馬五十乘，錢五百萬，遺賈爲食飲費。賈以此遊漢廷公卿間，名籍甚。』

〔二〕郭有道：郭泰，字林宗。《後漢書》記載其『博通墳籍，善談論。遊洛陽，後回鄉，諸儒送之，與李膺同舟而濟，衆賓望之，以爲神仙。舉有道不應。林宗雖善人倫，不爲危言覈論，故宦官擅政而不能傷也』。

陽舒陰慘，生民大情，憂合驩離，品物恒性。故魚以泉涸而呴沫，鳥因將死而悲鳴。同病相憐，綴《河上》〔一〕之悲曲；恐懼置懷，昭《谷風》〔二〕之盛典。斯則斷金由於湫隘，刎頸起於苫蓋。是以伍員濯溉於宰嚭〔三〕，張王撫翼於陳相〔四〕。是曰『窮交』，其流四也。

【注釋】

〔一〕先秦有佚名的《河上歌》：『同病相憐，同憂相捄。驚翔之鳥相隨而集，瀨下之水因復俱流。』言命運相連的兩人相互憐憫，共同行止。

〔二〕《詩經・谷風》：『習習谷風，維風及雨。將恐將懼，維予及女。』《谷風》一説爲棄婦詩。

言男子背棄女子之事。此處隱喻窮交不可信。

〔三〕伍員：伍子胥。楚人，楚王誅員父奢，子胥奔吴。楚又誅大臣伯州犁，其孫宰嚭亦奔吴，爲大夫。《史記》：『闔閭死，夫差既立，以伯嚭爲太宰。吴敗越於會稽，大夫種厚幣遺吴太宰請和。將許之，子胥諫不聽。太宰既與子胥有隙，因讒子胥，王乃使賜子胥屬鏤之劍，乃自刎。』此事指宰嚭因伍子胥而被吴接納受官，子胥卻因宰嚭而死。

〔四〕指張耳、陳餘之事。《史記·張耳陳餘列傳》：『張耳者，大梁人也。其少時，及魏公子毋忌爲客。張耳嘗亡命遊外黄。外黄富人女甚美，嫁庸奴，亡其夫，去抵父客。父客素知張耳，乃謂女曰：「必欲求賢夫，從張耳。」女聽，乃卒爲請决，嫁之張耳。張耳是時脱身遊，女家厚奉給張耳，張耳以故致千里客。乃宦魏爲外黄令，名由此益賢。陳餘者，亦大梁人也，好儒術，數遊趙苦陘。富人公乘氏以其女妻之，亦知陳餘非庸人也。餘年少，父事張耳，兩人相與爲刎頸交。』後兩人交恶。史家評論：『張耳、陳餘始居約時，相然信以死，豈顧問哉？及據國争權，卒相滅亡。何鄉者相慕用之誠，後相倍之戾也！」

馳鶩之俗，澆薄之倫，無不操權衡，秉纖纊。衡所以揣其輕重，纊所以屬其鼻息。若衡不能舉，纊不能飛，雖顔、冉龍翰鳳鶵〔一〕，曾、史蘭熏雪白〔二〕，舒、向金玉淵海〔三〕，卿、雲黼黻河漢〔四〕，視若遊塵，遇同土埂，莫肯費其半菽，罕有落其一毛。若衡重錙銖，纊微彯撇，雖共工之蒐慝，驩兜之掩義〔五〕，南荆之跋扈，東陵之巨猾，皆爲匍匐委蛇，折枝舐痔，金膏翠羽將其意，脂韋便辟導其誠。故輪蓋所遊，必非夷、惠之室〔六〕；苞苴所入，實行張、霍之家〔七〕。謀而後動，芒毫寡忒。是曰『量交』，其流五也。

【注釋】

〔一〕顔、冉：指顔淵、冉耕。《論語・先進》記載『德行』有四人：『顔淵、閔子騫、冉伯牛、仲弓。』龍翰鳳鶵：指諸葛孔明、龐士元。舊説諸葛孔明爲臥龍，龐士元爲鳳雛。

〔二〕曾、史：指曾參和史魚。蘭熏雪白：信陵君名蘭芬。

〔三〕舒、向：指董仲舒、劉向。董仲舒：廣川（今河北景縣）人，西漢哲學家。提出了『天人感應』、『三綱五常』等儒家理念。王充《論衡》篇以爲：『然鴻儒，世之金玉也，奇而又奇矣。』以之爲金玉。劉向：字子政，沛郡豐邑（今江蘇徐州）人。曾領校秘書，撰《别録》。另有《新序》《説苑》《烈女傳》《戰國策》等著作。《論衡》：『子駿，漢朝智囊，筆墨淵海。』

〔四〕卿、雲：指司馬相如、揚雄。司馬相如：字長卿，蜀郡成都人。曾作《子虚賦》《大人賦》。揚雄：字子雲，蜀郡郫縣（今四川成都）人。著有《法言》《太玄》等。《論衡》：『漢諸儒作書者，以司馬長卿、揚子雲，河漢也。』

〔五〕《尚書・舜典》：『流共工于幽州，放驩兜于崇山，竄三苗于三危，殛鯀于羽毛，四罪而天下咸服。』《左氏傳》：『少昊氏有子，靖譖庸回，伏讒蒐慝。』又曰：『帝鴻氏有子，掩義隱賊，好凶行德。』

〔六〕夷、惠之室：指伯夷、柳下惠。伯夷有『不食周粟』之說，柳下惠則有『坐懷不亂』之典。

〔七〕張、霍之家：指張安世、霍光。張安世：字子儒，京兆杜陵人。西漢酷吏張湯之子。漢昭帝時，受到霍光重視，被任命爲右將軍。後被封爲富平侯。霍光：字子孟，河東郡平陽縣（今山西臨汾）人。武帝朝，榮貴集於一身。苞苴：指包裝魚肉所用的草袋子。這裏代指享用魚肉的人，貪戀權勢。

凡斯五交，義同賈鬻，故桓譚譬之於闤闠〔一〕，林回喻之於甘醴〔二〕。夫寒暑遞進，盛衰相襲，或前榮而後瘁，或始富而終貧，或初存而末亡，或古約而今泰，循環翻覆，迅彼波瀾。此則徇利之情未嘗異，變化之道不得一。由是觀之，張、陳所以凶終〔三〕，蕭、朱所以隙末〔四〕，斷焉可知矣。而翟公方規規然勒門以箴客〔五〕，何所見之晚乎？

【注釋】

〔一〕桓譚：字君山，沛國相（今安徽淮北）人。著有《新論》二十九篇。闤闠：市外門也。

〔二〕林回：《莊子·山木》篇有林回棄璧的故事。又甘醴出自《莊子·山木》：『夫以利合者，迫窮禍害相收也；以天屬者，迫窮禍害相收也。夫相收之與相棄亦遠矣。且君子之交淡如水，小人之交甘若醴；君子淡以親，小人甘以絕。彼無故以合者，則無故以離。』

〔三〕《後漢書·王丹傳》：『張、陳凶其終，蕭、朱隙其末，故知全之者鮮矣。』

〔四〕蕭、朱：指蕭育、朱博。蕭育：字次君，號廣成，東海蘭陵（今山東蒼山縣）人。朱博：

字子元，杜陵人。友蕭育、陳咸。封陽鄉侯。《漢書·蕭育傳》記載：『育爲人嚴猛尚威，居官數免，稀遷。少與陳咸、朱博爲友，著聞當世。往者有王陽、貢公，故長安語曰「蕭、朱結綬，王、貢彈冠」，言其相薦達也。始育與陳咸俱以公卿子顯名，咸最先進，年十八爲左曹，二十餘爲御史中丞。時，朱博尚爲杜陵亭長，爲咸、育所攀援，入王氏。後遂並歷刺史、郡守、相，及爲九卿，而博先至將軍上卿，歷位多於咸、育，遂至丞相。育與博後有隙，不能終。故世以交爲難。』

〔五〕翟公：西漢下邽（今陝西渭南臨渭）人。《史記·汲鄭列傳》引太史公言：『夫以汲、鄭之賢，有勢則賓客十倍，無勢則否，況衆人乎！下邽翟公有言，始翟公爲廷尉，賓客闐門；及廢，門外可設雀羅。後復爲廷尉，賓客欲往，翟公乃大署其門曰：「一死一生，乃知交情；一貧一富，乃知交態；一貴一賤，交情乃見。」』

然因此五交，是生三釁：敗德殄義，禽獸相若，一釁也；難固易攜，讎訟所聚，二釁也；名陷饕餮，貞介所羞，三釁也。古人知三釁之爲梗，懼五交之速尤。故王丹威子以檟楚〔一〕，朱穆昌言而示絕，有旨哉！

【注釋】

〔一〕檟：楸樹、茶樹的別稱。檟楚：用檟木荊條製成的刑具，用以懲罰笞打。王丹：字仲回，京兆下邽人。《後漢書·王丹傳》記載：『哀、平時，仕州郡。王莽時，連徵不至。家累千金，隱居養志，好施周急。……丹有同門生喪家，家在中山，白丹欲往奔慰。結侶相行，丹怒而撻之，令寄縑以祠焉。或問其故，丹曰：「交道之難，未易言也。世稱管、鮑，次則王、貢。張、陳凶其終，蕭、朱隙其末，故知全之者鮮矣。」時人服其言。』

近世有樂安任昉，海內髦傑，早綰銀黃，夙招民譽。遒文麗藻，方駕曹、王〔一〕；英特儁邁，聯衡許、郭〔二〕。類田文之愛客，同鄭莊之好賢。〔三〕見一善則盱衡扼腕，遇一才則揚眉抵掌。雌黃出其唇吻，朱紫由其月旦。於是冠蓋輻輳，衣裳雲合，輜軿擊轊，坐客恒滿。蹈其閫閾，若升闕里之堂〔四〕；入其奧隅，謂登龍門之坂〔五〕。至於顧盼增其倍價，翦拂使其長鳴，彯組雲臺者摩肩，趨走丹墀者疊跡。莫不締恩狎，結綢繆，想惠、莊之清塵〔六〕，庶羊、左之徽烈〔七〕。及瞑目東越，歸骸雒浦，繐帳猶懸，門罕漬酒之彥〔八〕；墳未宿草，野絕動輪之賓〔九〕。藐爾諸孤，朝不謀夕，流離大海之南，寄命瘴癘之地。自昔把臂之英，金蘭之友〔十〕，曾無羊舌下泣之仁，寧慕郈成分宅之德〔十一〕。嗚呼！世路險巇，一至於此！太行孟門，寧云嶄絕。是以耿介之士，疾其若斯，裂裳裹足，棄之長騖。獨立高山之頂，驩與麋鹿同群，皦皦然絕其雰濁，誠恥之也，誠畏之也。

【注釋】

〔一〕曹、王：指曹植、王粲。曹植：字子建，沛國譙縣（今安徽省亳州）人。三國時期著名文學家，建安文學的代表人物，有《洛神賦》《白馬篇》《七哀詩》等。鍾嶸《詩品》論及曹植詩：『骨氣奇高，詞彩華茂，情兼雅怨，體被文質，粲溢古今，卓而不群。』王粲：字仲宣，山陽郡高平縣（今山東微山縣）人。『建安七子』之一，與曹植並稱爲『曹王』。《隋書·經籍志》著録其有文集十一卷。

〔二〕許、郭：指許劭、郭林宗。許劭：字子將，汝南平與（今河南平與）人。東漢末年著名人物評論家。曾舉辦『月旦評』。與郭林宗同爲當時風流名士，代表社會風尚。《後漢書·許劭傳》：『許劭少峻名節，好人倫，多所賞識，故天下言拔士者，咸稱郭、許。』

〔三〕田文：齊孟嘗君。《史記·孟嘗君傳》：『孟嘗君在薛，招致諸侯賓客及亡人有罪者，皆歸孟嘗君。孟嘗君舍業厚遇之，以故傾天下之士。食客數千人，無貴賤一與文等。孟嘗君待客坐語，而屏風後常有侍史，主記君所與客語，問親戚居處。客去，孟嘗君已使使者存問，獻遺其親戚。孟嘗君曾待客夜食，有一人蔽火光。客怒，以飯不等，輟食辭去。孟嘗君起，自持其飯比之。客慚，自剄。士以此多歸孟嘗君。孟嘗君客無所擇，皆善遇之。人人各自以爲孟嘗君親己。』鄭莊：字莊，陳人。大司農。《漢書·鄭當時傳》記載：『每朝，候上之間説未嘗不言天下之長者。其推轂士及官屬丞史，誠有味其言之也，常引以爲賢於己。與官屬言，未嘗名吏，若恐傷之。聞人之善言，進之上，惟恐後。山東士諸公以此翕然稱鄭莊。』

〔四〕闕里之堂：孔子生前所居之堂，被稱『闕里』。《史記·孔子之家》：『孔子生魯昌平鄉陬邑。』司馬貞《史記索隱》：『孔子居魯之陬邑昌平鄉之闕里也。』

〔五〕龍門之坂：指漢李膺享有聲譽，士人以與之交往爲榮。《後漢書・李膺傳》：『李膺，字元禮，独持風裁。士有被其容接者，名爲登龍門。』

〔六〕惠、莊：指惠施、莊子。惠施：戰國時哲學家，名家的代表人物。宋國（今河南商丘）人，與莊子爲友。《漢書・藝文志》著録《惠子》一篇。莊子：名周，戰國時期宋國蒙人。道家學派代表人物，與老子合稱『老莊』。《淮南子》：『惠施死而莊子寢説，言世莫可爲語也。』

〔七〕羊、左：指羊角哀、左伯桃。《烈士傳》記載：『羊角哀、左伯桃爲死友，聞楚王賢，往尋之。道遇雨雪，計不俱全，乃並衣糧與角哀，入樹中死。』

〔八〕漬酒之彦：指徐稚悼友之事。《後漢書・徐稚傳》記載：『稚嘗爲太尉黄瓊所辟，不就。及瓊卒歸葬，稚乃負糧徒步到江夏赴之，設鷄酒薄祭，哭畢而去，不告姓名。』謝承《後漢書》記載徐稚漬酒之事：『前後州郡選舉，諸公所辟，雖不就。有死喪，負笈赴吊。常於家預炙鷄一雙，一兩棉漬酒，日中曝乾，以裹鷄，徑到所赴塚隧外，以水漬之，使酒有氣升。米飯，白茅藉，以鷄置前。醊酒畢，留謁即去，不見喪主。』

〔九〕動輪之賓：見前范式、張劭之事。

〔十〕把臂之英：《東觀漢記》記載：『朱暉同縣張堪，有名德，每與相見，常接以友道。暉以堪宿成名德，未敢安也。堪至把暉臂曰：「欲以妻子托朱生。」堪後物故，南陽餓，暉聞堪妻子貧窮，乃自往候視，見其困厄，分所有以賑給之，歲送穀五十斛，帛五疋，以爲常。』

〔十一〕羊舌下泣，郈成分宅：指羊舌肸、郈成子之事。《春秋外傳》：『叔向見司馬侯之子，撫而泣之曰：自此父之死也，吾蔑與比事君也。昔者，此其父始之，我終之；我始之，夫子終之。』《孔叢子·陳士義》記載郈成子返璧分宅之事：『昔郈成子自魯聘晋，過乎衛，右宰穀臣止而觴之，陳樂而不作，送以寶璧。反，過而不辭。其僕曰：「日者右宰之觴吾子甚歡也，今過而不辭，何也？」成子曰：「夫止而觴我，與我歡也；陳樂而不作，告我哀也；送我以璧，寄之我也。若由此觀之，衛其有亂乎。」過衛三十里，聞寧喜作難，右宰死之。還車而臨，三舉而歸反命於君。乃使人迎其妻子，隔宅而居之，分禄而食之，其子長而反其璧。』此數事譏諷到溉、到洽兄弟。劉孝標《與諸弟書》：『任既假以吹嘘，各登清貫。任云亡未幾，子侄漂流溝渠，洽等視之攸然，不相存贍。平原劉峻疾其苟且，乃廣朱公叔《絶交論》焉。』《南史》記載到溉見其書之後，内心憤恨：『到溉見其論，抵幾於地，終身恨之。』

昉撰《雜傳》二百四十七卷，《地記》二百五十二卷，文章三十三卷。

昉第四子東里，頗有父風，官至尚書外兵郎。

三《南齊書·祖沖之傳》

祖沖之字文遠，范陽薊〔一〕人也。祖昌，宋大匠卿〔二〕。父朔之，奉朝請〔三〕。

【注釋】

〔一〕薊：《南齊書》作「遒」。《寰宇記》卷七十「涿州」：「（范陽郡）取漢涿縣在范水之陽爲名。」轄境相當今河北内長城以東，永清以西，霸州、保定、紫荆關以北和北京市房山以南地區。治所在薊縣（今北京城西南隅）。

〔二〕大匠卿：南朝梁天監年間，改諸卿官名，加「卿」字。掌宫殿廟堂土木之工及道旁植樹等，其官署稱匠作寺。

〔三〕奉朝請：古代賦閑官員朝見天子的制度。春季朝見爲朝，秋季朝見爲請。任此職可享受較高待遇。《周禮·大宗伯》：「以賓禮親邦國，春見曰朝，夏見曰宗，秋見曰覲，冬見曰遇。」《南史·祖沖之傳》記載：「曾祖台之，晋侍中。」按祖台之，《隋書·經籍志》在史部雜傳類下著録其《志怪》二卷；新舊《唐志》著録其《志怪》四卷。

沖之少稽古，有機思。宋孝武使直華林學者〔一〕，賜宅宇車服。解褐〔二〕南徐州迎從事，公府參軍。

【注釋】

〔一〕華林：宋孝武修築有華林宫。華林學者：華林學宫侍從。宋孝武帝劉駿有《華林都亭曲水聯句産柏梁體詩》：『九宮盛事予旒纊，三輔務根誠難亮。』可知，劉駿等人曾在此處唱和。

〔二〕解褐：謂入仕爲官。《梁書》卷二《武帝本紀》：『四年春正月癸卯朔，詔曰：「今九流常選，年未三十，不通一經，不得解褐。若有才同甘、顔，勿限年次。」』

宋元嘉中，用何承天〔一〕所制曆，比古十一家爲密，沖之以爲尚疏，乃更造新法。上表曰：

臣博訪前墳，遠稽昔典，五帝躔〔二〕次，三王〔三〕交分，春秋朔氣，紀年薄蝕，談、遷載述〔四〕，彪、固列志〔五〕，魏世注曆，晉代起居，探異古今，觀要華戎。書契以降，二千餘稔〔六〕，日月離會之徵，星度疎密之驗。專功耽思，咸可得而言也。加以親量圭尺〔七〕，躬察儀漏，目盡毫氂，心窮籌筴，考課推移，又曲備其詳矣。

【注釋】

〔一〕何承天：東海郡郯縣人。南朝宋著名思想家、天文學家。曾奏改《元嘉曆》，著有《達性論》《與宗居士書》《答顔光禄》《報應問》等。亦曾奉命撰修《宋書》。

〔二〕躔：日月星辰等天體的運行。《方言》：『躔，歷行也。日運爲躔，月運爲逡。』《吕氏春秋·圜道》：『月躔二十八宿。』

〔三〕三王：一説指夏禹、商湯、周文王。

〔四〕談、遷：指司馬談、司馬遷父子。遷承其父修史之志，作《史記》，云：『究天人之際，通古今之變，成一家之言。』

〔五〕彪、固：指漢代班彪、班固父子。班固承父志，作《漢書》。

〔六〕《廣雅·釋詁》：『稔，年也。』

〔七〕圭尺：用以測定日影長短的尺子。古人根據太陽投射在地面上的日影長短規則，即日影越短，越靠近一年中最炎熱之時，據此來排列節氣。如夏至、立秋、立夏、秋分、春分、立冬、立春、冬至等時間綫，即是按照日影由短而長的規則排列的。

然而古曆疎舛，類不精密，群氏糾紛，莫審其會。尋何承天所上，意存改革，而置法簡略，今已乖遠。以臣校之，三覩闕謬，日月所在，差覺三度，二至晷〔一〕景，幾失一日，五星見伏，至差四旬，留逆進退，或移兩宿。分至失實，則節閏非正；宿度違天，則伺察無准。臣生屬聖辰，詢逮在運，敢率愚瞽〔三〕，更創新曆。

【注釋】

〔一〕晷：日之影，引申用以指據日影測定時刻的儀器。《説文》：『晷，日景也。』張衡《西京賦》：『白日未及移其晷，已獮其什七八。』亦指亮光。如《宋書·謝莊傳》：『月晷呈祥。』

〔三〕愚瞽：愚昧和眼瞎。劉基《賣柑者言》：『將炫外以惑愚瞽也？』

謹立改易之意有二，設法之情有三。改易者一：以舊法一章，十九歲有七閏，閏數爲多，經二百年輒差一日。節閏既移，則應改法，曆紀屢遷，寔由此條。今改章法三百九十一年有一百四十四閏，令卻合周、漢，則將來永用，無復差動。其二，以《堯典》云：『日短星昴，以正仲冬。』〔一〕以此推之，唐世冬至日，在今宿之左五十許度。漢代之初，即用秦曆，冬至日在牽牛〔二〕六度。漢武改立太初曆，冬至日在牛初。後漢四分法，冬至日在斗〔三〕二十二。晉世姜岌〔四〕以月蝕檢日，知冬至在斗十七。今參以中星，課以蝕望，冬至之日，在斗十一。通而計之，未盈百載，所差二度。舊法並令冬至日有定處，天數既差，則七曜宿度，漸與舛訛。乖繆既著，輒應改易。僅合一時，莫能通遠。遷革不已，又由此條。今令冬至所在歲歲微差，卻檢漢注，並皆審密，將來久用，無煩屢改。又設法者，其一：以子爲辰首，位在正北，爻應初九升氣之端，虛爲北方列宿之中。元氣肇初，宜在此次。前儒虞喜，備論其義。今曆上元日度，發自虛一。其二：以日辰之號，甲子爲先，曆法設元，應在此歲。而黃帝以來，世代所用，凡十一曆，〔五〕上元之歲，莫值此名。今曆上元歲在甲子。其三：以上元之歲，曆中衆條，並應以此爲始。而《景初曆》〔六〕交會遲疾，元首有差。又承天法〔七〕，日月五星，各自有元，交會遲疾，亦並置差，裁得朔氣合而已，條序紛錯，不及古意。今設法日月五緯交會遲疾，悉以上元歲首爲始，帚流共源，庶無乖誤。

【注釋】

〔一〕日短星昴，以正仲冬：日落時昴星出現在中天之象，爲冬至之時。星昴：指昴宿，天上二十八星宿之一。

〔二〕牽牛：牛郎星，隔着銀河與織女星相對。因兩星各處於銀河系兩端，故始終不能相交。文人詩歌中，常以牛郎、織女代指兩星宿，多詠其相愛卻不能相見之悲。《古詩十九首·迢迢牽牛星》：『迢迢牽牛星，皎皎河漢女。纖纖擢素手，札札弄機杼。終日不成章，泣涕零如雨。河漢清且淺，相去復幾許？盈盈一水間，脈脈不得語。』

〔三〕斗：北斗七星。《晉書·天文志》記載了這七顆星體：『樞爲天，璿爲地，璣爲人，權爲時，衡爲音，開陽爲律，摇光爲星。』分别指天樞、天璿、天璣、天權、玉衡、開陽、摇光等七星。又將七星比附於天地之象，可以察帝王之政。《論語·爲政篇》記載：『爲政以德，譬如北辰，居其所而衆星共之。』《甘石星經》：『北斗星謂之七政，天之諸侯，亦爲帝車。』北斗隨着時間的變化又呈現出周期性轉移的現象，《史記·天官書》：『斗爲帝車，運於中央，臨制四方，分陰陽，建四時，均五行，移節度，定諸記，皆系於斗。』又，斗柄隨着時間變化，指向不同的方位，因此成四季的變化。《鶡冠子·環流篇》：『斗柄東指，天下皆春；斗柄南指，天下皆夏；斗柄西指，天下皆秋；斗柄北指，天下皆冬。』在四季之內，北斗又可以指十二月。《淮南子·天文訓》：『帝張四維，運之以斗，月徙一辰，復返其所，正月指寅，十二月指丑，一歲而匝，終而復始。』《五行大義·七政》引《尚書緯》：『北斗居天之中，當昆侖之上，運轉所指，隨二十四氣，正十二辰，建十二月，……州國分野年命，莫不政之。』《禮記·月令》記載：『孟春之月，日在營室。』漢鄭玄注：『孟，長也。日月之行，一歲十二會，聖王因其會而分之，以爲大數焉。觀斗所建，命其四時。此云孟春者，日月會於諏訾，而斗建寅之辰也。』此處的建寅即指正月，依此類推，二月爲建卯，三月建辰，四月建巳，五月建午，六月建未，七月建申，八月建酉，九月建戌，十月建亥，十一月建子，十二月建丑。

〔四〕姜岌：甘肅天水人，仕後秦。曾造《三紀甲子元曆》《渾天論》。後秦時期使用該曆法，後秦亡，停用。北魏時，拓跋皇族曾多年使用該曆法。

〔五〕《史記·索隱》引《世本》及《律曆志》：『黄帝使羲和占日，常儀占月，臾區占星氣，伶倫造律吕，大撓作甲子，隸首作算數。榮成綜此六術，而著《調曆》。』據此可知，黄帝時期所用曆法爲《調曆》。其與《顓項曆》《夏曆》《殷曆》《周曆》《魯曆》合稱『古六曆』。秦使用《顓項曆》。漢代用《太初曆》。魏晋時期所用曆法多種，主要有劉宋的《永初曆》、《元嘉曆》；梁時的《大明曆》；北魏主要用《景初曆》《玄始曆》；東魏時用《正光曆》；北齊時期使用《興和曆》《天保曆》。

〔六〕《景初曆》：三國時楊偉造，以景初改元施行。晋、南朝宋元嘉時期，及北魏時期，較長時間采用了該曆法。

〔七〕承天法：何承天所上曆法。《新唐書·律曆志》記載：『宋文帝時，何承天上《元嘉曆》，曰：「《四分》《景初曆》，冬至同在斗二十一度，臣以月蝕檢之，則今應在斗十七度。又土圭測二至，晷差三日有餘，則天之南至，日在斗十三度矣。」事下太史考驗，如承天所上。以《開元曆》考元嘉十年冬至，日在斗十四度，與承天所測合。』何承天亦曾奏改《元嘉曆》，訂正舊曆的冬至時日所在的位置。其曆法體系與祖沖之曆法體系因計算精確，受到後世肯定。

若夫測以定形，據以實效。懸象著明，尺表之驗可推；動氣幽微，寸管之候不忒。今臣所立，易以取信。但綜覈始終，大存緩密，革新舊曆，有約有繁。用約之條，理不自懼，用繁之意，顧非謬然。何者？夫紀閏參密，數各有分，分之爲體，非不細密，臣是用深惜毫釐，以全求妙之準，不辭積累，以成永定之制，非爲思而莫知，悟而弗改也。若所上萬一可採，伏願頒宣群司，賜垂詳究。事奏。孝武令朝士善曆者難之，不能屈。會帝崩，不施行。〔二〕出爲婁縣〔三〕令，謁者僕射。〔三〕

【注釋】

〔一〕《新唐書·律曆志》記載：『《大明八年，祖沖之上《大明曆》，冬至日在斗十一度，《開元曆》在斗十三度。』《南齊書·文學傳》記載：『宋元嘉中，用何承天所制曆，比古十一家爲密，沖之以爲尚疏，乃更造新法。』《大明曆》於祖沖之在世時，不得施行。至梁天監年間，才得施用。《隋書·律曆志》記載：『至九年正月用祖沖之所造《甲子元曆》頒朔。……陳氏因梁，亦用祖沖之曆，更無所創改。』

〔二〕婁縣：梁天監六年，分吴郡設信義郡，分婁縣置信義縣，屬信義郡，餘仍屬吴郡。三國、晉、南朝宋齊之際，婁縣屬吴郡。今上海松江地區。

〔三〕謁者僕射：南北朝時期有設置，爲謁者臺長官。僕射掌朝廷禮儀與傳達使命。《後漢書·百官志》記載：『謁者僕射一人，比千石。本注曰：「爲謁者臺率，主謁者，天子出，奉引。古重習武，有主射以督録至，故曰僕射。」常侍謁者五人，比六百石。本注曰：「主殿上時節威儀。謁者三十人。」其給事謁者，四百石。其灌謁者郎中，比三百石。本注曰：「掌賓贊受事，及上章報問。將、大夫以下之喪，掌使弔。」本員七十人，中興但三十人。初爲灌謁者，滿歲爲給事謁者。』

初，宋武平關中，得姚興指南車〔一〕，有外形而無機巧，每行，使人於内轉之。昇明中，太祖輔政，使沖之追修古法。沖之改造銅機，圓轉不窮，而司方如一，馬均以來未有也。時有北人索馭驎者，亦云能造指南車，太祖使與沖之各造，使於樂遊苑共校試，而頗有差僻，乃毁焚之。永明中，竟陵王子良好古，沖之造欹器獻之。

【注釋】

〔一〕《三國志·魏書·杜夔傳》記載：『先生爲給事中，與常侍高堂隆、驍騎將軍秦朗争論於朝，言及指南車。二子謂古無指南車，記言之虚也。先生曰：「古有之，未之思耳，夫何遠之有！」……於是二子遂以白明帝，詔先生作之，而指南車成。』裴松之注：『先生指馬鈞，三國魏國人。』結合『得姚興指南車』，可推斷：指南車被製造，其重要原因之一就是爲了戰爭中取勝。《晋書·輿服志》記載：『司南車一名指南車，駕四馬，其下製如樓三級。四角金龍銜羽葆，刻木爲仙人，衣羽衣，立車上，車雖回轉，而手常南指。大駕出行，爲先啓之乘。』《宋書·禮志》載：『指南車，其始周公所作，以送荒外遠使。地域平漫，迷於東西，造立此車，使知南北。』可知，指南車爲行路辨析南北而製。《宋書·禮志》又載：『明帝青龍中，令博士馬鈞造之而車成。晋亂復亡。石虎使解飛，姚興使令狐又造焉。安帝義熙十三年，宋武帝平長安，始得此車。其製如鼓車，設木於車上，舉手指南。車雖回轉，所指不移。大駕鹵簿，最先啓行。此車戎狄所製，機數不精，雖曰指南，多不審正。』據此可知，指南車，又用於帝王出行禮儀。且，指南車既得之於後秦，則戎狄所出似是重要源頭。

文惠太子〔一〕在東宫，見沖之曆法，啓世祖〔二〕施行，文惠尋薨，事又寢。轉長水校尉〔三〕，領本職。沖之造《安邊論》，欲開屯田，廣農植。建武中，明帝使沖之巡行四方，興造大業，可以利百姓者，會連有軍事，事竟不行。

【注釋】

〔一〕文惠太子：蕭長懋。字雲喬，南蘭陵郡蘭陵縣（今江蘇常州）人。齊高帝蕭道成之孫，齊武帝蕭賾長子。齊武帝即位後，册立爲皇太子。永明十年，因疾去世。

〔二〕世祖：齊武帝蕭賾。字宣遠。建元四年，齊高帝蕭道成去世，蕭賾即位。永明十一年，蕭賾去世。廟號世祖，謚號武皇帝。

〔三〕長水校尉：漢武帝時期曾設八校尉：中壘校尉、屯騎校尉、步兵校尉、越騎校尉、長水校尉、胡騎校尉、射聲校尉、虎賁校尉。其中長水校尉掌長安西北郊騎兵。南朝時也設置此官，多用以安置勳舊武臣。

沖之解鐘律，博塞〔一〕當時獨絕，莫能對者。以諸葛亮有木牛流馬，乃造一器，不因風水，施機自運，不勞人力。又造千里船，於新亭江〔二〕試之，日行百餘里。於樂遊苑〔三〕造水碓磨〔四〕，世祖親自臨視。又特善竿〔五〕。永元二年，沖之卒。年七十二。著《易老莊義》，釋《論語》《孝經》，注《九章》，造《綴述》數十篇。

【注釋】

〔一〕博塞：格五。又名『簙簺』或『簺』，棋類游戲。《漢書·吾丘壽王傳》：『吾丘壽王以善格五召待詔。』顔師古注：『蘇林曰：「博之類，不用箭，但行梟散。」孟康曰：「格音各，行伍相各，故言各。」劉德曰：「格五，棋行。」《簺法》曰：「簺、白、乘、五、至五，格不得行，故曰格五。」』《後漢書·梁冀傳》：『冀字伯卓……性嗜酒，能挽滿、彈棋、格五、六博、蹴鞠、意錢之戲，又好臂鷹走狗，騁馬鬥鷄。』《南齊書》記載沈文季：『文季雖不學，發言必有辭采，當世稱其應對。尤善簺及彈棋。簺用五子。』

〔二〕新亭江：南朝時期建康城的西南要塞，瀕臨長江，位置險要。齊高帝曾贊歎：『新亭既是兵沖。』劉義慶《世説新語·言語》記載東渡之後中原士人的談論：『過江諸人，每至美日，輒相邀新亭，藉卉飲宴。周侯中坐而歎曰：「風景不殊，正自有山河之異。」皆相視流淚。』

〔三〕樂遊苑：故址有兩處。一在今陝西省西安市南郊。秦時的宜春苑，漢宣帝時改爲樂遊苑。另一在今江蘇省江寧縣境。南朝時宋武帝所建。沈約有《侍宴樂遊苑餞吕僧珍應詔詩》：『丹浦非樂戰，負重切君臨。我皇秉至德，忘己用堯心。』

〔四〕水碓磨：利用水流力量，帶動杵碓，來加工糧食的方法。《太平御覽》引《新論·離車》記載：『伏義之制杵臼之利，萬民以濟。及後世加巧，延力借身重以踐碓，而利十倍；又復設機用驢騾、牛馬及投水而舂，其利百倍。』《古今圖書集成》載：『凡水碓，山國之人，居河濱者之所爲也，攻稻之法，省人力十倍。』

〔五〕筭：同『算』字。

圖書在版編目（CIP）數據

述異記匯箋及情節單元分類研究：上下册 / 張麗著. — 北京：商務印書館，2024
ISBN 978－7－100－24017－8

Ⅰ. ①述…　Ⅱ. ①張…　Ⅲ. ①古典小説—小説研究—中國—南朝時代　Ⅳ. ① I207.41

中國國家版本館 CIP 數據核字（2024）第 103125 號

述異記匯箋及情節單元分類研究
（上下册）
張　麗　著

商　務　印　書　館　出　版
（北京王府井大街 36 號　郵政編碼 100710）
商　務　印　書　館　發　行
北京頂佳世紀印刷有限公司印刷
ISBN 978－7－100－24017－8

2024 年 10 月第 1 版　　開本 880 × 1230　1/32
2024 年 10 月北京第 1 次印刷　　印張 16¼

定價：95.00 元